Les Deux Sœurs

TOME I

Panini BOOKS

Les Deux Sœurs

1 - Guerrière

Marie Brennan

CRIMSON

Le diptyque Les Deux Sœurs

1 - Guerrière

2 - Sorcière

Responsable de collection : Mathieu Saintout

Titre original : *Warrior*

Design de couverture : Larry Rostant - Artist Partner

Traduit de l'anglais (États-Unis) par Thierry Arson
Révision de traduction : studio Zibeline & Co
Maquette : Stéphanie Lairet

ISBN : 9-782809-440171

Crimson est une collection de Panini Books

www.paninibooks.fr

Pour la bande habituelle :
Ma famille et Kyle.

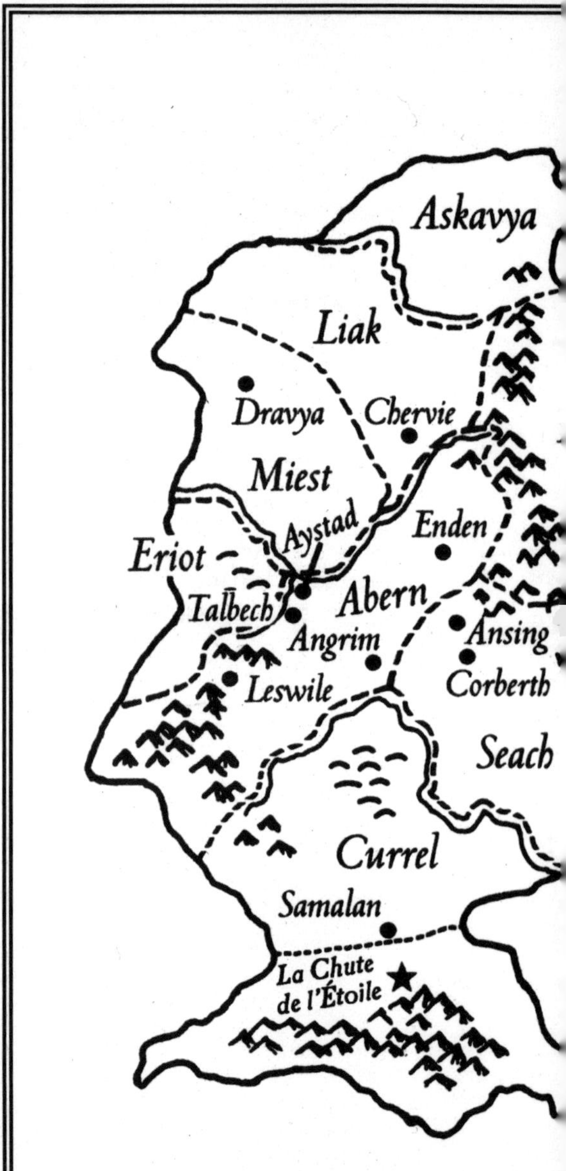
Askavya
Liak
Dravya
Chervie
Miest
Aystad
Enden
Eriot
Talbech
Abern
Angrim
Ansing
Leswile
Corberth
Seach
Currel
Samalan
La Chute
de l'Étoile

Breiano
Insebrar
Vilardi
Trine
alistyi
Ravelle
Verdosa
Chiero
Olpri
Teria
Razi
Haira
Deoni

1
Contrat [Mirage]

La pluie crépitait avec constance sur les feuillages de la forêt avant de goutter sur le sol. Presque invisibles dans l'obscurité, deux silhouettes avançaient entre les arbres. L'averse noyait le bruit de leur progression. La première se déplaçait aisément, mais celle qui la pistait le faisait encore mieux, aussi silencieuse qu'un fantôme, et l'homme qui allait devant ignorait jusqu'à la présence derrière lui.

Trois hommes l'attendaient. Accroupis ensemble sous l'abri imparfait d'un vieil orme, ils frissonnaient sous la pluie. L'arrivant fit halte devant eux et leur parla à voix basse :

— Elle est seule. Et tout laisse à penser qu'elle va bientôt se coucher. Si nous attendons un peu, nous l'aurons facilement.

Non loin de là, dissimulée par les arbres, la femme qui avait filé le chef du commando eut un sourire sinistre.

— Moi, je le répète : tout ça ne me plaît pas, chuchota un des trois hommes. Et si elle avait invoqué des sortilèges pour se protéger, ou un truc du genre ?

L'expression de la femme se durcit, et tout amusement déserta ses traits.

— C'est pas une sorcière, lâcha une autre voix, sur le ton de quelqu'un qui a déjà répété la formule plusieurs fois. Vous l'avez vue dans la taverne. Elle a bien failli trancher la gorge de ce type qui l'avait accusée d'en être une. Et Tre nous l'aurait dit, si elle avait vendu la mèche quand il est passé la voir.

— Non, confirma l'espion. Elle parlait simplement à son cheval, comme n'importe qui. Et puis, les sorcières ne se promènent pas avec une lame, et elles ne jouent pas aux cartes dans les tavernes. C'est seulement une Cousine.

— Nous perdons du temps, dit le dernier. Heth, tu y vas en premier. Tu fais ami-ami avec sa monture, pour qu'elle ne l'alerte pas. Ensuite Nessel pourra l'assommer. Avec Tre, nous resterons prêts, au cas où quelque chose ne se passerait pas comme prévu.

— Belle aide en vérité, si c'est vraiment une sorcière, maugréa le peureux. Et comment elle a fait pour avoir cinq Primes en une seule main, hein ?

Le chef cracha dans les buissons.

— Probable qu'elle a triché. Pas besoin d'être une sorcière pour savoir tricher aux cartes. Écoute, nous sommes quatre et elle est seule. Il n'y aura aucun problème.

Vous pourriez être dix, ça ne suffirait pas, songea la femme, et son sourire réapparut. *Pas contre une Chasseuse. Pas contre moi.*

Mirage ne voyait aucune insulte à être accusée de tricher aux cartes, d'autant plus que c'était vrai. Ce qui lui déplaisait, c'était d'être traitée de *sorcière*, ou même de *Cousine*. Par ailleurs elle détestait être tirée du sommeil pour se retrouver dans un sous-bois humide, alors qu'elle rêvait de l'ambiance douillette d'une auberge. Et maintenant ces imbéciles, qui espéraient la *surprendre* ?

Ils méritaient ce qui allait leur arriver.

Sans le moindre bruit, elle s'éloigna des hommes et retourna à son campement. Elle survola les lieux du regard et calcula les directions par lesquelles Heth et Nessel viendraient le plus probablement, puis elle arrangea son couchage pour qu'on ait l'impression qu'elle s'y trouvait. L'illusion était moins bonne selon un certain angle, mais, à la lumière vacillante du feu, le subterfuge devrait fonctionner.

Elle se retira dans les ténèbres, et attendit.

Les hommes prirent leur temps pour arriver, mais Mirage savait être patiente. Alors que la flambée déclinait, elle perçut des sons révélateurs. Les acolytes de Tre n'étaient pas tous aussi doués que lui pour se mouvoir sans bruit dans la forêt. Elle scruta les environs et repéra l'espion, qui était déjà en place. Elle ne l'avait pas entendu approcher. Pas mal.

Des murmures très bas, dont elle ne put saisir le sens. Puis un homme s'approcha subrepticement du cheval.

En temps ordinaire, c'eut été une erreur. Brume était dressée à arracher la main de tout inconnu qui la touchait. Mais avant de partir Mirage lui avait donné certaines consignes, et c'est pourquoi la jument resta de marbre alors que l'homme s'évertuait inutilement à la calmer.

Toujours souriante, Mirage continua d'attendre.

C'était maintenant au tour de Nessel. Le chef, qui s'était glissé de l'autre côté du feu, lui faisait signe de bouger. Nessel s'avança sur la pointe des pieds, le gourdin à la main. Puis, avec un hurlement, il abattit son arme sur les couvertures.

Tre s'écroula un quart de seconde plus tard. Son attention fixée sur la scène qui se déroulait devant lui, il n'avait pas senti Mirage s'approcher dans son dos.

— Elle n'est pas là ! s'exclama Nessel d'une voix paniquée.

En réponse au sifflet de sa maîtresse, Brume frappa Heth d'une ruade en pleine poitrine et l'étala pour le compte. Mirage entra dans le halo lumineux du feu, près du cheval.

— Mais si, je suis là, fit-elle aimablement.

Nessel se rua sur elle avec un autre cri rageur, ce qui dénotait un certain courage et assez peu de bon sens. Mirage ne prit même pas la peine de dégainer une lame. D'un pas de côté, elle esquiva le coup trop large qu'il lui portait, pour aussitôt le frapper à deux reprises, à la poitrine et à la tête. L'autre s'effondra d'une pièce. Elle prit juste le temps d'assener à Heth un coup avec sa botte pour le mettre hors de combat, avant de bondir par-dessus le feu et s'élancer à la poursuite du dernier.

Celui-ci avait pris la fuite, mais il ne disposait pas d'une avance suffisante. Mirage adopta un rythme de course moyen, le temps que sa vue s'adapte à l'obscurité, puis elle accéléra et le rejoignit. Un bond et un plaquage le firent chuter. Elle fut la première debout, lui écrasa un genou avec le talon de sa botte. Il n'avait plus aucune chance de fuir.

Elle se baissa et le délesta de la dague qu'il cherchait à tirer de son fourreau.

— Que pensiez-vous faire ? gronda-t-elle, la dague prête.

Il s'efforçait de ne pas hurler de douleur.

— L'or, dit-il d'une voix haletante. Seulement l'or. Nous n'allions pas vous tuer. Je le jure !

— Et je te crois, répliqua-t-elle. C'est pourquoi tu survivras. À condition que tu retiennes une chose…

Il acquiesça avec véhémence.

— Je ne suis pas une sorcière, dit Mirage. Ni une Cousine. Je n'ai rien à voir avec l'une ou l'autre. Tu t'en souviendras ?

Il hocha la tête de nouveau. Elle se redressa et passa la dague à sa ceinture.

— Bien. Et n'oublie pas de le répéter à tes amis. Je déteste que les gens commettent ce genre d'erreur.

Elle assomma l'homme d'un coup de pied savamment dosé.

La mine sombre, Éclipse se frayait un passage dans la foule qui avait envahi les rues de Chervie. Les nouveaux quartiers situés à l'extérieur des fortifications bâties pendant l'âge d'or de la ville, quand celle-ci était la capitale de l'Ancien Royaume, bénéficiaient d'un agencement plus ouvert, mais ici même au plus large des rues les charrettes avaient du mal à avancer. Il n'avait encore jamais rencontré ce problème, sans doute parce qu'il n'était pas encore venu à Chervie alors que les fêtes du Solstice approchaient. Il semblait que chaque habitant était revenu dans la vieille ville accompagné d'une douzaine de parents. La cohue générale le rendait nerveux et irritable, et ce fut pour lui un soulagement d'entrer dans la taverne qu'il recherchait. Elle était bondée, mais ce n'était rien en comparaison de l'extérieur.

Il balaya l'endroit du regard, avec tous ces clients portant perles et dentelles pour la fête, et repéra très vite un visage familier. Elle l'aperçut au même instant, et bien qu'elle fût à l'autre bout de la salle il vit ses traits se détendre. Il louvoya entre les tables pour la rejoindre.

— Assise dos tourné à la porte, Seniade ? fit-il en souriant. Qu'en diraient nos professeurs ?

— Que j'aurais dû choisir une autre taverne. Deux portes opposées, et on a du mal à trouver une place libre. J'ai décidé d'en surveiller une et de courir le risque avec l'autre.

Il saisit vivement le tabouret qu'un client venait d'abandonner et s'assit.

— Alors je surveillerai tes arrières, et toi les miens. Nous n'avons pas tous tes réflexes, Sen.

Elle lui lança un regard étonné.

— Tu sais, tu es le seul à toujours m'appeler comme ça. Pour tous les autres de notre promotion, je suis Mirage.

— Et pour toi, je suis toujours Kerestel. Les vieilles habitudes ont la vie dure, je suppose. Ou alors nous mettons plus longtemps à apprendre.

Elle grimaça.

— Tu as vu cette foule ? J'avais oublié l'importance qu'ils accordent au solstice, dans le domaine de Liak. Je savais qu'il y aurait du monde à Chervie, mais tout ça frise le ridicule. Et les festivités n'ont pas encore commencé ! Pour moi, ça a été un choc, après le calme du voyage.

— De ce que j'ai entendu dire, je ne qualifierais pas ton voyage de *calme*.

Une fois de plus, Mirage ne chercha pas à dissimuler son étonnement.

— Je suis passé par Enden pour venir ici. Dans une taverne, une serveuse s'est montrée très… aimable avec moi, et nous avons bavardé. Elle m'a parlé d'un soldat qui jouait aux cartes et qui avait failli se faire étriper en pleine salle, et aussi de quatre gars du village, arrivés le lendemain matin, en sang, visiblement rossés, et détroussés. Dépouillés de tout à l'exception de leur peau.

— Et ils ont eu de la chance de la conserver. J'ai estimé qu'ils me devaient leur bourse pour avoir voulu voler la mienne. Quant au joueur… Bah, je ne l'aurais pas poignardé.

— Je vois que tu deviens plus susceptible avec le temps. Il avait une carte dans sa manche, peut-être ?

Mirage baissa les yeux.

— Non. En fait, c'est moi qui ai remporté la partie.

Il se pencha en avant.

— Vide ton sac, Sen. Tu l'as refait ?

— Eh oui, répondit-elle dans un soupir.

Éclipse remarqua la fureur née de la frustration dans ses yeux, quand elle redressa la tête, mais cette lueur disparut aussitôt.

— Pareil pour ces quatre imbéciles. Sauf qu'*eux* ont cru que j'étais une Cousine.

— Ce sont donc bien des imbéciles, en effet. Toutes les sorcières n'ont pas les cheveux roux. Et ce n'est pas parce que tu as les cheveux roux que tu en es une, ou une de leurs servantes.

— Dis ça aux idiots qui paniquent quand j'abats cinq Primes.

Il écarquilla les yeux.

— Tu as fait ça ? Pas étonnant qu'ils aient été soupçonneux.

— Pas besoin de magie, dit Mirage avec un sourire malicieux. Il suffit d'avoir les doigts agiles.

Éclipse poussa un juron qui lui valut un regard sombre de la part d'une marchande à la bouche pincée assise à la table voisine.

— Sen, tu finiras par te faire tuer ! Ce n'est pas en trichant aux cartes que tu amélioreras ta réputation !

Elle haussa les épaules.

— Je m'ennuyais.

— Tu t'ennuyais ? fit-il, incrédule. De tous les gens que je connais, tu es la dernière dont je m'attendrais qu'elle recherche les ennuis… simplement parce qu'elle s'ennuie.

Mirage eut un geste dédaigneux et détourna les yeux.

Il saisit son bras.

— Non, ne me repousse pas comme ça, fit-il avec une inquiétude manifeste. Qu'est-ce qui ne va pas ?

Elle dégagea son poignet d'une saccade et soupira encore.

— Rien. C'est juste que… je m'ennuie.

— Tu n'as pas eu de contrats, ces derniers temps ?

— Un tas. Assez nombreux pour que je prenne maintenant un peu de repos. Brume et moi sommes sur la route depuis des mois. Trois engagements à la suite. Un messager disparu entre l'Insebrar et l'Abern, pour commencer, et ensuite une ville plus loin dans les montagnes, qui avait des problèmes avec des bandits. Finalement, ce n'étaient que quelques hommes qu'ils avaient bannis de l'endroit pour vol. Pour finir, un village encore plus lointain qui avait besoin qu'on traque et mette hors d'état de nuire un puma.

Éclipse sourit, dans l'espoir de dissiper un peu la mauvaise humeur de la jeune femme.

— Apparemment, ils avaient pris le terme « chasseur » dans son sens premier.

— Le pire, maugréa-t-elle, c'est que la chasse au puma a été le plus intéressant des trois contrats. Ce fauve s'est montré bien plus malin que ces prétendus bandits.

— C'est donc la raison de ton ennui ?

— Kerestel, je n'ai pas eu de vrai défi à relever depuis… depuis cet engagement, il y a deux ans. Tu te souviens, quand j'ai été envoyée à la recherche de Kobach ?

— Celui qui a tenté de prendre le Liak à Narevoi ?

— J'ai traversé sept domaines sur sa piste. J'ai fini par le rattraper dans l'Haira, un peu après t'avoir quitté. Là, ça a été *dur*, Kerestel. Il a fallu que je m'applique, que j'utilise les talents que j'ai développés. Mais depuis… rien. La routine. L'ennui.

Éclipse s'efforçait de définir l'humeur exacte de son amie. Il avait le remède à sa situation dans la bourse accrochée à sa ceinture mais, pour l'instant et avec les difficultés récentes qu'elle avait rencontrées, il n'était peut-être pas indiqué d'en parler. La chose pourrait aider, ou créer plus de problèmes qu'elle ne le méritait.

Et pour ce qui était des problèmes…

Distrait pas ces pensées, il n'avait même pas prêté attention à la femme qui franchissait la porte. Il ouvrit la bouche pour mettre en garde Mirage, mais il était trop tard.

— Eh bien, mais c'est notre petite morveuse de sorcière, dit la nouvelle venue d'un ton acide.

Elle était toujours acide. Éclipse ne pensait pas l'avoir connue autrement.

Le regard de Mirage s'illumina. Elle pivota sur sa chaise et se renversa en arrière, l'air arrogant.

— Ah, Glace. Quel plaisir de voir ta frigide personne parmi nous.

Les yeux bleus de Glace étaient embrasés par une fureur contenue qui contredisait son nom. La fureur était son état d'esprit naturel, et la couleur de ses yeux la seule raison concevable pour qu'on l'ait surnommée « Glace ». Son regard se posa sur Éclipse, et soudain son expression trahit un feu tout autre.

— Heureuse rencontre, Éclipse.

— Bas les griffes, Glace, dit Mirage d'une voix contrôlée. Je viens tout juste de déjeuner, et je ne voudrais pas tout rendre en te voyant tenter tes petits tours sur lui.

— Il est déjà pris, c'est ça ? demanda Glace avec un sourire venimeux.

Éclipse retint son souffle. Il considérait Mirage comme une sœur. La plupart des Chasseurs de la même école et de la même promotion adoptaient cette attitude. Ce que Glace sous-entendait était donc quasiment incestueux. Mais à en juger par son demi-sourire, Mirage avait la situation bien en mains.

— Non, chérie. Je ne suis pas désespérée au point de devoir séduire mes compagnons d'études. Quoique, d'après ce que j'ai entendu dire sur Lion, il semble que tu n'aies pas autant de chance.

Éclipse réprima son hilarité. Il n'était pas au courant de cette rumeur-là. Mirage venait peut-être de l'inventer à la seconde, mais l'expression de Glace suggérait qu'elle était vraie. Selon le rituel qu'avaient développé les deux amis, c'était maintenant au Chasseur de jeter un peu d'huile sur le feu.

— Allons, mesdames, ce n'est pas une conversation convenable à une semaine du solstice. Les fêtes approchent ! Nous devrions nous mettre dans l'ambiance. Glace, je t'en prie, accepte de boire un verre avec nous. On dit que cette taverne a en réserve un excellent vin argenté.

Il crut entendre un grognement. Le vin argenté – qui n'était pas du tout un vin, mais un brûle-gueule terriblement fort – était distillé dans la Vallée de Miest, et c'était la boisson de prédilection des Chasseurs issus de Feu d'Argent, l'école où les deux compères avaient été formés.

— Allons, Éclipse, dit Mirage sur un ton de reproche avant que Glace ait le temps de desserrer les dents pour répliquer, c'est peut-être une fête, mais tu sais bien que les Chasseurs doivent s'efforcer de garder les idées claires. Le vin argenté est trop fort pour qui n'y est pas accoutumé, et nous ne voudrions pas que Glace ait des problèmes.

Les sons inarticulés que Glace émettait étaient très réjouissants. Il était si amusant de la provoquer… Pour quelque raison inconnue, les Chasseurs de l'Épine Sanglante semblaient tous irascibles.

— Je suis capable de boire tout ce que vous buvez, dit-elle enfin d'une voix sifflante.

Son cou et son visage s'étaient légèrement colorés de rouge.

Mirage eut un sourire un peu trop doucereux. Toutes deux auraient pu boire autant de verres, et c'est Mirage qui aurait roulé sous la table la première. Ceux de l'Épine Sanglante s'enorgueillissaient de la quantité d'alcool qu'ils pouvaient ingurgiter. Mais Glace était trop furieuse pour penser clairement.

— Je n'en doute pas, chérie. Cependant je crains d'avoir d'autres sujets plus importants qui requièrent mon attention. Des sujets qui ne me permettront pas de me saouler avec une vieille amie.

— Quels « sujets importants » ? cracha Glace. Tu passes ton temps à courir après des maris qui battent leur femme et à voler au secours de chatons coincés dans des arbres.

Éclipse hésita. Mirage et lui étaient rompus à ces joutes verbales, pour les avoir pratiquées en de multiples occasions. Normalement, c'était maintenant à son tour d'attaquer. Et il avait une très bonne réponse pour clouer le bec à Glace. Le problème, c'était que s'il l'utilisait maintenant il risquait de faire plus de mal à Mirage qu'à Glace.

Il finit par prendre sa décision, glissa la main dans la bourse fixée à sa ceinture et en sortit le petit rouleau de parchemin. Gardant les doigts sur le sceau, il l'agita pour attirer l'attention de Glace.

Les deux femmes se figèrent en le regardant. Il hocha la tête avec un mince sourire.

— Un contrat pour deux personnes, dit-il à l'adresse de l'élève de l'Épine Sanglante. Mirage et moi le remplirons ensemble.

La colère qui tordait les traits de Glace lui fut une profonde satisfaction. Les missions officielles étaient assez rares pour que ceux qui les recevaient y voient une forme d'honneur. Pour ce qu'il en savait, Glace n'en avait encore jamais reçu, et elle avait quitté l'Épine Sanglante depuis sept ans. Ce serait également une première pour lui, mais Mirage en avait déjà accompli une.

De l'autre côté de la table, son amie le dévisageait avec des yeux ronds, mais il fut heureux d'y voir la lueur du plaisir : il venait d'apporter la solution à ses plaintes d'ennui et d'inactivité, il le savait fort bien. Les missions officielles étaient par nature difficiles, et elles représentaient toujours un défi de qualité supérieure.

Il espérait seulement qu'elle ne le tuerait pas en découvrant la teneur de ce contrat.

Glace était toujours au bord de l'apoplexie.

— Qui te l'a confié ? réussit-elle enfin à demander dans un grognement enroué.

Il écarta le parchemin quand elle tendit la main pour s'en saisir.

— Tut-tut, fit-il en braquant l'index sous son nez. Pour Chasseurs autorisés uniquement. Je crains que tu doives attendre comme tout un chacun pour savoir ce que nous faisons.

Il rangea le document dans sa bourse. Dès qu'il serait seul avec Mirage, il lui en dirait davantage.

Quand Glace se tourna vers elle, Mirage avait repris une expression aimable et lui souriait.

— Ne t'inquiète pas, je suis sûre que ton tour viendra… un jour.

Venant d'une Chasseuse de deux ans plus jeune qu'elle dans le métier, la remarque eut raison de la résistance de Glace. Avec un grondement bas, elle tourna les talons et sortit de la taverne à grands pas.

Mirage s'inclina sur la table et dit à mi-voix :

— Quand avais-tu l'intention de me parler de cette mission ?

— J'allais le faire quand elle est arrivée, affirma Éclipse, pas très à l'aise. Je suis désolé. Je ne voulais pas te piéger.

— Me piéger ? Comme si j'allais décliner une mission officielle !

Il se leva pour masquer son inconfort.

— Viens. Allons dans un endroit plus tranquille pour en parler.

À Chervie, la tradition attachée au solstice voulait que personne ne cuisine ni ne mange chez lui s'il avait les moyens de faire autrement, et toute personne ayant deux pièces dans sa bourse allait donc se restaurer dans un lieu public de la ville. Les prix montaient évidemment en flèche, et les places aux tables, aux comptoirs et sous les auvents devenaient plus difficiles à trouver que des fruits frais en hiver. Mirage dut payer une petite fortune pour réserver un salon privé dans un établissement appelé le *Jardin des Carillons*. La pièce ressemblait plus à un placard qu'à un salon, mais la décoration du *Jardin* était copiée sur le style oriental. Durant les hivers septentrionaux de Chervie, les murs ajourés étaient certainement glacés, mais par ce jour d'été, il régnait en ce lieu une fraîcheur agréable. Autre avantage, il n'y avait aucun recoin où un espion aurait pu se cacher.

En temps normal, Mirage n'aurait même pas envisagé une telle dépense, mais elle était affamée, le *Jardin* était réputé pour sa cuisine, et le contrat lui rapporterait assez pour se permettre ce petit écart.

— Alors, que devons-nous faire ? demanda-t-elle à son compagnon d'études quand la serveuse fut repartie, après avoir apporté un faisan rôti et une corbeille de fruits.

Éclipse semblait embarrassé.

Mirage posa sa fourchette et le couva d'un regard pénétrant.

— De quoi s'agit-il ?

Pour toute réponse, il sortit le manuscrit de sa bourse et le fit rouler sur la table dans la direction de la jeune femme. Elle le ramassa prestement et s'immobilisa aussitôt.

Le sceau était imprimé dans de la cire noire pailletée d'argent, et un seul groupe de personnes utilisait ce mélange. Quant au motif qui l'ornait, un nœud double coupant un cercle, le paysan le plus illettré l'aurait instantanément identifié.

Le symbole des sorcières.

Mirage reposa doucement le parchemin et leva les yeux vers Éclipse.

— Ça vient de la Chute de l'Étoile, fit-elle.

— Exact.

Elle se leva et alla jusqu'au mur ajouré contre lequel elle s'appuya des deux mains. Elle entendit son ami qui remuait sur sa chaise. Sa gêne était perceptible.

— Tu n'es pas obligée d'accepter, dit-il après un moment. Peu importe ce que nous avons dit à Glace. Tout le monde sait que tu te tiens à l'écart des sorcières, et on comprendrait que tu refuses cette offre. Tous les gens qui comptent, en tout cas.

Toujours silencieuse, Mirage ferma les yeux.

— Que veulent-elles ? dit-elle enfin.

— Je l'ignore. Je ne l'ai pas encore ouvert.

— Comment t'est-il parvenu ?

— Par Jaguar. Une sorcière de la Main du Néant lui a apporté le parchemin. Il a choisi de me le transmettre.

Jaguar n'est pas idiot, songea-t-elle. *Il savait qu'Éclipse me proposerait de le seconder.*

Que manigance-t-il ?

Elle se retourna vers lui.

— Une sorcière du Néant… Alors il s'agit d'un problème interne.

Il acquiesça.

— Ce qui expliquerait pourquoi ils louent les services de Chasseurs. Ils ne font peut-être pas confiance aux leurs pour se montrer impartiaux.

Elle revint à la table et prit le parchemin. *Un contrat émis par les sorcières. Moi qui souhaitais un vrai défi… Mais pas venant d'elles.*

— Si tu ne le sens pas… insista Éclipse.

Elle brisa le sceau du pouce et déroula le parchemin. Par ce simple geste, elle acceptait la mission. Une personne non autorisée qui prenait connaissance d'un tel message encourait la mort par pendaison. Elle était tellement concentrée qu'elle remarqua à peine qu'Éclipse se levait et venait lire par-dessus son épaule.

Le message était bref, mais explicite.

— Pas étonnant qu'elles aient voulu prendre l'assurance de confier cette mission à deux Chasseurs, souffla l'homme à son oreille. Quoique je me demande ce que la Clé de la Voie du Cœur du Feu faisait dans un endroit où elle risquait d'être assassinée.

— Le Néant les avale toutes, gronda Mirage.

Elle lança le document dans la pièce. La tension soudaine qu'elle avait ressentie n'était pas due à un quelconque embarras, mais au sortilège qui se mettait en action.

— Elles nous ont ensorcelés pour que nous n'en parlions à personne.

— Tu leur en veux ? dit Éclipse.

— Non.

Avec un soupir, elle pressa les mains contre ses yeux. Son compagnon alla ramasser le parchemin.

— Vierge, annonça-t-il.

Comme je m'y attendais.

— Tout ça pourrait signifier pas mal d'ennuis pour nous, fit-il à contrecœur.

« Ennuis » était un terme très loin de décrire les conséquences possibles de cette mission, et tous deux en étaient parfaitement conscients. Avant de disparaître, le texte leur avait enjoint non seulement de traquer l'assassin mais aussi de découvrir qui l'avait engagé. Et seul quelqu'un de très puissant pouvait s'offrir la mort d'une sorcière d'un rang aussi élevé.

— Si elles ont lancé la Traque sur un Seigneur ou une Dame…

Mirage aurait préféré qu'il ne dise pas cela.

— Ce n'est peut-être pas ce qu'elles demandent. Il est possible que les sorcières préfèrent se réserver la vengeance.

— De tes lèvres au cœur de la Guerrière, murmura Éclipse.

Un silence sinistre suivit sa prière, avant que Mirage ne se lève.

— Bon. Nous avons pour instruction de nous présenter à Corberth avant la pleine lune. Ce qui nous laisse tout juste le temps d'y arriver. À moins que tu préfères être en retard ?

— Jamais de la vie, dit Éclipse.

2

Serment [Mirage]

Leur progression vers le sud fut difficile. La pluie les harcela pendant toute la traversée de l'Abern et jusque dans les montagnes du Seach, transformant la route en un bourbier où les chevaux s'enlisaient. Ils ne suivaient pas une des Grands-Routes gravillonnées et nivelées par les soins de la Dame régnant sur le domaine. Penchée en avant dans sa cape tandis que Brume allait vaillamment, Mirage se demandait si ses vêtements redeviendraient secs un jour.

— Explique-moi une fois encore pourquoi nous avons choisi le Feu d'Argent, dit Éclipse.

— Ça avait l'air de promettre la gloire, répondit Mirage, ironique. Une existence passée par monts et par vaux, sans être lié à aucun endroit particulier. L'aventure ! L'excitation de l'inattendu !

— La boue. La pluie. J'aurais dû entrer au Faucon des Nuages.

— Bah, quelle vie, fit-elle d'un ton faussement moqueur. Se faire câliner et chouchouter, devenir l'espion entretenu d'un quelconque Seigneur… Tu n'aurais jamais foulé les Grands-Routes, tu n'aurais jamais connu le plaisir d'être brinquebalé à l'arrière d'une charrette.

Un bref silence suivit. Puis Éclipse grommela :

— Et j'aurais fini par tuer quelqu'un, uniquement pour tromper mon ennui.

— Comme nous tous, répliqua Mirage, faisant là allusion à ses frères et sœurs du Feu d'Argent. Je déteste cette pluie maudite par le Néant, mais je ne l'échangerais pas contre une vie liée à un employeur. Je m'ennuierais encore plus. Au moins, un Chasseur indépendant connaît la diversité.

Éclipse se réfugia une fois encore dans un mutisme bougon, même si ce qu'il pensait était clair : *Mais ceux du Faucon des Nuages ne travaillent pas pour des sorcières.*

Ils n'échangèrent plus un mot avant d'atteindre la ville suivante. Pourtant, sous ce silence un peu lourd et malgré la pluie, Mirage appréciait le voyage. Les Chasseurs itinérants travaillaient toujours seuls, et elle n'était pas habituée à faire la route avec quelqu'un. La présence d'Éclipse lui était cependant agréable, quand bien même ils ne parlaient pas. Il avait été le premier à la prendre en amitié quand elle était arrivée au Feu d'Argent, et il la connaissait mieux que n'importe quel autre de ses compagnons d'études. Il n'y avait pas d'autre Chasseur avec qui elle aurait préféré s'associer.

Ils firent halte pour la nuit à Ansing, perché sur des collines basses, à une journée de cheval de Corberth. Mirage était mécontente, car elle avait espéré qu'à cette heure ils auraient atteint la cité elle-même. La faute à la pluie.

Une fois qu'ils eurent trouvé une écurie pour Brume et Étinceleur, le hongre d'Éclipse, les deux Chasseurs montèrent leurs maigres effets de voyage à l'étage. La petite agglomération n'était pas riche, et l'auberge ne proposait pas de service pour sécher les vêtements. Ils durent étaler leurs habits humides un peu partout dans la chambre pendant que la jeune femme allait acheter à manger pour les chevaux.

Quand elle revint, une demi-heure plus tard, elle rapportait le souper. Si son compagnon de route accueillit l'initiative avec enthousiasme, elle-même mâchonna sans entrain son petit pain fourré à la viande tout en regardant fixement le plancher. Elle réfléchissait à ce qui les attendrait le lendemain. Le temps de repos qu'elle avait prévu de s'octroyer à Chervie s'était trouvé sérieusement écourté, mais elle ne sentait plus la fatigue. Tout défi brisant la monotonie de l'année écoulée était plus que bienvenu.

— Qui rencontrerons-nous demain, à ton avis? demanda-t-elle.

Il eut une moue d'ignorance.

— Une autre Main du Néant, j'imagine.

La supposition était raisonnable. Une sorcière de ce Rayon et de cette Voie avait confié la mission à leur école du Feu d'Argent, après tout.

— Pourquoi cette question ? fit Éclipse. Tu t'attends à voir quelqu'un d'autre ?

— Peut-être.

— Qui, par exemple? Quelqu'un du Cœur du Néant ? Je suppose que ce serait possible, mais d'habitude c'est la Voie de la Main qui s'occupe des affaires de ce monde.

— Je pensais plutôt à une sorcière du Feu.

— Possible aussi, dit-il après un moment. La victime était des leurs.

Mirage soupira.

— Donc nous n'avons aucune certitude et nous devrons en rester aux formules générales, au moins dans un premier temps. Il n'empêche, j'aimerais savoir à qui j'ai à faire.

— Ce qui est compréhensible.

Ils se turent, et Éclipse alla déposer leurs bols dans le couloir, à côté de leur porte, tandis que Mirage faisait le tour de la chambre pour vérifier l'état de leurs vêtements. Elle s'abandonna complètement à cette tâche routinière, et elle était tellement accoutumée à vivre seule qu'elle tressaillit quand son compagnon prit la parole :

— Tu es bien sûre de vouloir accomplir cette mission ?

Elle se retourna vers lui.

— Hein ? Je n'ai plus vraiment le choix, à présent. J'ai lu le parchemin.

— Elles pourraient t'accorder une dispense.

Elle s'assit lentement, sans le quitter du regard.

— Pourquoi ramènes-tu toujours ce sujet sur le tapis ? Tu ne veux pas de moi à tes côtés ?

— Par la Guerrière, si, bien sûr, répondit-il aussitôt. C'est juste que… Si quelqu'un d'autre m'avait dit que tu allais accepter de travailler pour les sorcières, je lui aurais ri au nez.

Et il aurait eu de bonnes raisons de le faire. Mirage se leva et étudia sérieusement la question pendant qu'elle marchait au hasard dans la pièce. Si elle avait commis une erreur en acceptant cette mission, c'était là sa dernière chance de changer d'avis.

Depuis des années, elle évitait les sorcières autant que possible. C'était devenu un réflexe, et pas seulement à cause des cheveux roux, même si le détail avait son importance. Mirage avait su depuis son plus jeune âge qu'elle était étonnamment forte pour son gabarit, et personne ne pouvait égaler la rapidité de ses réflexes. Les cheveux roux seuls ne signifiaient rien, même si presque toutes les sorcières avaient cette teinte. Mais avec ses talents physiques exceptionnels, l'ensemble n'était pas loin de paraître étrange. Et la curiosité la plus bénigne devenait un problème réel quand elle s'installait dans une école de Chasseurs, un endroit où, selon une tradition séculaire, les sorcières n'étaient pas vues d'un œil bienveillant.

Au Feu d'Argent, nombreux étaient ceux qui n'appréciaient pas sa présence. C'est pourquoi elle avait adopté une règle de conduite stricte : se tenir à l'écart des sorcières. D'autres Chasseurs allaient parfois consulter l'une d'elles quand ils étaient malades. Mirage n'avait été guérie ainsi qu'une seule fois, pendant sa formation, et ce n'était pas elle qui l'avait décidé.

Elle se prit la tête entre les mains et laissa échapper un rire bas. En fait, il n'existait qu'une seule réponse à l'interrogation d'Éclipse.

— Je ne peux pas laisser passer une mission, voilà tout.

— Parce que c'est un défi.

Elle acquiesça.

— Je… je ne peux pas résister. Je n'aime pas approcher les sorcières, mais je veux cette mission. J'ai l'intuition qu'elle me donnera l'occasion de tester les limites de mes talents. Et c'est sur les missions que nous bâtissons notre réputation. En avoir une deuxième aussi rapidement m'aidera vraiment à me faire un nom.

Son compagnon sourit avant de secouer la tête d'un air résigné.

— Quoi ?

— J'aurais pu parier que tu dirais ça, répondit-il, goguenard.

Ils entrèrent dans Corberth le lendemain en début d'après-midi. La nuit prochaine serait celle de la pleine lune. Mirage avait eu l'intention d'arriver un jour plus tôt, pour se préparer tranquillement, mais le mauvais temps ne leur avait accordé que quelques heures.

Elle était nerveuse. Ils apportèrent leurs affaires dans l'auberge qu'elle avait choisie, et elle prit le temps de se ressaisir. En temps normal, les Chasseurs indépendants, comme ceux du Feu d'Argent, décidaient du lieu de rendez-vous, et c'était le commanditaire qui se déplaçait. Elle aimait bénéficier de cette maîtrise de la situation, aussi relative qu'elle soit. Mais avec une sorcière, ces règles n'avaient plus cours. Les deux Chasseurs devraient se rendre auprès de leur employeur.

Elle n'aimait pas cela, mais elle n'y pouvait rien.

Après leur installation, ils bavardèrent peu. Bien qu'ils n'aient jamais travaillé ensemble depuis la fin de leurs études, tous deux s'accordèrent sur un rythme naturel. Il descendit chercher de l'eau chaude pendant qu'elle sortait des sacs ce qu'il leur fallait. Ce fut vite fait, car ils voyageaient léger.

Sans demander son avis à Éclipse, elle déplia leurs tenues les plus seyantes. Tout Chasseur du Feu d'Argent prenait soin de conserver un change propre et en bon état, pour les situations exigeant une certaine formalité. Si la rencontre avec une sorcière n'entrait pas dans cette catégorie, Mirage ne savait pas ce qui y correspondait.

Par chance, leurs uniformes prenaient peu de place dans les paquetages. Mirage en défroissa chaque pièce, teinte en noir mat afin de ne pas refléter la lumière. Cette qualité de soie, très légère, semblait assez fragile pour se déchirer à la moindre brise, mais cette délicatesse n'était qu'une illusion. Les nobles la portaient pour afficher leur richesse, les Chasseurs pour sa commodité.

Éclipse revint avec l'eau. Ils se dévêtirent et prirent un bain dans leur chambre, en silence. Ils se concentraient en vue de ce qui allait suivre.

Mirage s'habilla avec une précision méthodique.

D'abord un haut-de-chausses dont la coupe ne gênait nullement les mouvements. Elle en arrangea chaque pli avant de mettre une chemise ample. Puis vint la veste courte serrée par le ceinturon au-dessus duquel elle enroula une large bande d'étoffe. Elle oublia les bottes qu'elle avait portées pour chausser une paire sans aucune tache de boue. Elle exécuta quelques coups de pied et rotations rapides afin de vérifier qu'il n'y avait aucune friction, et termina en enfilant des gants de cuir souple et en plaçant le masque et le capuchon ajusté qui ne laissaient qu'une fine bande ouverte au niveau des yeux.

Il n'y avait pas de miroir dans la chambre, mais Mirage n'avait pas besoin de voir son reflet pour être satisfaite de son apparence. Les Chasseurs en tenue étaient anonymes, et d'autant plus intimidants. Ce costume familier contrebalançait l'étrangeté de ce rendez-vous dont elle n'avait pas choisi le lieu.

Elle finit de se vêtir quelques instants avant Éclipse. Le crépuscule était arrivé, et avec lui l'heure d'agir. Ils sortirent.

Se glissant d'une zone d'ombre à une autre, ils s'enfoncèrent discrètement dans les rues. Éclipse avait obtenu le chemin à suivre d'une servante quand il était descendu chercher l'eau. Leur auberge était située de l'autre côté de la ville, mais la distance ne gênait pas Mirage. Ils progressaient tels des fantômes dans la pénombre, et cela l'aidait à aiguiser ses sens. La nécessité de se soustraire à une surveillance éventuelle n'était qu'une excuse pour exercer des talents qu'elle n'avait pas beaucoup sollicités ces derniers temps, si elle exceptait son altercation avec les bandits et l'épisode avec les brigands dans la forêt, près d'Enden.

Quand ils arrivèrent en vue de la maison

mentionnée dans le parchemin, ils firent halte pour observer les lieux. C'était la propriété d'une personne aisée, car elle était entourée d'un mur sculpté à l'imitation d'arbres et de buissons. Deux gardes parcouraient le chemin de ronde à pas lents, avec l'air de s'ennuyer ferme. Mirage et Éclipse échangèrent un regard rapide. Les sculptures rendaient l'intrusion presque trop facile.

À aucun moment, les sentinelles n'eurent conscience de leur passage.

De l'autre côté, la petite cour était bordée d'arbres et dallée uniquement en son centre. Impossible d'approcher la porte sans marcher à découvert. Mirage se répéta que ce n'était pas utile, puisqu'on les attendait. Et ils avaient assez prouvé leurs talents en franchissant le mur d'enceinte au nez et à la barbe des gardes.

Ils s'avancèrent jusqu'à la porte. Celle-ci s'ouvrit au moment où ils allaient l'atteindre. Une femme rousse leur barra le passage. Mirage remarqua l'épée courte à sa ceinture, et elle sentit un rictus jouer sur ses lèvres. Une Cousine. Un de ces laquais avec qui on l'avait confondue à Enden, une dévouée servante des sorcières.

La Cousine les salua d'une brève inclinaison du buste sans montrer signe de peur ou même d'étonnement en découvrant deux Chasseurs dans la cour. Mirage jura intérieurement quand elle comprit. *Une protection magique quelconque. Ce qui explique la nonchalance des sentinelles. Avec de tels tours, comment cette sorcière a-t-elle pu se faire assassiner ?*

La Cousine ne prononça pas un mot de bienvenue, et aucun des deux Chasseurs ne voulut rompre le silence. L'intimidation avait du bon, et si la gardienne ne semblait pas ouvertement impressionnée, la raideur soudaine de son dos n'échappa pas à Mirage qui sourit derrière la soie légère de son masque. Leur guide les précéda dans les profondeurs de la bâtisse, jusqu'à une porte joliment sculptée, qu'elle ouvrit. D'un geste, elle les invita à entrer.

Par contraste avec la richesse évidente du reste de l'endroit, le spectacle de la pièce presque nue ne manquait pas de surprendre. Quelques fauteuils à haut dossier étaient disposés en arc de cercle face à la porte, et une femme occupait celui du centre. Malgré les ombres qui enveloppaient le siège et la dissimulaient en partie, Mirage sut que c'était la sorcière.

Éclipse et elle saluèrent leur commanditaire d'un simple hochement de tête.

La Cousine referma la porte derrière eux et un silence absolu régna dans la pièce pendant de longues secondes. Enfin la sorcière parla :

— Le Feu d'Argent.

Mirage analysa instantanément cet élément. La sorcière ignorait-elle l'identité de l'école contactée ? Dans ce cas la coupe de leur uniforme l'aurait éclairée sur ce point. Mais la phrase, presque dépourvue d'inflexion, était difficile à interpréter. Il était aussi possible qu'elle ait été au courant et qu'elle ait simplement fait un commentaire sibyllin sur le choix. Mirage n'aurait pu dire.

— On vous a tout expliqué ? demanda la sorcière.

Sa voix fit courir un frisson le long du dos de Mirage. Mélodieuse, douce, comme chez toutes ses consœurs. C'était ainsi qu'elles maîtrisaient la magie, et c'était pourquoi elles entraînaient leurs filles à cet art dès que les enfants commençaient à parler.

— Non, Katsu, répondit Éclipse, en employant la manière formelle de s'adresser à une sorcière dont on ignorait l'affiliation. L'ordre de mission précisait seulement que Tari-nakana, la Clé du Cœur du Feu, a été assassinée, et que deux Chasseurs devaient enquêter sur la chose. L'instruction était de nous rendre ici pour vous rencontrer, et de n'en rien dire à personne auparavant. C'est tout.

La sorcière se leva de son siège. Elle était plus grande que Mirage, autant qu'Éclipse.

— Tari-nakana revenait de la Chute de l'Étoile quand elle est tombée de cheval et s'est brisé le cou. Une tragédie banale, du moins en apparence. Mais le serpent qui a affolé sa monture est d'une espèce qui dort durant la journée, et qui de plus évite les endroits dégagés telle qu'une route. Quand on a ôté le tapis de selle après avoir achevé le cheval, qui s'était cassé deux pattes, on a découvert qu'il avait une inflammation sur le dos. Rien de très sérieux, mais assez pour rendre l'animal plus ombrageux qu'à l'accoutumée. Et la sangle était très usée – une fois encore, pas assez pour éveiller les soupçons, mais personne ne se souvient l'avoir vue dans cet état.

Mirage apprécia en professionnelle. *C'est donc ainsi qu'ils ont procédé. Malin, et subtil. Aucun indice assez visible pour qu'on puisse prouver le stratagème, et aucun acte malveillant assez prononcé pour être décelé avant de remplir son office.*

— Ces trois anomalies nous ont incitées à enquêter, poursuivit la sorcière. Rien n'indiquait que quelqu'un ait placé le serpent sur le chemin de Tari, ni qu'on ait trafiqué la sangle de la selle, mais on a retrouvé sous le tapis de selle des traces de la poudre très légère qui a irrité le dos du cheval. Ce détail nous a fait soupçonner que les deux autres n'étaient pas dus au hasard.

— Quelle est notre mission précise ? s'enquit Mirage.

— Une Traque, répondit la sorcière d'un ton ferme. Traquez l'assassin, capturez-le ou éliminez-le, cela m'est égal. Mais, surtout, trouvez qui a dirigé le bras de l'assassin, qui a ordonné ce meurtre. C'est de la plus haute importance. Agissez toutefois avec prudence, car nous ne désirons pas alerter le commanditaire. Informez-nous de vos découvertes avant d'entreprendre quoi que ce soit contre cette dernière personne.

Éclipse donna son accord d'un simple hochement de tête.

— Qui sera notre contact ?

— Moi. Acceptez-vous la mission ?

— Nous l'acceptons, répondit Mirage, certaine d'exprimer leur avis commun.

Un fourmillement d'excitation avait envahi l'extrémité de ses doigts à la perspective de la Traque. Une sensation qui lui avait manqué, ces derniers mois.

La sorcière aurait dû leur demander de prêter serment. Mais elle ne le fit pas immédiatement, et Mirage en conçut un malaise diffus. Pourquoi cette hésitation ?

— Je dois vous prévenir, dit la sorcière. Je vais requérir de vous le serment du sang. Acceptez-vous toujours ce contrat ?

Mirage se figea. Nombre de Chasseurs voyaient leur vie et leur carrière se dérouler sans qu'on leur propose un contrat assorti du serment du sang. C'était la gloire ou la mort. Seules les situations les plus délicates méritaient un serment du sang, parce qu'il nécessitait les services d'une sorcière pour lier le Chasseur à la mission acceptée. Si le Chasseur remplissait le contrat, il vivait et connaissait la renommée. De plus, il pouvait exiger trois faveurs de son employeur, au moment qu'il déciderait, et sans restriction aucune.

À l'inverse, un échec signifiait la mort pour le Chasseur.

Si un contrat mérite un tel serment, c'est bien celui-là, songea-t-elle. *Mais suis-je prête à courir le risque ?*

La gloire, le renom, et trois faveurs accordées par

des gens très puissants.

Ou la mort.

Elle avait voulu un défi…

Mirage se tourna vers Éclipse et vit qu'il faisait de même. Elle n'était pas certaine de la décision de son ami, jusqu'à ce que leurs regards se croisent. Le contact ne dura qu'un instant, mais il suffit pour les renseigner l'un comme l'autre.

— Nous acceptons, déclara-t-il.

La sorcière leur fit signe d'approcher. Elle déplaça une petite table située sur le côté et la positionna devant elle. Mirage vit qu'y étaient posés une petite dague, un bol peu profond en argent et un cristal à facettes. Des ustensiles de sorcellerie.

— Tendez la main qui tient l'arme, je vous prie.

L'appréhension avait accéléré les battements de cœur de Mirage. L'entreprise pouvait la rendre célèbre à jamais, la faire entrer dans la légende, aux côtés des autres grands Chasseurs des temps passés. Cependant, elle n'oubliait pas non plus le danger, la menace de la mort. S'ils échouaient, aucun des deux ne vivrait assez longtemps pour accepter un autre contrat.

Mais si nous réussissons, la récompense vaudra les risques encourus. Et je suis assez arrogante pour croire en nos chances de succès.

La sorcière entrelaça leurs doigts de sorte qu'ils s'agrippaient au-dessus du bol. Les deux Chasseurs avaient coincé leurs gants dans leur ceinturon.

D'un geste précautionneux, elle glissa la dague entre leurs poignets, lame à plat contre la peau, et prit le cristal dans sa main gauche. Sans prévenir, elle fit pivoter l'arme et l'abaissa, entaillant superficiellement l'intérieur du poignet de chaque Chasseur. Leurs sangs gouttèrent ensemble dans le bol en argent pour y former une flaque minuscule et luisante.

Le cristal se mit à bourdonner quand la sorcière le tint au-dessus de leurs mains.

— Vous acceptez d'être les agents de la justice qui s'appliquera à l'assassin de Tari-nakana, Clé de la Voie du Cœur du Rayon du Feu, et de découvrir qui a commandité ce meurtre. Si vous échouez dans cette tâche, vous mourrez. Si vous l'accomplissez, nous qui avons requis vos services exaucerons trois faveurs, quand vous les solliciterez. Acceptez-vous ?

Mirage et Éclipse réitèrent la réponse à l'unisson :

— Je jure, sur mon honneur et mon nom de Chasseur, que je consentirai aux plus grands efforts pour respecter mon serment, ou que j'accepterai la sanction de la Guerrière Divine, gardienne de ce serment.

La main droite sur le bol, la gauche tenant le cristal, la sorcière entonna une mélodie aux notes aiguës dans la langue magique. Mirage sentit un nœud se former au creux de son estomac quand leur sang mêlé remonta subitement dans l'espace entre leurs poignets et alla frapper le cristal dans lequel il disparut. La sorcière posa le rubis nouvellement teint sur la table et enserra leurs poignets sanglants dans ses mains.

— Votre serment est accepté. Vous pouvez engager la Traque.

Une douleur soudaine poussa Mirage à saisir la main d'Éclipse. Puis la sensation s'évanouit, aussi vite qu'elle était survenue. Déjà la sorcière écartait la petite table.

Mirage relâcha la main de son ami et examina son propre poignet. Malgré la lumière chiche, elle pouvait voir la fine cicatrice et son étrange reflet verdâtre, comme un rappel du feu magique qui l'avait refermée. La jeune femme la porterait jusqu'à la fin de ses jours, lesquels seraient encore nombreux si tout se passait bien pour elle, en souvenir du serment du sang qu'elle avait prononcé.

Ils ne quittèrent pas les lieux immédiatement. Éclipse, tout autant que Mirage, avait un certain nombre de questions à poser. Pour enquêter sur l'assassinat, ils devaient prendre connaissance de toutes les informations disponibles. Leur interlocutrice leur répondit sans hésiter, mais Mirage eut l'impression qu'elle ne leur disait pas tout ce qu'elle savait.

Nous cache-t-elle quelque chose ? Et si oui, pourquoi ? Elle réfléchissait à cette éventualité sans cesser d'écouter Éclipse qui interrogeait la sorcière. *Craint-elle d'être mise en cause dans quelque chose ? Dans l'assassinat lui-même ? Non, je doute fort que les coupables aient le front de nous engager.* Elle se rembrunit derrière la soie de son masque. *Il me faudra garder ce paramètre à l'esprit. Je n'aime pas les mystères, pas quand ma vie est en jeu.*

Ils prirent congé avant l'aube, en emportant le premier versement et une feuille enchantée en papier de riz qui leur permettrait de poser à distance d'autres questions à la sorcière, si le besoin s'en faisait sentir. Mirage paria qu'ils l'utiliseraient. Ce moyen de communication ne lui plaisait guère, cependant. Il transmettrait les mots tracés sur la feuille à sa sœur jumelle restée entre les mains de la sorcière, mais ainsi il serait beaucoup plus difficile de savoir si leur nouvel employeur éludait un sujet ou usait de faux-fuyants pour répondre.

Aucun des deux Chasseurs ne prit la parole avant leur retour à l'auberge, et, une fois dans leur chambre, ils vérifièrent que personne ne pouvait les entendre. Il n'y avait pas d'espions, comme Mirage l'avait pensé, mais ce genre de précaution n'était jamais inutile. Hélas, elle n'avait aucun moyen d'empêcher la surveillance par magie.

— Qu'en penses-tu ? demanda Éclipse qui ôta son masque et le posa sur la table.

Mirage tournait le sien entre ses mains.

— C'est l'œuvre d'un Chasseur.

Il acquiesça.

— Je le pense également. Nous sommes les seuls à bénéficier de ce genre de formation, les seuls à savoir tout agencer aussi soigneusement, les seuls capables d'effacer nos traces aussi bien.

— Bien. Alors, quelle école, d'après toi ? Les prétendantes sont nombreuses, à commencer par le Feu d'Argent, quoique je verrais plutôt l'Épine Sanglante. Ou l'Ombre de Pierre, peut-être l'Étoile du Loup.

— Je pencherais pour une des deux dernières. C'est le genre de mission qui nécessite l'art d'un spécialiste. Nous sommes plus polyvalents, tout comme ceux de l'Épine Sanglante. Reste donc à savoir si c'est là le travail d'un indépendant ou d'un lié. Autrement dit, est-ce le tueur attitré d'un Seigneur, ou un mercenaire ?

— J'ai la même intuition : nous avons affaire à un spécialiste de l'assassinat. Mais nous ne pouvons pas nous laisser enfermer dans ce schéma.

Éclipse s'assit et renversa son siège sur les deux pieds arrière pour fixer le plafond du regard, l'air pensif.

— D'accord avec toi. L'herbe-cendre sous le tapis de selle venait très certainement de l'est, sans doute de l'Insebrar. Serait-ce là que le commanditaire réside ?

— Possible. Le Seigneur Ralni aurait-il eu de bonnes raisons pour faire assassiner Tari ? Non qu'il soit forcément le coupable, bien sûr. Mais les Seigneurs font partie des gens assez fortunés ou influents pour commanditer le trépas d'un personnage aussi important. N'oublions pas que Tari dirigeait toute une Voie dans son Rayon. Par ailleurs, ce sont les sorcières du Feu qui s'intéressent le plus aux affaires politiques.

Mirage marcha de long en large dans la petite pièce, le masque toujours tenu du bout des doigts. Un détail la tracassait. Quand enfin elle put définir de quoi il s'agissait, elle s'immobilisa.

— Il sait se montrer patient, quelle que soit son identité. Il ne pouvait avoir aucune certitude que Tarinakana périrait dans sa chute. D'après notre contact, elle était bonne cavalière. Elle aurait pu maîtriser sa monture quand celle-ci s'est cabrée, ou s'être reçue au sol sans dommage. Il a donc privilégié la subtilité au détriment d'un résultat immédiat.

— Mais on peut avancer sans risque de se tromper qu'il a été engagé pour le résultat, et non pour les tentatives.

— Ce qui signifie qu'il avait un plan de secours.

— Au domicile de Tari ?

— Ce serait mon deuxième choix, à la place du Chasseur. Elle était en chemin pour retourner à la Chute de l'Étoile. J'espère qu'ils n'ont touché à rien là-bas, ou que notre ami meurtrier n'est pas déjà passé pour nettoyer les lieux. Si nous découvrons un autre de ses pièges, nous aurons peut-être une meilleure chance d'identifier son école.

Éclipse fit retomber la chaise sur ses quatre pieds.

— Ce qui nous amène à la question suivante : comment veux-tu que nous procédions ? En cherchant à démasquer l'assassin pour ensuite remonter au commanditaire, ou en essayant de définir qui a pu vouloir la mort de Tari ?

Mirage s'adossa contre un mur et prit le temps de la réflexion. Son ami attendit patiemment la réponse. Ils se coulaient déjà dans la routine de leur partenariat.

— Nous pourrions nous répartir les tâches. De

cette façon, nous serions deux fois plus utiles. Mais cet aspect des choses peut attendre.

— Exact. De toute façon, notre destination logique est la demeure de Tari-nakana, à la Chute de l'Étoile, puisque c'est là qu'elle officiait.

Moins d'une heure s'était écoulée, et Mirage avait déjà une question pour la sorcière.

— Pourrais-tu lui écrire pour demander si on a touché à quelque chose au domicile de Tari ? dit-elle avec un petit sourire gêné. Je le ferais bien, mais…

— Tu chantes comme un cheval asthmatique. Je préfère ne pas entendre ça.

Mirage lui adressa une grimace et alla ranger son masque pendant qu'Éclipse rédigeait la question de son écriture élégante. Puis il activa la feuille en chantonnant les premières paroles de la ballade *Le Faucon de Feu*. En référence au fait que leur contact appartenait au Rayon du Feu, ou à l'affiliation de Tari-nakana ?

Les mots s'effacèrent de la feuille, mais la réponse ne vint pas immédiatement. Plutôt que d'attendre bras ballants, les deux Chasseurs se changèrent et reprirent une tenue plus discrète. Ils finissaient de caser leurs uniformes dans leurs sacoches de selle quand une ligne tracée d'une écriture anguleuse et renversée vint remplacer la question d'Éclipse.

Pour autant que je sache, rien n'a été touché dans sa maison, lut-il.

Deux disques de cuivre tombèrent de nulle part sur la table.

Étouffant un juron de surprise, Mirage les ramassa.

— Elle ferait mieux de ne pas s'amuser trop souvent à ça.

Les disques étaient identiques. Sur une face ils portaient le triquetra, l'entrelacs symbolique à trois pointes des sorcières, sur l'autre un glyphe en deux parties.

— Un nom, d'après toi ?

Une autre ligne apparut sur la feuille. Éclipse la lut :

Les jetons vous permettront de passer la garde de la maison de Tari-nakana.

Il prit une des pièces et l'examina de près, puis la compara à l'autre.

— Peut-être, oui, répondit-il enfin. Le nom de Tari-nakana, avec autre chose ?

— Ne le perds pas. Je détesterais devoir ramasser tes morceaux.

— Ce serait salissant, en effet. Ne t'inquiète pas, j'en prendrai grand soin.

Par la fenêtre, il observa le ciel une seconde.

— Ce n'est pas encore l'aube. Je propose que nous dormions quelques heures avant de prendre la route.

— D'accord. Il y a un bon bout de chemin jusqu'à la Chute de l'Étoile.

3

AVENIR [MIRYO]

LES MONTAGNES SE dressaient haut dans le ciel nocturne, mais les étoiles scintillaient plus haut encore. Allongée sur le toit pentu du réfectoire, Miryo les contemplait et s'efforçait de se mettre au diapason de ce spectacle paisible.

Ses yeux scrutaient le ciel sans relâche, s'arrêtant sur une constellation puis une autre, le temps qu'elle les identifie et se remémore leur cycle. Regarder ailleurs n'aurait présenté aucun intérêt. Au sol il n'y avait que les bâtiments constituant l'installation principale de la Chute de l'Étoile : sous elle, le réfectoire ; l'impasse architecturale de l'ancien bâtiment principal ; le Nouveau Foyer, où avec un peu de chance elle habiterait avant longtemps. Tout cela lui rappelait ce qui l'attendait. Aucun répit à espérer si elle regardait en bas.

Malgré tout elle se sentait encore mieux ici que dans sa chambre. Si elle s'y était trouvée, les étagères chargées de livres et le bureau lui auraient remis en tête toutes ces matières qu'elle devait étudier, toutes ces choses qu'elle ignorait encore. Ici, à l'air libre, dans la brise qui la rafraîchissait, elle pouvait au moins tenter de se vider la tête, peut-être même trouver la paix, et l'oubli.

Ne pas penser à ce qui allait arriver.

Le vent se renforça, et elle frissonna. Elle remit en place les mèches qui s'étaient détachées de sa natte puis s'enveloppa le torse de ses bras. Elle aurait dû prendre un manteau, ou au moins choisir une tenue plus chaude. On avait beau être en plein été, sur les contreforts des montagnes le vent restait glacial.

Mais si elle ne voulait pas retourner dans sa chambre, il existait d'autres endroits où elle serait mieux abritée. Elle se leva prudemment, peu désireuse de goûter au grand plongeon qui la guettait si elle tombait du toit du réfectoire. Sans se soucier du froid ambiant, elle ôta ses pantoufles qu'elle fourra dans une poche. Elle préférait avoir les orteils gelés que perdre le peu de prise qu'elle avait sur l'ardoise du toit.

Elle gravit lentement la pente jusqu'au faîte où, en équilibre instable à cause du vent, elle fit halte pour lever les yeux vers la structure à laquelle elle tournait le dos auparavant. Le Foyer de l'Étoile, le cœur rituel de cet endroit, qui écrasait tout de sa masse et dont les fenêtres observaient les alentours tels des yeux en alerte. Avec un nouveau frisson, Miryo rejoignit l'abri d'un pignon, un peu plus haut. Une glissade contrôlée de l'autre côté l'amena au bas d'un autre plan incliné : bien que d'une facture moins incohérente que l'édifice central, le toit du réfectoire étalait un paysage insensé de toits se chevauchant qui offraient toutes sortes de recoins où se cacher et de surfaces pentues à escalader.

— Attention !

L'avertissement lancé dans un sifflement bas faillit lui faire perdre l'équilibre. Elle se redressa à temps et glissa en douceur jusqu'au creux formé par l'intersection de plusieurs pans de toit. Quelque étudiante entreprenante y avait installé une plate-forme en bois, ce qui transformait l'endroit en une cache très prisée.

— Un peu plus et je me brisais le cou, dit Miryo à l'autre occupante du repaire, qui n'était qu'une ombre.

— Si je ne t'avais pas prévenue, tu serais tombée sur moi, rétorqua Eikyo. J'ai estimé que ça valait de courir le risque.

— Bah, tu aurais survécu.

— Avec des bleus partout. Toutes mes excuses si je n'en ai pas très envie.

Avec un soupir, l'étudiante se renversa en arrière, et toute trace d'amusement disparut de sa voix quand elle demanda :

— Tu as terminé ta dissert pour Yuri-mai ?

— J'ai à peine commencé, avoua Miryo. J'étais occupée à…

— …broyer du noir, termina son amie pour elle.

Involontairement Miryo leva les yeux vers la masse imposante du Foyer de l'Étoile.

— Allons, ne te mets pas martel en tête, lui dit Eikyo. Ça ne sert à rien.

— Comme si tu n'y pensais jamais, toi…

— Bien sûr que si. Mais pas aussi souvent que toi. Tu es obsédée.

— Il y a de quoi, fit Miryo d'un ton un peu sec. Après tout, il s'agit de mon *destin*.

— Comme pour moi, souligna l'autre jeune femme, imperturbable. Dans deux mois. Nous faisons face à la même échéance, Miryo. Mais un tas d'étudiantes avant nous ont très bien passé ce cap.

Miryo frémit et s'entoura les genoux des deux bras.

— Et certaines ont échoué. Tu n'as pas vu ce qui restait d'Hinusoka après…

Elle ferma les yeux, mais cela n'empêcha pas l'image de s'imposer à son esprit, et elle revit l'horrible petite forme que les Cousines transportaient hors du Foyer de l'Étoile. Et ce qui en gouttait…

— Je ne me sens pas prête, voilà. Les études, c'est bien beau, mais à la fin on te confie le pouvoir, et il faut le contrôler. Sinon c'est lui qui te contrôle. Et il n'y a aucun moyen de s'entraîner à cet exercice, parce que c'est seulement le moment venu que tu dois manier le pouvoir.

— Tu t'en sortiras très bien, affirma Eikyo. Après tout, Gannu a réussi. Et si elle peut passer l'épreuve, alors tu n'auras aucun problème.

En dépit de ces paroles rassurantes, tout son corps s'était crispé, et Miryo la dévisagea avec curiosité.

— Bon, d'accord, moi aussi je m'inquiète. Mais pas à cause du risque de mourir. Tu trouves ça bizarre ?

Miryo comprenait à quoi elle faisait allusion. Eikyo était trop superstitieuse pour en parler ouvertement depuis que les professeurs leur avaient révélé le sort réservé aux étudiantes qui échouaient à l'épreuve finale. Toutes les recalées ne mouraient pas, mais Eikyo jugeait l'alternative encore pire. Et Miryo répugnait également à y penser.

— Soucie-toi de quelque chose de plus ordinaire, suggéra-t-elle pour distraire son amie de ce sujet, et elle aussi par la même occasion. Comme l'éventualité d'échouer à l'interrogatoire des Clés, et l'humiliation publique qui suivrait parce qu'on jugerait que tu n'es même pas prête à passer les épreuves. Tu resterais coincée ici jusqu'à devenir une vieille harpie, et les étudiantes plus jeunes se moqueraient de toi…

— Oh, tu m'es vraiment d'un grand secours, tu sais ça ? répliqua Eikyo, mais un peu de la tension avait quitté ses épaules.

Miryo lui adressa un sourire facétieux.

— Si l'une de nous doit s'inquiéter pour l'interrogatoire, c'est plutôt moi. Tu as une bien meilleure mémoire. Vois au-delà des épreuves. Envisage un peu ton avenir. Tu es bien sûre de vouloir faire partie du Cœur de la Terre ?

— Oui, répondit Eikyo d'un ton ferme.

Son visage s'était éclairé. Elle avait toujours préféré la compagnie des plantes et des animaux à celle des humains. La foule la mettait mal à l'aise.

— Et toi ? Tu as fait ton choix ?

Ce fut au tour de Miryo de soupirer.

— Non. Et au train où vont les choses pour moi, je serai de celles qu'on devra pousser à prendre une décision. Peut-être que toi tu détestes l'idée de devoir attendre un an pour avoir le droit d'exprimer officiellement ton choix, mais moi j'en suis heureuse.

— Tu n'as aucune préférence ?

Miryo eut un geste qui traduisait sa frustration.

— Aucune assez marquée pour prendre le dessus sur les autres. Aucun choix ne me convient. Aucun ne m'attire réellement. Or, n'est-ce pas ainsi qu'on est supposé se décider ?

— Avec ce qu'on est *supposé* faire, je pencherais pour le Néant. Aborde le problème différemment. Lequel ne souhaites-tu pas servir ?

Cette inversion de la question rituelle rendait la chose plus intéressante, et elle éveilla un peu l'esprit de Miryo. Il était relativement facile de choisir une Voie au sein d'un Rayon. Si vous désiriez mettre en pratique les compétences spécifiques à votre Rayon, vous choisissiez la Main. Si vous préfériez la recherche et les archives, c'était la Tête. Pour l'administration des affaires de votre Rayon, le Cœur était tout indiqué. En général les étudiantes savaient très tôt vers quel secteur leur inclination naturelle et leurs talents les dirigeaient. Quant aux personnes avec qui vous opéreriez et aux tâches que vous accompliriez, elles dépendaient d'un des cinq Rayons, et ce choix-là était plus difficile pour Miryo.

Elle suivit le conseil de son amie et répondit à la question :

— Pas les dirigeants, je crois.

— Je te vois mal dans l'arène politique avec les Seigneurs et les gouverneurs, c'est vrai, dit Eikyo. On peut donc oublier le Feu. Restent quatre Rayons.

Miryo coinça quelques mèches rebelles derrière ses oreilles tout en réfléchissant.

— Je ne pense pas avoir les qualités nécessaires pour l'Eau, déclara-t-elle après un moment.

— J'allais le dire. Tu n'es pas faite pour vivre dans un village perdu, à récupérer le bétail égaré et soigner les gens de la vérole.

— Euh… Personne n'a dit que je devais choisir la Main.

— C'est vrai, mais tu n'es pas assez organisée pour le Cœur, et tu n'as pas la patience qu'il faut pour la Tête. Tu rejoindras la Main, quel que soit le Rayon de ton choix. Je suis prête à le parier.

Miryo n'avait pas d'argument solide à opposer.

— Pour le reste… je ne sais pas !

Elle se leva et fit tant bien que mal le tour de la petite plate-forme. Elle sentait sous ses pieds nus les aspérités du bois fatigué par les intempéries.

— Je ne pense pas vouloir rejoindre le Néant. Je n'ai pas envie de me retrouver mêlée aux problèmes internes. C'est encore de la politique, simplement la nôtre au lieu de celle des autres. La Terre ? Pourquoi pas… mais je n'ai pas le chic avec la nature, comme toi.

— Ce qui ne laisse plus que l'Air.

Miryo fronça les sourcils. Le Rayon de l'Air n'avait pas un champ d'application aussi clairement défini que les autres. Il se mettait au service de qui en avait besoin.

— On y voyage beaucoup.

Eikyo s'esclaffa.

— Au son de ta voix, j'ignore si c'est une bonne ou une mauvaise chose.

— Moi aussi.

— Tu t'es pourtant plainte assez souvent de ne pas pouvoir quitter la Chute de l'Étoile. À mon avis, tu as la bougeotte.

Miryo s'efforça de s'imaginer à quoi une telle vie pouvait ressembler.

— Mais je n'ai jamais voyagé. Pas comme elles, qui se déplacent tout le temps. Je *crois* que ça me plairait assez. En tout cas, c'est plus attirant que les autres options. Mais si ça ne me plaît pas, finalement ?

— Tu disposes d'une année entière après l'examen pour décider, lui rappela Eikyo. Ce qui te laisse le temps de te faire une idée plus précise, avant de te retrouver coincée…

Elle termina sur un énorme bâillement.

— Tu t'es encore levée très tôt ? demanda Miryo.

— Comme toujours ! répondit son amie avec une pointe de mauvaise humeur. Ruka-chai a voulu que je lui donne un coup de main pour l'une des juments qui allait mettre bas. Elle a eu un adorable petit poulain.

— C'était donc la raison de ton absence, dit Miryo en se rasseyant. Je me demandais. On ne t'a pas vue, au petit déjeuner.

— Non. Ruka-chai nous a fait apporter à manger par une Cousine. Nous étions couvertes de crottin. Crois-moi, tu n'aurais pas aimé que je m'installe à ta table ce matin !

Eikyo bâilla encore à s'en décrocher les mâchoires et agita la main en signe d'excuse.

— Désolée. Je devrais peut-être rentrer.

— Moi aussi, approuva Miryo. Il faut que je termine cette dissertation pour Yuri-mai, quand même. On pourrait penser qu'à notre stade, c'en serait fini de ce genre d'exercice, eh bien non.

Elles se mirent toutes deux debout et Eikyo posa la main sur l'épaule de son amie.

— Ne t'en fais pas. Nous allons les éberluer avec notre savoir pendant l'interrogatoire, et nous passerons les épreuves finales les doigts dans le nez. Toutes les deux. Et ensuite tu auras tout ton temps pour décider de ton orientation future.

— Merci, Eikyo.

Elle la serra brièvement dans ses bras, puis elles entreprirent l'escalade du pan de toit. Le vent gifla Miryo quand elle atteignit le sommet, et elle frissonna sous ses vêtements trop légers.

— À demain.

Elles se séparèrent. Leurs chambres respectives n'étaient pas très éloignées, mais à cause d'une toiture endommagée entre les deux, il était plus sûr pour Eikyo de prendre un autre itinéraire.

Miryo revint de son côté du bâtiment sans encombre. Elle se pencha en avant pour vérifier que Teruku ne regardait pas par leur fenêtre. Sa camarade de chambre la connaissait bien, et toutes les étudiantes s'aventuraient sur les toits, mais elle désapprouvait cette pratique et ne se gênait pas pour le faire savoir. Teruku était à son bureau, dos tourné à la fenêtre.

Miryo agrippa des deux mains une sculpture de faucon et balança ses jambes par-dessus le bord du toit. Ses pieds touchèrent un nœud de plantes grimpantes, ce qui lui permit de se positionner face à sa fenêtre et de la franchir.

Sa dissertation pour Yuri-mai à demi rédigée se trouvait sur son bureau. Elle y jeta un regard sombre et alla s'étendre sur son lit. De là, elle pouvait contempler ses étagères, de l'autre côté de la chambre. Elles étaient occupées par des pages et des pages de notes rassemblées en liasses bien nettes. Une bonne partie de son savoir se trouvait là. Pas l'intégralité, bien sûr : elle avait appris dès qu'elle avait commencé à parler, avec les règles de politesse. Les seize manières de s'adresser à une sorcière, selon son affiliation ; le salut correspondant ; là où elle avait le droit et l'interdiction d'aller dans l'enceinte du Foyer de Tsurike, sa première résidence.

La majeure partie des sujets étudiés pendant ses dix premières années n'avaient laissé aucune trace écrite. Elle avait passé beaucoup de temps sur des choses très simples, les lettres et les chiffres, le langage particulier à l'art de la magie, et plus encore à apprendre comment moduler sa voix, bien sûr. On avait commencé à l'y entraîner dès qu'elle avait été capable d'articuler son premier mot, afin qu'elle puisse formuler ses sortilèges sans hésitation, le moment venu. Le restant de sa formation, qui couvrait les notions basiques en histoire, géographie et autres matières comparables, était suffisamment enraciné en elle pour qu'elle n'ait pas besoin d'une révision.

Miryo se leva et s'approcha des étagères. Elle fit courir un doigt sur les paquets de notes relatives aux Éléments. Elle avait fini de les réviser quelques jours plus tôt : les associations symboliques existant entre eux, la manière spécifique de se concentrer pour canaliser chacun, les effets magiques auxquels ils convenaient particulièrement, leurs influences dans la société humaine, leur signification philosophique. Les cinq Éléments, y compris le Néant. Il n'y avait pas de notion de magie associée, ni aucun point central pour canaliser cette magie, mais tout le reste était là, en un flot ininterrompu de détails. Quand elle aurait terminé sa dissertation, elle se replongerait dans ces documents, encore et encore, jusqu'à ce que l'heure soit venue et qu'on mette ses connaissances à l'épreuve.

Avec une grimace, elle alla à son bureau et considéra d'un regard mécontent les papiers qui l'encombraient. Un instant sa propre écriture serrée et inclinée lui parut exécrable. Elle eut soudain envie de descendre la façade du foyer des étudiantes pour ensuite dévaler le flanc de la montagne et se fondre dans la nuit.

Mais cela ne lui servirait à rien. Elle était étudiante ici, la fille d'une sorcière, et dans un mois, à moins d'un échec, elle-même aurait le statut de sorcière. Il n'y avait aucune autre voie pour elle, en tout cas aucune qu'elle aurait volontairement choisie.

Elle tira sa chaise d'un geste brusque. Depuis un an, elle traversait ce cycle : après un ou deux mois elle s'attristait de son sort, remettait en question sa volonté et ses chances de réussite. Ce moment d'incertitude passerait assez vite, comme toujours. La plupart du temps elle aimait le défi que ses études lui posaient. Elle se ressaisirait bientôt, et elle se présenterait à l'examen avec une détermination renouvelée. Tout se passerait bien.

Et si je me le répète assez souvent, je finirai peut-être par le croire.

***

— Oh, vous m'avez surprise, Narika-kai.

Les paroles furent presque aussitôt absorbées par les rayonnages qui emplissaient la bibliothèque. Narika leva les yeux du livre qu'elle tenait et sourit à Miryo.

— Tu es donc nerveuse à ce point, aujourd'hui ?

Miryo se redressa, car, par réflexe, elle s'était inclinée pour saluer la sorcière quand celle-ci avait tourné le coin.

— Je suis seulement un peu fatiguée, Kai.

— Cela ne m'étonne pas, répondit Narika qui referma son livre et posa un regard scrutateur sur la jeune femme. Toutes les étudiantes dorment moins à mesure que la date de l'examen approche, il me semble. Dis-moi, quel sujet t'a tenue éveillée cette nuit ?

Elle vit le livre entre les mains de Miryo.

— Les malédictions ?

— Oh, non, Kai. C'était pour une dissertation que je dois rendre à Yuri-mai.

— Mais bien sûr, tu as étudié, n'est-ce pas ? dit la sorcière avec un fin sourire.

— Oui, Kai. Les sorts de guérison.

— Ah, un sujet merveilleux. Pas un de ceux que je préfère, toutefois, ce qui est une des raisons pour lesquelles je n'ai pas choisi l'Eau quand j'avais ton âge. Ses sœurs accomplissent plus de guérison que les trois autres. Ce domaine t'intéresse donc ?

— Je… Je n'en suis pas encore certaine, Kai.

Narika hocha la tête.

— Tu as encore le temps avant d'arrêter ton choix. Bien évidemment, je ne suis pas censée essayer de t'influencer dans une direction ou une autre, puisque tu n'as pas encore passé l'examen, mais je ne pense pas que tu échoueras. Je prendrai donc le risque de te dire que tu conviendrais magnifiquement à l'Air, à mon avis. Tu es le genre de personne faite pour la variété et l'aventure. Bien sûr, rien ne t'obligerait à devenir une Main – je me satisfais moi-même très bien de la tenue des archives du Rayon, ce qui est beaucoup plus reposant – mais je pense que cela te plairait. Allons, j'arrête mon prosélytisme. T'ai-je convaincue ?

La sorcière sourit encore, ce que Miryo trouva assez déconcertant.

— Je vais y réfléchir, Kai. Mais pour être tout à fait franche, je n'ai aucune idée de ce que je veux vraiment. L'Air pourrait me convenir, mais il faudrait d'abord que je voyage un peu, pour m'en assurer.

— Voilà qui est très sensé de ta part.

Narika replaça l'ouvrage sur son étagère et tendit la main pour prendre celui de la jeune fille. Elle le feuilleta rapidement avant de secouer la tête.

— Ces sujets ont le don de me déprimer. Je n'aurais pas aimé être à la place d'Ashin, il y a deux ans, et découvrir ce foyer de toux rouge dans le Razi.

Elle fit claquer le livre en le refermant et s'éloigna dans l'allée pour le ranger à sa place. Miryo sentit qu'elle se devait de l'escorter.

— Pour tout dire, je supporte mal la proximité des gens malades. J'aurais été une très mauvaise recrue pour le Rayon de l'Eau.

Elles débouchèrent dans un espace ouvert meublé de tables. Une étudiante de douze ans que Miryo connaissait vaguement s'était assoupie à l'une d'elles, la tête appuyée sur un atlas ouvert.

Narika se tourna vers la jeune femme.

— Es-tu nerveuse ?

— Je vous demande pardon, Kai ?

— Nerveuse. Au sujet de l'examen. Il aura lieu dans un mois, comme tu le sais. Éprouves-tu de l'appréhension ?

Miryo envisagea de dissimuler la vérité, mais abandonna aussitôt cette idée.

— Oui, Kai. Beaucoup d'appréhension.

— Je ne peux rien affirmer, bien sûr, mais je ne pense pas que tu aies des raisons de l'être. Enfin, un peu de tension ne peut pas te faire de mal, cela aidera à te garder alerte, mais pour l'amour de la Dame, Gannu a bien réussi… Tu es une étudiante de valeur, de ce que j'ai entendu dire et de ce que j'ai pu constater par moi-même, et tu as la tête sur les épaules. Ne t'inquiète pas outre mesure, et veille à prendre assez de repos. Tu auras besoin de toute ton énergie pour passer les épreuves.

— Oui, Kai. Je me reposerai.

— Très bien…

Narika tourna un regard désapprobateur vers l'étudiante endormie.

— Mais pas au détriment de tes études, bien sûr.

Elle fredonna une courte phrase musicale. Miryo reconnut un sort de lévitation basique, avec la conclusion qui le rendrait opérant pour un certain temps. Elle ne sentit aucun déplacement de puissance et ne s'en étonna pas, puisque cette aptitude ne lui viendrait qu'après l'examen. Mais elle n'avait pas besoin d'un sens particulier pour constater les effets du sort : la chaise supportant l'étudiante et la table où sa tête reposait s'élevèrent en douceur dans l'air.

— As-tu encore à étudier ici ? demanda Narika.

— Oui.

— Alors dis-lui, à son réveil, que je la verrai une heure après le carillon Premier, demain. Je ne suis pas partisane d'épuiser les élèves, mais je ne tolère pas non plus la paresse.

Sur ces mots la sorcière disparut dans une allée et quitta la pièce.

Miryo observa l'étudiante en lévitation avec une pointe d'amusement. Narika était parfois imprévisible, mais en général elle se montrait plutôt agréable, pour peu qu'on ne la contrarie pas. Elle avait presque pitié de la gamine. Tel qu'il avait été formulé, le sort durerait au moins une demi-journée. La fille devrait trouver un moyen de redescendre au sol si elle ne voulait pas avoir des problèmes avec ses professeurs pour cause d'absentéisme.

Dans un coin de la bibliothèque, Miryo dénicha un traité sur les sorts de communication, et elle revint s'installer à une des tables pour lire. Elle en avait parcouru trois pages quand des sons au-dessus de sa tête l'informèrent que la jeune élève se réveillait.

La fille s'étira en bâillant et se frotta les yeux sans hâte. Miryo réprima son hilarité. Tout en se grattant une épaule d'un geste absent, la gamine posa un regard voilé autour d'elle.

Puis elle baissa les yeux vers le sol.

Le rire de Miryo lui échappa quand la fille poussa un couinement de peur. La pauvre agrippa les accoudoirs de son siège dans un mouvement de panique.

— Tu n'es pas perchée très haut, lui dit Miryo avec calme. Tu peux certainement sauter au sol. Mais je te suggère de ne pas oublier ton livre, si tu ne veux pas d'ennuis avec Tomichu-ai pour ne pas l'avoir remis à sa place.

— J'ai le vertige, murmura la fille d'une voix étranglée.

— Alors je dirais que tu as un problème. Tu ne peux pas descendre toi-même en lévitant. Si tu ne sautes pas, tu devras rester là-haut jusqu'à ce que le sort se dissipe, ce qu'il devrait faire une heure après le carillon Bas, si je ne me trompe pas, et tous tes professeurs te puniront pour avoir manqué leurs cours entre-temps.

Miryo prit son livre et se leva. Si cette pauvre gamine cédait à l'hystérie, mieux valait poursuivre sa lecture ailleurs.

— Et ce sera en prime de ce que Narika-kai te réserve pour t'être endormie dans la bibliothèque. Tu dois te présenter à elle demain, une heure après le début du carillon Premier.

La fille poussa un petit gémissement de détresse. À en juger d'après son expression, elle avait déjà désobéi à Narika auparavant.

— Vois donc le bon côté des choses, lui dit Miryo en souriant. Même si tu ne trouves pas le courage de sauter, le sort s'estompera *avant* l'heure de ton entrevue avec Narika. Et c'est un rendez-vous que je te déconseille de rater.

Puis elle sortit, en refermant la porte sur les geignements croissants de la fille.

DANS UN DES couloirs du bâtiment principal, Miryo eut un moment d'hésitation et fit halte à côté du buste d'une sorcière disparue depuis longtemps. Ce qui lui avait semblé être une très bonne idée juste après son échange avec Narika perdait un peu de son attrait maintenant qu'elle s'apprêtait à la mettre à exécution.

Allons. Elle ne mord pas. Enfin, je crois.

Elle se redressa de toute sa taille, releva le menton et marcha d'un pas vigoureux jusqu'à la porte du bureau d'Ashin. Elle y frappa avec juste ce qu'il fallait de détermination.

Dans le silence qui suivit, elle pria pour que la sorcière n'ait pas quitté la Chute de l'Étoile une fois de plus. En sa qualité de Clé de la Main de l'Air, en charge donc du tiers le plus mobile du plus mobile des Rayons, Ashin s'absentait du domaine plus souvent qu'aucune autre sorcière responsable, et fréquemment sans prévenir. Si Miryo avait raté l'occasion…

Alors tu lui parleras plus tard, se dit-elle avec un peu d'irritation. *Tu n'as pas encore passé l'examen. Si elle n'est pas ici, tu remettras la charrue derrière les bœufs, à sa place.*

Mais le silence s'étirait et elle ne pouvait ignorer la déception qui grandissait en elle.

— Je peux t'aider ?

Elle fit volte-face et vit la sorcière qui arrivait vers elle, avec ce qui ressemblait à une sacoche de selle sur un avant-bras. La Clé fit halte et la dévisagea.

— Miryo, c'est bien ça ?

— Oui, Kasora. Je… Vous devez être très occupée, ça peut attendre…

— Non, non, entre donc, dit Ashin avec un empressement surprenant.

Elle fit passer la fonte sur son bras gauche et chercha dans sa poche la clé.

— Tu… Tu n'as pas encore passé les épreuves, n'est-ce pas ?

— Non, Kasora.

Miryo la suivit à l'intérieur et s'immobilisa, mains jointes pour les empêcher de s'agiter pendant qu'Ashin allumait les lampes avec quelques sorts.

— C'est bien ce que je pensais, fit la sorcière. Je me serais rappelée t'avoir interrogée.

Elle posa la sacoche sur un fauteuil déjà encombré. La plupart des bureaux où Miryo avait eu le privilège d'entrer étaient envahis d'un désordre plus ou moins impressionnant, mais en général on y voyait surtout des papiers. Ici, c'était différent : elle repéra une lanterne, une boussole, et même une selle, abandonnée sur le sol.

— De quoi as-tu besoin ?

— Oh, je ne… Eh bien, Ashin-kasora, je suis ici plus par curiosité que pour une autre raison. Voyez-vous, j'envisage de rejoindre la Main de l'Air après mon examen, et comme vous êtes présente à la Chute de l'Étoile en ce moment, je me suis dit que je pourrais peut-être en profiter pour vous parler de mon projet.

Ashin se figea d'un bloc, comme elle l'avait fait dans le couloir. Quand elle parla, ce fut d'une voix curieusement tendue :

— Après ton examen.

Miryo s'empressa de s'expliquer :

— Je suis désolée, Kasora. Je sais qu'il est trop tôt pour que j'y pense. Mais vous êtes si rarement ici… Je vous présente mes excuses si je dépasse les bornes.

La Clé se remit en mouvement. Elle fouilla dans quelques tas de babioles diverses comme si elle cherchait quelque chose, mais elle ne semblait pas avoir d'objectif précis.

— Oh, non. Ce n'est pas un problème. Beaucoup d'étudiantes pensent très tôt à la Voie qu'elles aimeraient suivre. Et l'optimisme est une bonne chose. Je suppose.

L'optimisme ? Miryo sentit sa tension croître brutalement. Personne ne pouvait citer de statistiques sur le nombre de sorcières qui échouaient aux épreuves, mais elles n'étaient pas nombreuses, elle le savait. Pourtant les paroles d'Ashin n'avaient rien d'encourageant.

La Clé leva les yeux vers sa visiteuse, et elle dut décrypter son expression car elle lui sourit. Mais Miryo aurait juré qu'elle se forçait.

— Tout ira bien pour toi, j'en suis sûre. Tu n'as aucune raison de t'inquiéter des questions. Nous voulons simplement vérifier que tu sais ce que tu dois savoir avant de passer les épreuves.

Mais cet interrogatoire était justement le point auquel elle avait fait allusion un instant plus tôt. Miryo entrelaça ses doigts un peu plus fermement.

— Kasora…

— Après ton examen, pourquoi ne pas revenir me voir ? Nous pourrons discuter de ton Rayon et de ta Voie. La Main de l'Air pourrait être l'idéal pour toi. Mais tu seras mieux renseignée après les épreuves, de toute façon.

Une fois encore, ce côté subtilement artificiel. Comme si Ashin n'était pas aussi confiante qu'elle s'efforçait de le paraître.

Que savait-elle que Miryo ignorait ?

L'étudiante ne pouvait pas poser cette question, car le ton qu'avait employé la Clé avait clairement mis un terme à la discussion. Elle s'inclina poliment.

— Je vous remercie, Kasora. Je suivrai vos conseils.

Ashin contourna son bureau pour la raccompagner jusqu'au couloir.

— J'attends notre prochaine entrevue avec impatience.

La porte se referma sur Miryo avec un bruit sourd.

4

Enquête [Mirage]

— T'es-tu seulement demandé pourquoi Jaguar nous a choisis ? dit Mirage.

Ils chevauchaient depuis déjà un certain temps dans les plaines se déployant dans le sud du Currel quand elle finit par poser la question qui lui trottait dans la tête depuis leur départ de Corberth. Mirage s'était enfin décidée à parler car ils approchaient de la frontière avec la Chute de l'Étoile, et qu'une fois franchie cette limite, ils auraient d'autres sujets de préoccupation. De plus, le trajet avait été d'une monotonie ennuyeuse et elle avait eu tout le temps de réfléchir.

Éclipse lui lança un regard étonné.

— « Nous » ? C'est bien un « nous » que je viens d'entendre ? Pour autant qu'il me souvienne, la mission n'a été confiée qu'à *moi*.

— Exact. Et Jaguar s'attendait très certainement à ce que tu prennes Saule pour partenaire…

Il frissonna.

— Je n'ai pas revu cette fille depuis que nous avons quitté le Feu d'Argent, la Guerrière en soit remerciée. Mais tu as raison : je n'avais pas songé à chercher quelqu'un d'autre, et il le savait très probablement.

— Alors pourquoi nous ?

Il garda le silence un moment. Leurs montures allaient l'amble dans la lumière de cette fin d'après-midi, au sein de la verdure des blés mûrissants. Finalement, il haussa les épaules.

— Et pourquoi *pas* nous ?

— Nous sommes *jeunes*.

— Mais pas inexpérimentés. Tu as déjà mené à bien un contrat, après tout. Et t'est-il jamais venu à l'esprit que c'est toi la personne qu'il voulait réellement pour cette mission, et que je n'étais qu'un moyen de t'atteindre ?

— D'accord, deux réponses à ça. Premièrement, comme tu l'as dit, c'est à toi qu'on a proposé le contrat.

— Jaguar savait où me trouver. Tu étais plus difficile à contacter. Et on prétend qu'une sorcière doit pouvoir te localiser pour t'envoyer quelque chose. Par ailleurs, quelle aurait été ta réaction si le contrat s'était simplement matérialisé entre tes mains de cette façon, par magie ?

— C'est ainsi qu'il t'est parvenu ?

Il acquiesça.

— Il est tombé de nulle part entre mes doigts, avec un mot de Jaguar qui expliquait la situation.

Si Éclipse avait raison quant au fait que les sorcières devaient connaître la position physique de leur cible pour lui faire parvenir quoi que ce soit, cela signifiait que celle de Corberth avait su où ils séjournaient. Mirage serra les dents. Mais son compagnon ne se trompait pas sur sa probable réaction si elle avait reçu directement le contrat.

— D'accord. Deuxième point, maintenant. Qu'ai-je donc de si spécial ?

— Tu es une Chasseuse sacrément douée.

Mirage eut une moue de doute.

— Non, je sais bien me battre, rien de plus. Pour ce qui est de jouer les fantômes, espionner et toutes ces autres activités un peu spéciales que nous sommes amenés à pratiquer, je ne suis pas meilleure qu'une autre.

— Allons donc, tu es meilleure que certaines, à tout le moins, fit-il avec une petite grimace. Saule ?

Ce nom eut l'effet escompté, et Mirage se mit à rire.

— Tu n'es pas si mauvaise quand il faut passer inaperçue ou espionner. Et Jaguar t'a à la bonne. Il t'aime bien depuis toujours. Peut-être qu'il veut faire en sorte que tu aies de belles occasions de prouver ta valeur.

— Ou bien il pense que cette mission risque d'être dangereuse.

La réflexion les calma tous les deux. Ils menèrent leurs chevaux sans parler pendant quelques minutes, puis Éclipse rompit le silence :

— Provoquons le danger, en ce cas. Je ne me suis pas amusé depuis un bout de temps, moi non plus.

La fin du voyage ne les amusa nullement. Mais les deux Chasseurs redevinrent alertes à l'approche de la frontière. Il était fortement déconseillé de pénétrer dans le domaine des sorcières avec l'esprit embrumé.

Après une nuit passée à Samalan, ville frontalière du Currel, ils prirent la direction de l'est puis quittèrent la route et franchirent la frontière en un endroit désert. Mirage s'était plus ou moins attendue à voir un signe quelconque de la délimitation entre les deux domaines, mais elle n'en décela aucun, et elle n'eut la certitude d'être entrée dans la Chute de l'Étoile qu'en atteignant les collines basses. Ils s'engagèrent dans une forêt aérée de cyprès et de pins, et elle ne tarda pas à se sentir mal à l'aise. De vastes portions de cette contrée étaient supposées inhabitées, et ils n'avaient pas aperçu âme qui vive, mais il était toujours possible qu'on les espionne par la magie. L'établissement du campement pour la nuit n'arrangea pas son pressentiment. Bien qu'ils aient évité d'allumer un feu, et fait très peu de bruit, elle avait l'impression que leur présence était très voyante. Et si leur intrusion dans ce domaine allait entraîner un châtiment ?

Pourquoi me poser ces questions ? Nous avons lancé la Traque, après tout, et il n'y a pas intrusion quand on a la permission.

Gardant cette pensée en tête, elle put analyser ses émotions avec un semblant de sérénité, et tout devint aussitôt beaucoup plus clair. *D'autres sortilèges. Maudites sorcières. Mais c'est dans la logique des choses : des mesures de sécurité à leur manière, qui poussent toute personne s'aventurant ici à se méfier de la moindre ombre. J'imagine que cette tension permanente est épargnée aux sorcières et à leurs Cousines.*

Elle fit part de ses réflexions à Éclipse, et il parut un peu rasséréné. Lui aussi avait ressenti cette pression diffuse, et si la compréhension de son origine ne l'effaçait pas, elle la rendait plus facile à gérer. C'est ainsi qu'ils réussirent à prendre enfin quelque repos.

Le lendemain, ils s'enfoncèrent entre des pics toujours plus hauts recouverts de forêts où l'on discernait la main humaine, avec des vergers de pommiers, de poiriers et de grenadiers. Ils gardaient un œil sur les Cousines qui devaient entretenir ces lieux, et prirent soin de passer au large des sommets les plus élevés qui marquaient le cœur du domaine, où se trouvait la communauté la plus importante. Les Primes qui commandaient aux sorcières vivaient là, en compagnie des sœurs en formation. Aucun Chasseur ne se serait risqué à seulement approcher le siège de leur pouvoir. En milieu d'après-midi, ils arrivèrent à proximité de la vallée abritant la propriété privée de Tarinakana, d'où la sorcière menait la majeure partie de ses affaires. Parmi les multiples avantages qu'offrait la magie, il y avait cette aptitude à travailler depuis un endroit autre qu'un centre administratif, ce qui expliquait pourquoi tous les Seigneurs et toutes les Dames, ainsi que bon nombre de leurs gouverneurs, choisissaient des sorcières comme conseillers.

Après une brève discussion, les deux Chasseurs convinrent de s'accorder quelques heures de repos et de reprendre la route à la nuit tombée. Même si leur venue était autorisée, ils préféraient qu'elle conserve une certaine discrétion. Mirage assura le premier tour de garde, qu'elle passa perchée dans un arbre. Cette position ne la protégerait pas spécialement de la magie, mais elle serait utile si des Cousines en maraude surgissaient. Elle ignorait si elles effectuaient ce genre de patrouilles, mais c'était une précaution qu'elle aurait prise, à leur place.

Aucune présence ne se manifesta, que ce soit pendant son tour de garde ou celui d'Éclipse, et après le crépuscule ils s'avancèrent vers la demeure de la sorcière.

C'était une habitation plutôt petite, en tout cas beaucoup moins somptueuse que Mirage ne se l'était imaginée pour une sorcière dont l'importance au sein du Rayon du Feu n'était surpassée que par celle de sa Prime. Elle ne s'était pas laissée aller aux mêmes extravagances que certaines de ses sœurs. Un joli jardin s'étendait devant la maison, empli de jacinthes et d'autres fleurs écloses, que Mirage observa quand ils reconnurent les environs. Il n'était pas encore envahi par les mauvaises herbes, et ce détail indiquait que les sorcières avaient engagé les deux Chasseurs rapidement après le décès de Tari-nakana.

Éclipse s'était immobilisé à quelque distance d'elle, à peine visible. Sa tenue se fondait si bien dans les ombres qu'elle ne l'aurait pas repéré si elle n'avait pas su qu'il était là. Elle recourut au langage des signes du Feu d'Argent pour communiquer avec lui. *Je ne vois aucune empreinte. En avant ?*

D'un geste il lui donna son accord, et ils se glissèrent dans le jardin.

Rétrospectivement, Mirage dut bien l'admettre : par chance, il n'y avait aucun piège dans le jardin. C'était certes peu probable, des collets ou des arbres prêts à s'abattre sur tout intrus auraient été peu en accord avec les manières présumées subtiles du meurtrier, mais s'il en avait décidé autrement ils l'auraient appris à leurs dépens. *Réfléchis, ma petite. Tu n'es plus de sortie pour un pique-nique au soleil.*

Il émanait de la maison cette sensation d'inertie qui accompagne un lieu désert. Mirage en fut soulagée, mais elle ne baissa pas sa garde pour autant et demeura sur le qui-vive. Peine perdue : il n'y avait personne à l'intérieur, et apparemment les disques de cuivre les protégeaient des mesures magiques éventuelles dont Tari-nakana avait pu charger les lieux. La jeune femme se demanda sous quelles formes elles auraient pu les toucher. Puis elle regretta d'y avoir songé. Elle imaginait une infinité de surprises très désagréables.

Entrée, salon, cuisine. La nourriture était toujours fraîche, sans doute sous l'effet d'un sort de conservation. Ils la reniflèrent et y goûtèrent avec précaution, mais ne décelèrent aucune trace de poison. *C'est logique. S'il avait utilisé un poison à effet rapide, on l'aurait remarqué, et un poison à effet lent aurait été neutralisé à temps. Ensuite, elle se serait montrée très soupçonneuse, et très prudente.* Buanderie, chambre de la servante : peu probable que Tari-nakana soit entrée là, néanmoins les Chasseurs passèrent ces deux pièces au peigne fin. Rien.

Les appartements de la sorcière se trouvaient à l'étage, comme Mirage l'avait pensé. Ils empruntèrent l'escalier en hélice qui s'élevait en courbes gracieuses depuis le salon.

La jeune femme était presque arrivée au palier quand elle se figea.

Dans son dos, elle sentit Éclipse qui s'immobilisait à son tour.

— Ne t'inquiète pas, dit-elle, et c'était la première fois qu'elle parlait depuis leur entrée dans la maison, je crois avoir trouvé quelque chose.

Au ralenti, elle souleva son pied droit de la marche sur laquelle il venait de se poser. Puis elle se pencha et d'une main gantée effleura les clous qui maintenaient la planche en place. Leur tête brillait, comme s'ils avaient été enfoncés très récemment. Quant à la planche, elle céda dès que la jeune femme la soumit à une légère pression de la paume.

Quatre marches de suite étaient sabotées de manière identique. Mirage interrogea son compagnon du regard, et il répondit d'un simple hochement de tête. Elle posa le pied sur la première marche, qui se brisa instantanément.

Éclipse vint se placer auprès d'elle et examina les fragments de la planche.

— Rongée par les termites, déclara-t-il.

— Mais ça n'a rien de fortuit.

Pas avec ces clous neufs. La jeune femme contempla l'escalier dans son ensemble.

— Nous sommes montés sans hâte. Une personne allant à une allure normale, surtout si elle est un peu corpulente…

Elle posa la main sur la rampe, l'entendit craquer.

Éclipse se courba en avant pour examiner l'extrémité de cette section.

— Il manque certains clous. De la sorte, la rampe aurait lâché, et Tari aurait fait une chute mortelle. C'est en tout cas ce que notre ami l'assassin espérait. Mais il a pris un risque : Tari-nakana aurait semblé un peu trop sujette aux mésaventures dangereuses, après l'incident du cheval.

— Une chance pour nous qu'il ne soit pas revenu pour replacer les clous et les planches d'origine.

Elle brisa les trois marches endommagées, et ils durent longer le bord de l'escalier pour atteindre le palier.

À l'étage, ils découvrirent un spectacle de désolation. Aucun piège ne s'était déclenché là. Le chaos ambiant était le seul résultat d'une fouille sans précaution des affaires de la sorcière. L'intrus n'avait pas ménagé sa peine, bien qu'ayant agi sans méthode. Les papiers avaient été jetés partout. Les deux Chasseurs se frayèrent un chemin dans ce fouillis sans rien déranger. Aucune parcelle du bureau, de la chambre ou de la salle de bains n'avait été épargnée. On avait poussé le zèle jusqu'à arracher une partie du plancher et du revêtement mural.

— Eh bien, notre visiteur se souciait manifestement peu que nous découvrions ces dégâts, commenta Mirage après un moment.

— Dégâts qui doivent être récents, ou notre contact en aurait parlé.

La jeune femme s'accroupit pour étudier les documents épars sur le sol, et elle souleva un unique feuillet, révélant un petit tas de cendres.

— Il a brûlé au moins une chose.

Éclipse jeta un coup d'œil par la fenêtre. Le ciel s'éclaircissait rapidement.

— L'aube approche. Je propose que nous retournions dans les bois. Nous pourrons surveiller la maison et nous reposer à tour de rôle, pour revenir à la tombée de la nuit effectuer une fouille en règle.

En espérant qu'il y ait quoi que ce soit à trouver ici. Mirage soupira, mais son intérêt était éveillé. Qui était responsable de ce saccage ? L'assassin ? Ou quelqu'un d'autre ?

— Entendu, dit-elle enfin. Nous reviendrons au crépuscule.

Mirage prit encore le premier tour de garde, mais cette fois elle en profita pour explorer un peu les alentours. Sans jamais s'éloigner assez pour perdre de vue la maison, elle monta jusqu'au bord de la vallée, là où celle-ci s'interrompait brutalement sur une falaise éboulée. De là on avait vue sur une autre vallée en contrebas, plus vaste et moins densément boisée, avec des champs entre les bosquets. Peu avant midi la jeune femme y aperçut des silhouettes trop lointaines pour être identifiables. Des Cousines, probablement, qui travaillaient aux cultures.

En les voyant conduire une charrette à travers la vallée, elle se surprit à sourire. Et les gens croyaient qu'elle était comme ces *créatures* ? Une favorite des sorcières, domestiquée ? Pas pour tout l'or du monde. Elle avait une bonne raison pour avoir refusé la formation du Faucon des Nuages ou de l'Ombre de Pierre. Elle ne désirait pas plus être attachée à un employeur unique que passer sa vie entière dans le même endroit.

La position des Cousines lui paraissait encore plus inacceptable. Lors des rares fois où elle en avait rencontré, elles avaient à peine parlé. Peut-être affichaient-elles une telle réticence seulement envers les inconnus... Mais d'où venaient-elles ? La rumeur colportait une dizaine de réponses à cette question, sans aucune preuve. Les sorcières les créaient-elles réellement à partir de brindilles et de cheveux ? Ou étaient-ce les cadavres ressuscités des sorcières disparues ? Elle n'avait jamais vu un Cousin mâle, tout comme elle n'avait jamais vu de sorcier. Soit elles n'avaient jamais de fils, soit elles les cachaient là, sur leur domaine. Peut-être poserait-elle la question à son employeur, une fois son contrat rempli. Un de ses trois vœux à exaucer. Malgré sa volonté farouche de se tenir à l'écart des sorcières, Mirage devait bien reconnaître qu'elles l'intriguaient.

Peu après elle revint à leur campement et réveilla Éclipse, puis elle s'étendit pour dormir. Son sommeil fut encore plus léger qu'à l'accoutumée. Elle avait les nerfs si tendus qu'elle ne pouvait totalement se décontracter. Mais cela lui importait peu. L'excitation de la Traque lui avait manqué pendant trop longtemps, elle n'allait pas s'en plaindre.

L'après-midi tirait à sa fin quand son compagnon la secoua et lui offrit un repas constitué de pain, saucisses froides et raisin. Ils mangèrent en silence, avant d'attendre le coucher du soleil.

— Je pencherais pour l'Étoile du Loup, dit Éclipse pendant qu'ils patientaient.

— C'est aussi mon avis. La façon de procéder leur correspond, avec ces objets du quotidien qui « trahissent » accidentellement leur victime : la rampe d'escalier, les marches, la sous-ventrière du cheval. Quelqu'un de l'Ombre de Pierre aurait préféré le poison, je pense.

— Tu as certainement raison. Ce qui signifie que nous pouvons nous aventurer à rayer de la liste des suspects les dirigeants du domaine. Ils ont tous des assassins liés à leur service. Ils auraient mis leurs talents à contribution.

— Exact. Et très dommage, dit-elle, et voyant l'incompréhension du Chasseur, elle expliqua : Nous savons qui recourt au service de l'Ombre de Pierre. Si on trouve l'assassin, on trouve le commanditaire. Et vice-versa. Les choses auraient été plus simples.

— Oui. Ce qui nous laisse un nombre déplaisant de suspects potentiels. À peu près n'importe quelle personne ou groupe de personnes en mesure de s'offrir les services de l'Étoile du Loup.

— D'un autre côté, ça nous simplifie un peu les choses.

— Comment donc ?

— Pour ce qui concerne les répercussions. Nous n'aurons pas à lancer la Traque contre un Seigneur ou une Dame.

Éclipse parut déconcerté.

— Ce qui t'est déjà arrivé, n'est-ce pas ? Avec Kobach ?

— L'affaire était différente. Kobach était un usurpateur, et quand on m'a engagée il avait déjà perdu tous ses alliés. La chose a donc été moins risquée. Mais nous n'avons aucune idée des intérêts politiques en jeu ici, et en premier lieu de la raison qui a motivé (ou : qui a conduit à) l'assassinat de Tari-nakana. Je n'en suis pas moins heureuse que le commanditaire soit quelqu'un de moins influent qu'un Seigneur.

— Je ne serais pas aussi affirmatif que toi, pour ce qui est de l'influence. Il existe certains groupements de commerçants qui ont le bras plus long que leurs supposés supérieurs.

Mirage se leva et s'essuya les mains.

— Nous nous occuperons de cet aspect du problème le moment venu. Et si nous n'allons pas fouiller ce capharnaüm, la question restera dans le vague. Nous ne saurons pas qui est derrière cet assassinat, de toute façon. Allons-y.

La fouille des appartements privés de Tari-nakana fut une tâche frustrante. Mirage n'était pas certaine de ce qu'elle recherchait, ni même s'il y avait quelque chose à trouver, et elle se doutait que la personne responsable de ce saccage en règle avait détruit tout indice d'importance. En admettant qu'elle ait découvert quelque chose. Ou qu'il y ait eu quelque chose à découvrir.

Ils se partagèrent le travail : Mirage prit la chambre et la salle de bains, Éclipse le bureau. Quand ils en auraient terminé, ils permuteraient pour recommencer, et chacun espérerait dénicher ce que l'autre n'avait pas vu la première fois.

La nuit promettait d'être longue, et fastidieuse.

Mirage commença par la garde-robe, qu'elle passa en revue à la lumière de sa lanterne sourde de voleuse. Elle empila les vêtements examinés dans un coin. De ce qu'elle pouvait constater, aucun n'avait été traité avec une substance quelconque. L'escalier saboté était peut-être le dernier recours de l'assassin.

Elle passa ensuite à la salle de bains et y chercha d'éventuels pièges. Elle ne trouva rien en dehors d'un système magnifique animé par des sorts et qui permettait d'obtenir de l'eau courante chaude. Il devait être bien agréable de pouvoir s'offrir un bain brûlant selon ses envies. Elle-même devait souvent se suffire de l'eau des torrents ou de neige fondue.

Bah, ce contrat devrait rapporter assez pour m'assurer un hivernage douillet. Si bien sûr la mission est achevée d'ici l'arrivée de la saison froide. Et si je la réussis, sans me faire tuer par le serment du sang.

Il n'y avait là que peu d'objets, des bijoux et des babioles à valeur sans doute sentimentale. Aucun signe de piège. Il était donc temps de tourner son attention vers des indices qui pourraient expliquer pourquoi on avait assassiné Tari-nakana.

Le plus évident à chercher était un compartiment secret qui aurait abrité des documents importants. Le visiteur précédent l'avait fait, quoique avec des méthodes nettement moins délicates que celles adoptées par Mirage. Elle fouilla dans les détritus en s'efforçant de déterminer si l'un d'eux avait pu dissimuler une telle cache, mais tout semblait parfaitement normal avant d'être mis en pièces. Et aucun des trous dans les murs et le plancher ne recelait les restes d'un contenu secret.

Éclipse s'affairait toujours dans le bureau, aussi s'intéressa-t-elle aux zones intactes de la pièce. Dans aucun des murs elle ne trouva un compartiment, et elle n'eut pas plus de succès avec le plancher. Le mobilier que leur prédécesseur n'avait pas pensé à démolir était tout aussi anodin. *Et bien sûr, si elle a dissimulé quelque chose à l'aide d'un sort, je n'ai pas la plus petite chance de tomber dessus.*

Mains sur les hanches, elle contempla la pièce et s'évertua à définir si elle avait raté quelque chose.

— Tu devrais venir voir ça, fit Éclipse dans le bureau.

Elle ramassa sa lanterne et alla le rejoindre. Il tenait dans la main un petit morceau de papier sur lequel on voyait un griffonnage illisible. Il lui désigna la signature au bas, mais Mirage ne put l'identifier.

— Tu n'as jamais réussi à déchiffrer son écriture, railla son compagnon. C'est Avalanche.

Avalanche. Un Chasseur de six ans leur aîné au Feu d'Argent. Éclipse et lui avaient noué des liens d'amitié, malgré leur différence d'âge. Mirage, en revanche, ne l'avait jamais très bien connu, d'autant qu'il avait passé son examen peu après l'arrivée de la jeune femme dans l'école. Elle se concentra et crut parvenir à distinguer son nom dans le gribouillis.

— Qu'est-ce qu'il dit ?

— Euh, pas grand-chose, en vérité. *Nakana : serai de retour demain.*

Mirage posa sur son partenaire un regard perplexe.

— Il travaillait pour Tari-nakana ?

— Il semblerait, oui.

Les sorcières engagent très rarement des Chasseurs…

Mais il était assez difficile de prévoir leur comportement, ces derniers temps. Bientôt Glace apparaîtrait, sous contrat elle aussi… Mirage prit le morceau de papier et le retourna entre ses doigts, mais il n'y avait rien d'autre que ces cinq mots et la signature d'Avalanche.

— Pourquoi aurait-elle eu besoin de lui ?

— Je n'en sais pas plus que toi.

— Une protection ?

Il fit craquer les jointures de ses doigts, et une lueur s'alluma dans ses prunelles.

— Possible. Nous pourrions lui poser la question.

— Tu sais où le trouver ?

— Pas pour l'instant, mais un de nos agents nous renseignera peut-être.

Mirage contempla le désordre environnant.

— Tu penses que nous devons continuer ici ?

— J'en ai presque terminé dans cette pièce. Tu veux que nous permutions ?

Mirage s'étira et considéra la masse de papiers d'un regard sombre.

— Pas particulièrement, mais je suppose qu'il vaut mieux le faire. Par le sourire de la Guerrière… cette femme ne jetait donc jamais un papier ?

— Laisse-la reposer en paix. C'était une sorcière de haut rang. Cet endroit n'est pas pire que le bureau de Jaguar si tu jetais par terre tout ce qu'il y entasse.

Laissée seule dans la pièce, elle grimaça de déplaisir. Si seulement elle avait eu une petite idée de ce qu'elle devait chercher, au lieu d'aller à l'aveugle, ce qui l'irritait toujours. Et les petits tas de cendres prouvaient que des documents importants avaient déjà été détruits. Soudain un juron lui échappa.

— Kerestel… Nous allons devoir fouiller le rez-de-chaussée également. Si Tari-nakana avait quelque chose à cacher, pourquoi pas en bas ?

— C'est vrai, répondit-il depuis la chambre. Et on dirait que le précédent visiteur n'y a pas pensé…

— Qui était-ce, à ton avis ? demanda-t-elle en ramassant une liasse de documents qu'elle feuilleta sommairement.

— Je n'ai aucune certitude. L'assassin lui-même, peut-être. Il aurait pu vouloir emporter tout indice désignant son commanditaire.

— Ça ne lui ressemble pourtant pas. Jusqu'à maintenant, il avait fait preuve de subtilité, alors pourquoi mettre cet endroit sens dessus dessous ? Surtout s'il s'agit d'un Chasseur. Même les spécialistes en assassinats apprennent à se montrer plus délicats.

Éclipse vint se camper dans l'embrasure de la porte.

— Qui d'autre, alors ? Le commanditaire en personne ?

Mirage passa au paquet de feuilles suivant, apparemment des rapports économiques sur les gains de diverses sorcières du Feu.

— Pourquoi pas ? Je serais presque tentée de mettre la moitié de ces papiers dans un sac et de les ramener au Feu d'Argent. Jaguar serait ravi d'en apprendre plus sur les sorcières.

— Non, non, fit-il en pointant un index accusateur sur elle. Nous sommes sous contrat. Hors de question que tu espionnes ton employeur.

— Ceux de l'Épine Sanglante le font, pourtant.

— Ceux de l'Épine Sanglante sont des mercenaires sans honneur. Et toi ?

— Ça va, ça va : je laisse les papiers ici. Reprends la fouille. Si je dois travailler, toi aussi.

Il disparut de nouveau dans la chambre, laissant Mirage à sa tâche. Elle consulta plus de la moitié des documents avant de s'accorder une pause. *Beaucoup de choses intéressantes dont je n'avais jamais entendu parler concernant le Rayon du Feu, mais rien qui semble en rapport avec le meurtre. Tari-nakana ne faisait rien de particulier que je puisse détecter.*

Elle alla à la porte. Éclipse lui lança un regard narquois.

— Si je dois travailler, toi aussi.

Mirage eut une grimace mécontente qui le fit sourire.

— D'accord, dit-il. Qu'y a-t-il ?

— Pourquoi quelqu'un aurait-il voulu la mort de Tari-nakana ? demanda-t-elle.

Le Chasseur entreprit d'énumérer les raisons possibles sur ses doigts.

— Vengeance pour un acte professionnel ou personnel qu'elle aurait commis. Précaution radicale pour l'empêcher d'accomplir un acte dans le domaine professionnel, ou personnel. Manœuvre politique : peut-être que quelqu'un voulait voir intronisée une nouvelle Clé du Cœur du Feu.

— Il faut que nous découvrions qui l'a remplacée.

— C'est évident. Et si la nouvelle Clé a entrepris des modifications significatives dans l'attitude politique du Rayon. Tu as fini avec les papiers dans cette pièce ?

— Pas tout à fait. J'allais sonder les murs et le sol pour une éventuelle cache avant de reprendre ma lecture.

— D'accord. Ensuite, nous nous occuperons du rez-de-chaussée.

Mirage retourna dans le bureau et s'intéressa aux cloisons et au plancher. Il n'y avait pas grand-chose d'intact, car ici la personne qui les avait précédés s'était montrée particulièrement minutieuse, ou désespérée. Elle vérifia quand même, examina le bureau sous tous les angles, sans rien trouver. Avec un soupir, elle se mit à l'étude des derniers papiers.

Une feuille couverte de calculs griffonnés à la hâte. Une lettre d'ordre personnel d'une sorcière de l'Eau informant la décédée que le chat s'habituait bien à son nouveau foyer. Une liste de villes et de domaines qu'elle parcourut d'un œil distrait : Breiano, Insebrar ; Ravelle, Verdosa ; Chiero, Teria ; Olpri, Haira ; une série de points d'interrogation ; Ansing, Seach ; Leswile, Abern. D'autres points d'interrogation.

Ces noms lui étaient familiers. Elle avait trop voyagé pour ne pas les reconnaître. Mais pourquoi éveillaient-ils un tel écho dans son esprit ?

Breiano. Leswile.

Elle bondit sur ses pieds et passa dans la chambre.

Éclipse leva les yeux et se mit debout précipitamment en voyant l'intensité de son regard.

— Que se passe-t-il ?

Sans un mot elle lui tendit le feuillet.

Il en lut le contenu et haussa les épaules.

— Qu'est-ce que c'est ? Un itinéraire ?

— *Mon* itinéraire, gronda-t-elle.

— Quoi ?

— De Breiano à Leswile. C'est le trajet que j'ai effectué en tant que messagère, et ce sont les principales villes où j'ai fait halte en chemin. Les points d'interrogation entre l'Haira et le Seach, c'est probablement quand j'ai coupé par la montagne. Ils ont dû perdre ma trace.

Elle lui montra deux autres feuilles où étaient inscrits d'autres noms de lieux.

— La même chose. Tari-nakana me faisait suivre *depuis des années*.

Il lui prit les documents et les étudia.

— Mais pourquoi ?

Elle leva les mains en l'air dans un geste d'exaspération.

— Comment le saurais-je ?

Il la dévisagea une seconde, et son visage s'assombrit.

— Tu es vraiment énervée, hein ?

— Tu ne le serais pas, à ma place ? J'ai passé la moitié de mon temps à essayer de convaincre les gens que je n'ai rien à voir avec les sorcières, et maintenant je découvre qu'elles épiaient tous mes gestes !

— Enfin, pas tous. Apparemment, tu les as semées à plusieurs reprises.

Devant l'irritation croissante de la jeune femme, il leva les mains.

— D'accord, d'accord. C'était assez mauvais, comme trait d'humour.

Mirage tourna les talons et donna un coup de pied dans le mur le plus proche. Le lambris craqua sous le choc.

Éclipse referma une main sur son épaule.

— Du *calme*, Sen.

Elle inspira à fond, retint son souffle puis vida ses poumons lentement.

— Désolée. Je vais terminer dans le bureau. Ensuite nous pourrons descendre.

— Avalanche sera peut-être en mesure de nous éclairer sur ce sujet, dit le Chasseur en brandissant les feuilles.

— Il vaudrait mieux pour lui, répliqua Mirage d'une voix tendue, car elle pouvait presque sentir le regard des espions sur elle, et cette pensée lui donnait la chair de poule. Parce que s'il ne peut rien m'apprendre, je traquerai quelqu'un qui saura me renseigner.

5

Épreuves [Miryo]

Une fois de plus, c'est sur les toits, à l'abri d'un pignon, qu'Eikyo trouva Miryo. Son perchoir offrait une vue directe sur le Foyer de l'Étoile.

— Tu rumines encore, dit son amie d'un ton accusateur. Et tu te caches.

La jeune femme haussa simplement les épaules. Eikyo vint s'asseoir auprès d'elle.

— Ne crois pas que tu te débarrasseras de moi aussi facilement… Allons, qu'est-ce qui ne va pas ?

— Je réfléchis, c'est tout.

— En regardant fixement le Foyer de l'Étoile ?

— Je m'inquiète pour l'examen, rien de plus, d'accord ?

Son amie la dévisagea d'un regard aigu.

— Non, pas d'accord. Il y a plus. Il est arrivé quelque chose ?

Le contact des tuiles tiédies par le soleil engourdissait les paumes de Miryo. Elle saisit entre deux doigts une feuille coincée là.

— Peut-être, je ne sais pas…

Devant l'attention soutenue d'Eikyo, elle rendit les armes.

— Très bien : je suis allée parler à Ashin-kasora, parce que j'envisageais la possibilité de rejoindre la Main de l'Air.

L'expression de son amie traduisit aussitôt sa sympathie.

— Et elle t'a envoyée balader ?

Miryo eut un rire sans joie.

— Elle n'a pas eu à le faire.

— *Quoi ?*

— Elle…

Miryo cherchait les mots qui décriraient au mieux le comportement de la Clé, mais elle ne put le formuler autrement qu'en déclarant :

— Elle pense que je vais échouer aux épreuves.

La révélation laissa Eikyo abasourdie.

— Tu ne parles pas sérieusement…

— Et le plus drôle, enchaîna la jeune femme qui ne trouvait pas ça drôle du tout, c'est qu'il y a seulement quelques jours, Narika-kai m'a affirmé être certaine de ma réussite.

— Eh bien, voilà ! Qui a dit qu'Ashin avait raison ? Et pour l'amour de la Mère, pourquoi s'amuse-t-elle à te dire des choses pareilles ?

— Elle ne l'a pas dit de façon explicite. Elle me l'a fait comprendre par son attitude.

Le visage d'Eikyo s'éclaira.

— Tu vois ? Tu t'es certainement fait des idées, c'est tout.

Mais Miryo secoua la tête, et son regard se perdit sur la façade du Foyer de l'Étoile.

— Pas du tout. Enfin, je ne sais pas. Ce n'était peut-être pas ça, exactement, mais… elle était irritée à cause de quelque chose en rapport avec mon examen. Et elle l'a très mal caché.

Son amie laissa courir ses doigts dans un interstice entre les tuiles, tout en réfléchissant.

— Peut-être qu'elle l'a fait exprès, dit-elle après un moment.

Ce fut au tour de Miryo de la regarder fixement.

— Comment ça ?

— Eh bien, la plupart du temps, quand je t'ai vu rater quelque chose, c'était parce que tu pensais que tu n'aurais aucun problème pour réussir. Du coup, tu ne t'y préparais pas vraiment. Mais si tu t'attends à devoir relever un défi, je crois que c'est la meilleure manière de t'armer pour le succès. Tu rentres la tête dans les épaules, tu fonces, et alors mieux vaut ne pas se trouver sur ton chemin.

Miryo leva les yeux au ciel.

— Alors tu penses qu'elle a agi ainsi uniquement pour me pousser à travailler plus dur ?

— Peut-être bien.

Cette explication était plus séduisante que la première. *Et Eikyo a raison à mon sujet, je suppose. En sortant du bureau d'Ashin, je suis retournée directement dans ma chambre et j'ai potassé mes notes.*

En réalité, elle était montée s'isoler ici et ressasser sa mauvaise humeur parce que le matin même elle avait reçu le descriptif du rituel entourant l'examen. Le texte lui avait dévoilé quelques pistes, sans rien de précis toutefois. D'après les termes laconiques de ce document, l'examen devait comporter des épreuves de personnalité avant qu'elle puisse accéder au pouvoir.

Est-ce que je pense vraiment que je vais échouer à cause de ça ? Est-ce que je pense ne pas avoir un caractère assez bien trempé ? Comme certaines sorcières que je connais ici, à la Chute de l'Étoile ?

Mais la question n'était pas là, elle le savait.

Vais-je faire machine arrière et renoncer à ce pour quoi j'ai travaillé toute ma vie uniquement parce que je risque d'échouer ?

Même si elle l'avait pu, elle s'y serait refusée.

Elle sourit à Eikyo, et cette fois c'était un sourire franc, et résolu.

— J'imagine que je finirai bien par en avoir le cœur net. Et en attendant, je retourne à mes études. Que je sois damnée si je rate l'interrogatoire et l'occasion de démontrer à Ashin qu'elle s'est trompée sur mon compte.

— POURQUOI L'AMÉTHYSTE EST-ELLE instable lors de certains sorts de Feu, et dans lesquels peut-elle être utilisée ?

Miryo eut l'impression que son cœur remontait dans sa gorge. L'améthyste... le Feu... que Misetsu et Menukyo lui viennent en aide, elle n'en savait rien ! Elle l'apprendrait un jour, sans doute, mais elles n 'allaient pas attendre !

Et, pour la millième fois ce jour-là, alors que la terreur paralysait son esprit, sa bouche donna l'explication juste. La Clé de la Main du Feu qui avait posé la question ne montra aucune réaction dans un sens ou dans l'autre, mais la jeune fille savait qu'elle avait bien répondu. Une fois encore. Par chance.

Il régnait dans la salle une fraîcheur certaine, mais Miryo était trempée de sueur comme si elle avait fait douze fois le tour du Foyer de l'Étoile au pas de course. Et elle s'était contentée de s'asseoir et de répondre à des questions ! Elle se sentait épuisée, vidée. Et toujours les questions s'abattaient sur elle en un flot constant et impitoyable, et toujours elle y répondait, sans réellement savoir par quel miracle.

Déployées face à elle, quinze femmes l'observaient d'un même regard assez perçant pour la clouer au mur situé six mètres derrière elle. Il y avait là trois représentantes de chaque Rayon. Elles étaient les Clés des Voies, et ne rendaient compte qu'aux Primes qui dirigeaient ces cinq Rayons. Elles devaient partager un signal qui échappait à Miryo, car les questions s'enchaînaient sans aucun temps mort, et jamais deux sorcières ne prenaient la parole simultanément. Elles se succédaient dans cet interrogatoire qui extirpait de la jeune fille la moindre parcelle de savoir, dont certaines connaissances qu'elle-même ignorait posséder. Ashin était présente, bien sûr, mais ses yeux inhabituellement sombres ne trahissaient rien de ses pensées.

— Quand se produira la prochaine éclipse de lune, et quelle sera son ampleur ?

— Dans quarante-trois jours à compter d'aujourd'hui, et elle masquera les trois quarts de la lune, Itsumen-akara.

— Durant quelle période de l'année la constellation du Chasseur est-elle visible dans le ciel ?

— Depuis l'équinoxe de printemps jusqu'au solstice d'hiver, Kimeko-akara.

Deux questions d'affilée émanant du Rayon du Néant. Il n'y avait aucun schéma discernable dans l'arrangement de l'interrogatoire, et Miryo était incapable de dire de qui émanerait la question suivante, ou quel sujet elle concernerait.

— On peut utiliser la graine d'élie pour soigner l'essoufflement, mais jamais chez la femme enceinte ou chez une personne souffrant de problèmes cardiaques, Atami-makiza.

Sans échange de regards la parole passa de la Clé de la Main de l'Eau au Cœur de la Terre. Atami allait-elle prendre ombrage de cette réponse trop complète ? La sorcière n'avait pas demandé quelles étaient les exceptions à l'emploi de cette plante. Alors même qu'elle donnait le nombre exact de sources chaudes dans le domaine de Trine – « Dix-sept, Ueda-chakoa » – elle risqua un regard en direction de la sorcière qui l'avait interrogée précédemment. Non, Atami ne paraissait pas irritée. Il était sans doute préférable d'en dire trop que pas assez.

Une seconde, Miryo songea à Eikyo. Elle espérait que son amie étudiait avec acharnement. Cet interrogatoire était beaucoup plus rude que ce à quoi elles s'attendaient. Comment Gannu avait-elle fait pour le passer victorieusement ?

— L'éclair ne peut être dirigé qu'en conjonction avec la Terre, Onomita-nakana. Si la sorcière n'a pas un lien direct et suffisant avec le sol, l'éclair risque de se retourner contre elle.

Le temps d'un battement de cœur s'écoula avant que Miryo se rende compte du silence. Aucune sorcière n'avait posé de question après celle de la Clé de la Tête du Feu. Elle tendit la main vers le verre d'eau. Sa gorge était sèche d'avoir autant parlé, et ces pauses étaient trop rares.

Les Clés se levèrent.

Miryo les contempla un instant avant de se mettre debout en hâte. L'interrogatoire était arrivé à son terme. Les Clés allaient maintenant annoncer leur évaluation. Elles n'en avaient pourtant pas délibéré entre elles. Il n'y en avait donc nul besoin ?

Miryo se remémora alors ce qu'elle devait faire, et elle pivota sur place pour regarder derrière elle.

Les cinq Primes qui dirigeaient les Rayons se tenaient là, en une ligne impassible. La jeune fille s'inclina pour saluer les Clés, puis les Primes, et elle alla se placer sur le côté, à l'écart.

— Celle-ci a ouvert son esprit à votre examen,

déclara Satomi-aken, la Prime du Néant, dans le silence qui s'était abattu sur la salle. Qu'en pensez-vous ?

Hyoka-akara lui répondit. Elle était la Clé de la Tête dans le Rayon de Satomi.

— Son esprit est fort et bien préparé. Nous la recommandons pour les épreuves.

La première étape est franchie. Maintenant, celle qui importe réellement.

Miryo s'approcha des Primes et s'inclina une nouvelle fois, en s'efforçant de conserver une expression calme. Aucune ne lui adressa la parole. Elles firent simplement demi-tour et la précédèrent hors de la salle.

Les six femmes parcoururent un large couloir, franchirent une porte et émergèrent dans l'air frais du soir. À sa grande surprise, Miryo constata que la nuit venait tout juste de tomber. Bien que prévenue de la durée approximative de l'interrogatoire, elle aurait cru qu'on était déjà midi le lendemain. Le déferlement de questions lui avait semblé ne jamais devoir se tarir.

Les Primes se séparèrent. Une à une, elles allèrent se placer devant les quatre portes du Foyer de l'Étoile, chacune devant celle correspondant à son Rayon. Miryo resta quelques pas derrière la Prime du Néant. Enfin Satomi se déplaça en direction de la partie du Foyer consacrée à l'Air. D'après la rumeur, la branche qui était approchée ainsi indiquait quel domaine s'intéressait le plus à l'impétrante, celui pour lequel on l'estimait la plus douée. Mais ce n'était qu'une rumeur, bien sûr.

Sans une parole, Satomi s'engagea dans le couloir au plafond élevé de l'Air. Miryo refréna son envie de regarder autour d'elle. Comme les autres étudiantes, elle venait rarement ici. Elle conserva donc le regard rivé au dos raide de la Prime du Néant jusqu'à ce qu'elles se tiennent là où tous les bras du Foyer se rejoignaient.

La sorcière guida Miryo sur l'estrade qui occupait le centre de l'espace, puis elle se tourna pour lui faire face.

— Reste ici en veille, et réfléchis à ce qui t'attend. À minuit, le rituel commencera.

Et je saurai alors de quoi Ashin avait peur.

— J'entends et j'obéis, Satomi-aken, répondit-elle à mi-voix.

La sorcière tourna les talons et descendit de l'estrade. Elle partit par le nord et la porte de la Terre.

Laissant Miryo seule dans le Foyer de l'Étoile.

De cet instant à minuit, heure du retour des Primes, elle ne parlerait pas. Le silence ici était oppressant, suffocant, à tel point qu'elle avait envie de crier, chanter, faire n'importe quoi pour le briser. Mais cela lui était interdit.

Elle se rendit compte que sa respiration s'était accélérée. En se concentrant elle s'obligea à la calmer et regarda posément autour d'elle.

Le spectacle était d'une beauté à couper le souffle. Sculpté dans une pierre argentée, le Foyer s'élevait vers les hauteurs sur des supports d'une finesse inconcevable, jusqu'à paraître toucher ces étoiles en l'honneur desquelles il avait été érigé. L'entrelacs de nervures créait une voûte ajourée au motif délicat qui se déployait en éventail, son centre fusant vers les hauteurs enténébrées que même les lumières ensorcelées ne pouvaient atteindre. Ce centre était dédié au Néant.

Les quatre ailes du Foyer, par un contraste saisissant, révélaient une débauche de couleurs. Chacune était de la même pierre argentée, nue et dépourvue de la moindre sculpture, mais les murs entre les piliers des arches étaient quasi inexistants, remplacés par des rangées superposées de vitraux à l'exquise facture. Du côté ouest, par où Miryo était entrée, les couleurs de l'Air déployaient les teintes les plus douces, à peine discernables, mais la lumière qui en filtrait révélait tout avec une précision et une netteté exceptionnelles. La jeune fille se demanda quel sort était à l'œuvre ici. À l'extérieur il faisait nuit noire, et pourtant les fenêtres dispensaient une lumière puissante qui inondait le marbre argenté de ses couleurs.

Au sud, le foyer du Feu exhibait les teintes propres à cet Élément, rouge, orange et or, jusqu'à ce que la lumière cascadant sur le sol paraisse être elle-même de feu pur. Au nord se trouvait la Terre resplendissante de verts somptueux et d'ambres chaleureux. L'est était dévolu à l'Eau, avec ses variations infinies de bleus.

Et au centre lui-même…

Le cœur du Foyer de l'Étoile, dédié au vide impalpable du Néant, défiait toutes les lois de la nature. Phénomène inexplicable, la couleur dominante de chaque branche, leur lumière, leur *vie* n'atteignaient pas ce lieu. L'air y était d'un gris particulier, comme délavé, et les arches jaillissaient depuis le niveau de la claire-voie pour se perdre dans l'obscurité. Dans les quatre branches, les fenêtres décrivaient les symboles de leurs Éléments ; ici, au centre, Miryo ne les discernait même pas, malgré tous ses efforts de concentration. Elles s'estompaient et se noyaient d'une manière indescriptible et très troublante, même si la jeune fille avait la certitude de leur présence.

Elle frissonna et en détourna son attention.

On désirait qu'elle médite sur son avenir. *Quelle idée merveilleuse ! Je ne parviens à penser qu'à tout ce qui pourrait mal tourner pour moi…*

De ce qu'elle savait, il existait deux manières d'échouer à l'examen. Elle ignorait comment l'une ou l'autre survenait, elle n'en connaissait que les résultats.

Elle pouvait mourir. C'était peu fréquent, mais cela arrivait, et de maintes façons, d'après ce qu'on racontait. Il pouvait ne s'agir que d'une rumeur d'étudiantes, évidemment. Pourtant, Hinusoka était bien morte…

L'autre possibilité, c'était de finir Cousine.

La plupart de celles qui servaient les sorcières n'avaient jamais été elles-mêmes étudiantes pour obtenir ce statut. C'étaient les enfants d'autres Cousines, tout comme Miryo était celle d'une sorcière. Des filles, en grande majorité, avec quelques rares rejetons mâles, ce qui était déjà plus que chez les sorcières. Mais en fin de compte toutes descendaient d'étudiantes ayant échoué, et parfois – quand quelque chose n'allait pas durant l'examen – de nouvelles recrues venaient grossir leurs rangs.

Eikyo redoutait cette éventualité plus que la mort. Miryo ne savait trop qu'en penser. Si vous finissiez Cousine, vous ne vous souveniez de rien, ce qui supposait que vous n'étiez pas torturée par votre échec. Mais il y avait quelque chose d'effroyable dans cette seule idée, le fait de perdre une partie de son esprit…

Sa respiration s'était accélérée, et elle se concentra pour l'apaiser. *Ne pense pas à ça. C'est peut-être la peur qui provoque l'échec.*

Tu le sauras bien assez tôt.

Elle se focalisa sur sa respiration, pour calmer son esprit et entrer dans un état de légère transe méditative dans lequel elle ne penserait à rien. Et, sans qu'elle en ait conscience, le temps s'écoula.

Dans l'intervalle entre deux battements de cœur, elles se matérialisèrent.

Le souffle de Miryo se coinça dans sa gorge. Les cinq Primes étaient apparues en silence, simultanément. Elles auraient pu être des statues, n'étaient leurs regards étincelants.

Satomi se trouvait sur l'estrade avec elle. Les autres se tenaient à chaque angle, chacune dans un cercle au sol de la couleur de son Élément. Dans un ensemble muet, sans le moindre son pour orienter leurs pouvoirs, elles commencèrent à s'élever jusqu'à atteindre le niveau de l'estrade, et chacune se tint alors sur une colonne scintillante de couleur.

— Qui vient ?

La phrase modulée à l'unisson par cinq voix brisa le silence cristallin.

— Une sœur.

La réponse unique vint d'Arinei-nayo, la Prime du Feu.

— Qui vient ?

— Une élève.

Cette fois ce fut Shimi-kane, Prime de l'Air, qui parla.

— Qui vient ?

— Une fille, dit la Prime de l'Eau, Rana-mari.

— Qui vient ?

— Une candidate, fit Koika-chashi, la Prime de la Terre.

— Qui vient ?

— Une des nôtres, une qui n'est pas des nôtres ; une qui souhaiterait nous rejoindre sous les étoiles et qui n'a pas passé les épreuves.

La voix de Satomi psalmodiait le rythme particulier de sa réponse sans hésitation. Les paroles s'élevèrent et les ténèbres les engloutirent.

Les quatre autres Primes chantèrent en réponse :

— Qu'elle passe les épreuves. Que les épreuves commencent.

Il y eut un court silence. Miryo inspira silencieusement et se prépara.

— Aken, je proteste.

Ces mots chantés stoppèrent net le cœur de Miryo. Shimi posait sur elle des yeux pareils à des éclats de glace pâle. La femme arborait une expression hostile, mais sa voix demeura monocorde quand elle s'adressa à la Prime du Néant :

Est-ce là ce qu'Ashin redoutait ?

— Cette étudiante n'est pas prête à l'épreuve. Il ne doit pas lui être permis de continuer.

— Shimi-kane, répondit Miryo sans prendre le temps de réfléchir, les Clés m'ont fait passer l'interrogatoire et m'ont acceptée.

La Prime de l'Air lui décocha un regard froid.

— Ce sont des Clés, non des Primes.

Elle continua de parler du même ton uniforme. Miryo lui faisait écho, inconsciemment. La musique était la charpente du rituel, et, malgré l'interruption, elle ne devait pas subir de coupure totale.

— Il en est certes ainsi, dit-elle avec autant d'assurance qu'elle en était capable, mais la Loi de ce Foyer stipule qu'une étudiante qui a franchi avec succès la première épreuve est en droit de tenter la seconde. Vous pouvez n'être pas d'accord avec leur décision, mais la Loi m'accorde ce droit.

— La Loi n'est pas l'autorité suprême. Je suis la Prime du Rayon de l'Air : il est en mon pouvoir d'altérer la Loi.

Arinei intervint alors :

— Ma Sœur, défierais-tu une Prime ?

Miryo marqua un temps d'hésitation. Contredire une Prime était impensable… mais elle ne pouvait pas laisser Shimi ruiner ses chances !

— Toutes mes excuses, Arinei-nayo, mais la Loi me

donne le droit de passer cette épreuve, et je ne puis accepter que ce droit me soit enlevé. Je ne suis pas arrivée jusqu'ici pour renoncer maintenant.

— Comme le dit ma sœur, une Prime a le pouvoir d'altérer la Loi…

— Mais est-ce le moment de le faire ? répliqua Miryo. Le rituel est en cours. Il devrait être mené à son terme.

— Il n'appartient pas à une élève de nous dicter nos décisions, Candidate, lâcha Koika d'une voix sévère.

Miryo se tourna vivement vers le nord, pour faire face à la Prime de la Terre, puis elle baissa la tête sous la rebuffade.

— J'en suis consciente, Chashi. Mais je ne peux renoncer à ce que je crois être juste.

— Même si cela devait créer plus de problèmes que tu ne l'imagines ? En supposant même que tu passes l'épreuve avec succès, je crains que ma sœur ne t'accepte jamais. En agissant comme tu le fais, tu accumules les difficultés, Candidate.

— Je ne puis espérer que chaque sorcière de la sororité me considère comme une amie de cœur, Koika-chashi, dit Miryo en relevant le menton. Si mon attitude est cause de trouble avec l'autorité, alors qu'il en soit ainsi. Mieux vaut cela que renoncer à mes convictions.

— Pourquoi souhaites-tu continuer ?

La question, presque murmurée dans le chant que toutes les Primes et Miryo utilisaient toujours, éveilla des échos légers autour du centre. Miryo se tourna vers Rana.

— Si je puis me permettre de parler sans détour, Rana-mari, je n'ai pas consacré les vingt-cinq années de ma vie à étudier pour rien.

— Tu risques la mort.

Ces quatre mots donnèrent la chair de poule à la jeune femme. Elle se remémora ce qui restait de Hinusoka après le rituel, et ces autres étudiantes qui n'avaient pas survécu. Son sort prochain pouvait être identique. Ou plus atroce encore.

— C'est possible, Mari, dit-elle avec calme. Et je suis prête à courir ce risque.

— La Déesse sourit. Le rituel peut continuer. La sœur, la fille, l'élève, la candidate : elle a été mise à l'épreuve, et elle n'a pas démérité.

Qu'est-ce que… oh, par Misetsu et Menukyo, le rituel… c'était une partie du rituel !… Une des épreuves…

— Que les épreuves continuent, chantonnèrent les quatre Primes en réponse à Satomi. Veux-tu commencer ?

Miryo se souvenait à peine de ce qu'elle devait dire :

— Je me tiens prête pour l'épreuve de la Terre. Que la Déesse Aïeule se tienne à mes côtés, et qu'elle me donne la détermination.

Le Foyer disparut.

Une pression écrasante s'abattit sur Miryo. Elle n'était pas d'ordre physique, car il n'y avait aucun élément physique dans la sensation, mais celle-ci n'en restait pas moins horriblement réelle et présente, qui la broyait de toutes parts et cherchait à extirper la vie de son corps. La puissance à l'œuvre était terrifiante. D'instinct, Miryo chercha à se dégager, à repousser cet assaut mortel.

Détermination. Force. Les attributs de la Terre…

Elle cessa de lutter contre la pression et se concentra pour maintenir son intégrité physique. Par comparaison, le plus lourd fardeau qu'elle ait jamais porté lui aurait paru bien léger.

Déesse, Aïeule, je ne suis pas assez forte…

Cette pensée défaitiste déclencha une réaction soudaine en elle. D'une façon perverse, l'idée de l'échec chassa son penchant à s'avouer vaincue. Eikyo avait eu raison. *Je suis arrivée jusqu'ici, ce n'est sûrement pas maintenant que je vais abandonner.* Elle se concentra encore plus…

La pression s'évanouit. Le Foyer réapparut.

— J'ai maîtrisé la Terre, chanta Miryo d'une voix à peine assez claire pour articuler. Sa force est mienne.

— L'Aïeule sourit, répondit Koika.

Avait-elle l'air contente ? Impossible à dire. Les Primes demeuraient toutes impassibles.

— Je me tiens prête pour l'épreuve de l'Eau, chanta-t-elle avant que le doute ne revienne en elle. Que la Déesse Mère se tienne à mes côtés, et qu'elle me donne l'adaptabilité.

À peine avait-elle prononcé ce dernier mot que de nouveau le Foyer cessa d'exister autour d'elle.

Un vent violent se leva, qui chercha à lui arracher les membres et à la briser. Miryo se sentit pareille à un arbre pris dans la fureur d'un ouragan. Les arbres se brisaient dans la tempête, quand ils étaient trop raides. Elle s'efforça de se courber avec les rafales.

Mais c'était impossible. Tout comme l'arbre avec son bois dur, elle ne pouvait ployer. Le vent redoubla de vigueur, et Miryo éprouva une douleur terrible, comme si sa colonne vertébrale allait céder, ses branches se casser net.

Mère, Déesse de l'Eau. Je sais ce que je devrais faire – ces épreuves sont, d'une certaine façon, très simples –, mais je n'y arrive pas !

Lentement, douloureusement, elle réussit à détendre les parties non physiques de son être, et alla dans la direction où le vent l'emportait. *Sois le roseau, pas le chêne.* Cela fonctionnait. La Déesse était avec elle.

— J'ai maîtrisé l'Eau, annonça-t-elle en chantant quand le Foyer se fut rematérialisé. Son adaptabilité est mienne.

— La Mère sourit, fit Rana.

Les deux premières Primes l'avaient acceptée. Il en restait trois. Et ensuite…

N'y pense pas.

— Que les épreuves continuent.

— Je suis prête pour l'Air. Que la Déesse Mariée se tienne à mes côtés, et qu'elle me donne la clarté.

Cette fois Miryo fut soumise à l'assaut non pas du vent mais d'un barrage invisible de… elle n'aurait pu décrire ce que c'était. Des idées, des images, des sons qui tourbillonnaient trop vite autour d'elle pour qu'elle les saisisse, et formaient un collage dément, un démon hurlant et chaotique.

Son esprit commença à chanceler.

Comme les études… les connaissances… tous ces détails et toutes ces précisions, tous mêlés, d'un coup… trop nombreux pour être contrôlés !

Le maelström l'emportait. Elle luttait pour mettre de l'ordre dans ces pensées, les obliger à adopter un schéma cohérent. Elle luttait, et elle perdait pied. Son propre équilibre mental disparaissait rapidement sous ce déluge.

Il faut que je garde mon calme !

Elle sentit un cri enfler dans sa gorge, batailla pour le ravaler. Elle ne devait émettre aucun son. Il lui était interdit de s'exprimer autrement que pour donner les réponses. Il ne s'agissait pas simplement de discipline : tout bruit étranger aurait rompu la puissance du rituel. Il aurait pu signifier la mort.

Cette pensée et un millier d'autres cascadèrent en elle dans un torrent de folie.

Puis tout cessa. Miryo emplit ses poumons.

— J'ai maîtrisé l'Air. Sa clarté est mienne.

Du moins je l'espère. Par la foi de Misetsu… J'ai bien failli ne pas m'en sortir.

Mais Shimi semblait estimer qu'elle s'en était bien tirée.

— La Mariée sourit.

— Que les épreuves continuent.

Elle craignait la suivante plus que tout le reste - exception faite du Néant. Entonner les phrases correspondantes exigea plus de courage qu'elle n'aurait pu l'imaginer.

— Je suis prête pour le Feu. Que la Déesse Vierge se tienne à mes côtés, et qu'elle me donne le courage.

Un froid mortel. Et un vent, une nouvelle fois, mais celui-là portait la glace de l'extrême nord, comme s'il soufflait sur des pics neigeux. Le premier réflexe de Miryo fut de se rouler en boule, mais c'eut été inutile : il n'y avait nul abri pour elle.

Ce n'était pas ce que j'avais imaginé, Déesse. J'ai si froid !

Plus elle essayait de se recroqueviller sur elle-même et pire était la souffrance. Le froid mordait ses os, et devenait plus douloureux à chaque instant. Son corps tout entier se gelait, se transformait en une statue de glace racornie.

J'affronte l'épreuve de la mauvaise manière. C'est évident. Vierge et Dame de Lumière, que dois-je faire ?

Quand elle avait voulu lutter lors de l'épreuve de la Terre, elle avait échoué. Mais pour la Terre il n'était pas question de lutte, il était question de ténacité. Pour le Feu, en revanche… Oui, on pouvait combattre avec lui.

La fureur qu'elle avait contenue et qui s'était renforcée peu à peu depuis que Shimi lui avait dénié le droit de se trouver ici, cette fureur prit le pas. C'était plus que de la colère, plus que de la détermination. C'était la volonté brûlante de passer victorieusement ce rituel, pétrie du dévouement qui l'avait soutenue pendant vingt-cinq années de formation. Jusqu'à cet instant. Jusqu'à cette épreuve.

Je n'abandonnerai pas maintenant.

Le feu de ses émotions se déchaîna contre le froid, et le fit reculer. Le corps de Miryo se tendit, et elle redressa la tête. Elle avait eu du mal à tenir pendant l'épreuve de l'Air, mais celle-là était *la sienne*.

Le Foyer réapparut.

— J'ai maîtrisé le feu, chanta Miryo, et cette fois une conviction perceptible habitait sa voix. Son courage est mien.

— La Vierge sourit, répondit Arinei.

Et la Prime semblait effectivement satisfaite. Miryo pensa le voir à son regard légèrement plissé.

— Que les épreuves continuent.

Cette fois la réponse n'appartenait pas à Miryo. Elle se tourna vers Satomi, et celle-ci la regarda au fond des yeux en entonnant :

— Personne ne peut se dire prêt à faire face au Néant. L'épreuve commence. Que la Déesse Guerrière ait pitié de ton âme.

Tout disparut.

Il n'y avait plus rien. Ni Foyer, ni Primes, et rien pour les remplacer. Pas de vent, d'images, rien du tout. Miryo était devenue sourde et aveugle, sa peau ne détectait plus aucune sensation, elle ne décelait plus d'odeurs, elle n'avait même plus la conscience physique de son corps. Il n'y avait plus rien.

Et Miryo sut ce qu'était le Néant, mais même cette pensée ne put se former dans l'absence. Il n'y avait rien.

Pas même elle.

Son cœur aurait battu à tout rompre, si seulement elle avait eu un cœur. Elle aurait été terrifiée, si la peur avait pu exister. S'il ne s'était éclipsé, son esprit se serait dissous dans une folie hurlante. Mais il n'était plus là, plus rien n'était là, il n'y avait que le Néant, et le Néant n'était pas.

Son cri résonna contre la voûte du Foyer.

Miryo regarda autour d'elle les cinq femmes, les pierres du Foyer, son propre corps. Ses yeux s'abreuvèrent de ces images. Le son de sa respiration paniquée était une musique divine, le contact de l'air une pure merveille. Le monde était revenu.

Elle avait crié. Peut-être avait-elle échoué. Mais à cet instant précis elle était incapable de s'en soucier. Rien n'importait, sinon sa réintégration dans le monde.

— Tu as entrevu le Néant, l'espace d'un instant seulement, et il t'a marquée à tout jamais, chanta Satomi.

Un instant ? L'éternité, ou l'absence de temps. L'esprit de Miryo se refusa à y songer.

— La Guerrière t'a mise à l'épreuve, et tu n'as pas été détruite.

— Que la dernière venue parmi nous s'envole sur les ailes du pouvoir.

Les cinq femmes chantèrent cette phrase d'une seule voix, et quand la dernière syllabe fusa, quelque chose submergea Miryo.

La douleur annihila le monde.

6

Ravelle [Mirage]

Mirage s'éveilla en sursaut, et elle ne reconnut pas son environnement immédiat.

Elle s'assit promptement, son instinct de guerrière déjà prêt. Elle était seule dans la petite pièce à l'aspect rustique, uniquement meublée du lit où elle avait reposé, d'une petite armoire et d'une chaise. Les portes de l'armoire étaient closes.

Avec le moins de bruit possible, Mirage se leva et s'approcha de l'armoire. Elle inspira doucement et ouvrit d'une saccade une des portes.

Personne à l'intérieur.

Un peu rassurée, elle entreprit d'étudier les lieux avec plus d'attention. Ses sacoches de selle étaient bien là, sur la chaise, mais leur présence ne dissipait en rien la perplexité de la jeune femme. Où se trouvait-elle ? Et, par tous les noms qu'on pouvait donner à la Déesse, comment était-elle arrivée là ? Ses armes reposaient avec le reste de son équipement, donc elle n'était pas prisonnière, quoi qu'il se soit passé.

Est-ce que je me serais enivrée au point de ne plus garder souvenir de la façon dont j'ai terminé ici ? Je n'ai pas de gueule de bois, en tout cas. Mal au crâne, oui… Une rapide palpation lui révéla une petite bosse encore douloureuse sur le côté de la tête. *Y aurait-il eu une bagarre ? Que s'est-il passé ?*

Une fenêtre étroite ouvrait dans un mur, mais elle donnait sur ce qui ressemblait à une ruelle et l'arrière d'une autre maison. Elle n'aperçut qu'un chat qui se promenait là. Rien pour l'aider à localiser cet endroit.

Ce qui ne laissait que la porte.

Elle boucla le ceinturon portant son épée et sa dague avant de tourner la poignée. La suite pouvait très bien être d'une banalité affligeante, et sans aucun risque, elle préférait être surarmée et rire de sa méfiance qu'aller au-devant des ennuis sans être capable de les affronter. La porte s'ouvrit sans réticence, et elle sortit dans un couloir inconnu.

D'autres portes y débouchaient. Elle colla l'oreille à chacune, brièvement, mais ne détecta aucun son à l'intérieur. Au bout du couloir un escalier menait au niveau inférieur, derrière un rideau de perles émaillées. *La Teria, donc. Je reconnais ce style. Mais qu'est-ce que je fabrique dans la Teria ? Et au nom de la Guerrière, où Kerestel est-il passé ?*

Les marches risquant de craquer, elle les descendit avec mille précautions. Ce simple effort fit battre le sang à ses tempes, et sa migraine redoubla. Il lui fallut une éternité pour arriver en bas. Elle se plaqua alors contre le mur et regarda à travers le rideau de perles la pièce qui s'étendait au-delà.

C'était la salle commune d'une auberge, avec les habituelles tables sur tréteaux flanquées de bancs. À l'autre bout de la pièce, quelques sièges plus confortables étaient disposés en demi-cercle face à la cheminée. Pas de feu pour l'instant, mais elle reconnut la blondeur de la tête qui dépassait d'un dossier.

Alerté par son propre sixième sens, Éclipse se leva et l'aperçut.

— Sen !

Les muscles las de Mirage se détendirent et elle franchit le rideau de perles. Elle alla se camper au centre de la salle, qu'elle survola du regard.

— Au risque de parler comme un mauvais personnage d'une mauvaise histoire de ménestrel : où sommes-nous, et que s'est-il passé ?

Il posa sur elle des yeux où brillait la circonspection.

— Je peux répondre à cette question, d'une certaine façon, mais pas tout à fait.

Il lui prit le bras et la dirigea vers un siège.

— Asseyons-nous, et je te dirai ce que je sais.

— Voilà qui n'a rien de rassurant, maugréa-t-elle.

Quand ils furent installés, Éclipse dévisagea Mirage un instant avant de prendre la parole :

— Si je ne peux pas vraiment répondre à ta question, c'est parce que je ne comprends pas ce qui nous est arrivé. Nous allions à cheval, sans qu'il se passe quoi que ce soit d'anormal. La nuit était bien avancée, mais nous voulions atteindre Chiero, et aucun de nous n'était fatigué, du moins tu as affirmé ne pas l'être, et c'est pourquoi nous continuions notre chemin. Et d'un coup, tu as plongé tête la première vers le sol.

Mirage ouvrit de grands yeux.

— Je pense que tu étais inconsciente avant même de toucher terre. Et si ça n'a pas été le cas… eh bien, la chute y a remédié. Comme nous étions presque arrivés à Chiero, je t'ai attachée à ta selle et je t'ai amenée ici, chez Marell. Tout ça s'est passé hier.

Marell. Un agent du Feu d'Argent à qui Mirage n'avait jamais eu affaire, ce qui expliquait pourquoi cet endroit ne lui était pas familier. Il était le propriétaire de cette auberge, une couverture idéale pour récolter les informations qu'il transmettait ensuite aux Chasseurs.

— De quoi te souviens-tu ? demanda Éclipse, visiblement inquiet.

Mirage se pencha en avant, s'appuya des coudes sur les genoux, et regarda fixement le plancher devant elle.

— Nous avons quitté la Chute de l'Étoile. Nous n'avons rien découvert d'important dans la maison de Tari-nakana, après l'itinéraire.

À la limite de son champ de vision périphérique elle sentit que son compagnon acquiesçait, mais il ne l'interrompit pas.

— Nous nous sommes ensuite rendus auprès de Nasha. Elle nous a dit qu'Avalanche avait été signalé pour la dernière fois sur la route, en direction de l'Insebrar. Alors que nous cheminions vers l'est, nous avons écrit à la sorcière qui est notre contact, parce que nous voulions des renseignements concernant la nouvelle Clé du Cœur du Feu. Elle a dit qu'elle nous rencontrerait en personne à Ravelle. Nous avons accepté, parce que c'est sur la route de l'Insebrar. Elle ignorait qu'Avalanche travaillait pour Tari-nakana.

— Et ta chute ? En gardes-tu un souvenir quelconque ?

Difficile pour elle d'isoler un jour ou une nuit de chevauchée parmi tant d'autres. Ses cinq dernières années étaient peuplées de routes, auberges, villes, Brume qu'elle sellait et dessellait, campement qu'elle installait, feu que la pluie éteignait, sans grands événements marquants. Elle ferma les yeux, mais rien ne lui vint à l'esprit, sinon qu'elle chevauchait, et chevauchait encore, et puis plus rien.

— Non. Pas le moindre souvenir.

Un homme courtaud et soigné de sa personne entra alors dans la salle et se présenta à eux comme étant Marell. Après qu'elle l'eut rassurée quant à son état de santé, elle l'interrogea au sujet d'Avalanche.

— Garde du corps, à Vilardi. Le Consortium de la Soie y est venu pour négocier avec les principales sociétés de transport. Il y a pas mal d'histoires et de tensions, et le chef du Consortium a engagé Avalanche pour éviter de se retrouver avec du poison dans son ragoût ou un poignard dans son dos.

— Combien de temps vont-ils rester là-bas ?

L'aubergiste se tapota le menton d'un doigt en levant les yeux au plafond, tout à ses calculs.

— Ils se sont séparés récemment, sur un différend, je crois, mais ce n'est qu'une pause dans leurs négociations. Ils visent un accord dans le courant de la semaine à venir.

Ce qui leur laissait juste assez de temps pour aller voir la sorcière à Ravelle avant de mettre le cap sur Vilardi. Mirage en fut soulagée, car elle avait craint que son étrange évanouissement ne leur fasse rater Avalanche. Il demeurait leur meilleur espoir de découvrir ce qu'il y avait derrière l'assassinat.

— Quelle heure est-il, maintenant ?

— Le Temple a sonné le début du carillon Léger il y a une heure, à peu près.

Plus d'une demi-journée de perdue. Mirage faillit jurer, mais elle se ressaisit à temps. Marell semblait trop guindé pour apprécier ce genre d'écart.

— Eh bien, nous pouvons encore chevaucher quelques heures.

Avant même qu'elle ait terminé sa phrase, Éclipse secouait la tête.

— Non. Tu as besoin de te reposer encore un peu.

— Je viens de dormir une journée entière ! C'est plus qu'il ne me faut.

— Tu n'es encore pas sûre d'aller assez bien !

D'une main, Mirage effleura son autre poignet et attira le regard de son compagnon. La manche recouvrait la cicatrice, mais il comprit l'allusion. Le serment du sang les liait dans cette Traque. Il était vital de rattraper Avalanche à Vilardi.

Il soupira.

— Nous sellerons nous-mêmes nos chevaux, Marell. Merci pour tout.

CETTE NUIT-LÀ, ILS campèrent en bordure de la route, après avoir chevauché aussi longtemps qu'il était possible sans que le manque de lumière ne devienne un danger pour Brume et Étinceleur. Dans cette région, les pistes étaient mal entretenues. Mirage fit griller du pain pendant qu'Éclipse prenait soin de leurs montures, puis elle lui donna sa nourriture en silence quand il vint s'asseoir auprès d'elle devant le feu.

— Tu as une idée de ce qui a pu provoquer ça ? demanda-t-il entre deux bouchées de pain et de fromage.

Elle n'avait pas besoin de précisions sur le sujet de sa question. Son évanouissement l'avait hantée toute la journée, elle aussi.

— Aucune idée.

— Un empoisonnement ? proposa-t-il. Quoique je ne voie pas comment…

— Non, pas le poison. Tu connais une substance qui agit à retardement mais qui assomme sa victime d'un coup ? Je ne me suis même pas sentie partir. La chose a été instantanée.

Il réfléchit un moment et eut une moue irritée.

— Non, je ne connais rien qui ait cet effet.

— D'autant que je ne vois pas quel intérêt on aurait à m'empoisonner de la sorte. Quel en a été le résultat ? Nous avons été retardés d'une demi-journée, c'est tout.

— Alors tel était peut-être le but : nous retarder.

— Mais seulement d'une demi-journée ? Je pourrais te citer une demi-douzaine de manières de retarder quelqu'un, et chacune plus efficace que celle-là.

Ils mangèrent en silence pendant un temps, avec en fond sonore les craquements du feu et les petits bruits produits par les chevaux. Le temps était lourd, sans trace de brise. Soudain Mirage regretta le Feu d'Argent, là-bas, à l'ouest, où les soirées étaient généralement fraîches, avec un vent venu du fleuve voisin.

— Et s'il s'agissait d'un sort ? dit enfin Éclipse.

Elle le regarda fixement.

— Quoi ?

— Un sort. Ça expliquerait la soudaineté du phénomène, et aussi pourquoi nous n'avons décelé aucune menace, pas plus toi que moi. Une sorcière aurait très bien pu t'assommer.

— Et pourquoi l'aurait-elle fait ?

— Hem... Je n'ai pas dit que j'avais toute la réponse, hein. Mais il se peut que quelqu'un ait voulu nous ralentir...

— Kerestel, nous travaillons pour les sorcières. Une d'elles a été assassinée. Elles veulent savoir qui l'a fait. Pourquoi chercheraient-elles à nous ralentir ?

Il grimaça.

— D'accord, d'accord. C'était une idée en l'air. Je n'ai jamais dit qu'elle pouvait tout expliquer.

Mirage serra les lèvres. Il n'était pas très juste d'envoyer promener son ami, même s'il aurait dû prévoir que le sujet était sensible pour elle. Sa suggestion de la magie avait rappelé à la jeune femme ce qu'elle avait découvert dans la maison de Tari-nakana.

— Désolé, dit-il avant qu'elle ait le temps de parler. J'aurais dû réfléchir avant de parler de sort...

Il s'interrompit, contempla ses mains ouvertes, et ne put s'empêcher d'ajouter :

— Il n'empêche, c'est une hypothèse que nous ne pouvons pas totalement écarter.

Elle lui tapota gentiment l'épaule.

— Tu as raison. Nous devons considérer cette affaire sous tous les angles possibles. Si l'explication la plus plausible ne tient pas, alors il est juste de chercher ailleurs. Et il faut que je cesse de sursauter à chaque fois qu'on mentionne la magie : je suis sous contrat avec une sorcière, après tout !

Il eut un fin sourire.

— Les vieilles habitudes ont la vie dure, décidément.

— Ce qui ne signifie pas qu'on ne doive pas les tuer, dit-elle en s'étirant. Tu veux prendre le premier tour de garde ?

Ils s'installèrent pour la nuit, mais Mirage ne s'endormit pas immédiatement. Le sommeil la fuyait. Tournée dos au feu, elle contemplait les broussailles enténébrées et ressassait de sombres pensées.

Quelle jolie formule tu as eue là : « Nous devons considérer cette affaire sous tous les angles possibles. » Et pourtant, tu ne lui as pas tout dit.

Elle pouvait aisément trouver des excuses à ses omissions. Elle-même ne comprenait pas ce qu'elle avait ressenti juste avant de chuter de selle. La chose avait eu la brièveté de l'éclair, elle avait traversé son esprit pour disparaître aussitôt. Mais la trace laissée dans sa mémoire était trop nette pour qu'elle y voie un effet de son imagination.

Immobile dans l'obscurité, elle ferma les yeux et plongea dans les tréfonds de son esprit pour sonder sa mémoire. Qu'avait-elle ressenti ?

Ce qui s'en rapprochait le plus était le phénomène dont elle avait fait l'expérience quelques semaines plus tôt, alors qu'ils étaient en chemin pour Corberth. Pendant un instant des plus courts, elle avait eu la sensation qu'un vieil ami bien connu, absent depuis des années, chevauchait à son côté, tout comme Éclipse. L'impression avait disparu instantanément, et, avant même qu'elle ne l'enregistre, elle s'était évanouie.

Et je suppose inutile d'espérer que les deux soient sans corrélation.

Se pouvait-il que cela ait un rapport avec Éclipse ?

Il était le seul qu'elle pouvait considérer comme un ami de longue date. Il n'y avait aucune autre personne, du Feu d'Argent ou des années antérieures, dont elle se soit sentie aussi proche. Certainement pas ses parents, qu'elle n'avait revus qu'en de rares occasions depuis qu'elle avait été envoyée au temple, à l'âge de cinq ans. De toute façon, ils n'étaient plus. *Et si leurs fantômes étaient venus me rendre visite ? Ce serait quelque chose…*

La sensation avait été familière, indéniablement. Mais Éclipse se trouvait là, quelques pas derrière elle, sur la route. D'ailleurs cela ne portait pas la marque de sa personnalité.

Mirage frissonna, puis s'obligea à garder l'immobilité. Elle entendit Éclipse qui remuait, mais il ne dit rien. *Je ne veux pas que tout ça ait le moindre rapport avec les sorcières. Il est déjà assez mauvais que j'aie les cheveux roux. Et pire encore que Tari-nakana ait surveillé mes déplacements. J'ai accepté de travailler pour les sœurs, mais je ne m'impliquerai pas plus. Je refuse qu'elles interviennent dans ma vie. Pas plus qu'elles ne l'ont fait jusqu'alors, en tout cas.*

Elle prit une inspiration lente et profonde, expira sur le même mode. Ensuite elle chassa ces pensées de son esprit et s'endormit.

ILS FORCÈRENT L'ALLURE pour atteindre Ravelle. Éclipse s'inquiétait toujours pour la santé de son amie, mais celle-ci n'avait qu'une chose en tête : arriver à Vilardi avant le départ d'Avalanche. Depuis qu'ils avaient accepté ce contrat, ils avaient passé des semaines sur les routes et elle ne voulait plus perdre de temps à poursuivre leur collègue Chasseur d'un domaine à l'autre.

Avant de poursuivre leur chemin, toutefois, il leur fallait s'entretenir avec leur contact. Ils revêtirent donc l'uniforme et le masque propres à leur profession et se glissèrent dans les rues de Ravelle à la nuit venue.

Cette fois, le lieu de la rencontre était une habitation plus petite et moins cossue que celle utilisée par la sorcière à Corberth, alors même que cette ville était plus grande. Il n'y avait pas de mur d'enceinte et pas de garde. Mirage et Éclipse allèrent frapper directement à la porte située à l'arrière de la maison, et une fois encore une Cousine leur ouvrit. Ce n'était pas la même femme, mais elle ne se montra pas plus étonnée de leur visite que la précédente.

La sorcière se leva à leur entrée dans le salon, une pièce que les Chasseurs trouvèrent un peu miteuse. Ici l'éclairage était plus vif. La maîtresse des lieux avait été occupée à écrire, mais Mirage ne put voir la page assez clairement pour la lire. En revanche, elle put mieux observer leur contact, car lors de leur entrevue à Corberth, l'éclairage avait été trop bas pour permettre un examen satisfaisant. La femme avait les cheveux plus sombres que la plupart de ses pairs, qui tiraient plus vers le brun que le roux. Les yeux espacés et assez grands lui donnaient l'air perpétuellement étonné, ce que démentait le tracé dur de ses lèvres. Si elle avait mieux maîtrisé son expression, néanmoins, elle aurait pu passer pour moins fine qu'elle ne l'était très certainement. Mirage se demanda si elle avait conscience de négliger un tel atout.

— Asseyez-vous, leur dit la sorcière en leur désignant des sièges à dossier droit.

— Nous avons plusieurs questions, dit Éclipse dès qu'ils furent installés. D'un petit geste, leur hôtesse l'invita à poursuivre.

— Tout d'abord, est-il possible de plonger quelqu'un dans l'inconscience d'un coup et à distance ? Existe-t-il un sort ayant cet effet ?

Mirage l'aurait étranglé avec joie. Elle crispa les mains sur ses genoux en se promettant d'avoir une petite « conversation » avec lui, plus tard.

La question parut dérouter quelque peu la sorcière.

— À distance ? Tout dépend de ce que vous entendez par ce terme. Il faut voir la personne de vos propres yeux. La chose n'est pas possible d'un bout à l'autre d'une ville, ou de deux domaines différents. Pourquoi ?

Si tu lui dis, je te brise les épaules, Kerestel. Cette question ne concerne que moi.

— Ce pourrait être une méthode pratique pour capturer l'assassin, répondit le Chasseur sans hésiter.

— Oh, eh bien, ce serait faisable, si je me trouvais à courte distance de lui. Vous avez donc retrouvé l'assassin ?

Une pointe d'intérêt transparaissait dans sa voix mélodieuse.

Éclipse secoua la tête.

— Pas encore. Mais nous nous rapprochons du but. Comme je vous l'ai écrit, nous avons la quasi-certitude qu'il a été formé à l'Étoile du Loup. Ce qui réduit considérablement le champ de nos recherches.

— Et en ce qui concerne le commanditaire ?

— Nous désirions justement vous en parler, intervint Mirage. Qui a succédé à Tari-nakana en qualité de Clé de sa Voie ?

— Kekkai-nai. Enfin, maintenant elle est Kekkai-nakana, bien sûr.

— Quel poste occupait-elle avant de devenir la Clé ?

— Coordinatrice régionale pour le nord : l'Askavya, le Liak et le Miest.

Le nom revenait à Mirage, à présent. Elle l'avait vu sur bon nombre de documents, dans le bureau de Tari-nakana. Elle ferma les yeux et repensa à ces rapports. Avaient-ils contenu quelque chose de notable ? Rien qu'elle ait gardé en mémoire.

— Depuis qu'elle en est devenue la Clé, Kekkai-nakana a-t-elle effectué des changements importants dans la façon de diriger sa Voie ?

— Pas que je sache. Mais elle n'occupe pas cette charge depuis très longtemps.

— Et Tari-nakana ? dit Éclipse. Elle s'était engagée dans des projets particuliers, juste avant sa mort ?

La sorcière hésita, et le jeune homme leva son poignet pour lui montrer la signature du serment de sang. Cet engagement leur donnait le droit de tout savoir. Leur hôtesse hocha la tête.

— Mes excuses. Mais non, Tari-nakana n'avait rien entrepris de particulier. Rien de significatif, en tout cas. Elle assumait sa charge, c'est évident.

— Rien n'est « évident », pour l'instant, crut bon de préciser Mirage. Y avait-il une chose qu'elle ne faisait pas ? Un devoir qu'elle négligeait, ou une requête qu'elle ignorait ? Voyez-vous quelqu'un qui aurait pu souhaiter la voir chassée de son poste pour inefficacité ou incompétence ?

— Elle était très compétente, rétorqua la sorcière d'un ton sec.

Mirage passa à un mode plus conciliant.

— Le commanditaire de son assassinat aurait pu être mécontent de son échec dans un secteur ou un autre. À moins qu'il n'ait espéré que la Clé qui lui succéderait entreprendrait une action bien précise à laquelle Tari-nakana se refusait.

— Êtes-vous au fait des projets sur lesquels Kekkai-nakana travaille ? demanda Éclipse. Des tâches qui lui auraient été confiées par Tari-nakana, ou par sa Prime ? Avait-elle un projet qui lui tenait à cœur, et qui pourrait prendre de l'importance, maintenant qu'elle est une Clé ?

Leur contact haussa les épaules. Ce déferlement de questions semblait la mettre sous pression.

— Je ne sais pas. Franchement. C'est le genre de choses qu'il vous faudrait demander directement à Kekkai-nakana.

— Alors nous devons la rencontrer, déclara Mirage.

La maîtrise de la sorcière était plus grande que prévue. Elle réprima sa réaction au point que sa nature était bien difficile à définir : la surprise ? L'embarras ?

— Peut-être, dit-elle lentement. Il faudra que je lui écrive pour lui en parler. Les Clés du Cœur se déplacent rarement, et Kekkai-nakana est très prise actuellement, comme vous pouvez l'imaginer.

Ils auraient dû s'y rendre quand ils se trouvaient encore à la Chute de l'Étoile.

— Peut-être pourrait-on arranger une entrevue grâce à la magie ? suggéra Éclipse. Existe-il un moyen de le faire ? Pour converser avec elle à distance, et non par l'intermédiaire du papier ?

— Peut-être, fit encore la sorcière. Il faudra que je me renseigne. Dès que j'aurai la réponse… je vous la communiquerai par écrit. Vous avez conservé votre feuille, n'est-ce pas ?

— Bien sûr, répondit Éclipse qui eut le bon goût de ne manifester aucune irritation.

— Parfait, lâcha la sorcière d'un ton bref. Je vous écrirai, donc, dès que je saurai, pour Kekkai-nakana.

Dans l'intervalle, continuez à explorer les autres pistes. Celle du Chasseur qui était son garde du corps, par exemple.

Ils se levèrent, la saluèrent et sortirent sans un mot de plus.

— Ce n'était pas la même femme, dit Mirage alors que leurs montures franchissaient la porte est de Ravelle dans la clarté laiteuse qui précède l'aube.

— Tu crois ?

— Elle avait la même apparence, le même timbre de voix. Mais son phrasé était entièrement différent.

— Plus rapide et moins hautain. Oui, tu as raison.

Il garda le silence un moment et ils lancèrent leurs chevaux au trot pour dépasser trois chariots qui cahotaient sur la route, sans doute en direction d'une ferme. Quand ils furent seuls de nouveau, il reprit la conversation là où ils l'avaient laissée en suspens :

— Mais pourquoi ?

— Tout dépend de laquelle arborait son véritable visage. Si c'était la première sorcière, et que la seconde a recouru à une illusion, alors il se peut que notre vrai contact ait été occupé ailleurs. Comme elle ne pouvait pas nous rencontrer sur le chemin d'Insebrar, elle a donné délégation de le faire à une de ses sœurs.

Éclipse réfléchit à cette possibilité une poignée de secondes.

— C'est plausible, j'imagine, dit-il enfin.

— Il se peut aussi qu'aucune des deux n'ait ces traits, en réalité. Elle aurait pris cette apparence pour une simple raison de prudence. Les sorcières sont parfois un peu paranoïaques. Mais si nous ne pouvons pas identifier notre contact, c'est une information en moins pour nous.

— Tu n'as pas eu l'impression que cette deuxième

sorcière n'appartenait pas au Rayon du Feu ? demanda soudain Éclipse.

Ce fut au tour de Mirage d'évaluer la question. Elle n'y avait pas songé, mais maintenant qu'il en parlait…

— Tu pourrais bien avoir raison. Elle en savait vraiment peu sur ce qui se passait entre Tari-nakana et Kekkai-nakana. Bien sûr, je ne pense pas que les chefs racontent tout ce qu'ils font à leurs subordonnés, mais notre sorcière m'a paru très mal informée. Ce qui est peut-être son état naturel. Ou non.

Une pensée la frappa subitement, et elle fit stopper Brume avant d'ôter un de ses gants. Éclipse fit décrire un demi-tour à Étinceleur pour revenir à son niveau.

— Qu'y a-t-il ?

Elle tendit son poignet gauche dénudé.

— Quelle couleur donnerais-tu à cette cicatrice ?

— Brun passé… avec une touche verdâtre. Ce qui l'identifie comme la signature d'un serment de sang. Elle n'a pas un aspect naturel.

— Bon, je peux me tromper, mais il me semble me remémorer une conversation qui remonte à l'époque de notre formation : Griffe a affirmé qu'on pouvait déterminer le Rayon de la sorcière ayant scellé le Serment de Sang par un sort d'après la couleur de la cicatrice qu'il laisse.

Le regard d'Éclipse passa du poignet au visage de la jeune femme.

— Brun teinté de vert. La Terre ?

— C'est aussi ce que je dirais. En tout cas, ce n'est pas la teinte correspondant au Feu.

— Donc, si notre seconde sorcière n'appartenait pas au Rayon du Feu, la première non plus.

Mirage remit son gant et fit repartir sa jument. Ils ne pouvaient se permettre de perdre toute la journée à bavarder au milieu de la route.

— Nous avons pensé qu'il pouvait s'agir du Rayon du Néant, tu te souviens ? Peut-être que nous avions raison. Mais si elle était bien de la Terre, et que cette seconde sorcière appartenait à un autre Rayon que celui du Feu… pourquoi y aurait-il autant de sorcières d'autres Rayons intéressées dans cette enquête ?

— Tari-nakana était un personnage important. Son assassinat a peut-être entraîné des troubles pour tous ces Rayons ?

— Possible, oui. Mais je ne sais pourquoi, cette explication me semble un peu courte.

Ils cheminèrent sans parler pendant longtemps. Mirage gardait le silence parce qu'elle sentait son compagnon occupé à de profondes cogitations. Le soleil matinal resplendissait quand il estima avoir les idées assez claires pour les lui exposer. Elle fut aussitôt tout ouïe.

— Te souviens-tu d'une quelconque bizarrerie concernant ces papiers et ces lettres, dans le bureau de Tari-nakana ?

— Je suppose que tu mets de côté ceux en rapport avec mon itinéraire, dit-elle. Non, rien qui me vienne spontanément à l'esprit. Tout ça ressemblait à la paperasse et à la correspondance habituelles pour ce genre de personne.

— De qui recevait-elle des lettres ?

— De sorcières, en majorité. Et aussi de Seigneurs et de Dames des divers domaines, bien sûr, ainsi que de certains de leurs principaux ministres et gouverneurs. Mais surtout de sorcières.

— Ce qui paraît logique, puisqu'elle était une Clé, et celle de la Voie du Cœur, par-dessus le marché. Elle était responsable de la coordination des activités de son Rayon, et elle relayait les consignes émanant de sa Prime. Mais ce que j'aimerais savoir, c'est pourquoi il y avait autant de lettres venant de sorcières *extérieures* à son Rayon.

Mirage ferma les yeux et s'efforça de revoir en esprit autant de papiers qu'elle en avait eus sous les yeux. Si Éclipse tenait là une piste, elle échappait à la jeune femme.

— La plupart de ces lettres n'avaient pas de caractère d'importance. Elles étaient d'ordre personnel. Comme celle au sujet du chat.

— Elles *avaient l'air* sans importance

— Tu penses que certaines étaient codées ?

— Je l'ignore. Peut-être. Il faudrait que nous demandions à notre contact – ou quelle que soit la personne avec qui nous avons affaire maintenant – de nous envoyer les papiers de la Chute de l'Étoile. Je crois que j'aimerais y jeter un nouveau coup d'œil.

Mirage grimaça à la pensée de devoir charrier avec eux toute la correspondance de Tari-nakana.

— Attendons au moins d'avoir parlé avec Avalanche. S'il y a un sens caché à ces courriers, il en saura peut-être quelque chose.

7
DOUBLE [MIRYO]

MIRYO FORÇA SON visage à arborer une expression neutre, et ses yeux se fixèrent sans concentration excessive sur le mur le plus éloigné. Il y avait peu encore, elle aurait sans doute fait les cent pas, se serait rongé les ongles ou aurait tiraillé une mèche de ses cheveux. Le rituel avait changé cela : la sérénité de l'Air était maintenant en elle, et elle en avait pleinement conscience. Elle avait besoin de ce secours pour conserver son calme.

J'ai été évaluée. Mais de quelle manière ? Déesse, ma Dame, je ne comprends pas… Ai-je réussi, ou échoué ?

Que va-t-il advenir de moi ?

Miryo avait vu peu de personnes depuis le rituel. Pendant un temps, Nenikune seulement. Puis, quand la guérisseuse avait été satisfaite de l'état physique de Miryo, Ruriko, la secrétaire de Satomi, était venue chercher la jeune femme.

Me chercher pour le jugement ?

En cet instant, elle aurait donné cher pour pouvoir parler à Ashin. Elle n'était pas certaine de son propre statut, mais c'était sans grande importance. Sorcière ou pas, elle aurait obligé la Clé de la Main à la renseigner. Ashin s'était doutée de ce qui allait arriver. Et Miryo voulait savoir pourquoi.

Elle se demandait combien de temps elle était restée inconsciente. Impossible de le savoir : Nenikune avait refusé de le lui préciser, et Miryo avait jugé plus sage de ne pas poser la question à Ruriko. Sa convocation avait été trop formelle. Pour ce qu'elle en savait, une semaine avait pu s'écouler depuis les épreuves. La pièce dans laquelle elle s'était réveillée était dépourvue de fenêtres, mais si Nenikune lui avait apporté ses repas selon des intervalles réguliers, alors elle avait repris ses esprits depuis deux jours.

Les deux battants de la porte gravés des symboles des cinq Éléments s'ouvrirent. Miryo se mit debout pour faire face à Ruriko, et la salua d'un léger mouvement de tête respectueux. Même si elle était maintenant une sorcière – et elle n'en avait aucune certitude – il n'était pas inutile de se montrer polie. Sans un mot, la secrétaire lui fit signe de passer dans la salle voisine, et elle sortit après son passage, en refermant les portes dans un bruit sourd et définitif.

Miryo n'avait jamais aimé l'endroit où elle se trouvait maintenant. Bien que fort beau, il manquait de l'aura de magie qui baignait le Foyer de l'Étoile. C'était simplement un lieu dévolu à la gestion quotidienne des choses, et non un espace réservé au rituel. Il était impressionnant, mais d'une façon plus sévère.

Elle en parcourut toute la longueur, et ses pas tirèrent des échos froids de la pierre. Serties dans le sol sous ses pieds, elle vit cinq dalles de marbre alignées, sous lesquelles gisaient les os des premières Primes. Les inscriptions effacées par les allées et venues des générations successives étaient devenues presque illisibles. C'était là un rappel austère de l'ancienneté et de la persistance de l'institution, et Miryo se remémora l'insignifiance de sa propre personne.

Enfin, elle arriva au bout de la salle et sans hésiter elle s'inclina profondément. Qu'elle fût sorcière ou non à présent, elle se trouvait devant les cinq Primes, et le respect était de mise.

— Redresse-toi, dit Satomi.

Miryo obéit et releva la tête. Elle n'avait aucune idée de ce qui allait se passer, ou de ce qui lui était arrivé, mais il n'était pas question de reculer.

De leurs trônes disposés sur l'estrade devant elle, les cinq Primes la contemplaient. Derrière chacune était accrochée la bannière magnifiquement brodée portant les couleurs de son Élément. La chevelure claire et flamboyante de Satomi se détachait crûment sur le fond noir de la sienne. L'effet n'adoucissait en rien son expression indéchiffrable.

— Tu ne sais pas ce qui t'est arrivé, déclara la Prime du Néant après un moment.

Miryo garda le silence, car elle ne savait que répondre, ni si elle devait le faire.

— Tu ne pouvais pas savoir, poursuivit Satomi. Les informations nécessaires à cette compréhension ne t'ont pas été divulguées. Nous allons te les révéler maintenant, afin de t'apprendre ce que tu dois faire pour réparer ce qui doit l'être.

Elle parlait d'un ton mesuré et solennel. Miryo s'obligeait à respirer lentement et à ne pas détourner son attention des yeux vert pâle de la Prime.

— Cinq jours après qu'une sorcière a donné le jour à une fille, et avant que le nouveau-né soit exposé à la lumière des étoiles, avant que le regard de la Déesse confère une âme à l'enfant, la mère exécute un rituel qui, l'heure venue, permettra à cette enfant de pratiquer la magie. Un canal est ainsi créé. Puis il est scellé, cela pour que l'enfant apprenne les bases de la magie avant que ses pouvoirs lui soient accordés. Et ce sceau n'est ôté que lorsque l'enfant atteint ses vingt-cinq ans.

Aucun élément de ce discours n'était nouveau pour Miryo. Cela faisait partie de ses études. Elle ne quittait pas Satomi des yeux et attendait la révélation qui allait forcément venir, cette révélation qui expliquerait la raison des souffrances terribles endurées dans le Foyer de l'Étoile.

— Mais ce rituel a un second effet. Il crée un double, une deuxième enveloppe, une réplique de la première, identique en tous points, sauf un : le double n'a pas d'aptitudes à la magie.

Une deuxième enveloppe… les Cousines ? Mais non, les Cousines sont différentes… Que devient cette autre enfant ?

Satomi répondit pour elle à cette question :

— Ce double représente un danger pour l'enfant-sorcière. C'est pourquoi il est toujours tué.

Inconsciemment, Miryo crispa les mains en deux poings.

— Ton double est vivant, dit la Prime du Néant, et ses paroles flottèrent en murmures dans la vastitude de la salle.

Et Ashin le savait, je parierais ma vie sur ce point.

Mais c'est elle *qui a parié ma vie sur ce point.*

Miryo se rendit compte qu'elle retenait son souffle et se remit à respirer silencieusement, en se demandant si son trouble avait transparu sur son visage.

— Tu dois tuer ton double, dit Satomi sans que rien sur son visage ne trahisse autre chose qu'un pragmatisme froid. Cette tâche te revient, à toi et toi seule. Tu peux te faire aider par d'autres personnes pour atteindre ce but, mais c'est ta main qui devra porter le coup fatal.

» Si tu ne tues pas ton double, alors ta magie te tuera avant longtemps. Tu ne pourras la maîtriser tant que ton double existera. Que son existence se prolonge, et la tienne s'en trouvera mise en péril. Jusqu'à sa mort, tu ne dois pas recourir à la magie, à part dans une situation ultime, pour défendre ta vie. Et même alors, sache que ton sort risque de te tuer. Il t'est également interdit d'utiliser la magie pour tuer ton double.

» Cette tâche accomplie, tu reviendras auprès de nous et tu reprendras le cours de ta vie comme n'importe quelle sœur, en choisissant un Rayon et une Voie.

C'est seulement alors que Satomi cligna des paupières. Après l'immobilité totale qui avait régné dans la salle, ce mouvement infime fit presque sursauter Miryo. Elle resta comme tétanisée, à la recherche de ce qu'elle pourrait dire.

Mais il n'était pas encore temps pour elle de parler.

— Un cheval sera préparé pour toi, ainsi qu'une escorte. On te donnera toutes les provisions nécessaires. De plus, tu pourras choisir une sorcière pour être ta conseillère, et elle répondra à tes interrogations jusqu'au moment de ton départ. Qui choisis-tu ?

— Ashin-kasora, Aken.

Elle n'avait même pas eu à réfléchir. C'était l'occasion rêvée d'obtenir des réponses de la Clé de la Main.

Pour seule réaction, Satomi battit des paupières une nouvelle fois.

— Ashin a quitté la Chute de l'Étoile pour une autre affaire. Qui choisis-tu ?

Partie. Quelle coïncidence… Et après m'avoir dit qu'elle désirait me parler. Miryo maîtrisa son trouble tant bien que mal.

— Narika-kai, Aken.

— Narika sera donc ta conseillère. Tu partiras dans deux jours. Il t'est désormais permis de porter ceci.

Satomi tendit un bras et un petit objet flotta dans l'air pour se poser dans les mains que Miryo venait de réunir en coupe.

C'était un pendentif en argent, représentant un nœud à trois boucles enlaçant une fine bande circulaire. Le triquetra. Le symbole des sorcières. Une boule se forma dans la gorge de Miryo. *En dépit de mon double – en dépit de tout – je suis une sorcière.* Satomi ne lui aurait jamais donné le triquetra si elle n'avait pas été admise. Peut-être n'aurait-elle pas le droit d'utiliser ses talents magiques, mais elle était une sorcière.

— Merci, Aken, murmura-t-elle.

Les Primes se levèrent toutes ensemble, et le mouvement fit tressaillir Miryo car elles n'avaient pas bougé pendant toute l'entrevue.

— Va et chasse, puis reviens et sois des nôtres, chantèrent-elles dans un unisson monocorde.

Miryo s'inclina bas et, déchirée entre exaltation et effroi, elle quitta la salle.

Assise sur le bord de son lit, elle regardait fixement le plancher. De petites malles ouvertes encombraient l'espace autour d'elle, toutes vides. Après son départ de la Chute de l'Étoile on les transférerait au Nouveau Foyer, là où celles venant de passer les épreuves résidaient en l'attente de trouver une résidence personnelle. Des sacoches de selle, vides elles aussi, étaient posées sur le lit. Elle les emporterait dans la traque de son double.

Cette perspective lui nouait le ventre. Elle ne pouvait s'imaginer tuant quelqu'un, pas de ses propres mains. Par magie, peut-être : il y avait toujours des brigands assez stupides pour attaquer une sorcière. Mais pas avec un poignard. Pas d'aussi *près*.

On frappa doucement à la porte, et elle sursauta. Elle lissa ses cheveux en arrière, inspira à fond et alla ouvrir.

C'était Narika.

— J'espérais que tu serais là, dit la sorcière. Je peux entrer ?

Auparavant, elle n'aurait jamais demandé la permission. Un autre signe que Miryo était bien, malgré ses difficultés, une sorcière. Mais cette victoire dont elle rêvait depuis toujours laissait comme un goût de cendres dans sa bouche.

— Je vous en prie, dit-elle avec raideur en ouvrant un peu plus le battant.

Narika vit les malles et les sacoches de selle, mais elle ne fit pas de commentaire. D'un geste Miryo l'invita à prendre un siège et alla elle-même s'asseoir sur le lit. À présent elle n'était plus contrainte de rester debout pendant toute la conversation.

— Satomi-aken m'a exposé ta situation, dit Narika. As-tu des questions ?

Miryo regarda ses pieds un long moment et fit de son mieux pour ordonner ses pensées. Elles filaient en tous sens comme des souris désorientées, se poursuivaient en petits cercles. Enfin elle parvint à un semblant de cohérence et exprima la première chose qui lui vint à l'esprit :

— Ce genre de situation est-il fréquent ?

— Non, fit Narika d'un ton grave. Tu as bien fait de me choisir. Nombre de sorcières ne savent rien concernant ce sujet particulier. Mais il est connu dans ma Voie, même si ce n'est pas de toutes nos sœurs. Tu aurais peut-être mieux fait de demander une de mes sœurs du Rayon du Néant, mais je peux te dire presque tout ce que nous savons.

— Pourquoi ça m'est arrivé, *à moi* ?

Miryo avait presque gémi en posant la question.

— Nulle ne le sait. Ta mère a peut-être commis une erreur, tout simplement. Je ne connaissais pas très bien Kasane, mais elle ne m'a jamais fait l'impression d'une personne sensible au point de ne pouvoir tuer une enveloppe vide. Elle était au courant des conséquences, si elle la laissait vivre. Chaque sorcière mère d'une fille sait cela.

— Mais vous pensez qu'elle savait, quand même ? Que le double était en vie ?

— Qui peut le dire ? Kasane n'a jamais laissé transparaître qu'elle le savait, du moins pas à ma connaissance.

Miryo allait poser une autre question, mais sa gorge se serra et bloqua ses paroles. Elle dut déglutir, honteuse du spectacle pitoyable qu'elle donnait. *Pour l'amour de la Déesse, si je ne peux même pas aborder le sujet sans m'effondrer, comment puis-je espérer partir en chasse de mon double ? À ce stade, je ne serais même pas capable de l'identifier à travers mes larmes, même si elle se tenait devant moi.* Elle ravala sa salive une seconde fois et serra les dents.

— Comment la trouverai-je ?

Narika soupira.

— En théorie, ton double peut être n'importe où. Mais au moins, tu as un avantage : il te ressemblera trait pour trait. Tu peux donc faire circuler une description, ou même un portrait, pour t'aider à le localiser.

— Ça risque de prendre un temps infini.

— Possible. Toutefois, et je précise que c'est une simple intuition, je crois que ce ne sera pas aussi difficile que tu le penses. Ton sosie et toi êtes unies d'une façon que nous n'appréhendons pas totalement. C'est d'ailleurs cette union qui te met en danger. Mais elle peut aussi travailler pour toi. À mon avis, si tu t'en remets à ton instinct, tu prendras très vite la bonne direction dans tes recherches.

— Mais vous n'en êtes pas sûre.

— Non, c'est vrai.

Miryo réfléchit quelques secondes, mais aucune direction ne s'imposa à elle pour son voyage. Elle se sentait toujours aussi perdue, et démunie.

— J'ignore si vous pouvez répondre à cette question, puisque vous avez dit que vous-mêmes ne compreniez pas tout du problème, mais qu'y a-t-il de dangereux dans mon double ?

— Il t'empêche de maîtriser tes talents magiques.

— Je sais déjà cela, dit Miryo en réprimant son impatience. Mais de quelle façon ?

Narika soupira une fois encore.

— En bref, parce qu'il est une partie de toi, quoiqu'une partie séparée de toi. La maîtrise de la magie requiert une concentration parfaite, et ton sosie est une partie de toi que tu ne peux pas concentrer selon ton bon vouloir. C'est pourquoi tu ne jouis pas d'une maîtrise suffisante.

— Même alors que mon double ne peut pas utiliser la magie ?

— Même ainsi. Et tu dois te hâter, parce que - comme tu le découvriras, malheureusement - même si Satomi-aken t'a interdit de lancer des sorts, tu auras du mal à lui obéir. Ne le sens-tu pas déjà ? dit Narika en plongeant son regard dans celui de la jeune sorcière. Peux-tu sentir le pouvoir autour de toi ?

Oui, elle le sentait. Elle avait voulu l'ignorer. Le pouvoir que les sorcières canalisaient provenait du monde qui les entourait, et elle le sentait à chaque inspiration qu'elle prenait, à chaque contact de sa main avec un objet.

— N'essaie pas de l'atteindre, lui conseilla Narika avec fermeté. On t'a mise en garde quant aux conséquences. Mais il te sera difficile de t'en souvenir quand tu te retrouveras en danger. Tu dois donc rester très vigilante sur ce point. Certes tu seras peut-être capable de créer des sorts anodins, si tu as de la chance, mais la maîtrise réelle ne s'acquiert qu'avec l'usage. Tu pourrais très bien te transformer en torche humaine alors que tu voulais seulement allumer une chandelle.

Miryo acquiesça et sentit la tension qui raidissait son cou. *Je ne tomberai pas dans ce piège. J'ai bien l'intention de m'en sortir vivante.* Narika la dévisageait comme si elle cherchait à lui enfoncer son avertissement dans le crâne par la seule puissance de son regard.

— Autre chose ? demanda-t-elle.

— Non, pas pour le moment, répondit Miryo à mi-voix.

Avec un hochement de tête, la sorcière se leva. Puis elle sembla marquer un temps d'hésitation.

— Pour ce que cela vaut, sache que ma sympathie et mes prières t'accompagnent.

Narika allait franchir la porte quand la question échappa à Miryo :

— Pourquoi *faire* tout ça ?

La sorcière de l'Air se retourna, perplexe.

— Je te demande pardon ?

Miryo se mit vivement debout, dans un mouvement un peu trop agité.

— Tout ça. Les sosies. Quel est le but ? Pourquoi la Déesse a-t-elle voulu ça ?

— Ai-je l'air d'être une prêtresse ?

— Non, mais elles ne savent rien de ce qui nous concerne, de toute façon. Nous sommes les seules censées savoir.

— Alors demande à une de mes sœurs de Voie, dans le Rayon du Néant, peut-être. N'importe laquelle, mais je te recommande Baira, et tu te retrouveras embarquée dans un long débat philosophique sur les objectifs que la Déesse nous fixe en ce monde. Tu n'arriveras sans doute à aucune réponse, mais ce genre de questions en obtient rarement.

Miryo reconnut le sarcasme pour ce qu'il était, et elle réagit comme il convenait.

— Toutes mes excuses. Je n'aurais pas dû demander. Quand Satomi-aken a dit que quelqu'un serait peut-être en mesure de me conseiller, je sais que ce n'était pas ce qu'elle voulait signifier.

L'air soudain attristé, Narika revint vers elle.

— J'ai été un peu dure avec toi, n'est-ce pas ? Je m'en excuse. Tu n'as pas besoin de cela, pas en ce moment. J'ai peu de patience envers ce genre de questions, c'est vrai, mais je comprends pourquoi tu l'as posée. Hélas je n'ai pas de réponse à t'offrir, et je ne sais pas si on peut en trouver une, mais je te souhaite bonne chance si tu la cherches.

— Merci.

La sorcière repartit vers la porte.

— Si tu as besoin d'autre chose, dit-elle, envoie… une Cousine. Je verrai ce que je peux faire pour toi.

Envoie une Cousine, songea Miryo avec amertume alors que la porte se refermait. *Elle allait dire : « Envoie un message. » Si j'étais réellement une sorcière, je pourrais le faire.*

Et ce sont précisément de telles pensées qui ne te mèneront nulle part.

Elle repoussa les cheveux en arrière de ses deux mains, fit face aux malles vides et entreprit de les emplir.

La porte s'ouvrit avec une violence telle qu'elle heurta le mur et en retour faillit frapper Eikyo de plein fouet alors que celle-ci franchissait en trombe le seuil de la chambre. Miryo bondit du sol devant l'intrusion et y retomba presque aussitôt quand son amie se jeta sur elle et l'enveloppa dans une étreinte écrasante.

— J'avais peur que tu sois déjà partie ! s'exclama Eikyo dans la chevelure de Miryo.

— Pas avant demain, répondit cette dernière faiblement, encore un peu abasourdie.

Eikyo recula d'un pas et posa les mains sur les épaules de son amie.

— Personne ne veut me dire ce qui se passe. Jamais je n'ai autant détesté être une étudiante : personne ne nous dit jamais rien…

Ses doigts vinrent effleurer le pendentif.

— Tu es une sorcière, maintenant, pas vrai ? Il y a des gens qui ne semblent pas le croire, mais tu as *ça*.

Miryo eut un rire bref, qui parut amer même à ses oreilles.

— Et ces gens ont à moitié raison. Je porte le triquetra, mais que signifie-t-il ? Rien, sinon qu'en cas de décès je serais inhumée comme une sorcière, et non comme une étudiante.

Les yeux d'Eikyo devinrent immenses.

— Quoi ?

— Assieds-toi. Je vais prendre un peu de temps pour t'expliquer.

Miryo ôta un tas de papiers de la chaise devant son bureau, les fourra dans une malle qu'elle ferma avant de s'asseoir dessus. Son lit était couvert de sacoches de selle et de vêtements. Il faudrait qu'elle en finisse avec tout cela avant de se coucher ce soir.

— En théorie, je suis une sorcière, oui. Mais je ne suis pas encore autorisée à utiliser la magie…

Son regard gris-bleu empli de la solennité qui seyait à l'instant, Eikyo l'écouta avec attention. Quand son amie se tut, le silence s'installa dans la pièce. Les stridulations d'une sauterelle leur parvenant par la fenêtre ouverte paraissaient horriblement bruyantes.

— Eh bien, lâcha enfin Eikyo d'une voix lourde d'émotion, il n'y a rien à y faire, on dirait. Tu retrouves ton double, tu le tues, tu reviens ici et tout rentrera dans l'ordre.

— En admettant que ce soit aussi facile.

— Quelles complications pourrait-il y avoir ?

Miryo se leva et voulut faire les cent pas, mais le désordre qui encombrait la pièce l'en dissuada. Elle refoula une soudaine envie de distribuer des coups de pied dans les malles.

Tout d'abord, dit-elle, il me faudra le localiser, ce double, et ce ne sera pas simple. Et puis, le tuer… Je sais que je suis obligée de le faire. Mais quand je me vois en train de le faire, avec un poignard, ou une autre arme… je ne peux pas. Ce n'est pas comme si j'avais reçu une formation de soldat ou d'assassin. Je suis une sorcière, au nom de la Vierge ! Je ne suis pas supposée tuer des gens !

— Mais ça ne servira à rien de te lamenter sur la réalité, fit remarquer Eikyo qui paraissait être revenue de sa surprise. C'est la seule manière de t'en sortir. Alors tu serres les dents et tu le fais.

— Je sais. Et j'affronterai cette réalité quand le moment sera venu. Mais ça n'explique toujours rien au sujet d'Ashin.

— Tu lui as parlé ?

— Elle est partie. Satomi-aken m'a dit que je pouvais choisir une sorcière qui répondrait aux questions que je me posais encore. J'ai voulu désigner Ashin, mais apparemment elle est partie juste après que j'ai passé les épreuves.

— Qui as-tu choisi pour la remplacer ?

— Narika.

— Et *elle*, elle sait où Ashin est allée ?

— Je n'ai pas pensé à lui poser la question, répondit Miryo, songeuse. C'est une idée. J'irai la voir demain matin, avant mon départ. Si Narika me renseigne, il se peut que je suive Ashin.

— Et si Narika ne sait rien de la destination d'Ashin, et que tu ne peux pas la découvrir ? Où iras-tu ?

— Narika pense que, si je choisis au hasard, l'instinct ou quelque chose d'approchant me mènera vers mon double.

Mais elle a reconnu qu'elle ignorait si ce genre d'intuition fonctionnait réellement.

— Tu as essayé ?

— Pas encore. D'ailleurs je ne sais même pas comment on « essaie » de faire quelque chose d'instinct.

— Nous pourrions grimper sur les toits. Là, au moins, tu aurais une vue dégagée des différentes directions.

En lieu et place de leur cachette habituelle, elles optèrent pour le point le plus élevé qu'elles pouvaient atteindre sans trop de difficulté. Au-dessus d'elles la voûte du Foyer de l'Étoile dressait son arrondi dans le ciel nocturne, masquant les étoiles, mais elles n'étaient pas prêtes à tenter cette ascension.

— Très bien, dit Eikyo quand elles furent sur leur perchoir. Quelle direction ?

Miryo regarda autour d'elle. Le sommet sur lequel le bâtiment des étudiantes et le Foyer de l'Étoile étaient érigés dominait les alentours. À l'est et à l'ouest, la cohorte des pics montagneux défilait en un alignement discontinu. Au sud, le sol enflait près des contreforts avant de retomber brutalement pour former un étroit plateau côtier. Cette région était habitée uniquement par des sorcières et des Cousines. Au nord, les hauteurs s'affaissaient progressivement pour finir en plaines qui s'étendaient dans les divers domaines des Seigneurs et des Dames, sur des semaines de chevauchée dans toutes les directions.

Et mon sosie peut se trouver n'importe où.

Il n'avait certainement pas choisi le sud. Miryo pousserait donc vers le nord, mais elle pouvait infléchir son itinéraire plus ou moins à l'est, ou à l'ouest. Dans cet éventail de possibilités, aucune ne lui semblait plus attirante que les autres.

Alors je vais choisir au hasard. Elle songea à réciter un poème enfantin pour choisir d'après le nombre de syllabes, puis rejeta l'idée. *Non, je dois aller quelque part, donc ce sera… à l'ouest.*

Elle leva le bras pour l'indiquer, et se rendit compte qu'elle désignait… l'est.

Eikyo l'observait d'un regard étonné.

— Qu'est-ce qui ne va pas ?

Avec un haussement d'épaules, Miryo baissa le bras.

— Rien. J'irai vers l'est.

8

Avalanche [Mirage]

Vilardi était une ville beaucoup plus petite que Breiano, et un endroit apparemment peu propice à la tenue d'entrevues aussi importantes. Mais, juchée sur la côte de l'Insebrar, à quelques jours de cheval, Breiano était également le siège du Consortium de la Soie, et de ce fait ne pouvait prétendre au titre de terrain neutre.

Ils s'en accommodèrent donc. Vilardi ne comptait pas assez d'auberges pour loger tout le monde, mais les familles de transporteurs n'en avaient cure : elles étaient habituées à vivre dans leurs chariots et leurs tentes, et laissaient volontiers les coûteuses nuitées d'hôtel aux marchands de soie. Mirage et Éclipse arrivèrent par l'ouest et rencontrèrent le périmètre que formait le village de tentes bien avant d'atteindre la ville proprement dite.

— On dirait qu'il y a là presque tous les gros transporteurs par voie de terre de l'est, déclara la Chasseuse à son compagnon alors qu'ils approchaient.

Des plus grands chariots placés au centre des cercles de tentes jaillissaient des mâts auxquels claquait un assortiment de bannières.

— Tu veux parier qu'il y a au moins trois Lames du Vent ici ?

— Et peut-être bien quelques autres Feux d'Argent, répliqua-t-il en scrutant les alentours.

— Marell nous en aurait informés. La plupart d'entre eux ont sans doute engagé des gardes du corps spécialisés.

Ce qui pouvait fort bien expliquer pourquoi le Consortium de la Soie s'était intéressé à Avalanche. Les Chasseurs étaient dévoués à leurs employeurs plus qu'à leur école, même si tout le monde n'y croyait pas.

— Allons poser quelques questions. Vilardi n'est pas si grand, mais cela pourrait nous épargner quelques recherches.

La sentinelle du périmètre surveilla leur avance d'un regard méfiant. Un peu tard, Mirage regretta de ne pas avoir dissimulé ou teint ses cheveux. Mais ce n'était peut-être pas ce détail qui le rendait suspect. Bien qu'aucun des deux n'ait revêtu la tenue légendaire de leur fonction, il ne fallait pas être un génie pour reconnaître des Chasseurs, à tout le moins deviner que c'étaient là des individus dangereux. Elle détendit sa posture et écarta les mains. À côté d'elle, Éclipse l'imita. Ce geste de bonne volonté ne parut pas rassurer le garde, qui raffermit sa prise sur sa pique. L'homme était quelque peu enrobé, mais semblait assez alerte pour assumer son rôle.

— Qu'est-ce que vous cherchez ? Que venez-vous faire ici ? grommela-t-il.

— Rien dans votre campement, répondit Éclipse. Nous n'essayons pas d'y entrer. Nous cherchons seulement l'endroit où vos chefs doivent se réunir avec les gens du Consortium.

Dès que le Chasseur eut parlé, Mirage comprit que ce n'était justement pas la bonne chose à annoncer. Le piquier plissa les yeux et inclina la hampe de son arme vers eux, dans une attitude menaçante.

— Je ne vous le dirai pas. Passez votre chemin, avant que j'appelle des renforts pour vous faire déguerpir ! Et si je revois vos trognes dans les parages ou auprès d'un de nous, ce sera plus qu'un avertissement sans frais !

Ravalant une réponse bien sentie, Mirage afficha une expression neutre et s'inclina sur sa selle.

— Nous nous excusons de vous déranger.

— Du vent, j'ai dit !

Ils firent tourner leurs montures et quittèrent les abords du campement au trot. Une fois à bonne distance, ils s'arrêtèrent et échangèrent un regard désabusé.

— C'était stupide de notre part, résuma Mirage. Ils sont assez nerveux pour engager des gardes du corps, et nous venons demander où ils se réuniront…

— Nous avons déjà eu des idées plus brillantes, approuva Éclipse.

Ils infléchirent leur course vers le sud, afin de contourner le campement au large et d'approcher la ville par l'est. Mirage était furieuse de ce contretemps, et de leur propre bêtise, mais il était trop tard pour se lamenter. Ils pouvaient seulement espérer ne pas avoir d'ennuis avec les gardes des transporteurs dans la ville elle-même.

À l'intérieur de l'enceinte de Vilardi, les rues étaient bondées. Non seulement le Consortium et les sociétés de transport y avaient envoyé leurs représentants, mais d'autres personnes étaient venues en masse ici, avec l'idée bien arrêtée de soulager les visiteurs de leur argent, d'une façon ou d'une autre. Le résultat était un chaos général proche de la folie.

— Nous aurons de la chance si nous dénichons une chambre n'importe où ! lança Éclipse par-dessus son épaule d'un ton aigre.

La jeune femme acquiesça en silence. Elle avait oublié que Vilardi était aussi petit. S'il y avait eu un agent du Feu d'Argent ici, ils auraient pu entretenir quelque espoir, mais en temps normal la ville n'était pas assez importante pour le mériter.

La journée était bien avancée et la patience de Mirage frôlait ses limites quand ils trouvèrent enfin à se loger. Une chambre minuscule, avec un seul lit à se partager, et plus que son quota de vermine. Elle grimaça mais ne dit rien. *Estimons-nous heureux d'avoir dégoté ça. Aussi pouilleux et inconfortable que ce soit. J'ai déjà dormi dans des bouges plus dégoûtants, comme ce trou infâme, dans le Liak, avant de décrocher mon premier contrat et d'avoir assez d'argent pour m'offrir mieux.*

À ce souvenir, une démangeaison naquit à son poignet. Cette mission était évidemment assez importante pour qu'ils endurent quelques poux. Ou même une armée de ces parasites.

Dans la salle commune, un groupe d'homme fit des commentaires très lestes chaque fois que Mirage la traversa. Elle sourit et leur répondit sur le même ton, quoique sans intention d'aller plus loin. C'était la manière la plus sûre de faire avec ce style de rustres. Si elle paraissait intimidée, ou trop sur la défensive, elle passerait pour une proie facile ou une bêcheuse à qui rabaisser le caquet. Avec cette attitude, elle s'attira des sourires entendus et des clins d'œil salaces, mais ils ne l'importunèrent pas plus.

Dès qu'ils eurent conclu l'affaire et payé d'avance, comme toujours en pareilles circonstances, Mirage et Éclipse ressortirent dans les rues. L'aubergiste n'avait pas plus idée du lieu de la réunion entre le Consortium et les transporteurs que de la façon d'épeler son propre nom, aussi devraient-ils se renseigner seuls.

Un deuxième tour de la ville n'apporta pas plus de résultats que le premier. En dépit de ces quartiers exigus, les chefs se débrouillaient très bien pour protéger le secret de leurs activités. Mirage en aurait été impressionnée si la chose ne l'avait pas irritée autant. *Je ne suis pas ici pour leur réunion, que le Néant la maudisse ! Je veux seulement retrouver Avalanche, lui parler, et reprendre le cours de cette mission.*

La Guerrière sembla entendre ses prières. Ils s'engageaient dans une rue parcourue six fois déjà quand ils tombèrent nez à nez avec une procession venant en sens inverse. Les gardes montés formaient un mur épais qui repoussait la foule et assurait la sécurité à l'intérieur de leur cordon, là où allait un palanquin tendu de soies richement brodées. Le chef du Consortium, sans aucun doute. Mais Mirage n'avait que faire de cette personne. C'étaient les cavaliers de sa suite qui l'intéressaient. Et bien qu'il fût vêtu comme les autres, elle en reconnut un au premier coup d'œil.

— Suivons-le, lui glissa Éclipse à l'oreille.

Ils se glissèrent discrètement dans le sillage de la procession. Celle-ci allait droit vers l'auberge la plus luxueuse de Vilardi. Ses abords pullulaient de gardes, ce qui ne fut pas une surprise pour Mirage. Mais s'ils voulaient attirer l'attention d'Avalanche, ils devraient le faire ici, au dehors.

Les deux Chasseurs pressèrent le pas et remontèrent le cortège qui avançait au ralenti, jusqu'à arriver aussi près de l'auberge qu'il leur était possible sans courir de risques inutiles. Au moment où les cavaliers entourant le palanquin approchaient, Éclipse poussa un sifflement strident.

Il attira l'attention d'Avalanche, bien sûr. Il regardait partout, des toits aux fenêtres, sans oublier les ruelles voisines où des gamins mendiaient. Au cœur d'une foule aussi dense, il avait les nerfs à fleur de peau. Le sifflement lui fit tourner la tête d'un coup. Il aperçut Éclipse et Mirage, leur adressa un petit signe, et, l'instant suivant, il franchissait le portail de la cour de l'auberge.

Mirage et Éclipse s'installèrent pour patienter.

Avalanche ressortit moins d'un quart d'heure plus tard. Les trois Chasseurs se retirèrent dans un coin moins exposé aux regards.

— Faites vite, leur dit-il sans cesser de scruter la foule. Le souper va être servi, et je dois goûter tous les mets.

— Les joies du travail de garde du corps, railla Éclipse. Bon, il faut que nous parlions. Peux-tu venir nous retrouver ? Nous sommes descendus au… Comment s'appelle ce bouge, déjà ?

— *Au Giron de la Tenancière*, répondit Mirage, impassible.

Avalanche eut une grimace amusée.

— Je ne vous y rendrais pas visite même si je le pouvais. Et je ne peux pas le laisser seul aussi longtemps, de toute façon. Ce sera à vous de venir ici. Je préviendrai les gardes. De quoi voulez-vous parler ?

— Nous avons accepté un contrat assorti du serment de sang pour enquêter sur l'assassinat de Tarinakana, dit Éclipse.

À ces mots, Avalanche blêmit. Mirage aurait présenté les choses avec plus de doigté, mais après tout Éclipse connaissait mieux qu'elle cet autre Chasseur.

— Rendez-moi service et n'en parlez pas trop fort par ici, dit Avalanche. Vous vous doutez que ma réputation en prendrait un coup si l'on apprenait que la dernière personne dont j'assurais la protection a fini assassinée.

— Tu étais donc bien son garde du corps, fit Éclipse.

— Oui. Et j'avoue ne pas être fier de ce qui est arrivé. Je suis la seule personne en qui elle a assez confiance pour la protéger, et j'échoue misérablement dans cette tâche... Revenez au carillon Bas. Je serai toujours debout, pas sa seigneurie le grand-maître tout-puissant du Consortium. Je ne peux pas vous promettre de détenir les réponses que vous espérez, mais je suis au fait de quelques petites choses qui vous intéresseront probablement.

Il les quitta, et ne s'arrêta que pour échanger quelques mots avec le capitaine de la garde. Mirage lança un regard à Éclipse, et ils s'éloignèrent en silence dans la foule.

— M'EST AVIS QU'AVALANCHE ne goûte pas trop son emploi actuel, remarqua Mirage plus tard, dans leur chambre.

— Ça n'est pas pour me surprendre. J'ai entendu parler de ce chef du Consortium. Une vraie sangsue, à ce qu'il paraît. L'argent l'intéresse plus que tout le reste. Et il est habitué à avoir tout ce qu'il veut, quand et comme il le veut. Il doit éreinter ce pauvre Avalanche.

— Par le sourire de la Guerrière... Il est de ceux qui pensent que c'est aux gardes du corps de les protéger, et qui ne font rien pour leur faciliter la tâche.

Éclipse approuva, l'air morose.

— Je te parie que ce palanquin et ces tentures n'étaient là que pour l'isoler du bruit et des odeurs de la rue, et pas d'archers postés sur les toits. Les gens comme lui détestent modifier leur comportement à cause d'un danger qui leur paraît toujours vague, nébuleux, voire inexistant. Ils ne se croient jamais menacés.

— Celui-ci a de la chance, un conseiller avisé lui a sans doute recommandé d'engager Avalanche.

— Oui, et j'espère qu'il paie bien. Je demanderais cher pour accepter ce genre de besogne.

Au dehors une cloche sonna la troisième heure du carillon Dernier. Une heure encore avant leur rendez-vous avec Avalanche. Mirage se félicita d'avoir appris la patience lors de sa formation de Chasseuse. Elle passait beaucoup de temps à attendre ou à chevaucher.

— Allons manger quelque chose.

La salle commune était pleine à craquer malgré l'heure tardive, mais il leur suffit de quelques regards insistants pour se trouver deux places contre un mur. Leur table était bancale, et semblait avoir constitué l'extrémité d'un meuble plus long avant d'être sciée à cette taille, mais elle était à eux seuls, un luxe appréciable dans cette promiscuité. Éclipse commanda pour elle et lui, puis ils s'adossèrent contre le mur et observèrent le spectacle.

Des hommes appartenant à la piétaille du Consortium étaient assis coude à coude avec des gens du cru, et on remarquait aussi quelques transporteurs, ici et là. Heureusement l'atmosphère était bon enfant, même si l'alcool coulait trop librement pour qu'on se fie aux apparences. Mirage espérait simplement que cette bonne humeur durerait jusqu'à ce qu'ils sortent de l'établissement. Plus d'une fois, elle s'était trouvée prise dans des bagarres de taverne, et elle ne les appréciait que très modérément. En dépit de son entraînement, ces échauffourées étaient si chaotiques et imprévisibles qu'elle finissait généralement par récolter un coup de chaise derrière le crâne avant que tout soit terminé. Et ce n'était pas l'idée qu'elle se faisait d'une soirée agréable.

La serveuse leur apporta une pitance indéfinissable dans des assiettes épaisses et repartit pour aller chercher leurs bières. Leur prétendu dîner n'avait rien pour mettre en appétit. Mirage explora le contenu de son plat avec la pointe de son couteau, à la recherche de morceaux identifiables, et, pourquoi pas, comestibles. Elle ne mangea presque rien. La dernière chose qu'elle souhaitait ce soir, c'était avoir mal au cœur.

En fait, c'est vrai quasiment chaque soir.

Un brouhaha soudain s'éleva du côté de l'entrée, et elle se rendit compte qu'il y avait une autre chose qu'elle désirait encore moins.

Des ennuis.

Rassemblés en un groupe compact, des hommes d'armes appartenant aux sociétés de transport se tenaient sur le seuil de la taverne et scrutaient la salle. Mirage se figea en priant pour qu'ils soient aux trousses de quelqu'un d'autre, un ami égaré, peut-être, ou une prostituée, et il y en avait un certain nombre ici. Mais le regard du chef des gardes s'arrêta sur eux, et la colère froissa ses traits ingrats.

— Oh, par le bâton de l'Aïeule, non… marmonna Éclipse.

Le garde s'avança dans la salle, précédé de l'index qu'il pointait vers leur table. *C'est bien ma chance,* songea-t-elle. *Il fallait que ce soit celui de ce matin…*

— Vous ! Je vous avais ordonné de décamper. Je vous avais interdit de montrer vos trognes ici !

— Nous mangeons un morceau et buvons une chope, dit Éclipse. Nous passerons la nuit ici, et ensuite nous reprendrons la route sans plus vous importuner.

Le garde se courba pour arrêter son visage mal rasé devant celui du Chasseur.

— Vous allez partir *cette nuit.*

— C'est curieux, intervint Mirage d'une voix traînante, ce qui attira son attention sur elle. Je n'ai pas souvenir d'un décret du Seigneur Ralni nous interdisant de venir en ville. Ni du maire, d'ailleurs. Je dirais que nous avons autant le droit de nous trouver ici que vous. Plus, même, si l'on prend en compte le fait que vous troublez l'atmosphère, et pas nous.

Le rictus de l'homme la prévint. Elle lui saisit les mains alors qu'il tentait d'agripper sa chemise et les tordit en arrière jusqu'à lui infliger une douleur conséquente.

— Ne me touchez pas, lui dit-elle doucement.

Le geste fit réagir les amis du rustre. Ils s'avancèrent, menaçants, la main sur la garde de leur poignard. Mirage remercia la Guerrière de l'interdiction du port de l'épée en vigueur dans l'enceinte de la ville pendant la durée des réunions commerciales. Même ainsi, le mouvement des hommes d'armes fit se lever précipitamment ceux du Consortium, et les habitués du lieu cherchèrent à sortir au plus vite.

Un employé du Consortium choisit hélas cet instant pour prendre la défense de Mirage :

— Je vous suggère de laisser cette dame tranquille. À moins que vous vouliez vraiment prouver au monde entier que vous êtes des lourdauds avinés et sans éducation qui ne méritent pas qu'on leur crache dessus.

Mirage profita de la prise qu'elle avait sur l'homme pour le pousser violemment en arrière, contre ses amis, ce qui lui donna le temps de quitter sa chaise avant que le chaos se déchaîne dans la salle entière. Éclipse frappa derrière l'oreille un autre garde qui fonçait sur elle, et l'homme s'écroula comme une masse. *Un de moins dans la mêlée. Mais d'autres ne vont pas tarder à rappliquer.*

La tension ambiante qu'elle avait sentie auparavant se libéra instantanément et déclencha une bagarre générale. Elle bondit de côté pour esquiver un habitué courbé en deux qui se précipitait au hasard pour s'échapper, mais se trouva ainsi sur la trajectoire d'un habitant de Vilardi trop saoul pour se demander dans quel camp il était. Elle l'évita de justesse en virevoltant et se retrouva face à face avec le chef des sentinelles qui avait tout provoqué.

— Garce ! grinça-t-il.

Mirage lui sourit et lui pulvérisa le genou avec son talon.

L'homme s'effondra, mais elle reçut de quelqu'un d'autre un coup de coude sur le côté du crâne.

Maudites bagarres ! Elle chassa l'étourdissement et pivota vers son agresseur. Un coup du plat de la main sur son nez et un genou enfoncé sous le sternum l'en débarrassèrent. Elle lui écrasa les reins du poing en le propulsant derrière elle, mais elle était toujours coincée au beau milieu de cette rixe qu'elle n'avait pas souhaitée.

Le craquement d'une chaise la fit se retourner vivement, mais ce n'était qu'Éclipse mettant hors-jeu un autre garde. Le Chasseur saisit le poignet de sa compagne. Elle accompagna le mouvement et s'écarta du poing d'un autre adversaire. Éclipse le cueillit au creux de l'estomac, doubla d'un coup au plexus, tripla d'une manchette au visage, et ils foncèrent jusqu'au mur. En le longeant ils atteignirent la sortie au fond de la salle. L'instant suivant, ils étaient dehors.

— Je déteste ces bagarres, grogna Mirage.

Elle se tâta le crâne précautionneusement. Elle aurait une belle bosse.

— Ce n'est pas ma distraction préférée non plus. Allons, il est presque l'heure de notre rendez-vous. Avalanche ne verra certainement pas d'inconvénient à ce que nous soyons en avance de quelques minutes.

La rixe attirait déjà une foule de curieux à l'extérieur de l'auberge. Les deux Chasseurs s'éloignèrent de la masse des badauds et se coulèrent dans les ombres. Ils ne voulaient pas rencontrer d'autres problèmes. Avant d'arriver à l'établissement où s'était installé le Consortium, toutefois, ils se remirent à marcher au milieu de la rue. Inutile de courir le risque d'un autre affrontement, bien plus sérieux celui-là, en surprenant les gardes déjà sur le qui-vive.

Ils se soumirent de bonne grâce à un contrôle rigoureux avant d'être autorisés à passer dans la cour intérieure de l'auberge. Des hommes armés y avaient installé leur campement, deux étaient en poste devant la porte et une vingtaine occupait la salle commune, où ils bavardaient tranquillement. Mirage jugea cette atmosphère presque réconfortante après le tumulte du *Giron de la Tenancière*.

— Nous sommes ici pour voir le chef des gardes du corps, dit Éclipse aux hommes devant l'entrée.

Un des deux hocha la tête.

— Premier étage. Troisième porte sur la droite.

Ce n'était pas une pièce intérieure. Mirage supposa que le dirigeant du Consortium occupait la chambre suivante, et elle imaginait sans mal ce qui s'était passé : Avalanche lui avait conseillé de choisir une pièce sans fenêtre ni balcon, et il avait échoué. Seul point positif, ils s'étaient installés à un étage intermédiaire, ce qui limitait les risques d'intrusion. Ce n'était toutefois pas la configuration qu'un garde du corps aurait recommandée.

Mieux vaut que ce soit Avalanche plutôt que moi. J'aurais peut-être organisé une fausse tentative d'assassinat, juste pour prouver à cet imbécile qu'il est vulnérable. Mais si le Chasseur avait accepté l'emploi, c'était son problème. Ils étaient ici pour le questionner au sujet de Tari-nakana. Et Mirage voulait tout particulièrement savoir pourquoi Avalanche lui avait jeté ce regard, cet après-midi.

À l'étage, le couloir baignait dans le calme et l'éclairage doux que dispensaient des lanternes élégantes. Tout était normal.

Mirage arrêta Éclipse d'un geste.

Il la regarda et, avec le langage gestuel, demanda: *Problème ?*

Peut-être. En silence.

Ils s'avancèrent au ralenti, en posant délicatement leurs bottes sur le plancher pour en limiter les craquements. La construction de l'auberge était de qualité, et l'établissement entretenu. Sous le chemin de couloir, les lattes étaient assez solides et bien posées pour ne pas faire trop de bruit. Arrivés devant la chambre d'Avalanche, les deux Chasseurs se placèrent de chaque côté de la porte. Mirage colla son oreille contre le battant.

Le silence à l'intérieur. Puis un son ténu.

Elle recula et enfonça la porte d'un coup de pied.

Un très bref instant, elle aperçut la silhouette qui se découpait sur le ciel enténébré, au-dessus du balcon d'Avalanche. Puis l'autre disparut.

Elle se rua à sa poursuite.

En bondissant par-dessus la balustrade du balcon, elle eut tout juste le temps de se rendre compte que le mur de soutènement de l'auberge se trouvait à portée d'un bon sauteur. Elle se reçut assez bien à son sommet pour conserver son équilibre et son élan. Une seconde plus tard, elle s'élançait sur les pavés de la ruelle étroite qui passait là, à la poursuite de l'autre Chasseur.

Cette partie de la ville était beaucoup plus paisible, et personne n'était dehors à cette heure. Mirage serra les dents et mit toute son énergie dans sa course. Elle était rapide, mais sa proie avait de longues jambes et un peu d'avance. Elle commençait à réduire la distance, mais très lentement, et ils approchaient du mur d'enceinte de la ville.

L'homme obliqua brutalement sur la gauche. Elle négocia le tournant sans presque ralentir et regagna un peu de terrain. Juste devant elle se dressait un autre mur couvert de lierre, que le Chasseur tentait déjà d'escalader. Elle effectua un bond formidable et le saisit par le torse.

Il essaya de se débarrasser d'elle sans lâcher le lierre, lequel menaçait de se détacher. Elle cherchait à le faire retomber au sol. Elle perdit un instant pour lui arracher son masque, qui ne vint pas. Cette lutte stérile dura quelques secondes, puis le lierre céda et ils chutèrent.

Leurs efforts respectifs pour tomber sur l'adversaire s'annihilèrent, et chacun roula au sol sur le flanc droit, pour s'écarter de l'autre. Aussitôt relevés, ils dégainèrent leurs poignards. Avec la même efficacité, ils se désarmèrent mutuellement.

L'adversaire de Mirage cracha et passa à l'attaque.

Elle esquiva son coup de pied et tenta un balayage, qui rata. L'autre décocha un coup de poing de revers, mais elle le bloqua et le frappa rudement au coude. Il recula en grognant, pour repasser aussitôt à l'offensive. Son pied toucha Mirage au flanc. Un crochet l'atteignit sur le côté du crâne, aggravant la migraine héritée de la bagarre dans l'auberge. Elle refoula la douleur et effectua un nouveau balayage, qui cette fois envoya l'homme au sol. Il roula sur lui-même pour éviter le coup de pied descendant de la Chasseuse et se redressa souplement.

Mirage avait anticipé la manœuvre. Son poing le toucha en plein visage et l'envoya tituber en arrière. Mais il réussit à parer les deux coups suivants et répliqua en la frappant aux côtes.

L'adrénaline neutralisait la douleur. Mirage pivota pour amortir l'attaque et riposta du tranchant de la main droite sur le cou de l'autre. Profitant de son élan, elle termina sa rotation par un coup de pied circulaire et enchaîna de l'autre jambe avec un coup latéral au flanc. L'autre Chasseur recula en chancelant, et ses mains descendirent au niveau de sa ceinture. Elle prenait le dessus.

C'est alors qu'il lui jeta une poignée de cendres au visage.

Elle bondit en arrière, momentanément aveuglée. Il en profita pour frapper, non à la tête, mais à son genou gauche. La douleur tétanisa la cuisse de la jeune femme. Et le temps qu'elle retrouve la vue, son adversaire s'était perdu dans Vilardi, sans espoir d'être jamais rattrapé.

Le trajet de retour à travers la ville fut pénible. Mirage s'était aspergé le visage d'eau à un puits, pour le nettoyer de la cendre, mais l'excitation du combat s'était dissipée et elle sentait à présent tous les coups reçus. Son genou l'élançait à chaque pas, ses côtes la faisaient souffrir à chaque inspiration, et des phases d'étourdissement alternaient avec la pulsation sourde de sa migraine. Elle se déplaça en titubant, jusqu'à ce que sa colère surpasse la douleur. Alors elle serra les dents et s'efforça de marcher aussi droit que possible dans ces rues inconnues pour retourner à l'auberge. Pour retrouver son chemin, elle se fia moins à sa mémoire qu'à son intuition. Elle espérait qu'Éclipse l'y attendait, puisqu'il ne l'avait pas suivie. Et qu'était-il arrivé à Avalanche ?

Un mouvement dans les ombres. Sa main vola vers sa ceinture, mais l'étui de sa dague était vide car elle avait oublié de ramasser sa lame. Heureusement la personne qui se matérialisa devant elle n'était qu'Éclipse, et Mirage se détendit.

— Où est Avalanche ? lança-t-elle quand il s'approcha, bien qu'elle eût déjà deviné la réponse.

— Mort, répondit-il, son visage pareil à un masque de pierre. Le tueur ?

— De l'Étoile du Loup, d'après son uniforme. Il m'a échappé. Je l'avais rattrapé, mais il m'a aveuglé avec de la cendre et frappé au genou pour m'empêcher de le poursuivre.

L'admission de cet échec lui coûtait, même si elle savait que son compagnon ne le lui reprocherait jamais.

— Tu pourras tenir en selle ? fit-il.

— Pourquoi cette question ? s'étonna-t-elle.

— L'auberge est sens dessus dessous, et les hommes des deux factions se sont répandus dans toute cette partie de la ville. Si nous ne filons pas d'ici, nous allons nous retrouver accusés du meurtre d'Avalanche.

Mirage ne réfléchit qu'un instant. Tout son corps était endolori, et elle devait toujours combattre des vertiges occasionnels. *Et alors ? Je peux toujours m'attacher à la selle.*

— Je suis capable de monter, affirma-t-elle.

— Bien. Nous récupérons les chevaux et nous partons.

9

DÉPART [MIRYO]

LES PREMIERS RAYONS de l'aube commençaient à peine à filtrer à travers les portes disjointes de l'écurie, mais Miryo était debout depuis déjà une heure. Elle laissa tomber ses sacoches de selle sur le sol, souffla un instant, puis partit à la recherche d'une Cousine.

Les deux qui devaient constituer son escorte se trouvaient dans la sellerie où elles choisissaient le harnachement des chevaux. Miryo demanda à l'une d'elles de s'occuper de ses bagages, puis elle rentra pour prendre son petit-déjeuner.

Narika n'était pas présente dans le réfectoire, mais Miryo la savait levée. La sorcière avait laissé sous sa porte un mot lui affirmant qu'elle serait là au matin, pour son départ. Miryo l'espérait, car elle avait toujours des questions à lui poser sur Ashin. *Et si Ashin a pris une autre direction ? Vais-je changer la mienne pour la suivre, ou m'en tenir à ma décision d'hier soir ?* En toute honnêteté, elle l'ignorait. Elle préféra mettre ce problème de côté. Elle s'en occuperait quand il se présenterait, s'il se présentait.

Elle s'assit sur un des bancs dans la salle presque vide et se mit à mordre dans un petit pain dur. Des particules de poussière flottaient dans la lumière de ce début de journée, et ce spectacle la fascinait toujours. Il lui aurait été facile de se rendormir ici même, si elle n'avait eu l'esprit en ébullition.

Elle ne se faisait pas à l'idée qu'elle allait quitter la Chute de l'Étoile. Elle ne s'en était jamais absentée plus de quelques jours d'affilée depuis qu'elle était venue du Foyer de Tsurike, quinze ans plus tôt.

Et pourtant, si elle rejoignait le Rayon de l'Air, ce serait sa vie. En admettant qu'elle soit une Main, bien sûr, mais comme elle l'avait dit à Eikyo, presque toutes les sorcières du Rayon de l'Air se conduisaient comme des Mains. Ce qui signifiait une existence de voyages, des déplacements incessants pour offrir ses talents là où ils pouvaient être utiles, à quiconque en avait besoin. Dans les limites du raisonnable, bien entendu, car aucune sorcière n'était obligée de servir une cause si elle l'estimait injuste.

Était-ce réellement le style de vie qu'elle désirait ? Une telle existence serait plus incertaine que celle qu'offraient la plupart des autres Rayons. Les sorcières du Feu étaient nourries, logées et rétribuées par les Seigneurs et les Dames qu'elles servaient. Celles de l'Eau bénéficiaient des mêmes avantages, à une moindre échelle, de la part des villages sur lesquels elles veillaient. Celles du Rayon du Néant profitaient du labeur des Cousines et des dîmes que payaient les domaines pour l'aide reçue d'autres sorcières. Seules celles du Rayon de la Terre avaient un quotidien comparable à celles de l'Air : elles vivaient de la terre. Si Miryo empruntait cette voie, son existence serait faite de voyages, elle subsisterait selon ce que l'endroit proposait, et elle ne pourrait compter sur une telle générosité. Les sorcières de l'Air avaient peu ou pas d'argent.

Soudain elle se rendit compte que les rayons du soleil s'étaient déplacés. Le temps passait, et elle le gaspillait. Elle se leva et tourna son attention vers les quelques femmes assises à l'autre bout de la salle. Narika n'était toujours pas parmi elles.

Elle ne la trouva pas non plus au dehors, ni aux écuries. Miryo hésita. Devait-elle partir elle-même à sa recherche, ou envoyer une Cousine à sa place ?

— Bien, j'espérais que tu ne sois pas encore partie.

Miryo sursauta avant de se retourner.

— Vous m'avez surprise, Narika.

Elle réussit à ravaler le « kai » juste à temps. Ce n'était pas une erreur que s'adresser à une sœur sorcière avec ce terme honorifique, mais ce n'était pas non plus une obligation, et Miryo était bien décidée à ne rien faire pour renforcer l'idée qu'elle n'était pas totalement sorcière.

— Toutes mes excuses. Tu as la mine de quelqu'un qui n'a pas beaucoup dormi la nuit dernière.

— J'ai mis plus de temps que prévu à faire mes bagages.

Sans parler de celui passé devant la carte, à chercher une destination à l'est où son sosie aurait pu aller se terrer. En supposant que son choix n'était pas complètement hasardeux.

— C'est pourquoi je ne suis pas une Main, dit Narika avec un sourire. Elles apprennent très vite à voyager léger, sans emporter plus que le strict nécessaire, d'après ce qu'on m'a dit, alors que moi, il me faut une éternité pour être prête.

Miryo sourit à son tour et essaya de trouver un moyen de faire dévier la conversation vers Ashin.

— As-tu d'autres questions, avant de partir ? demanda Narika.

Voilà qui simplifie les choses…

— Je me demandais, justement… Savez-vous où Ashin-kasora est allée ? Satomi-aken m'a dit qu'elle était partie il y a peu.

Narika prit un air pensif.

— Je n'en suis pas certaine. Elle voyage tellement, et puis, elle n'est pas ma Clé. Mais il se peut qu'elle se rende dans l'Askavya. Geike a dit qu'il y avait des troubles, là-haut.

L'Askavya se trouvait plein nord. Miryo soupira.

— Merci.

Narika posa sur elle un regard intrigué.

— Tu désirais lui parler ? Je peux tenter de la joindre par un sort, si tu veux.

— Non, merci. Ce ne sera pas nécessaire.

— Tu vas prendre la direction du nord, et de l'Askavya ?

— Non, je pensais plutôt aller vers l'est.

— Est-ce que quelque chose t'attire par là ? dit Narika qui cachait de plus en plus mal sa curiosité.

Miryo haussa les épaules.

— Très franchement, je ne sais pas. Ça ne m'a pas l'air d'être une mauvaise direction, donc je suppose qu'elle est aussi valable qu'une autre.

Narika parut déçue. Peut-être avait-elle attendu une révélation d'importance.

— Je t'aurais bien proposé un sort de recherche, mais il risquerait de se tromper entre toi et ton double. Il te faudra miser sur ton instinct.

Espérons seulement qu'il me soit utile.

— C'est ce que je ferai. Du moins tant que je n'aurai pas mieux.

— Je suppose que je devrais te laisser partir, à présent. Tu perds du temps que tu pourrais employer à voyager, et si je continue à parler ainsi tu n'auras même pas atteint Samalan au crépuscule.

La sorcière suivit Miryo hors des écuries et sous le soleil matinal, là où les Cousines attendaient avec les chevaux.

— Que la Déesse t'accompagne, Miryo. Voyage vite, et reviens-nous bientôt.

— Merci, Narika.

La jeune femme fut un peu prise au dépourvu quand la sorcière l'étreignit, mais elle répondit de même. Puis, avant qu'autre chose la retarde encore, elle se mit en selle et tourna sa monture vers la route. Elle n'eut pas un regard en arrière pour le foyer des étudiantes.

Les arbres les enveloppèrent quelques minutes après le départ. Miryo et les deux Cousines silencieuses progressaient dans les ombres vertes tachetées de soleil. Elle laissa son cheval choisir une allure paisible. Malgré le bon état de la route, le sol rocheux des montagnes était inégal et elle ne tenait pas à faire boiter sa monture dès le premier jour.

Le rythme de la chevauchée était calme et apaisant. Avec la discrétion coutumière aux Cousines, elle avait presque l'impression d'avoir pour seule compagnie les lièvres, les écureuils et son cheval.

— Miryo !

Eikyo jaillit des buissons si subitement que la monture de la jeune sorcière faillit se cabrer. Mais son amie lui saisit prestement la bride et rassura l'animal de quelques paroles douces.

— Désolée. Je ne voulais pas t'effrayer comme ça. Je m'entraînais à me déplacer sans bruit dans les bois.

Miryo repoussa sa chevelure en arrière d'une main et secoua la tête.

— À mon avis, tu es déjà bien rodée à cette technique.

Eikyo jeta un regard furtif aux Cousines impavides sur leurs chevaux et se rapprocha de Miryo.

— Tu as demandé à Narika ? fit-elle à voix basse.

— Oui. Elle penchait pour l'Askavya, mais sans certitude aucune.

— Tu vas donc aller vers le nord ?

— Pas sans confirmation supplémentaire. Si ce n'est qu'une intuition comme une autre, je préfère suivre la mienne.

Eikyo lança un regard de biais aux Cousines et baissa encore le ton.

— Tu as sûrement raison. Est-ce que… est-ce que tu veux que je vienne avec toi ?

Elle n'avait même pas à réfléchir pour sa réponse, mais elle le fit quand même, par respect pour son amie. Ce qui ne changea rien.

— Non. C'est… Il n'y a rien de personnel dans tout ça, Eikyo. J'emmène les Cousines parce que j'y suis obligée. Et puis, tu dois te préparer à ton tour pour l'examen.

— Il n'aura pas lieu avant un certain temps. Tu ne seras pas absente aussi longtemps, n'est-ce pas ?

— Je l'ignore.

Dans le silence qui suivit, ses paroles parurent plus lourdes de sens à Miryo qu'elle ne l'aurait souhaité.

— Et ne me suis pas, ajouta-t-elle d'un ton ferme pour étouffer dans l'œuf toute idée rebelle chez son amie. Je suis sérieuse.

Eikyo ne cacha pas son déplaisir.

— J'aimerais seulement pouvoir t'aider, d'une façon ou d'une autre.

— Tu le peux. Prie pour moi.

Eikyo éclata de rire et la jeune sorcière réprima une petite grimace amusée.

— Eh, je ne plaisantais pas ! Je vais en avoir besoin.

Eikyo se calma et acquiesça.

— Promis.

— Merci.

Elle se pencha sur l'encolure de son cheval et saisit le bras d'Eikyo, qui l'agrippa à son tour, la mine toujours inquiète.

— La Déesse t'accompagne, dit l'étudiante.

Elle lâcha la bride du cheval de Miryo et s'écarta de deux pas pour la laisser passer ainsi que les Cousines.

Elles chevauchèrent toute la journée, ne s'accordant qu'une brève halte pour se restaurer et laisser les chevaux se reposer un peu, et elles entrèrent dans Samalan en fin d'après-midi. La ville située entre le Currel et la frontière était une étape naturelle pour tous ceux qui se rendaient à la Chute de l'Étoile ou en venaient. Il avait fallu un degré de collaboration assez rare entre les Rayons du Feu, de l'Eau et du Néant pour conserver des prix abordables sur le marché local. Trop de commerçants voyaient là une occasion en or d'escroquer les clients de passage.

Grâce au travail des sœurs de Miryo, celle-ci put cependant se loger pour la nuit contre une somme raisonnable. Les Primes lui avaient donné une bourse pleine d'argent ainsi qu'un cheval de bât chargé de vivres, mais elle n'avait aucune idée de la distance qu'elle devrait parcourir. Elle pourrait toujours demander plus si le besoin s'en faisait sentir, bien qu'elle préférât éviter de le faire aussi longtemps que possible.

Une des Cousines mena les bêtes à l'écurie pendant que l'autre montait les bagages dans la chambre. Elles dînèrent dans la salle commune de l'auberge. Les autres clients n'accordèrent pas d'attention particulière à Miryo. Dans certaines régions, l'apparition d'une sorcière constituait sans doute un événement, mais à Samalan on en voyait souvent.

L'inverse n'était pas vrai pour Miryo. Elle avait beau avoir vingt-cinq ans, le monde extérieur aux foyers de sorcières lui était aussi étranger que la lune. Elle avait étudié les domaines en détail – histoire, peuplement, modes de vie – mais ce n'était pas la même chose qu'en constater la réalité quotidienne. Pas du tout la même chose.

Elle ne concevait pas d'apprendre tout ce qu'elle devait savoir pour devenir une sorcière sans la solitude et des études intensives. Et pourtant, devant la perspective d'affronter un monde qu'elle n'avait jamais vu, elle en venait à douter sérieusement des méthodes de formation en vigueur à la Chute de l'Étoile. Fermiers, bouviers, tisserands, charpentiers, marchands, de telles personnes étaient pour elle de parfaits inconnus. Cela suffisait à lui donner envie de choisir le Rayon du Néant, afin de passer ses journées à parler aux sorcières et aux Cousines qui lui étaient familières.

Cette pensée lui fit jeter un œil à ses deux accompagnatrices silencieuses. *Je me sentirais presque mieux si l'une d'elles m'interrogeait sur notre destination, ou disait simplement quelque chose,* songea-t-elle. *J'espère que je m'habituerai rapidement à leur présence. C'est curieux, mais je n'avais encore jamais été frappée par leur mutisme. Par la Mère, je ne connais même pas leur nom. J'imagine qu'elles en ont un, quand même. Il serait bon que je le sache. Mais j'aurais du mal à poser la question : à la Chute, les Cousines sont presque aussi peu remarquables que les meubles. Ce sont les servantes idéales. Sauf que leur silence commence à me taper sur les nerfs…*

— Nous allons voyager ensemble pendant un certain temps, dit-elle abruptement, et les deux Cousines levèrent le nez de leur assiette. Et je ne connais même pas vos noms.

Elles échangèrent un regard furtif, et Miryo se demanda soudain si les Cousines avaient la moindre vie sociale, si elles se détendaient ensemble quand elles ne servaient pas les sorcières. Elle n'en avait absolument aucune idée.

— Je m'appelle Kan, dit la plus grande des deux.

C'était la première fois que l'une d'elles prononçait un mot depuis leur rencontre, le matin même.

— Et voici Sai.

L'autre Cousine salua d'un hochement de tête, mais ne desserra pas les lèvres.

— Moi, c'est Miryo, dit poliment la jeune sorcière.

Les Cousines s'entre-regardèrent de nouveau, puis se remirent à manger.

— Nous irons vers l'est, au moins dans un premier temps, poursuivit Miryo qui voulait lancer la conversation. Je pense que nous suivrons la route côtière. Il se peut que nous devions modifier notre itinéraire, à un stade ou un autre. Je ne sais pas encore.

Satomi ou une autre sorcière avait-elle informé les Cousines des raisons qu'avait Miryo d'entreprendre ce voyage ? Qu'elles soient ou non au courant, la jeune femme n'allait pas aborder le sujet dans la salle commune d'une auberge.

— Y a-t-il quelque chose que nous ayons besoin d'acheter ici ?

— Je ne crois pas, répondit Kai, qui selon toute vraisemblance parlerait pour les deux durant leur périple. Mais je peux me rendre au marché, demain matin, pour m'en assurer.

— D'accord. Le marché ouvre au carillon Premier. Si nous partons une heure après, auras-tu assez de temps ?

Kan fit oui de la tête.

— Alors nous nous retrouverons à l'écurie une heure après le début du Premier. Mais pour l'instant, j'ai une course à faire.

Miryo se leva mais se figea quand elle vit Kan qui l'imitait.

— Il y a un problème ?

— Je viens avec vous.

Miryo la regarda fixement.

— Quoi ?

— Les Primes nous ont chargées d'assurer votre sécurité, et il va bientôt faire nuit.

— Samalan est l'endroit le plus sûr qui soit au monde, la Chute de l'Étoile exceptée. Personne n'envisagerait de me créer des ennuis, pas aussi près de notre domaine.

Kan se contenta de hausser les épaules.

Miryo continuait de la dévisager, mais la Cousine demeurait imperturbable. *Par Misetsu et Menukyo ! Je ne parviendrais sans doute pas à la faire rester ici même si je la ligotais à une poutre du plafond…* Elle considéra un instant la musculature de la Cousine. *Si j'en étais capable…*

— D'accord. Je ne pense pas que ce soit nécessaire, mais comme il semble que je ne te ferai pas changer d'avis…

Kan ne répondit pas.

Elles sortirent dans le soir, et Kan se mit à marcher quelques pas derrière la sorcière. Jetant un coup d'œil par-dessus son épaule, Miryo vit que la Cousine était sur le qui-vive, une main prête à saisir son épée à lame courte. *Par les pleurs de la Vierge ! Et elle va certainement se comporter de la sorte pendant tout le voyage…*

Résignée, la jeune femme se concentra sur sa destination.

Ce fut une promenade assez longue. Samalan se trouvait dans une région de prairies et s'était étalée à l'envi. Les indications qu'on lui avait données la menèrent finalement à une habitation d'aspect modeste à la limite nord de la ville. Le Rayon de l'Eau et celui du Néant avaient chacun une représentante à Samalan. Perachi, une Main du premier, vivait plus à l'est et était au service des habitants de la ville. Morisuke, en revanche, avait pour responsabilité de contrôler qui entrait dans le domaine des sorcières ou en sortait.

Kan resta en retrait pendant que Miryo frappait à la porte.

Un moment plus tard elle entendit un verrou qu'on tournait. Une femme grande et blonde ouvrit et d'un regard rapide jaugea ses deux visiteuses.

— Miryo, je suppose. Satomi-aken m'a contactée par sort pour m'avertir de ta venue probable. Entrez, je vous en prie.

Un peu étonnée, Miryo contemplait le cou de la femme. Le triquetra y était accroché, bien visible. Morisuke devait donc appartenir à cette minorité de sorcières qui n'étaient pas rousses.

— Merci, dit Miryo, car elle venait de se rendre compte qu'elle n'avait pas réagi, en geste ou en parole.

Elle entra, suivie de Kan, toujours silencieuse.

— Puis-je vous offrir quelque chose à boire ? dit Morisuke.

Elle désigna à Miryo un fauteuil dans le petit salon. La maison était dépourvue de tout luxe mais d'une propreté méticuleuse. L'âtre, pour l'instant inutilisé, était immaculé.

— Non, merci, dit Miryo.

Avec un hochement de tête, Morisuke s'assit, tandis que Kan allait se poster contre un mur. Miryo décida de parler à la Cousine plus tard. Il n'était pas nécessaire qu'elle se comporte continuellement comme si elle guettait une tentative d'assassinat.

— Comment puis-je t'aider ? demanda Morisuke.

— J'espérais que vous pourriez me donner une idée des conditions de voyage que nous allons rencontrer.

— Quelle direction prendrez-vous ?

— L'est, à travers l'Haira et la Teria, mais j'ignore sur quelle distance.

Morisuke ferma les yeux pour se concentrer.

— Quelques tempêtes ont touché les collines, sur la côte, mais les dommages possibles subis par les routes auront très certainement été réparés quand vous arriverez dans cette région. Si vous poussez jusqu'au Razi, c'est le seul endroit où vous aurez peut-être des problèmes pour cheminer. Cano ne s'occupe pas aussi bien qu'il le devrait de son réseau de communication terrestre. Mais les tempêtes ont sévi surtout à l'ouest de son domaine, donc même s'il n'a pas encore fait réparer ses routes elles devraient être praticables.

— Pas d'instabilité politique ?

— Pas dans cette région. Ruitte m'a contactée plus tôt dans la journée pour m'informer que Dame Chaha de Kalistyi affirme que des hommes en armes venus du Seach auraient commis quelques saccages de son côté de la frontière. Le seigneur Mimre dément, bien entendu. Mais tout ça se situe plus haut, près des montagnes. La partie sud du Seach devrait être calme. La seule autre région agitée est dans l'Askavya, très loin de votre itinéraire.

L'Askavya, une nouvelle fois. Et si quelqu'un savait pour où Ashin était partie, c'était Morisuke : Quelle que soit sa destination, la sorcière était certainement passée ici.

— C'est aussi ce que Narika m'a dit. Savez-vous pour quelle raison Ashin-kasora veut se rendre là ?

Elle a quitté la Chute de l'Étoile. Il y a une semaine environ.

— Oui. Elle a pris la direction du nord, et précipitamment. Narika vous aurait-elle dit ce qui se passe là-haut ? J'ai reçu peu d'informations à ce sujet.

— Je crains que non, répondit Miryo. Elle n'était elle-même certaine de rien.

— Dommage. Mais il s'agit peut-être d'une affaire qui ne concerne que l'Air.

Morisuke était très douée pour arborer une expression neutre, mais Miryo saisit une légère crispation des traits due à l'irritation. Elle-même ne montra rien de son amusement. Les sorcières de la Voie de la Tête détestaient toujours ne pas être au courant de tout, et l'habitude du Rayon de l'Air de ne rien dire au Néant de ses affaires internes rendait probablement folle Morisuke. Elle se targuait sans doute d'en savoir très long sur ce qui se passait ici et là, même si elle ne décidait de rien.

— Peut-être, en effet, approuva Miryo quand elle fut sûre de maîtriser son hilarité. Quelqu'un du Rayon de la Terre aurait-il pressenti d'autres incidents météorologiques ?

— Non. Des pluies sur la côte, ce qui est normal en cette saison. Mais elles ne constitueront rien de plus qu'un léger désagrément.

Miryo se leva, et Kan s'approcha aussitôt.

— Merci pour ces renseignements, dit la jeune sorcière. J'avais envisagé de prendre la route nord pour aller vers l'est, mais je préfère affronter un peu de pluie dans les collines plutôt que des raids de pillards dans les montagnes.

La sorcière du Néant se mit debout à son tour.

— Heureuse d'avoir pu vous être utile.

Et heureuse d'avoir pu apprendre que la nouvelle petite demi-sorcière se rend dans l'est. Maintenant, si quelqu'un te pose la question, tu pourras le lui révéler. Miryo n'avait *a priori* aucune raison de cacher sa destination – elle doutait que son double en entende parler – mais le penchant pour l'espionnage propre au Rayon du Néant l'exaspérait.

Elle marcha d'un pas lent une fois qu'elles furent ressorties, perdue qu'elle était dans ses réflexions. Kan la suivait comme à l'aller, avec une vigilance d'autant plus aiguë qu'il faisait maintenant nuit noire.

Ses pas l'amenèrent non pas à l'auberge mais auprès de la fontaine qui se trouvait sur la place centrale de Samalan. Elle n'était pas d'une facture particulière, mais un sort jeté par une sorcière de la Terre maintes années plus tôt la rendait intarissable. Au plus fort de l'hiver elle coulait toujours, ses eaux étant assez tièdes pour ne pas geler.

Au clair de lune, Miryo observa la danse légère de l'eau. Elle n'était consciente d'aucun son hormis ce clapotis bucolique, jusqu'à ce que Kan l'interpelle :

— Katsu ?

Ce seul mot la désorienta un instant. Puis elle comprit que, pour la première fois de sa vie, quelqu'un s'adressait à elle en employant ce titre honorifique. Elle en éprouva un plaisir inattendu. Tout signe qu'on la considérait désormais comme une sorcière à part entière était une forme d'encouragement.

— Oui, Kan ? répondit-elle enfin.

— Nous devrions rentrer à l'auberge.

— Pas encore, Kan. Personne ne va m'attaquer ici, j'en suis sûre, et j'aimerais m'asseoir un moment.

Dans son dos, elle entendit la Cousine qui reculait de quelques pas. *Elle va sans doute se tenir en retrait dans l'ombre, comme un chien de garde. Mais après tout, si ça lui fait plaisir, je n'y vois pas d'inconvénient.*

Elle continua de contempler le bassin et d'écouter son chant. Elle se sentait déchirée par l'indécision quant à la direction qu'elle devait prendre.

Quand c'était intuition contre intuition, j'ai fait confiance à la mienne. Mais à présent je sais *qu'Ashin va au nord – elle est probablement arrivée dans l'Abern, à l'heure qu'il est. Je pourrais tenter de la suivre. Ce serait nettement plus logique que de faire route vers l'est, selon mon choix de la nuit dernière, qui doit tout au hasard. Ashin sait peut-être même où trouver mon double. Et si elle allait justement à sa rencontre, en ce moment même ? Ce pourrait être la raison de son départ précipité. Mais si tel est le cas, pourquoi n'en a-t-elle rien dit à personne ?*

Elle s'assit sur la margelle de la fontaine, fit courir le bout de ses doigts dans l'eau fraîche. Kan n'était qu'une ombre à peine distincte, à la limite de son champ de vision. *Si je suis la logique, je devrais aller au nord.*

Et pourtant…

Elle le savait, il n'y avait aucun motif sérieux pour elle de penser que quelque chose l'attendait à l'est. Rien, sinon son intuition. Ces terres bien irriguées étaient plus peuplées, c'était vrai, et elle mettait les probabilités de son côté si elle empruntait cette direction. Mais elle pouvait difficilement croiser le chemin de toutes les personnes habitant les huit domaines sur cet itinéraire.

La question est donc : jusqu'à quel point dois-je faire confiance à mon intuition ? Est-ce que je crois Narika, ou moi-même ? Ou est-ce que je suis la route la plus sûre, le plus plausible, sur les traces d'Ashin ?

Elle se leva d'un bloc, et Kan se mit instantanément en mouvement.

— Retournons à l'auberge. J'ai changé d'avis. Demain nous prendrons la route du nord, pour l'Askavya.

***

LE LENDEMAIN MATIN, Kan sortit acheter quelques provisions supplémentaires, car les contrées du nord étaient moins peuplées que celles de l'est. Miryo et Sai descendirent leurs bagages aux écuries et recomposèrent le chargement du cheval de bât pour ce surplus de vivres.

La Cousine fut de retour peu après que les cloches de la ville aient sonné le Premier, et avant que l'heure prévue se soit écoulée elles étaient prêtes au départ. Elles menèrent leurs montures par la bride à travers la foule du marché et se mirent en selle à la sortie de la ville seulement. Miryo regarda vers l'ouest. La maison de Morisuke se trouvait dans cette direction, pas très loin. Si elles prenaient la route du nord, autant se renseigner sur les conditions qui les attendaient pour ce voyage.

Elle et Kan ressortirent de la demeure de la sorcière du Néant un peu plus tard, laissant la sœur blonde manifestement intriguée des raisons ayant provoqué leur changement de destination. Miryo savait qu'elle ferait circuler l'information. Morisuke la soupçonnait très probablement de poursuivre Ashin, et c'était une rumeur excellente. Elle cessa d'y penser quand elles retrouvèrent Sai sur la route et orientèrent leurs montures vers le nord.

Mais au bout de dix secondes Miryo fit volter son cheval, si brusquement que l'animal faillit se cabrer.

Comme à leur habitude les Cousines échangèrent un simple regard puis l'observèrent tandis qu'elle restait immobile au milieu de la route et se mordillait le poing, indécise.

Ashin est au nord. La Déesse seule sait s'il y a quelque chose d'intéressant pour moi à l'est…

— Que Misetsu et Menukyo me protègent de mes

propres impulsions et de ma stupidité, maugréa-t-elle puis, d'une voix forte pour se faire entendre des Cousines :

— Oubliez tout. Je viens de changer d'avis une nouvelle fois. Nous allons à l'est.

10

Sorcières [Mirage]

Le clair de lune était assez lumineux pour révéler la route, et les deux Chasseurs galopèrent loin de Vilardi sans s'arrêter pendant ce qui restait de la nuit. Une heure environ avant l'aube, alors que le ciel commençait à pâlir, Éclipse quitta la route et choisit le feuillage dru d'un arbre tombé récemment pour installer leur campement. Mirage glissa de selle et se contenta de lutter contre la douleur et les nausées.

Quand elle se réveilla en milieu de matinée, elle se sentait un peu mieux. Son mal de crâne mettrait du temps à disparaître. Si son genou et ses côtes restaient toujours douloureux, c'était maintenant supportable.

S'accommoder des souvenirs était moins facile.

Éclipse n'était pas enclin à lui en vouloir. En fait, il fut assez généreux pour louer sa vivacité d'esprit et de réaction, et se dit même impressionné qu'elle ait réussi à rattraper l'autre Chasseur. De son point de vue, le coup reçu à la tête pendant la bagarre à l'auberge expliquait son échec à remporter l'affrontement.

Mirage n'était pas de cet avis.

— Parle-moi du Chasseur, demanda Éclipse quand il fut évident qu'elle ne cesserait pas de se culpabiliser aussi aisément. Tu as dit qu'il appartenait à l'Étoile du Loup. Tu peux me le décrire ?

Elle ferma les yeux pour mieux se concentrer, et traqua dans sa mémoire les détails enregistrés inconsciemment pendant le combat.

— Il est grand – un peu plus grand que toi, et légèrement plus large d'épaules. Les yeux noisette, rapprochés, avec de longs cils. Des jambes particulièrement musclées, ce qui en fait un très bon coureur, même si ses réflexes n'ont rien d'extraordinaire. Une préférence marquée pour les coups de pied, ce qui s'explique, avec ce gabarit.

— Mais c'est inhabituel chez un Chasseur de l'Étoile du Loup. Rien d'autre ?

Si, il y avait quelque chose… Ah, oui.

— Tu te souviens de ce que je t'ai raconté sur la façon dont nous sommes tombés du mur ? Tous les deux sur le côté droit, et je sais que *mon* bras n'a pas apprécié le choc. Et pourtant il a continué de me frapper plus avec le poing droit qu'avec le gauche. J'en déduis que son ambidextrie laisse à désirer.

— Utile à savoir, quoique je m'étonne qu'il ait pu suivre une formation complète avec un défaut pareil, dit Éclipse avant de se mordiller la lèvre inférieure tout en réfléchissant. Non, tout ça ne m'évoque personne. Nous pouvons toujours envoyer un message au Feu d'Argent, dès que nous aurons contacté un agent. Là-bas, ils sauront peut-être identifier notre homme.

— Alors ne perdons pas de temps, dit Mirage qui se leva et se mit à seller Brume.

Éclipse ouvrit la bouche mais la referma sans rien dire, et elle lui en fut reconnaissante. Elle n'était pas en très grande forme, mais pour le moment il leur fallait agir aussi rapidement que possible. Plus tôt ils auraient trouvé un agent et plus vite ils pourraient connaître l'identité du Chasseur de l'Étoile du Loup.

Et comme je ne peux pas croire que la mort d'Avalanche soit une pure coïncidence, il y a des chances pour que nous découvrions également qui est l'assassin de Tari-nakana.

— VOILÀ CE QUE je pense, déclara Mirage alors qu'ils étaient à deux jours de cheval de Ravelle. Je ne suis pas sûre que cette bagarre à l'auberge soit totalement due à la malchance.

Éclipse lui lança un regard étonné, avant de prendre une expression songeuse.

— Pour nous retarder ?

— La façon dont ce garde est arrivé... J'ai eu l'impression qu'il était là dans un but bien précis. Il était à nos trousses, je le parierais. Bien sûr, il se peut qu'il ait simplement cherché la bagarre, mais ça me semble tomber trop bien.

— Parce que si nous étions arrivés dans la chambre d'Avalanche seulement une ou deux minutes plus tard, nous n'aurions jamais aperçu le type de l'Étoile du Loup.

— Et on aurait très bien pu nous coller le meurtre sur le dos. Au mieux nous aurions été suspectés, donc arrêtés, et nos chances de rattraper le tueur se seraient évanouies. Et ça a bien failli marcher...

Éclipse arrêta Étinceleur et croisa les bras sur le pommeau de sa selle.

— Admettons. Alors que faisons-nous, maintenant ?

Elle lui lança un regard d'incompréhension.

— Explique ?

— Le garde est derrière nous, à Vilardi. Il se peut qu'il sache quelque chose de valable. Nous avons filé pour éviter l'arrestation, mais y a-t-il quelque chose à glaner dans la direction que nous suivons actuellement ? Nous devons décider où nous allons et ce que nous ferons avant de reprendre notre chevauchée.

La remarque ne manquait pas de bon sens. Mirage renversa la tête en arrière et prit le temps d'étudier la question. Et très vite une idée lui vint :

— Nous continuons dans la même direction. Nous allons dans le Miest.

— Au Feu d'Argent, donc. Pourquoi ?

— Parce que je veux avoir une petite conversation avec Jaguar. Je ne peux plus accepter qu'il nous ait proposé ce contrat par simple coïncidence, ni qu'il justifie ce choix par le seul désir de nous voir ramasser une belle somme. Tari-nakana surveillait mes déplacements. Elle me suivait à la trace. J'ignore s'il était au courant, mais je suis sûr qu'il avait une excellente raison de m'impliquer dans cette affaire. Et je veux la connaître.

— Pas suffisant, dit Éclipse d'un ton aussi dur que celui sur lequel elle avait terminé. Le Miest est sacrément éloigné d'ici. Nous ne pouvons pas perdre tout ce temps à galoper sans une meilleure raison que celle que tu donnes.

— En voilà deux supplémentaires, alors : Kekkai-nakana, qui a succédé à Tari-nakana, se trouve très certainement à la Chute de l'Étoile. Si nous voulons la rencontrer face à face, c'est là-bas que ça aura lieu, ou au mieux quelque part à l'ouest d'ici. Deuxième point, c'est Jaguar qui a reçu le contrat, c'est lui qui a discuté avec la sorcière du Néant. Il a peut-être déduit certains détails de ce qu'elle a dit ou de la façon dont elle a présenté les choses, et ces détails pourraient nous être utiles. N'oublie pas que toute cette affaire a débuté étrangement. Une sorcière du Feu a été assassinée, mais c'est une sorcière du Néant qui a émis le contrat, et il semble bien que ce soit une troisième sorcière, du Rayon de la Terre celle-là, qui a scellé ce fameux contrat. À mon humble avis, de semblables intrigues impliquant plusieurs Rayons ne sont pas monnaie courante.

Il la toisait d'un regard intense, et elle soutint cet examen sans ciller. C'était une des raisons pour lesquelles les Chasseurs travaillaient généralement seuls : dans une telle situation, quand aucun des deux partenaires ne détenait clairement l'autorité sur l'autre, les conflits de volonté pouvaient mener à de gros problèmes entre eux. *Je ne céderai pas. Et lui ?*

— Allons-y, dit Éclipse, et il éperonna les flancs d'Étinceleur.

Mirage le regarda s'éloigner avant de lancer Brume derrière lui. Ils chevauchèrent en silence pendant un long moment, puis elle lui glissa un regard en biais et dit :

— Ça a été plus facile que je l'escomptais.

Il eut une petite moue, sans se tourner vers elle.

— La première raison ne pesait pas assez lourd face aux bénéfices que nous aurions pu tirer d'un petit entretien avec le garde, mais avec les deux autres, la balance a penché de ton côté.

— Pas suffisant, fit-elle en imitant le ton cassant qu'il avait employé un moment plus tôt.

Ce rappel arracha un mince sourire au Chasseur, et il parut se détendre sur sa selle.

— D'accord, fit-il, conciliant. J'ai aussi fait confiance à ton instinct. Il y avait une lueur dans tes yeux quand tu as cité le Miest, et cette lueur disait qu'une partie de ton cerveau a établi un lien qui m'échappe encore. Avec quelques raisons valables, je ne pouvais plus ergoter.

— Un lien ? dit Mirage, surprise. Je ne m'en suis pourtant pas rendu compte.

— C'est possible, mais tu en as bien établi un, j'en suis sûr. Nous finirons bien par comprendre de quoi il retourne.

Mirage abandonna le sujet et le laissa prendre un peu d'avance sur la route, de sorte qu'il ne pouvait voir son expression. Un lien ? Non. Mais son instinct avait parlé, c'était une évidence. Elle voulait aller à l'ouest, même si elle ignorait pourquoi.

Quelque chose l'attirait dans cette direction. Et elle n'avait aucune idée de ce que c'était.

CE SOIR-LÀ, ÉCLIPSE sortit la feuille de papier de riz enchanté qui était leur moyen de communication avec leur contact. Avant qu'il ait le temps de commencer à y tracer un seul mot, Mirage arrêta son poignet.

— J'ai une autre idée.

Il se pencha en arrière et la regarda.

— Oui ?

— La maison où nous avons rencontré la première sorcière, à Corberth… ce n'était pas la sienne. J'en suis presque certaine. La façon dont elle se tenait… Elle était étrangère au lieu, et ça s'est vu.

— Mais…

— Mais pour la deuxième sorcière, c'était différent. L'endroit était en adéquation avec elle. Elle habite là. Ce qui, quand on y réfléchit, suggère qu'elle est du Rayon de l'Eau et qu'elle est au service des gens de Ravelle. La ville a juste la taille suffisante pour mériter sa propre sorcière. Quoi qu'il en soit, je pense que si nous retournons à cette maison, nous l'y retrouverons.

— Sans nous annoncer, tu veux dire ?

Mirage acquiesça.

— Si elle se dissimulait derrière une apparence illusoire, ce sera une bonne manière de le découvrir. Si nous ne la prévenons pas de notre visite, nous devrions être capables de voir qui elle est réellement.

Éclipse hésitait entre amusement et circonspection.

— Tu te souviens des abords, non ? Comment les Cousines n'ont pas semblé surprises le moins du monde quand nous avons frappé à la porte ? Je parierai que leur dispositif d'alarme est la moindre de leurs défenses. Et si nous nous présentons sans invitation, nous risquons une très mauvaise surprise.

— J'en doute. Surtout venant d'une sorcière de l'Eau. Elle doit être accoutumée à recevoir des gens mal portants à n'importe quelle heure du jour et de la nuit. Je ne pense pas qu'elle aura mis en place un sort qui frappe les visiteurs avec des décharges de foudre uniquement parce qu'ils n'ont pas prévenu de leur passage.

— Ce qui n'empêche qu'elle peut toujours réagir violemment elle-même, quand elle nous verra. Des malades qui viennent à l'improviste, c'est une chose ; des Chasseurs non annoncés, c'en est une autre.

Mais Mirage secoua la tête d'un air entêté.

— Mon instinct me dit qu'elle n'est pas du genre à faire ça. Elle ne nous tuera pas.

Elle eut l'ombre d'un sourire, et une lueur brilla dans ses prunelles.

— Et puis, ce sera amusant de voir si j'ai raison, non ?

Le cœur de Mirage se mit à battre plus vite à mesure qu'ils approchaient de la maison. Sous son masque, elle souriait de nouveau. Autant son plan était intrépide, autant il était *distrayant*. Et ils s'en sortiraient sans problème. Probablement.

J'ai de la chance qu'Éclipse soit aussi fou que moi et qu'il accepte de m'accompagner.

Elle s'attendait presque à ce que des éclairs les frappent, mais rien de tel ne se produisit. Ils entrèrent dans le jardin sans être inquiétés. La porte à l'arrière de la maison était verrouillée, mais ne les stoppa qu'un instant. Une fois à l'intérieur, ils se déplacèrent rapidement pour localiser la sorcière avant que le sort d'alarme qui protégeait l'endroit n'attire d'autres personnes.

Ils étaient dans le couloir et avançaient vers le salon quand un léger craquement et une voix mélodieuse derrière eux leur firent effectuer une volte-face fulgurante.

Comme Mirage l'avait supposé, elle ne ressemblait pas du tout à la femme qu'ils avaient rencontrée à Corberth et sans doute ici aussi. Sa chevelure était beaucoup plus claire, et coupée plus court. Elle paraissait également plus jeune, avec un menton qui manquait de fermeté et un visage constellé de taches de rousseur.

Mais son maintien l'identifiait comme étant la deuxième sorcière.

— Que faites-vous ici ? lâcha-t-elle, l'air surpris de les découvrir dans son couloir.

Étonnée et… soulagée ? Oui, je crois qu'elle l'est. Comme si elle n'était pas heureuse de nous voir, mais qu'elle préférait que ce soit nous qu'une autre personne dont la venue lui aurait été une surprise réellement désagréable…

— Entre autres choses, répondit Éclipse d'une voix déformée, car le sort tétanisait en partie son visage, pour vous demander pour quelle raison vous vous êtes déguisée lors de notre dernière visite.

La sorcière mit une seconde à se ressaisir.

— Je ne sais pas à quoi vous faites allusion. Je ne vous avais encore jamais vus.

— Ne nous croyez pas aussi stupides, dit Mirage du ton le plus sec qu'autorisaient ses mâchoires ankylosées. On peut identifier une personne autrement que par les seuls traits de son visage. Vous êtes la sorcière que nous avons rencontrée ici même, il y a moins d'une semaine. Pourquoi avoir appliqué ce sort de dissimulation qui vous a donné l'apparence de la sorcière que nous avons vue à Corberth ? D'ailleurs, était-ce seulement son véritable visage ?

— Bien sûr que oui, répliqua la sœur sans convaincre Mirage. Je suis désolée de vous avoir trompés ainsi, mais votre contact d'origine était dans l'incapacité de venir ici pour vous rencontrer en personne comme vous le désiriez. Nous avons estimé que vous seriez plus à l'aise si vous pensiez revoir la même sorcière.

— Vous verriez un inconvénient à nous libérer ? bafouilla Éclipse.

— Oh, désolée.

Elle fredonna une courte phrase et les deux Chasseurs retrouvèrent leur aisance de mouvements. Un frisson parcourut la peau de Mirage quand le sort s'évanouit.

— Allons dans le salon, nous y serons mieux pour discuter.

En l'observant quand elle passa devant eux pour les précéder dans la pièce, Mirage sentit son intuition se renforcer. Leur venue, et surtout le fait qu'elle était inattendue, avait grandement effrayé cette femme. Qui redoutait-elle autant de découvrir dans son couloir ?

— Alors, fit la sorcière d'un ton faussement enjoué quand ils furent tous assis, avez-vous des renseignements pour nous ?

Éclipse lui relata tout ce qu'ils savaient sur le Chasseur de l'Étoile du Loup. Leur hôtesse ne parut pas capable de l'identifier d'après sa description, mais ils ne l'avaient pas espéré non plus. Ils l'informaient par simple courtoisie, et pour lui prouver qu'ils progressaient dans leur enquête.

— Si cela ne vous dérange pas, Katsu, dit soudain le Chasseur en plein milieu de son récit, pouvons-nous savoir à quel Rayon vous appartenez ? Je préférerais pouvoir m'adresser à vous comme il convient.

Ils se doutaient qu'elle refuserait certainement de leur dévoiler son identité s'ils la lui demandaient, mais le stratagème d'Éclipse leur permettrait peut-être de la situer un peu plus précisément.

Elle ouvrit la bouche, se figea, réfléchit puis finit par accepter :

— J'appartiens au Rayon de l'Eau.

— Merci, Mai.

Il reprit son discours d'explication pendant que Mirage ruminait. *Une sorcière du Feu assassinée, et des sœurs du Néant, de la Terre et de l'Eau qui s'impliquent dans l'enquête. Pourquoi ?*

— Et voilà, conclut le Chasseur. Êtes-vous entrée en contact avec Kekkai-nakana, la sœur qui a succédé à Tari-nakana ? Pour notre enquête, il serait très utile que nous puissions lui parler. En personne, de préférence. Je sais qu'elle ne peut pas s'absenter trop longtemps de la Chute de l'Étoile, mais peut-être existe-t-il un sort qu'elle pourrait activer pour se transporter ici ? Ou pour nous amener auprès d'elle ?

— Non, répondit sèchement la sorcière. On ne peut déplacer ainsi les êtres vivants.

— Alors, si nous pouvions simplement converser avec elle, même à distance… Nous avons vraiment besoin de l'interroger.

— Je crains que ce ne soit pas possible, répliqua la sorcière, de plus en plus rétive.

— C'est nécessaire, Mai, intervint Mirage.

— Vous devrez faire sans. Vous n'interrogerez pas Kekkai-nakana.

— Et pourquoi donc ?

À ses côtés, elle sentit Éclipse qui tiquait du manque total de déférence dans le ton de sa question. Mais Mirage était déjà arrivée à certaines conclusions au sujet de cette sorcière de l'Eau. Elle manquait de l'assurance de sa sœur de la Terre qu'ils avaient rencontrée à Corberth, et la Chasseuse se faisait fort de la déstabiliser assez pour la pousser à en révéler plus qu'elle ne le voulait. Elle risquait de recourir à la magie contre eux s'ils la poussaient dans ses retranchements, néanmoins Mirage estimait que le jeu en valait la chandelle. Après tout, ils s'étaient déjà introduits dans sa maison. *Quitte à être punis…*

La bouche de la sorcière se tordait en un rictus, et elle semblait acculée.

— Vous ne pouvez pas, c'est tout.

Jeune, et manquant du sang-froid de l'autre. Elle va craquer.

— C'est indispensable pour le bon déroulement de notre enquête, insista la Chasseuse avec autorité. Si vous vous mettez en travers de notre route, vous interférerez avec le serment de sang que nous avons prononcé, et vous ralentirez nos progrès. Ce qui, soit dit en passant, pourrait causer notre mort. Voulez-vous que cette affaire soit éclaircie, oui ou non ?

— Vous ne pouvez pas lui parler ! Elle ne sait rien !

La sorcière parut horrifiée de ce qu'elle venait de dire dès qu'elle eut prononcé ces mots. Éclipse s'engouffra dans la brèche :

— Elle ne sait rien ? Personne ne lui a dit que la sorcière qui la précédait à ce poste a été assassinée ?

La sorcière pinça les lèvres et tenta de se reprendre, mais sans succès.

— Non. Elles ne lui ont rien dit. Et elle ne doit pas l'apprendre. Ces ordres viennent de plus haut que moi.

Plus haut qu'elle. Une Clé ? Une Prime ? De son Rayon, ou d'un autre ? Les fils de cette histoire s'emmêlent de plus en plus.

— Pourquoi ne doit-elle pas savoir ? demanda Éclipse. Nous ignorons toujours ce qui a valu à Tari-nakana d'être assassinée. On pourrait s'en prendre ensuite à Kekkai-nakana. Elle doit être mise au courant, pour sa propre sécurité.

— Elle a des Cousines pour veiller sur elle, répondit très vite la sorcière.

— Les Cousines n'ont pas réussi à protéger Tari-nakana, lui rappela Mirage. Même un Chasseur aguerri n'a pas suffi. On ne peut donc estimer Kekkai-nakana à l'abri d'une agression. Par ailleurs, elle détient peut-être des informations cruciales pour comprendre pourquoi Tari-nakana a été tuée.

— Elle ne sait rien de tel. Je le jure, sur la Mère. Croyez-moi, je vous en prie. Kekkai-nakana n'a rien à craindre, et elle ne sait rien.

— Et comment pouvez-vous affirmer une chose pareille ?

La sorcière était manifestement au bord du désespoir. Elle se leva d'un bond, en renversant sa chaise, et avant qu'un des deux Chasseurs puisse agir pour l'en empêcher, elle se mit à chanter.

QUAND LA VISION et l'ouïe leur revinrent, ils étaient seuls dans la pièce.

— C'était inattendu, commenta Mirage en se levant.

Éclipse secoua la tête pour s'éclaircir les idées.

— C'est le moins qu'on puisse dire. Elle a filé, bien sûr ?

— Oui, et elle ne reviendra pas de sitôt.

Ils fouillèrent rapidement la maison mais ne trouvèrent personne, ni sorcière ni Cousine, et une certaine quantité d'affaires personnelles avaient été emportées, ce qui confirmait le départ définitif de la femme.

— Nous devrions présenter nos excuses aux habitants de Ravelle, dit Éclipse alors qu'ils retournaient à leur auberge. Nous venons de les priver de leur sorcière.

— Quoique j'ignore pour quelle raison. Par le Néant, à quoi tout ça rime-t-il ?

— Je n'en sais pas plus que toi. Cette sorcière a filé parce qu'elle était effrayée, par nous ou par autre chose. Mais je suis heureux que ce soit elle que nous avons affrontée, et non celle de Corberth. Elle aurait été bien plus difficile à faire craquer.

— Exact. J'aimerais seulement savoir ce qui l'a fait craquer.

Ils reprirent la route aux premières lueurs de l'aube. Pendant qu'ils chevauchaient, le Chasseur sortit d'une poche de sa cape la feuille de papier de riz et la montra à son amie.

— Tu crois que je devrais envoyer un message à notre cher contact ? Ou penses-tu qu'elle est déjà au courant ?

— Cette sorcière s'est enfuie si vite, elle est probablement déjà arrivée à la Chute de l'Étoile, et elle a tout raconté à qui de droit.

Il s'esclaffa et rangea la feuille.

— Dommage. J'allais lui demander d'envoyer la description à Jaguar, par un sort. Ce serait beaucoup plus fiable que par pigeon voyageur.

— Je préférerais que tu t'en abstiennes, dit Mirage. Je ne tiens pas à ce qu'un d'entre eux serve d'intermédiaire pour nos messages. Nous restons à l'écart de leurs affaires, et eux des nôtres. Enfin, la plupart du temps.

Bien que cette situation, qui était claire au départ, le devînt de moins en moins.

— D'accord, c'est assez juste. Il n'empêche, tu imagines le côté pratique de la chose, si la magie était plus répandue ? On pourrait envoyer un message de l'Insebrar à l'Abern en un instant. Plus besoin de pigeons ou de messagers à cheval !

— Et j'aurais moins de travail.

Il rit à nouveau.

— Allons, peut-être qu'on aurait toujours besoin de messagers. Après tout, qui ferait confiance à une sorcière pour transmettre un message réellement privé ? Elles ont leurs propres priorités, même si elles rabâchent qu'elles sont au service de tous.

— C'est discutable, de toute façon, puisqu'elles ne sont pas assez nombreuses pour généraliser un tel système de communication.

— Exact. Et je me demande pourquoi.

— Bah, elles n'ont pas beaucoup d'enfants. Peut-être que la magie provoque des fausses couches, et qu'elles ne portent presque jamais leur bébé jusqu'au terme.

— Ou bien elles en ont deux fois moins que les autres femmes, parce qu'il semble qu'elles n'aient jamais de garçons.

— *Nous pensons* qu'elles n'en ont pas. Qui sait ce qui se passe réellement à la Chute de l'Étoile ? Si elles suppriment tous les bébés mâles…

— T'ai-je déjà dit combien ton imagination est réjouissante, ma chère Sen ?

— C'est bon, c'est bon. Peut-être qu'elles font une fausse couche à chaque fois que c'est un enfant mâle. Cette singularité pourrait avoir un rapport direct avec la magie. Qui peut dire ? Demande-leur, si tu veux vraiment savoir.

Il mima un frisson théâtral.

— J'en ai assez d'affronter les sorcières pour obtenir des renseignements, merci.

La conversation s'éteignit d'elle-même, mais Mirage continua de réfléchir au sujet. À quoi ressemblerait ce monde si les sorcières y étaient plus nombreuses ? Elle n'aimait pas trop l'idée, mais elle était partiale, elle devait bien se l'avouer. Quand elle y pensait logiquement, la chose n'apparaissait pas forcément si mauvaise. Les sœurs se chargeaient de guérir des maladies, par exemple, et elles pourraient faire beaucoup de bien si le Rayon de l'Eau en comptait un nombre assez grand pour couvrir les besoins des villes. Et les sorcières de la Terre œuvraient à éviter les fléaux, les sécheresses et les disettes. De plus, elles maintenaient les loups affamés à l'écart des habitations, quand l'hiver était particulièrement rude. La jeune femme reconnaissait une utilité moindre aux sorcières du Feu. Celles-là servaient les dirigeants dans leurs intrigues et autres manigances politiques, et Mirage avait tendance à penser que ces dirigeants se débrouillaient déjà très bien seuls. Et elle n'avait pas d'avis très défini concernant le Rayon du Néant, qui agissait très peu dans le monde extérieur.

De tous les Rayons, c'était avec celui de l'Air qu'elle se sentait le plus d'affinités. Ses sœurs étaient assez comparables aux Chasseuses du Feu d'Argent, en ce qu'elles voyageaient constamment et réglaient les problèmes là où ils se présentaient, sans se soucier de qui avait besoin d'aide.

Elle imagina des gens ordinaires vivant dans des maisons qui bénéficieraient des sorts de Tari-nakana pour chauffer l'eau, garder la nourriture fraîche et rendre la vie quotidienne un peu plus facile, ou plus simple…

Et dans un recoin de son esprit, un déclic se produisit.

Elle se rendit compte qu'elle avait stoppé sa monture et qu'Éclipse avait arrêté la sienne un peu plus loin et l'observait. Elle regarda la route devant eux, se tourna pour contempler le chemin qu'ils venaient de parcourir. Aucun voyageur en vue, mais une arrivée était toujours possible.

— Tu as quelque chose en tête, toi, dit son ami.

— Allons à couvert.

Ils mirent pied à terre et menèrent les chevaux à travers l'épais rideau des arbres environnants, pour ne faire halte que plus loin, quand ils eurent atteint une clairière. Mirage attacha Brume à une branche basse puis alla se percher sur un rocher d'où elle regarda fixement le sol en contrebas.

Éclipse ne tarda pas à perdre patience.

— Qu'y a-t-il ?

Elle sursauta, puis porta son attention sur lui.

— Si tu fouillais les affaires de quelqu'un et que tu trouvais des documents que tu voulais détruire, qu'en ferais-tu ?

— Euh… Je les brûlerais, je pense.

— Où ?

— Où ? Eh bien, si je ne voulais pas le cacher, je le ferais sur place. Dans la cheminée, s'il y en avait une.

— *Exactement*. Tu les brûlerais dans la cheminée. Tout comme moi. Tu ne prendrais pas la peine d'enflammer un éclat de bois à une lampe ou autre pour détruire individuellement chaque papier là où tu l'as découvert.

Il comprit enfin où elle voulait en venir.

— Les cendres chez Tari-nakana étaient disséminées un peu partout, en petits tas correspondant chacun à peu près aux résidus d'une feuille. Pourquoi ?

— La magie, répondit Mirage.

Éclipse ouvrit de grands yeux avant de froncer les sourcils et de prendre une mine concentrée.

— J'imagine qu'il faut une quantité infime de pouvoir magique pour enflammer une feuille de papier. Une sorcière réagirait ainsi, oui... Donc tu penses que c'est l'une d'elles qui a saccagé le bureau de Tari-nakana.

Mirage pensa alors à un autre détail.

— Au fait... comment ce Chasseur de l'Étoile du Loup a-t-il réussi à s'introduire chez elle ? Notre sorcière de l'Eau n'avait protégé sa maison qu'avec un sort léger, mais, là où elle habite, elle n'attendait que des visiteurs anodins. Tari-nakana, elle, habitait la Chute de l'Étoile, et quels que soient ses sorts de protection, ils sont puissants, assez en tout cas pour que notre contact ait jugé utile de nous protéger contre eux. Alors, comment l'assassin de l'Étoile du Loup s'est-il débrouillé ? Comment s'est-il introduit chez elle pour tendre son second piège, s'il ne bénéficiait pas de complicité ?

Éclipse hocha lentement la tête.

— Tu penses qu'il a été engagé par une sorcière ?

Elle n'en était pas encore arrivée à cette éventualité, mais...

— Peut-être.

— Mais pourquoi ? Et pourquoi nous engageraient-elles ensuite pour enquêter sur ce meurtre ?

— Je ne peux pas répondre à ta première question, mais pour ce qui est de la deuxième... Nous avons tendance à penser que les sorcières s'entendent toutes très bien. Pourquoi serait-ce le cas ? En est-il ainsi entre les écoles de formation de Chasseurs ?

Ils connaissaient tous les deux la réponse. Au sein même du Feu d'Argent existaient des divergences tranchées et des rancunes tenaces.

— Il est ridicule de ne pas envisager des factions rivales parmi elles. Donc une faction a peut-être commandité l'assassinat de Tari-nakana, et les sorcières de l'autre bord nous ont engagés. En admettant qu'il y ait au moins deux factions.

— Par le sang de la Guerrière… marmonna le Chasseur. J'avais envisagé que tout ça devienne compliqué, mais ce serait…

— Laid.

— Plus laid encore que l'Aïeule rongée par la lèpre. Jusqu'à maintenant, nous nous inquiétions de risquer la mort si nous échouions à résoudre cette affaire. À partir de maintenant, nous devons craindre aussi de mourir si nous la résolvons.

— Ce n'est qu'une théorie, bien sûr, mais elle expliquerait bien des choses. Par exemple pourquoi des sorcières de Rayons différents sont impliquées de notre côté. Ces factions ne respectent pas forcément les limites des Rayons.

— Et pourquoi notre contact la sorcière de l'Eau a déguerpi. Tu penses que Kekkai-nakana est du côté qui a engagé l'assassin de l'Étoile du Loup ?

— Peut-être, peut-être pas. Notre contact pouvait le redouter. C'est trop simpliste pour le penser maintenant, mais Kekkai-nakana aurait pu faire assassiner Tari-nakana uniquement par ambition personnelle. Et si notre contact sait ou simplement soupçonne d'autres sœurs d'être derrière ce meurtre, rien d'étonnant à ce qu'elle ait peur…

Mirage poussa soudain un sifflement bas.

— Et ça expliquerait aussi ce qui est arrivé à Avalanche. Tu te souviens de ce qu'il nous a dit ? Qu'il était le seul en qui elle avait confiance. Tari-nakana devait savoir que ses ennemis étaient des sorcières, raison pour laquelle elle ne voulait pas de Cousines comme gardes du corps.

L'ensemble gagnait en cohérence. Mirage regrettait qu'Avalanche ne soit plus en vie pour valider son hypothèse, mais même sans sa confirmation l'explication globale devenait de plus en plus plausible. Et de plus en plus effrayante.

— On en parle à quelqu'un ? demanda Éclipse.

Mirage se mordilla le poing un moment avant de répondre.

— Non. Pas avant d'avoir parlé avec Jaguar. Il pourra nous renseigner sur la sorcière du Néant qui lui a transmis le contrat, si elle s'est comportée de façon étrange, ou si elle lui a paru taire certaines informations en sa possession.

— Et maintenant nous avons une raison de plus de nous rendre au Feu d'Argent, dit Éclipse sobrement.

— Hein ?

— Pour notre propre protection. Si nous voyons juste et que les sorcières sont derrière tout ça, nous allons devenir très impopulaires auprès de la faction qui a fait assassiner Tari-nakana. Nous n'aurons peut-être pas d'autre choix que d'aller nous réfugier au Feu d'Argent, puisque personnellement je refuse de confier ma sécurité aux sorcières supposées être de « notre » côté.

Mirage frissonna. Son ami n'avait que trop raison. Elle sentait déjà les yeux qui l'épiaient, la traquaient, comme un poids palpable sur sa nuque et son dos. Des yeux qui se rapprochaient de seconde en seconde. Et ils n'avaient fait part de leurs soupçons à personne. Quand ils en auraient parlé, la poursuite serait réellement lancée.

Et aussi bien entraînée au combat qu'elle soit, elle n'avait aucun moyen de se protéger de la magie.

11

HAIRA [MIRYO]

PENDANT QU'ELLES AVANÇAIENT vers l'est, Miryo eut tout le temps nécessaire pour douter du bien-fondé de sa décision. Le voyage à travers les étendues rocheuses du Currel se déroula sans incident notable et lui laissa tout loisir de se demander si se diriger vers le nord n'était pas un meilleur choix.

Miryo et les deux Cousines allaient à bonne allure, et, au cinquième jour, elles entrèrent dans les terres fertiles du sud côtier du Seach. La route était bordée de haies épaisses et de murets de pierre. Le paysage ici était très différent de celui des contrées montagneuses de la Chute de l'Étoile, ou des vastes forêts entourant le Foyer de Tsurike, dans l'Insebrar, où Miryo avait coulé les dix premières années de son existence. Elle se tenait bien droite sur sa selle et savourait la vue alentour.

La route serpentait entre les fermes et les pâturages. Souvent elle apercevait des gens au loin, dans les champs de céréales, les tiges leur montant jusqu'à la taille. Des paysans, bien sûr, et pourtant ils lui semblaient complètement différents des Cousines qui effectuaient les mêmes travaux dans le domaine de la Chute de l'Étoile, simplement parce qu'elle ne les associait pas aux sorcières.

Elle se surprenait à plisser les yeux pour tenter de mieux distinguer ces silhouettes distantes, et elle comprit bien vite qu'elle cherchait à voir si certaines n'étaient pas rousses.

La question de son sosie ne quittait jamais son esprit plus d'un moment. Comment avait-il passé ces vingt-cinq dernières années ? Où le trouverait-elle ? Elle se l'imaginait dissimulée sous l'apparence d'une personne normale. Serait-ce une fermière ? Une commerçante ? Son double lui ressemblerait, elle ne l'oubliait pas, et elle s'imagina donc dans une dizaine de contextes différents, chacun plus étrange que le précédent. Puis elle se sermonna et s'efforça de ne pas se laisser distraire par ces élucubrations, pour traquer plutôt l'éclat fugitif de l'instinct dans les tréfonds de son esprit.

C'était une tâche d'une difficulté extraordinaire. Elle ne cessait d'envisager un retour sur ses pas pour aller vers le nord où, au moins, elle aurait un indice plus solide à suivre. Mais elle ne céda jamais à la tentation. Elle s'était lancée sur cette piste, et elle était déterminée à la suivre.

Encore quelque temps, en tout cas. Jusqu'à ce qu'elle ne puisse plus accepter de dépendre d'une direction vague qui était son seul guide.

Elle éprouva un soulagement réel quand elles arrivèrent en vue d'autre chose qu'une ferme ou un village, car elle avait besoin de se distraire de ses propres doutes. De plus, elle n'avait pas tardé à le constater, une fois qu'ils avaient perdu leur aura d'exotisme, ces hameaux et ces fermes se ressemblaient tous.

La capitale de l'Haira était constituée d'une forteresse autour de laquelle s'étendait une cité, au confluent des rivières Nuna et Tufa. Le trio de voyageuses avait tenu à l'atteindre dans la journée, et quand enfin elles arrivèrent au sommet d'une crête et découvrirent la ville, ses toits de tuiles rouges baignaient dans la lumière du soleil couchant, et les rivières brillaient comme si elles étaient en feu.

— Magnifique, murmura Miryo.

Comme d'habitude, les Cousines ne dirent rien.

La vue privilégiée qu'offrait la crête était trompeuse quant aux distances, et il faisait presque complètement nuit quand elles franchirent les portes de la ville. L'Haira n'était pas un domaine qui se couchait avec le soleil, surtout en été, quand les nuits étaient aussi douces. Les marchands ambulants continuaient de proposer leurs trésors à grands cris, souvent au visage de Miryo, et des tavernes et salles de jeux bordant la grand-rue se déversaient la lumière et les rires. Elle pensa à mettre pied à terre pour avancer en guidant son cheval par la bride, mais elle remarqua d'autres cavaliers. Par ailleurs elle craignait un peu d'être piétinée par cette foule exubérante si elle allait à pied. L'ambiance était bien différente de celle qui régnait à la Chute de l'Étoile ou de la quiétude rurale des derniers jours.

Une femme sortit en vacillant d'un porche sur la droite de Miryo et faillit tomber sous les sabots de son cheval. La jeune sorcière saisit l'inconnue par le bras et la redressa. Juste à temps. L'autre la remercia d'une voix pâteuse.

— Dis-moi, où pourrais-je trouver une chambre ? demanda-t-elle, bien que l'ivrognesse eût sans doute ingurgité assez de bière pour en oublier son propre nom.

La femme leva un regard voilé vers elle et agrippa d'une main l'étrier pour se stabiliser un peu mieux. Miryo empêcha sa monture de faire un écart.

— Au nord, dit la femme après avoir dévisagé longuement la cavalière. Pas par ici. Dans le quartier entre la Nuna et la Tufa. Ici, on aime bien garder les lieux de loisir et les habitations séparés.

Elle sourit, et Miryo vit qu'il lui manquait deux incisives.

— Tu veux que je te montre ?

Miryo accepta un peu à contrecœur. Si un guide pouvait être utile dans une telle marée humaine, elle savait aussi que de telles offres cachaient parfois des traquenards. *Bah, si on en vient à une échauffourée, mes deux Cousines sont là.*

La femme saisit la bride de son cheval et se mit à mener l'animal à travers les rues. Miryo vérifiait régulièrement que les Cousines ne se laissaient pas distancer par la foule, mais surveillait surtout son guide, guettant tout geste suspect de sa part.

Elle serait folle de s'y risquer. Personne ne sait que je ne dois pas me servir de la magie. Ici, tous les gens voient en moi une sorcière. Accompagnée de deux Cousines qui, apparemment, sont très compétentes avec leur lame. Miryo frissonna. *Par la Mère, j'espère qu'elles sont compétentes. J'imagine qu'elles le sont, et si je me trompe je ne veux pas le découvrir à la faveur d'une bagarre…*

Elles laissèrent bientôt la cohue derrière elles, et Kan et Sai se rapprochèrent pour flanquer leur maîtresse qui se mit à respirer plus librement. Ici les rues étaient moins fréquentées, mais pas au point d'être désertes. Toutefois, rien n'indiquait qu'elles se dirigeaient vers une embuscade quelconque.

Devant elles, un pont apparut dans la lumière incertaine, enjambant les eaux tumultueuses de la Tufa. La guide de Miryo lâcha la bride du cheval et leur fit signe de traverser à sa suite. De l'autre côté, elles entrèrent dans un quartier où nombre de maisons arboraient des enseignes d'auberges.

— Vous y voilà, dit la femme en indiquant les bâtisses d'un geste ample.

— Un conseil ? demanda Miryo qui avait estimé que la femme n'était pas une voleuse.

— Je vis ici, fit l'autre d'un ton détaché. Je ne sais pas trop…

Elle scruta la rue d'un regard moins imprécis que celui qu'elle avait posé sur le visage de la jeune sorcière un peu plus tôt.

— Celle qu'on voit là-bas. J'en ai entendu dire du bien. La cuisine y est comestible. Je ne dirais pas non à une assiette, d'ailleurs.

La Flamme Dansante, disait l'enseigne ornée d'une cheminée accueillante au-dessus du lettrage. Miryo interrogea Kan du regard. La Cousine haussa les épaules. Sai ne réagit pas.

— Ça fera l'affaire, décida la jeune sorcière.

Le prix de la chambre n'était pas excessif, de même le repas, et quand leurs bagages eurent été montés la femme avait commandé à souper pour toutes quatre : des assiettées de riz aux légumes. Miryo sonda la sienne d'une cuiller méfiante avant d'y goûter. Le plat était effectivement acceptable.

— Quel est ton nom ? dit-elle à la femme qui dévorait le contenu de son assiette avec entrain.

— Anthia, marmonna l'autre en essuyant un filet de sauce qui avait coulé sur son menton.

— Je te remercie, Anthia. Les gens ici sont-ils tous aussi serviables que toi ?

La femme avala sa bouchée et lui décocha un bref sourire partiellement édenté.

— Certaines personnes, oui. Tu m'as évité de me faire piétiner par ton cheval, je me suis dit que tu méritais d'être payée de retour.

Miryo la regarda avec plus d'attention. La voix de cette femme s'était débarrassée de ses accents traînants d'alcoolique avec une rapidité remarquable.

— Je ne sais pourquoi, je ne pense pas que ce soit là toute la vérité…

Anthia parut interloquée.

— Tu n'étais pas aussi saoule que tu le laissais paraître. Et pas aussi chancelante que tu l'as montré. Je l'ai su dès que je t'ai saisi le bras.

Anthia la salua en levant sa chope de cidre.

— On est observatrice, fit-elle.

— Donc, dit Miryo en scrutant le visage de la femme, la question est : as-tu sciemment pris le risque de te faire piétiner par mon cheval, et si oui, pourquoi ?

— Je voulais te voir de plus près, et approcher les inconnus semble moins bizarre quand on simule l'ébriété. Les gens ivres ont souvent un comportement un peu étrange.

— Pourquoi voulais-tu me voir de plus près ?

Anthia ébaucha un sourire avant de boire une gorgée de cidre.

— Je te le dirai plus tard.

— Maintenant, ordonna Miryo.

— Pas ici, répliqua la femme sans cesser de sourire à demi, avec un regard rapide mais éloquent vers les autres clients présents dans la salle.

Miryo se leva.

— Dans la chambre, alors.

L'Hairane parut sur le point de protester, mais Kan avait déjà refermé une main sur son bras, et la Cousine la poussa fermement vers l'escalier.

Dans la chambre, Kan et Sai encadrèrent Anthia, mais sans montrer d'agressivité. La femme s'adossa contre le mur. Elle paraissait beaucoup s'amuser de la situation.

— Je dois dire que je ne m'attendais pas à ça de toi, dit-elle en regardant les Cousines positionnées à sa droite et sa gauche. Avec l'âge, je dois me laisser un peu aller. La plupart des gens mettent beaucoup plus longtemps à devenir aussi paranoïaques.

— Que cherches-tu ? lui dit Miryo d'une voix dure.

— Tu n'as pas encore vérifié ? répliqua Anthia en inclinant la tête de côté.

— Je ne comprends rien à ce que tu dis.

— Curieux, murmura Anthia, et ses yeux s'étrécirent. Mais tu as l'air encore jeune. Tu ne dois pas avoir l'habitude.

Soudain, Anthia disparut, pour être remplacée par une jeune femme rousse à l'air plus assuré, qui portait un triquetra en pendentif.

— Oh, ma Dame, bredouilla Miryo en se laissant choir d'une pièce sur le bord du lit.

— Non, c'est Terica, la Dame de ce domaine. Moi je ne suis qu'Édame, conseillère de Dame Terica et de son époux, le Seigneur Iseman.

— Miryo, répondit la jeune sorcière en se remettant prestement debout. Je ne m'étais pas rendu compte.

— Et tu n'étais pas censée le faire. C'est là le but de toute illusion. Un petit conseil, ma jeune amie : lorsque quelqu'un te paraît étrange, vérifie d'abord s'il n'y a pas une forme de magie à l'œuvre sur sa personne. Parfois ce sera une de nos sœurs sous un déguisement, d'autre fois quelqu'un qui est sous la coupe d'un sort, pour toutes sortes de raisons. Et de temps à autre, il s'agira tout simplement de quelqu'un qui est un peu bizarre *par nature*. Mais il est toujours bon de se renseigner.

Édame ne semblait guère plus âgée que Miryo elle-même, et elle n'avait certainement pas encore fêté son trentième anniversaire. Comment elle était devenue la conseillère des dirigeants d'un domaine, voilà qui demeurait un mystère, mais Miryo la connaissait de nom, et elle savait que l'autre ne mentait pas.

— Je ne l'oublierai pas. Bon, si tu m'expliquais ?

— Le plus inconscient des deux fils du Seigneur jouait dans cet établissement, ce soir. Je gardais un œil sur lui, à la demande de mon Seigneur Iseman. Au moment où je partais, je t'ai aperçue, et je n'ai pu laisser passer l'occasion d'enquêter sur les raisons qui amenaient une de mes sœurs en ville.

Elle est aussi fouineuse que Morisuke – et ce n'est même pas une Tête !

— Eh bien, nous dirons que mes affaires me regardent.

— Bien évidemment, approuva Édame avec bonne humeur. N'importe, puis-je quand même t'offrir de te loger à la forteresse ? Les lits y sont dépourvus de poux.

— Très aimable de ta part de m'avoir indiqué une auberge infestée de vermine.

— Toutes les auberges sont dans le même cas, à l'exception de celles fréquentées par les riches marchands, et elles sont hors de prix.

Miryo consulta Kan et Sai d'un rapide coup d'œil. Les deux Cousines affichaient le même air fermé que de coutume, mais elles ne semblaient pas méfiantes quant à la proposition de la conseillère. Miryo non plus. Et il était toujours bon d'économiser son argent.

— J'accepte.

— Excellent, fit Édame avec un geste impérieux à l'adresse des Cousines en direction des sacs. Ne nous attardons pas. Il nous faudra du temps pour arriver à la forteresse.

***

La Main du Feu les mena dans les quartiers nord et sud-est pour éviter la foule dans la partie sud-ouest. La forteresse se dressait au sud de la fourche entre les deux rivières, contre les berges.

Ça, une « forteresse » ? songea Miryo en levant les yeux vers la bâtisse. *Je ne connais pas grand-chose à l'art de la guerre, mais l'endroit ne me paraît pas très facile à défendre. Pas avec toutes ces maisons serrées contre ses murailles. J'imagine qu'ils ne redoutent pas une attaque.*

Édame réveilla deux garçons d'écurie pour leur confier les chevaux et entra sans plus attendre dans la forteresse proprement dite. Miryo essaya de ne pas trotter pour rester sur les talons de la sorcière, mais celle-ci marchait à grandes enjambées énergiques et il était difficile de suivre autrement. Elles parcoururent une succession de vastes couloirs très hauts de plafond avant que la conseillère s'arrête net et produise un bruit de bouche irrité.

— Cette satanée femme. Je ne peux jamais la trouver quand j'ai besoin d'elle.

Elle entonna un bref sort de recherche et repartit à la même allure que précédemment. Miryo sentit le pouvoir réagir autour d'elle – l'Air principalement – et déglutit avec difficulté. La mise en garde de Narika prenait tout son sens. Elle *voulait* être capable de faire comme Édame, dissimuler son apparence et retrouver les gens grâce aux pouvoirs auxquels elle avait droit par sa naissance.

Pas encore, se dit-elle. *Pas encore*.

Elle ne prit conscience de sa mauvaise humeur affichée que lorsqu'elles croisèrent le chemin de la cible de la conseillère, et que la pauvre femme eut un mouvement de recul devant son expression renfrognée. Miryo détendit ses traits en hâte et écouta sans intervenir le sermon de la Main du Feu :

— Ne me le dis pas, je sais que tu n'avais rien prévu, commença-t-elle d'un ton impatient. Mais tu peux certainement préparer quelque chose. Nous hébergeons toujours des visiteurs, ici. Nous sommes au cœur de la capitale du domaine, pour l'amour de l'Aïeule ! Alors ne viens pas me raconter que tu ne peux pas trouver une chambre libre pour une de mes sœurs !

Lèvres pincées, la femme s'inclina de mauvaise grâce.

— Je m'en occupe, Édame-nai. Si votre invitée veut bien patienter dans le petit salon, je lui envoie un serviteur au plus vite.

Elle battit en retraite, le dos raide, avant que la sorcière puisse ajouter quoi que ce soit.

— Je te jure ! grommela la conseillère. Cette femme ne vit que pour me gâcher la vie. Elle me déteste, c'est sûr.

Miryo était un peu déroutée, et l'autre sorcière le remarqua.

— Non, en réalité Lionra n'est pas si mauvaise, corrigea-t-elle d'une voix radoucie. C'est moi qui suis un peu dure avec elle, parfois. Viens, je vais te mener au salon.

À peine s'étaient-elles installées sur les canapés moelleux qu'un serviteur apparut avec des jus de fruits glacés. Édame le congédia d'un geste dès qu'il les eut servies. Alors, tout jouant avec le pied de son verre, elle posa sur Miryo un regard de connivence.

— Je n'ai pas atteint mon objectif d'origine, on dirait, hein ? Alors… Pourquoi donc es-tu en ville ?

Miryo but un peu de jus de fruits pour se donner le temps de réfléchir à une réponse. La conseillère guettait sa réaction, ce qui n'arrangeait rien.

— Eh bien, j'ai peur que tu doives vivre avec ta curiosité inassouvie, fit-elle enfin avec un demi-sourire d'excuse.

Édame ne put réprimer totalement une petite moue de déception.

— En d'autres termes, tu refuses de me le dire.

Miryo hocha la tête et l'autre poussa un soupir exagéré.

— Je vois que tu as l'intention d'assombrir ma journée. Et à mon avis, tu finiras chez les sœurs de l'Air. Tu as déjà leurs manies.

Miryo réussit à ne rien montrer de son soulagement. Si elle se fiait à sa première impression, Édame était assez vive de caractère pour réagir beaucoup plus mal à une telle rebuffade. Comment une personne aussi irritable avait obtenu une charge aussi importante, voilà qui laissait rêveuse la jeune sorcière.

— Je suppose que tu n'appartiens pas encore à un Rayon ? dit la conseillère, et Miryo le lui confirma en acquiesçant. C'est bien ce que je pensais. Tu n'as pas l'air aussi bouleversée que la plupart des nouvelles promues, mais tu conserves ce petit air qui annonce « Fraîchement émoulue de la Chute de l'Étoile ». J'ignore ce qui t'occupe actuellement, mais profites-en autant que tu le pourras : une fois que tu auras rejoint un Rayon, tu ne pourras sans doute pas aller aussi aisément à ta guise. Sauf si tu deviens une sœur de l'Air, bien sûr. As-tu déjà une idée de ton choix ?

Miryo était lasse, et elle eut du mal à ne pas se laisser submerger par ce torrent de paroles. Réprimant un bâillement, elle luttait pour se concentrer. Édame n'avait pas insisté sur sa première question, mais cela ne signifiait pas qu'elle n'espérait pas soutirer tous les renseignements possibles à son invitée.

— Pas encore, non, répondit-elle. J'ai le temps avant de devoir me décider.

— Voilà qui est sage. Tu peux changer de Voie, tu sais, quoique certains Rayons soient plus conciliants que d'autres à ce sujet. Mais il faudrait que j'interroge une Tête du Néant pour me remémorer le nom de la dernière qui a convaincu les Primes de la laisser changer de Rayon. Elles n'aiment vraiment pas qu'on fasse ça. Alors réfléchis bien avant de te décider. Prends tout le temps qu'il te faudra, mais ne te trompe pas.

Miryo sirotait sa boisson tout en se demandant si Édame ne regrettait pas son propre choix. Elle ne montrait aucune disposition pour l'art de la politique et de la diplomatie, et pourtant elle était conseillère d'un domaine.

Elle n'eut pas le loisir d'approfondir la question, car une servante entra alors dans le petit salon et s'inclina respectueusement devant elles.

— Katsu, Nai, si vous voulez bien me suivre, la chambre est prête.

— Je t'accompagne, décréta Édame en se levant. Lionra est compétente, mais je veux m'assurer que tu ne manqueras de rien.

Après avoir gravi bon nombre de marches, elles entrèrent dans une antichambre petite mais joliment meublée.

— Votre chambre, indiqua la servante en désignant une porte en bois découpé. Et là, celle de vos servantes. Il y a un bain privé derrière cette autre porte.

— Avec eau chaude, ajouta Édame en souriant. J'adore mon Rayon.

Elle fit le tour de la pièce et passa un doigt sur la tablette de la cheminée pour vérifier l'absence de tout grain de poussière.

— Ça ira, lâcha-t-elle. Remercie Lionra pour moi. Je sais qu'il n'est pas toujours facile de préparer une chambre dans un délai aussi court.

La servante s'inclina une nouvelle fois et s'éclipsa en refermant la porte derrière elle.

— Même si c'est son travail, ajouta la conseillère.

La porte se rouvrit et les deux Cousines entrèrent avec les bagages. Miryo leur montra où s'installer et les laissa déballer les affaires. Immobile devant la cheminée, Édame ne tarda pas à montrer des signes d'impatience.

— Merci pour tout, lui dit Miryo. C'est beaucoup mieux que cette auberge.

— Évidemment ! fit la conseillère avec un peu de hauteur, avant d'incliner la tête et de dévisager son invitée. Combien de temps comptes-tu rester ?

— J'avais l'intention de partir demain.

— Reste donc un jour de plus. À voir ta mine, un peu de repos te fera du bien.

Miryo hésita. Elle voulait reprendre la route au plus tôt. Elle avait le sentiment que si elle s'attardait ici elle perdrait le peu d'élan qui l'avait soutenue jusque-là. Mais après neuf jours de cheval elle avait le dos aussi raide que s'il était en bois, et un temps de détente serait en effet très bienvenu.

— Entendu, dit-elle. Je partirai donc après-demain matin.

— Excellent. J'ai appris que mon Seigneur et ma Dame ont prévu des réjouissances spéciales pour demain soir, bien qu'ils aient refusé de m'en dire plus. Allons, je te laisse te reposer !

La Main du Feu sortit aussitôt, et Miryo put enfin s'effondrer sur le matelas en plumes de son lit, sans même prendre le temps d'un bain.

De longues années d'habitude l'empêchèrent de faire la grasse matinée dont son organisme aurait pourtant été reconnaissant. Elle se leva peu après le soleil, avec l'impression d'être d'une saleté repoussante. Les pluies côtières n'avaient jamais franchi les collines, et la poussière de la route collait à sa peau.

Son premier soin fut donc de se laver. Cette tâche accomplie, elle se sentit beaucoup plus apte à affronter la journée et la Main du Feu qui sans aucun doute ne la lâcherait pas d'une semelle.

Sai se trouvait dans l'antichambre quand Miryo émergea enfin, propre et vêtue de frais.

— Où est Kan ? demanda-t-elle à la Cousine. Elle est allée s'occuper des chevaux ?

L'autre hocha la tête sans quitter des yeux l'entaille qu'elle ravaudait dans une sacoche de selle. Elle n'avait toujours pas prononcé un mot en présence de la jeune sorcière. Les Cousines n'étaient pas loquaces, mais celle-là poussait cette caractéristique à l'extrême. Miryo la laissa plutôt que de tenter en vain d'engager la conversation.

Elle se perdit très vite dans l'immensité de la bâtisse. Elle aurait pu demander son chemin à une servante, mais elle préféra continuer à aller au hasard encore un peu. Elle n'avait pas faim, et la seule tâche qu'elle avait prévue pour cette journée pouvait fort bien attendre.

Elle abordait un couloir encore jamais emprunté lorsqu'Édame descendit l'escalier situé à l'autre extrémité.

— Ah, te voilà ! s'exclama la conseillère en pressant le pas. Viens avec moi. Je vais tenter de découvrir ce qui se prépare pour ce soir. Quelqu'un le sait forcément. Ces servantes n'ignorent rien de ce qui se passe ici.

— En fait, dit Miryo pour la contrer d'emblée, je me demandais si tu pouvais me rendre un petit service.

— Mais bien sûr ! Sauf si tu veux que je persuade Iseman d'entrer en guerre contre un autre domaine.

— Rien de tel. Je me disais… emploie-t-on un artiste de cour, ici ?

Édame eut une moue hautaine.

— Dans l'est, tous les Seigneurs et toutes les Dames ont au moins un artiste de cour, et un tas de personnages moins importants font de même. Nous en avons deux, ici. Un réalise des paysages ennuyeux, l'autre s'est spécialisé dans les portraits horriblement flatteurs, en général ceux des rejetons gâtés de la noblesse. Tu as une préférence ?

— Le deuxième, si ça ne pose pas de problème.

— Bien sûr que non, fit la conseillère avec un regard scrutateur. Pourquoi as-tu besoin de ses services ?

Miryo haussa un sourcil et afficha un petit sourire malicieux.

— Ah, tes affaires, encore ? Miryo, je le jure devant la Déesse, tu es la femme la moins bavarde que j'aie jamais vue ! Mais qu'importe. Je vais te présenter à Ryll. Tu as de la chance, d'ailleurs : à la différence de son collègue, il est déjà debout à cette heure. Tothe ne se lève jamais avant midi, s'il le peut. Ce qui explique pourquoi tous ses paysages sont des couchers de soleil…

Tout en parlant elle se dirigea vers une autre porte, Miryo sur ses talons, et s'engagea dans un dédale de couloirs. Enfin elle fit halte devant un porche.

— Tu es là, Ryll ?

Un homme mince, d'une cinquantaine d'années, sortit de la salle au-delà de l'arche de pierre.

— Je suis là, Édame-nai. Que puis-je pour vous ?

— Pour moi, rien, à moins que tu saches ce qui est prévu ce soir…

Il secoua la tête et la conseillère soupira.

— Je m'en doutais. Bon, alors je laisse à tes bons soins ma sœur Miryo. C'est elle qui voulait te voir. Et moi, je vais continuer de chercher quelqu'un d'*informé*…

Elle partit aussitôt, laissant Miryo seule avec l'artiste, lequel fit de son mieux pour effacer de ses traits une expression résignée quand il se rendit compte qu'elle le regardait.

— Je suis désolé, Katsu. J'oublie mes bonnes manières. Comment pourrais-je vous être agréable ?

— On m'a dit que vous exécutiez des portraits ? dit Miryo en s'asseyant sur la première chaise disponible.

— En effet. Souhaiteriez-vous que je fasse le vôtre ?

— Oui et non. Je ne désire pas une peinture, et de fait je ne séjournerai pas ici assez longtemps pour que vous en terminiez une. Si vous pouviez faire simplement une esquisse de mes traits, je vous en serais très reconnaissante.

Pinçant les lèvres, l'artiste étudia le visage de la jeune femme pendant un moment.

— Au fusain ?

— Oui.

— C'est tout à fait possible. Vous êtes bien certaine de ne pas désirer quelque chose de plus élaboré ? Je pourrai m'arranger pour vous le faire livrer plus tard. Même avec une simple esquisse comme base, je suis sûr de réussir un portrait de toute beauté. Vous avez un teint tellement éclatant…

Manifestement, Ryll n'était pas de ces hommes que les sorcières intimidaient. Miryo se demandait s'il avait déjà fait de telles avances à Édame. Et comment elles avaient été accueillies.

— Une esquisse suffira, je vous remercie.

Il s'inclina avec amabilité.

— Comme il vous plaira, Katsu. Aimeriez-vous que nous commencions maintenant ?

— Si vous êtes libre…

— Je suis toujours libre quand il s'agit de servir une des sœurs. Si vous n'avez pas encore pris de petit déjeuner, je peux vous le faire apporter par un serviteur, pendant que vous poserez.

— C'est très aimable à vous.

— Alors venez par ici, je vous prie, dit Ryll en désignant une deuxième salle au-delà d'une deuxième arche.

Elle aperçut un chevalet et une toile en cours.

— Mon modeste atelier, déclara-t-il.

Au final Ryll exécuta toute une série d'esquisses de son visage, chacune selon un angle différent. Il était plus doué que la volcanique conseillère ne l'avait laissé entendre. Ses portraits, quoique rapidement tracés, étaient très ressemblants, et les toiles que la jeune sorcière pouvait voir au fond de l'atelier ne manquaient pas d'élégance. Miryo le remercia, et quand elle voulut lui donner un peu d'argent, il refusa avec maintes courbettes et quelques autres tentatives de flirt.

Elle rapporta les dessins dans sa chambre. Que faire, à présent ? Partir à la recherche d'Édame. Elle aussi avait envie de savoir ce qui se passerait ce soir. Mais l'idée de s'aventurer dans les couloirs de la forteresse l'épuisait par avance. Finalement elle n'eut rien à décider, car elle s'assoupit.

Neuf jours de voyage l'avaient fatiguée plus qu'elle ne l'imaginait, et l'antichambre baignée dans la lumière du soleil était un lieu bien agréable. Miryo s'assit dans un fauteuil confortable pour réfléchir un peu, et elle rouvrit l'œil plusieurs heures plus tard. La pièce s'était assombrie en cette fin d'après-midi, et personne n'était là. Elle s'étira, s'interrogea sur l'absence des Cousines, et se dit qu'elle allait prendre un second bain. On s'attendrait à la voir au dîner, et elle préférait ne pas se présenter avec la marque du tissu brodé du fauteuil sur la joue.

Aussi propre qu'il était possible, elle sortit de ses affaires l'unique robe présentable qu'elle possédait et la considéra avec tristesse. Ce n'était assurément pas la tenue qu'elle avait espéré porter pour sa première rencontre avec les dirigeants d'un domaine. Mais c'était ainsi : elle ne possédait rien de mieux, et il était trop tard pour demander à Édame de lui trouver une robe plus flatteuse, si elle avait réussi à faire taire son amour-propre et sollicité un tel service.

Elle sursauta quand on frappa vigoureusement à la porte. L'instant suivant la conseillère entrait en trombe, les bras chargés de tissus.

— J'espérais bien te trouver ici, dit-elle. Tiens, elle devrait t'aller. Tu es plutôt mince, non ?

Miryo prit la masse de soie et la déploya. La robe était brodée de fils d'argent et beaucoup plus seyante que celle qu'elle venait de laisser tomber au sol.

— Excellente couleur pour toi, jugea Édame en lissant les pans de soie gris sombre. Elle met en valeur ta chevelure. Cette robe t'ira beaucoup mieux qu'à cette souris brune à qui elle appartient. Ne t'inquiète pas, je la convaincrai de t'en faire cadeau.

— Ce n'est peut-être pas nécessaire, se hâta de dire Miryo.

— Ridicule. Tu es une sorcière, tu mérites de posséder au moins une jolie robe, et selon le Rayon que tu choisiras tu n'auras peut-être jamais assez d'argent pour l'acheter. Enfile-la. J'ai découvert ce qu'Iseman a prévu pour ce soir.

— Et c'est ? demanda Miryo en se glissant derrière le paravent peint.

— Tu verras, répliqua Édame d'un ton mystérieux. Alors, elle te va ?

Miryo réapparut quelques secondes plus tard.

— Elle est un peu large, mais ça va.

— Tourne sur toi-même…

La conseillère se battit avec le laçage complexe du dos, dont les secrets échappaient à la jeune femme. La robe s'ajusta à ses formes en un rien de temps.

— Magnifique. Tu représenteras dignement la Chute de l'Étoile. Allons, dépêchons-nous, maintenant. Dans peu de temps, la cloche du dîner va tinter.

Édame la poussa dans le couloir et l'entraîna au pas de charge à travers la forteresse. Elles débouchèrent bientôt dans une galerie dominant une grande salle, et Miryo entendit un murmure bas de voix.

La Main du Feu lui fit signe d'approcher de la balustrade. Miryo obéit et découvrit les hommes et les femmes en contrebas. Elle eut un hoquet de surprise.

— Les Danseurs du Temple…

12

DANSE [MIRYO]

— ET PAS N'IMPORTE quelle troupe, glissa Édame d'un ton suffisant. Ce sont les Danseurs du Temple du Soleil Levant, de l'Eriot.

— L'Haira possède sa propre troupe, non ?

— Bien sûr. Nous avons la deuxième communauté la plus importante d'Avannans. Seul l'Eriot en compte plus. Tu devrais entendre Iseman quand il explique comment et pourquoi la Danse du Temple est l'expression la plus pure de l'adoration pour la Déesse. Mais cette troupe est réellement incroyable. Je les ai vus une fois, dans l'Eriot, il y a de nombreuses années.

Miryo observait les danseurs. Semblables avec leurs cheveux raides et teints en noir et leurs corps déliés, ils effectuaient des exercices d'assouplissement pour se préparer à leur spectacle du soir. Elle savait qu'ils se situaient à mi-chemin entre une sorte de clergé et une structure profane, mais surtout qu'ils représentaient un élément clé dans les pratiques religieuses de la secte des Avannans. Ils étaient doués d'une souplesse troublante, et elle put le constater en voyant un danseur tordre son corps dans une posture impossible. Elle doutait de pouvoir l'imiter sans user d'une bonne dose de magie.

— Tu n'as sans doute jamais vu une Danse du Temple ? dit Édame.

— Non, en effet, répondit Miryo sans quitter des yeux les Danseurs. Le culte avannan n'est pas très développé dans l'Insebrar, et de toute façon ils n'ont pas l'habitude de se produire devant un public de sorcières. Et, bien sûr, ils ne viennent jamais à la Chute de l'Étoile.

— Je suis presque tentée de t'enfermer dans ta chambre pour la soirée, plaisanta la conseillère. Cette troupe est tellement extraordinaire qu'après avoir assisté à son spectacle, plus aucune autre ne trouvera grâce à tes yeux.

— Sais-tu ce qu'ils vont danser ?

Édame regarda autour d'elles et se pencha vers Miryo avec une mine de conspiratrice.

— Les Aspects.

La révélation arracha la jeune sorcière à son observation des Danseurs.

— Tu es sérieuse ? Je croyais qu'ils n'effectuaient cette danse que pendant les Jours Sacrés !

— Et aussi quand quelqu'un de très riche la leur demande. Surtout si cette personne est un fervent adepte du culte avannan, comme le Seigneur Iseman.

Miryo reporta son attention sur les Danseurs et fit de son mieux pour endiguer la crainte superstitieuse qui montait en elle. Les Aspects de la Déesse n'étaient pas une Danse codifiée que toutes les troupes exécutaient pareillement. Chacune avait sa propre chorégraphie.

— La troupe de l'Eriot a été la première à exécuter les Aspects, non ?

Édame s'accouda à la balustrade.

— Oui. Il y a très, très longtemps. Leur version est légendaire. Les Avannans en parlent comme si la Déesse en personne descendait sur Terre et Dansait avec eux. Les Aspects, c'est la Danse la plus sacrée qui soit, et ils l'exécutent mieux que n'importe qui.

Et Miryo aurait la chance de la voir ce soir même. Elle éprouva un frisson intérieur, et avec quelque surprise l'identifia comme une manifestation d'impatience et d'excitation. Elle n'avait pas ressenti cela depuis bien longtemps. Plus d'un an. La tension qui avait accompagné sa préparation à l'examen avait considérablement refroidi ses enthousiasmes, et l'existence de son double l'avait empêchée de savourer son accession au rang de sorcière comme elle l'aurait voulu.

— Je suis heureuse d'être restée un jour de plus, murmura-t-elle.

Édame éclata d'un rire perlé.

— Tu le seras encore plus dans quelques heures.

L'EXCITATION À L'IDÉE de voir les Danseurs du Temple évita à Miryo de trop appréhender sa rencontre avec deux des personnages les plus importants de ce domaine. La grand-salle était impressionnante, mais pas aussi sinistre que celle où les Primes siégeaient. Miryo sentit les regards qui convergeaient sur sa personne quand elle fendit la foule. Les gens ici étaient accoutumés à la présence d'Édame, et sans aucun doute il arrivait que d'autres sorcières passent par la forteresse, mais une nouvelle arrivante était toujours l'occasion de commentaires.

Iseman et Terica semblaient tous deux issus du même moule : élancés, avec une ossature délicate. Ryll aurait pu être leur cousin

Tous deux avaient revêtu d'amples robes que Miryo trouva un peu trop surchargées de broderies à son goût, mais les Hairans avaient un penchant certain pour les tenues voyantes, sinon extravagantes, et le Seigneur et la Dame n'étaient pas les pires adeptes de cette mode dans l'assemblée. Une fois de plus la jeune sorcière fut reconnaissante à Édame pour la robe qu'elle lui avait fournie. Ici, certaines combinaisons de couleurs tenaient de l'offense à la nature.

Miryo prit place à côté de la conseillère qui se trouvait elle-même assise auprès d'Iseman et Terica. La nourriture servie était riche, bien plus qu'elle n'en avait l'habitude. L'assaut conjugué des épices et des sauces douces était presque difficile à supporter. Elle fit preuve d'une grande prudence dans la sélection des plats qu'elle goûta. La cuisine des Hairans n'était pas sans rappeler leur originalité vestimentaire.

Elle parla peu et de sujets anodins avec Édame et la femme assise de l'autre côté. La majeure partie du temps, elle resta silencieuse. Elle n'était pas d'humeur à bavarder. Pour s'occuper, elle s'efforça de deviner ce qui composait chaque plat servi à la table d'honneur par des hommes et des femmes qui étaient, selon elle, les seuls Hairans bien vêtus dans la grand-salle. C'est avec une satisfaction certaine qu'elle vit venir la fin du dîner. Les convives passèrent alors dans une salle voisine, de dimensions plus restreintes, pour assister au spectacle.

Iseman et Tireca s'installèrent sur des sièges pareils à des trônes, face à une peinture murale qui était certainement l'œuvre du paysagiste attitré de la Forteresse : le sujet en était des nobles à demi habillés se reposant sur le flanc d'une colline, admirant un coucher de soleil flamboyant. Édame, Miryo et quelques membres privilégiés de la cour occupèrent des chaises derrière et à côté du Seigneur et de sa Dame. Tous les autres – ministres inférieurs, courtisans et parasites – furent relégués dans les galeries à l'arrière. Ils s'y agitaient nerveusement, et leurs tenues chamarrées bruissaient dans le silence de la salle.

Les Danseurs entrèrent, et tout bruit cessa.

Pour l'occasion, tous étaient vêtus de noir. La pâleur de leur peau n'en était que plus remarquable. Leurs tenues étaient aussi moulantes qu'il était possible sans gêner leurs mouvements, et sans aucun ornement. Hommes comme femmes portaient des pantalons et des vestes sans manches. Tous étaient grands et minces, et partageaient une ressemblance presque androgyne.

Ils s'alignèrent face au Seigneur et à la Dame d'Haira, et s'inclinèrent brièvement. La prêtresse qui les accompagnait récita une courte bénédiction et dédia le spectacle à la gloire de la Déesse dans ses cinq Aspects. Puis elle se retira avec la plupart des Danseurs derrière le grand rideau noir qu'on avait tendu au fond de la salle.

Seule une jeune femme demeura sur scène, qui s'assit sur le sol. Après un moment de silence, des musiciens invisibles entamèrent une mélodie.

Celle-ci était légère, bondissante, et pleine d'énergie. La femme assise étendit une jambe devant elle, la leva en l'air, roula sur l'épaule et bondit sur ses pieds.

La Vierge, se dit Miryo. Toutes les troupes n'exécutaient pas les Aspects selon le même ordre, mais il lui semblait se souvenir que celui de l'Eriot respectait la progression chronologique. Elle se demanda où ils placeraient la Guerrière.

La femme effectua une série de sauts de plus en plus élevés. Chaque fois qu'elle reprenait contact avec le sol, ses pieds enchaînaient des pas complexes et très rapides. Le tempo allait crescendo, et la musique se mua insensiblement en un appel lancinant. Et c'était bien cela : les mouvements de la danseuse invitaient un homme caché derrière le rideau. Il vint la rejoindre, et tous deux tournoyèrent dans une démonstration éblouissante d'agilité.

Miryo était fascinée. Les Danseurs du Temple donnaient l'impression que leurs évolutions étaient simples, mais elle devinait qu'elles requéraient une force et une maîtrise exceptionnelles. Cela n'avait rien à voir avec les danses campagnardes des fêtes rurales, pas plus qu'avec les évolutions codifiées et cérémonieuses de la noblesse. Ces pas avaient été répétés des semaines durant avant d'être dévoilés au public. Et l'entraînement que ces Danseurs suivaient, si elle se souvenait bien, débutait quand ils n'avaient que cinq ans.

D'autres apparurent et rejoignirent le couple. Ils formèrent un cercle mouvant autour des deux premiers et effectuèrent des sauts toujours plus impressionnants. La musique devint une ode joyeuse à la jeunesse et l'énergie sans bornes de la Vierge.

Et à travers tous ces mouvements, exprimés par les corps des Danseurs, le spectateur pouvait sentir le pouvoir du Feu. Sa chaleur attirait Miryo, l'envoûtait, l'invitait à s'en saisir…

Elle se reprit juste avant de puiser dans ce pouvoir, pour quelle utilisation elle l'ignorait, en dehors du ravissement qu'il y aurait eu à le détenir. *Par les larmes de la Déesse. Si j'avais fait ça, et que j'avais perdu le contrôle, ici, dans cette salle…*

Elle prit une inspiration frémissante, et s'évertua à ne pas y penser plus avant. La Danse terminée, ses acteurs se retirèrent derrière le rideau et deux nouveaux artistes vinrent les remplacer, un homme et une femme. Ils prirent position face à face, et la musique commença.

D'abord deux flûtes, dans une mélodie très dépouillée. L'homme et la femme voletaient l'un autour de l'autre et donnaient l'impression de toucher à peine le sol. Ils bondissaient aussi, mais alors que les précédents Danseurs l'avaient fait de façon presque athlétique, dans une sorte de compétition muette, ces deux-là semblaient soulevés par des accès de joie. L'illusion de les voir flotter au milieu de chaque saut était si forte que Miryo soupçonna presque une intervention magique, et, l'espace d'un instant, elle crut même en être à l'origine. Elle était tétanisée par la conscience aiguë qu'elle risquait de puiser dans le pouvoir, mais elle ne pouvait pas partir: c'eut été une insulte abominable envers ses hôtes et la troupe. Elle resta donc assise là, tandis que la personnification de l'Élément Air se manifestait devant ses yeux, et elle lutta pour ne pas chavirer.

La musique changea, les Danseurs aussi. Si, auparavant, il avait semblé à Miryo que le couple flottait, à présent il volait. L'homme avait saisi sa partenaire par la taille et la faisait osciller dans l'air comme si elle était cette plume qu'elle symbolisait. Il donnait l'impression de pouvoir la propulser sans effort aucun au plafond voûté de la salle, s'il le désirait.

La Danse prit fin sur une étreinte figée magnifique, en l'honneur de la Déesse sous l'Aspect de la Mariée. Miryo aspira goulûment l'air en essayant à la fois de se ressaisir et de se détendre avant le prochain choc.

Les deux premières Danses s'étaient déroulées sur un tempo en quatre temps, mais cette fois les musiciens se lancèrent dans un air en trois. Les Danseurs du Temple envahirent la scène pour une valse qui était à celles de cour, raides et empruntées, ce que l'eau est au verre. Ils tourbillonnèrent encore et encore, et chaque mouvement se coulait dans le suivant. Alors que le cœur de Miryo s'était laissé emballer par l'énergie et la liberté des deux précédents tableaux, à présent il glissait dans l'apaisement. Et c'est ce qui faillit la faire basculer. Elle s'ouvrait insensiblement à l'Élément Eau. Ces évolutions coulées distillaient une séduction plus subtile et insidieuse que les représentations des deux premiers Éléments. Ses doigts se crispèrent sur les accoudoirs de son fauteuil quand enfin elle réagit, au tout dernier instant.

Elle ne savait trop à quoi s'attendre pour la suite, car elle supposait que ce serait le mouvement dédié à l'Aïeule. La Terre n'était pas l'Élément le plus dynamique, et les vieilles femmes étaient rarement très agitées. La troupe avait choisi d'illustrer les concepts de solidité et de racines. Les danseurs prirent des poses que Miryo pensait impossibles au corps humain, et les conservèrent comme s'ils étaient capables de les tenir toute une journée. Les musiciens jouaient maintenant d'instruments aux sonorités basses qui peuplaient la salle d'échos profonds. La force tranquille et la détermination des Danseurs impressionnèrent beaucoup la jeune sorcière. Leur spectacle lui remémora l'épreuve qu'elle avait subie dans le Foyer de l'Étoile, et fort heureusement elle y puisa la volonté de se contrôler.

Le mouvement prit fin, et elle n'avait rien eu à craindre. Il restait une dernière Danse, celle de la Guerrière, mais il n'existait rien qui s'apparentât à une magie ou un pouvoir du Néant, rien qui pût la mettre en danger.

Elle se redressa pourtant sur son siège quand les premières notes tranchèrent l'air de la salle. Un frisson brûlant incendia son épine dorsale – ce n'était pas celui du pouvoir magique, non, mais autre chose, quelque chose qui venait des tréfonds de son être. Elle savait qu'elle ne risquait pas de créer un sort, mais son regard était rivé sur la scène devant elle, là où les Danseurs exprimaient physiquement leur dévotion à la Déesse en tant que Guerrière.

Dans ce mouvement, les sauts n'avaient rien de frivole, on ne sentait en eux aucune compétition entre participants, plutôt la recherche d'un dépassement individuel. Cela ressemblait à un combat intérieur, si ce combat avait été un art. Hommes et femmes glissaient et roulaient, se rejoignaient dans des mouvements qui étaient à la limite de la violence. Mais il n'y avait là aucune agressivité, seulement l'expression d'une loyauté à toute épreuve envers la Déesse.

La musique changea, devint plus aiguë, et Miryo eut l'impression d'avoir le cœur qui lui remontait dans la gorge. Avec l'élévation de la mélodie naquit en elle une urgence diffuse, et soudain elle eut envie de se trouver hors de cette salle, hors de la forteresse, sur la route. Elle voulait chevaucher à bride abattue pour retrouver son sosie sans délai. Le défi faisait bouillir son sang et lui promettait la victoire. Avec ce sentiment en elle, rien ne pourrait l'arrêter, son succès était assuré.

Elle crispa un peu plus les doigts sur les accoudoirs de son siège, jusqu'à ce que leurs articulations deviennent blanches et douloureuses. *Pas encore. Tu ne peux pas partir maintenant. Pas aujourd'hui. Non, pas maintenant. Mais demain…*

Demain, je pars en chasse…

La Danse se termina brutalement, dans une pose à couper le souffle, et elle détendit ses mains. La tension accumulée les laissa douloureuses. Tout en les frottant discrètement l'une contre l'autre, Miryo se renversa au fond de son siège et regarda sur sa gauche.

Édame, qui semblait n'avoir rien remarqué de ses diverses réactions, affichait un rictus désapprobateur.

— Pour ma part, j'aurais très bien pu me passer de la Danse de la Guerrière. Elle semble ne jamais s'incorporer dans la suite, où qu'ils la placent.

Cette opinion contrastait tant avec le ressenti de la jeune sorcière que celle-ci ne trouva rien à répondre. Elle n'avait pas réellement *aimé* cette dernière Danse, mais ces évolutions avaient éveillé en elle des émotions qu'elle avait du mal à contenir. La conseillère paraissait répondre très différemment à ce spectacle. Ce qui n'avait, à tout prendre, rien de très étonnant : dans leurs pratiques religieuses, les sorcières honoraient rarement la Guerrière parce qu'elle était absente de leur magie. C'était la réaction de Miryo qui pouvait surprendre.

La prêtresse déclama l'invocation de clôture, et les spectateurs sortirent peu à peu de leur transe. Les Danseurs repassèrent tous devant le rideau et s'alignèrent pour être présentés à Iseman et Terica. La première à avoir cet honneur fut la prêtresse. Elle échangea quelques paroles chaleureuses avec le Seigneur avannan et sa Dame, avant d'accorder un regard froid à Édame et Miryo.

— La bénédiction de la Déesse soit sur les déséquilibrés, dit-elle pour aussitôt reculer derrière les Danseurs.

— Je *déteste* celles qui font ça, maugréa la conseillère.

— Qui font quoi ? murmura Miryo.

— Qui nous traitent de « déséquilibrées ». La plupart des prêtres ont au moins le bon goût de ne pas être aussi… directs. Tu as vu comment elle nous a regardées ? Comme si nous étions des enfants attardés qui refusent d'entendre ce que la Déesse essaie de leur dire.

Ce commentaire visait juste. Le regard de la femme avait trahi une sorte de regret distant, et c'était une attitude irritante à l'extrême.

— Combien sont comme elle ? demanda Miryo. Je sais que nous déplaisons à certains prêtres et certaines prêtresses, mais mes professeurs ne m'ont jamais dit combien l'exprimaient aussi vertement.

La Main du Feu fit la moue.

— Tout dépend de l'endroit où tu te trouves, et de quelle secte ils sont issus. Il y en a moins dans le Currel, par exemple, parce que ce domaine est proche de la Chute de l'Étoile. Les Nalochkans ne sont pas trop désagréables. Ce sont les Avannans les pires. Certains se désolent ouvertement dès que nous commettons le moindre faux pas, et bien sûr personne ne nous en dit jamais rien: nous sommes supposées le deviner par nous-mêmes.

— Ainsi ils évitent de créer des problèmes.

— En général, oui. Mais il y a des exceptions.

Miryo continuait de saluer en souriant les Danseurs qui passaient devant elles. Elle aurait aimé qu'ils aillent plus vite, car elle était toujours en proie à une énergie sauvage. Et l'aube n'arriverait pas avant encore des heures. Elle se concentra sur sa respiration et se força au calme.

Le défilé des Danseurs touchait à sa fin. Il se déroulait par ordre croissant d'importance dans la troupe, à l'exception notable de la prêtresse: les premiers présentés ne s'étaient même pas produits ce soir. Bientôt il ne resta plus que quatre Danseurs, dont le dernier devait être le chef de la troupe.

La femme qui venait juste avant lui se figea quand elle arriva devant Miryo.

Elle se reprit aussitôt et s'inclina avec grâce face aux deux sorcières.

— Que la Déesse accompagne vos pas, dit-elle dans un murmure avant de s'éloigner.

Mais son hésitation n'avait pas échappé à Miryo qui grava dans son esprit ce visage marqué d'une petite cicatrice au menton. Elle se promit d'aller la trouver plus tard et de lui demander pour quelle raison elle avait eu cette attitude.

Une réception suivit la représentation, comme de bien entendu. La visite d'une troupe aussi renommée que celle de l'Eriot constituait un événement majeur dans une ville comptant un aussi grand nombre d'Avannans. Et même les Hairans qui ne voyaient pas dans la Danse du Temple la forme la plus haute d'adoration religieuse savaient reconnaître l'importance sociale que revêtait cette soirée. La grand-salle était bondée.

Miryo se sépara d'Édame dès que la bienséance l'y autorisa, et elle se mit à circuler dans la pièce. Les Danseurs étaient faciles à repérer : si les cheveux noirs étaient assez communs dans les domaines de l'est, les leurs étaient les seuls à être coiffés aussi simplement, sans aucun ornement. Toutefois, elle ne parvenait pas à localiser la Danseuse qu'elle recherchait dans cette foule trop dense. Elle allait abandonner quand Kan apparut auprès d'elle.

— Un alcool de riz ? proposa la Cousine en lui présentant une coupe.

Miryo la prit d'un geste distrait.

— Kan, j'ai besoin que tu me rendes un service. Va trouver Lionra, la sénéchale. Il y a une Danseuse dont le menton porte une cicatrice. J'ai besoin de savoir dans quelle chambre elle dormira ce soir. Elle est de haut rang dans la troupe, juste après le chef. Et tâche de te montrer discrète.

Elle aurait pu aller elle-même demander le nom de la Danseuse au chef de la troupe, mais la démarche aurait risqué d'attirer une attention qu'elle ne souhaitait pas.

Avec un hochement de tête, Kan disparut dans la masse des invités, et Miryo se retrouva seule au sein de la multitude, avec à la main un verre d'alcool dont elle ne voulait pas vraiment. Elle continua de scruter la salle à la recherche de la Danseuse, mais après un moment ce fut Édame qui la retrouva. La conseillère paraissait irritée.

— Ah, te voilà. Je sais bien que tu n'as peut-être pas l'intention d'entrer au service de mon Rayon, mais il te sera toujours bénéfique de parler à certaines personnes présentes ce soir. Il faut que tu te fasses connaître.

Elle lui saisit le coude et l'entraîna à sa suite.

Se faire connaître n'était pas du tout la priorité de Miryo, mais il était impossible de dissuader la conseillère. Elle endura donc les quelques heures suivantes avec stoïcisme, et accompagna la Main du Feu qui papillonnait de groupe en groupe. Finalement elle avança l'argument de la fatigue pour regagner sa propre chambre.

Kan ne s'y trouvait pas, ni Sai. Elle se campa au centre de l'antichambre et réfléchit à ce qu'il convenait de faire. Devait-elle partir à la recherche de la Cousine, ou attendre ici son retour ? Elles risquaient de perdre des heures à se courir après dans cette forteresse labyrinthique. Elle décida de ne plus bouger de ses appartements.

Sa détermination fut mise à rude épreuve. Le carillon Bas avait presque sonné quand la Cousine ouvrit la porte. Miryo avait tressé ses cheveux cent fois, pour s'occuper. Elle les arrangeait en un chignon au moment où Kan arriva.

— Je vous présente mes excuses pour vous avoir fait attendre aussi longtemps. La Danseuse s'appelle Sareen. Elle loge dans une chambre de l'aile ouest, voisine de celle du chef de la troupe, et à deux chambres d'écart de celle de la prêtresse.

L'énergie tirée de la Danse de la Guerrière était toujours bien présente en elle, et elle était impatiente de l'utiliser.

— Merci. Conduis-moi là-bas, je te prie.

Elles ne croisèrent personne dans les couloirs. Miryo pouvait entendre les échos lointains des festivités qui se poursuivaient. Avant d'être tout à fait prête, elle fut menée devant la porte de Sareen, et Kan se retira dans une alcôve voisine. Miryo rajusta sa tenue et frappa à la porte. Elle espérait que la Danseuse avait déjà réintégré sa chambre.

Elle était bien là. Et elle sursauta de nouveau quand elle ouvrit la porte et vit la jeune sorcière.

— J'aimerais te parler, déclara Miryo.

Sareen reprit contenance et s'inclina.

— Bien sûr, Katsu. Entrez, je vous en prie.

La pièce était très dépouillée, en comparaison de celle où on l'avait logée. C'était le genre de gîte qu'on réservait normalement aux servantes de quelque visiteur de haut rang. Les Danseurs du Temple menaient une existence spartiate. Si Sareen avait été une des dernières danseuses, elle aurait partagé sa chambre avec deux ou trois autres. Qu'elle soit seule ici soulignait son statut.

Il y avait deux sièges. Miryo en prit un et désigna l'autre à Sareen. L'impression était singulière, car elle ne s'était pas encore accoutumée à son nouveau rang et au fait que les gens attendent sa permission pour s'asseoir.

— Par deux fois, à présent, déclara-t-elle de but en blanc. Par deux fois tu t'es comportée étrangement en me voyant. Pourquoi ?

La Danseuse baissa les yeux.

— Je vous présente mes excuses, Katsu. Je ne voulais pas me montrer incorrecte.

— Inutile de t'excuser. Je suis simplement curieuse. M'as-tu déjà vue auparavant ?

— Je ne crois pas, Katsu. C'est seulement que vous me rappelez beaucoup quelqu'un que j'ai connu.

Je le savais.

Miryo réprima son excitation et dit, d'un ton détaché :

— Qui ?

— Une autre Danseuse. Elle s'est entraînée avec notre troupe.

De toutes les professions que Miryo avait envisagées pour son double, Danseuse du Temple n'avait pas figuré en bonne place sur la liste. C'était presque aussi déroutant que d'imaginer son sosie dans la peau d'une prêtresse.

— C'était il y a combien de temps ?

— Longtemps. Douze ans, treize peut-être.

— Et… elle avait ton âge ?

La jeune sorcière avait modifié sa question au tout dernier moment. Sareen aurait trouvé étrange qu'elle parle de son double en disant « il ».

— Un peu plus jeune que moi, Katsu.

Sareen devait approcher la trentaine. Ce qui correspondait, bien sûr : le sosie de Miryo aurait forcément le même âge qu'elle. Après avoir recouru à l'apaisement de l'Air, elle posa la question suivante :

— Où est-elle allée ?

— Je l'ignore, Katsu.

Bien sûr… ça ne pouvait pas être aussi facile.

— A-t-elle rejoint une autre troupe, à ton avis ?

Sareen secoua la tête.

— Non. Criel, qui était notre chef à l'époque, a dit qu'elle avait une vocation différente de la nôtre. Je ne pense pas qu'elle soit devenue Danseuse.

Une vocation différente ? Peut-être son double était-il devenu prêtresse, après tout…

— Où est Criel, à présent ?

— Je crois qu'elle se trouve dans la Verdosa, Katsu. Au grand temple.

À l'est, donc. Miryo ne pouvait croire à sa chance. À moins que ce ne soit pas de la chance : peut-être que son intuition l'avait menée à Sareen et Criel, et non à son double lui-même. Impossible à savoir pour l'instant.

Elle se rendit compte que Sareen la dévisageait avec une curiosité non dissimulée, et elle maudit sa situation. Si elle avait pu utiliser la magie, elle aurait interrogé la Danseuse plus avant, et ensuite elle l'aurait « encouragée » à tout oublier de cette conversation. Puisque cette femme risquait de se livrer aux commérages, mieux valait s'en tenir là.

Sareen l'observait toujours. Miryo fit taire sa frustration et se leva.

— Bien, je n'abuserai pas plus de ton temps. Je ne doute pas que tu sois lasse, après ce spectacle. Qui était magnifique, à propos. J'estime être privilégiée d'avoir pu y assister.

Malgré les dangers auxquels il m'a exposée.

— C'est ainsi que nous vénérons la Déesse, déclara Sareen avec simplicité. La beauté nous rapproche d'elle.

Elle s'inclina quand sa visiteuse s'en alla, et referma aussitôt la porte de sa chambre.

Miryo était déjà loin dans le couloir quand un détail lui apparut. Elle avait omis de demander le nom de son double.

L'escalade des toits à la Chute de l'Étoile était une chose. Les Cousines savaient toutes que les étudiantes grimpaient là pour profiter d'un peu d'intimité et contempler les étoiles.

Il était beaucoup plus difficile de faire de même à la forteresse de l'Haira.

En premier lieu parce que la bâtisse était d'une conception architecturale toute autre. Par ailleurs, les gardes en faction n'accepteraient certainement pas de détourner le regard si une silhouette mystérieuse se découpait sur le ciel nocturne. Mais Miryo avait besoin d'air frais et de calme, et elle réfléchissait mieux, perchée sur les toits. Elle décida donc de tenter sa chance avec les sentinelles et sortit par la fenêtre de sa chambre.

Au dehors, elle inspira profondément et fit en sorte d'apaiser les battements de son cœur. Elle avait eu une preuve. Son double existait bel et bien, et quelqu'un l'avait vu. Elle n'avait jamais mis en doute les affirmations des Primes, mais la confirmation que venait de lui donner Sareen rendait tout beaucoup plus réel.

Son sosie était là, quelque part. Et elle allait le retrouver. Parce qu'il était hors de question d'échouer dans cette mission.

Criel, l'ancienne Danseuse en chef de la troupe de l'Eriot, saurait où il était parti. Quelles professions étaient compatibles avec d'anciennes Danseuses du Temple âgées de treize ans ? Nombre d'entre elles entraient dans les ordres quand elles devenaient trop vieilles pour Danser, mais Miryo avait du mal à s'imaginer son double prononçant ses vœux à cet âge. Et pourquoi avait-il quitté la troupe ? Quelle « autre vocation » avait-elle épousée ?

Toutes ces questions, elle pourrait les poser à Criel quand elle serait en Verdosa.

Maintenant qu'elle avait un objectif à atteindre, la jeune femme était impatiente que l'aube arrive. Elle ne regrettait pas cette halte dans l'Haira, mais elle avait hâte de remonter en selle. Il lui faudrait pourtant prendre son mal en patience encore quelques heures avant de réveiller les deux Cousines et de repartir…

Vers le nord.

Le nord, et non plus l'est. L'appel avait changé de direction, et c'était flagrant, elle n'imaginait pas ce changement. Ce qui l'attirait, quoi que ce fût, ne se trouvait pas dans l'est. C'était au nord, à présent. Même pas l'extrême nord, mais bien plus près. En direction du Kalistyi, et peut-être même moins loin.

Ce qui m'attire se déplace.

Cette sensation menait à son double, elle en avait maintenant la certitude. Et cette sensation se dirigeait vers l'ouest.

Qu'y a-t-il à l'ouest ?

La moitié des domaines du monde. Le but pouvait être n'importe où, de la Chute de l'Étoile à l'Askavya.

Mais l'attraction qui la reliait à son sosie était plus forte qu'elle ne l'avait jamais été. Miryo ne craignait plus de la voir s'estomper. Son double pouvait changer de destination, elle ne perdrait pas sa trace. Et il ne pouvait fuir éternellement. Elle finirait bien par le rattraper. *Bientôt.*

Elle se mit debout et commença à traverser le pan de toit pour regagner sa fenêtre. Elle ne s'était pas beaucoup éloignée de sa chambre, car elle ne tenait pas à être vue d'un garde. Elle se sentait surexcitée, mais elle se raisonna. Il fallait qu'elle prenne un peu de repos. Demain, il serait bien assez tôt pour repartir.

Et si je me le répète suffisamment, il se pourrait même que j'y croie.

Cette nuit-là, elle ne ferma pas l'œil.

13

Chasseurs

Mirage ne voulait pas faire halte à Angrim, mais les deux Chasseurs n'avaient pas tellement le choix. Ils n'avaient pas encore envoyé de pigeon voyageur au Feu d'Argent, et leurs chevaux étaient fourbus.

Inutile de me leurrer, je suis épuisée, moi aussi. Je suis sur la route depuis aussi longtemps que Brume. De l'Insebrar jusqu'à l'Abern, puis la Chute de l'Étoile et retour dans l'Insebrar, avant d'arriver ici... Je n'ai pas arrêté depuis Chervie, et ces petites vacances ont été écourtées.

Ils ne s'étaient pas ménagés depuis la Chute de l'Étoile, d'abord pour contacter Avalanche avant qu'il quitte Vilardi, ensuite pour atteindre le Miest et se mettre à l'abri des ennuis. Ils n'avaient parlé à personne de leurs soupçons, et rien n'avait indiqué qu'on les poursuivait après leur fuite de Vilardi, mais Mirage n'était toujours pas rassurée. Elle ne pouvait se défaire de l'impression qu'ils étaient traqués, et cela lui mettait les nerfs à vif.

C'est pourquoi cette étape à Angrim était aussi plaisante que frustrante. Elle se consola en se disant que ce serait une occasion bienvenue de s'asseoir autre part que sur une selle, de marcher sur ses propres jambes dans les rues d'une ville, en pleine journée, de se réveiller dans le même lit deux jours de suite.

Elle dormit exceptionnellement tard lors de leur première nuit dans cette ville, et elle n'émergea que peu avant midi. Elle s'étira langoureusement, puis laissa pendre ses jambes sur le côté du lit. Elle s'était remise du coup reçu à la tête lors de cette bagarre à l'auberge, et son genou ne la faisait presque plus souffrir, mais ils avaient passé deux semaines sur la route après leur départ de Vilardi, et elle n'avait plus beaucoup d'énergie en réserve. Si toutes ces heures de sommeil n'avaient pas été tout à fait indispensables – elle avait connu pire par le passé –, la Chasseuse en avait tiré le meilleur profit. Et ses nerfs s'étaient détendus. Dans la chambre silencieuse que baignait la lumière du soleil, elle profita de cette sensation de calme. Elle n'avait plus l'impression de devoir regarder en arrière pour repérer un éventuel poursuivant, et c'était un véritable soulagement.

C'est bon, paresseuse. Tu as assez traîné au lit. Il est temps de te lever et de te remuer un peu.

Elle retrouva Éclipse en bas, dans la salle commune, où il savourait un déjeuner copieux. Il haussa un sourcil en l'apercevant, mais préféra ne pas faire de commentaire sur ce lever tardif. D'une certaine façon, c'était regrettable, car pour une fois Mirage était de si bonne humeur qu'elle n'aurait pas riposté à une petite pique.

Elle eut très vite l'explication d'une telle modération. Le Chasseur avait besoin qu'elle reste en de bonnes dispositions.

— Je suis allé voir les chevaux, et il va falloir leur mettre des fers neufs avant de pouvoir repartir.

On était à la mi-journée, et il semblait marcher sur des œufs. Elle devina aisément pourquoi.

— Tu veux rester un jour de plus, c'est ça ?

Il acquiesça.

— Je connais un maréchal-ferrant qui accepterait de s'en charger aujourd'hui même, mais je lui ai confié Étinceleur l'année dernière, et je n'aime pas du tout la façon dont il travaille. Celui auquel je pense n'est pas libre avant demain.

La veille encore, Mirage se serait emportée. La veille encore, elle se sentait dans la ligne de mire d'un archer invisible.

— Ça me va. Ainsi j'aurai le temps de rafistoler la sellerie et mettre un peu d'ordre dans le reste de mes affaires. Tu as acheté des provisions ?

L'expression de son ami lui fut un régal.

— Tu… tu ne protestes même pas ?

— Non. Je ne pense pas qu'un jour de repos supplémentaire nous fasse du mal, et comme je viens de te le dire je peux trouver de quoi l'occuper utilement.

— Eh bien, je ne m'en plaindrai pas, alors. D'autant que je n'ai pas encore commencé à acheter le ravitaillement. Je me suis levé trop tard… moi aussi.

Sa grimace n'exprimait aucune culpabilité.

— Pas étonnant que tu ne m'aies pas réprimandée. Je m'y attendais, pourtant.

— Je peux encore le faire, si tu y tiens.

— Non, merci.

Elle s'étira encore et survola la salle d'un regard rapide. Hormis eux, il n'y avait pas de clients. L'établissement ne servait pas de repas à midi, sauf aux gens qui avaient pris une chambre.

— Ce calme est vraiment agréable. Surtout si on le compare à nos dernières aventures. Pas de bagarre, pas de gardes soupçonneux, et mieux encore, pas un cafard en vue.

Tête penchée de côté, il étudiait son expression.

— Tu n'es plus aussi nerveuse, hein ?

— Non. Raison pour laquelle je suis de bonne humeur. Profites-en tant que tu peux.

— D'accord. Tu pourrais me prêter un peu d'argent ?

— Ne pousse pas ta chance trop loin…

Le sourire qu'ils partagèrent n'avait rien de forcé, pour la première fois depuis un certain temps.

Et la chose était étrange car, pour ce qu'ils en savaient, leur situation ne s'était pas améliorée. Mais plus Mirage y réfléchissait et plus l'idée de rester un peu à Angrim la séduisait. Elle pourrait s'y promener, voir les choses intéressantes qui arriveraient. Elle avait déjà séjourné ici à plusieurs reprises, mais cette fois…

Tu ne peux pas t'attarder trop, se rappela-t-elle. *Tu as toujours des ennuis potentiels à ta traîne.*

Mais puisqu'un certain délai d'attente était inévitable, elle comptait bien en profiter.

MIRYO SUT QUE son double se trouvait à Angrim dès qu'elle en franchit les portes. Sa présence la frappa avec une force presque palpable. Chaque nerf de son corps vibra avant de se détendre, mais pas totalement.

— Il est là, dit-elle aux Cousines juste assez fort pour être entendue d'elles malgré le bruit environnant.

Elles lui lancèrent un regard furtif avant de reporter leur attention sur la foule alentour. *Et voilà ! Maintenant elles s'attendent à ce qu'il bondisse sur moi ici même, pour m'attaquer. Est-ce qu'il peut sentir ma présence, lui aussi ?*

— Avant toute chose, il faut trouver la maison, fit-elle.

La maison en question était une acquisition récente du Rayon de l'Air, lequel voulait disposer d'endroits pouvant accueillir les sorcières en déplacement. Ils n'étaient pas encore très nombreux, car l'argent nécessaire à leur achat ou leur construction venait principalement du Rayon du Néant, et celui-ci avait la générosité assez lente. Ce lieu d'accueil particulier avait bénéficié de dons du Feu. Angrim étant la capitale de l'Abern, des sorcières en mission diplomatique y passaient souvent, et cette maison ressemblait plus à un palais qu'à un modeste gîte d'étape. Personne n'y séjournant pour le moment, Miryo n'avait eu aucun scrupule à le réquisitionner.

Elle était heureuse que son double soit ici et que sa longue traque arrive à son terme. Elle avait besoin que cette situation prenne fin. La tension constante et les efforts consentis avaient laissé des traces, de plus elle ne s'était pas accordée de répit depuis son départ de l'Haira. Leurs chevaux étaient en piteux état. Mais dès qu'elle se serait occupée de son double, elles profiteraient de quelques jours de repos avant d'entreprendre le trajet de retour à la Chute de l'Étoile à une allure plus tranquille.

Elle pourrait même se servir de sorts pour faciliter leur voyage.

Elle se permit un léger sourire qui n'était qu'un pâle reflet de l'exultation née de cette pensée. *La magie.* Ma *magie. Bientôt, je pourrai l'utiliser à ma guise.*

Elles trouvèrent l'adresse sans encombre. La maison était très spacieuse, et Miryo s'amusa de l'ostentation que le Rayon de Feu semblait estimer nécessaire à son statut. Les ambassadrices avaient-elles réellement besoin d'une demeure de plusieurs étages pour passer une seule nuit ?

Elle choisit sa chambre et s'assit sur le lit pour réfléchir à la situation pendant que les Cousines apportaient les bagages. Son double était à Angrim, mais pour combien de temps encore ? Jusqu'à maintenant, il n'était jamais resté très longtemps au même endroit. Elle devait trouver le moyen de le localiser, et rapidement, mais sans le faire fuir.

Et que se passera-t-il quand tu l'auras trouvé, ma petite ? Tu vas le tuer sur place ?

C'était un autre problème, celui qu'elle n'avait pas encore voulu étudier. Comment allait-elle s'y prendre pour éliminer son double ? Elle ne pouvait tabler sur ses talents magiques, d'ailleurs les Primes lui avaient expressément interdit d'y recourir pour cette tâche. Elle devrait se débrouiller seule, car elle ne pouvait pas non plus se servir des Cousines. Et si son double savait se battre ?

Vois les choses telles qu'elles sont. Tu ne connais rien à l'art du combat. En conséquence, il est impossible que ton double en sache moins que toi dans ce domaine, et il est même probable qu'il en sait plus. Il peut très bien s'être souvent bagarré avec les garçons de son âge, quand il était plus jeune. Il faut donc envisager sérieusement que la confrontation physique tourne à ton désavantage.

Mais il n'était pas obligatoire d'en venir à un duel à armes égales. Elle devait certes le tuer elle-même, cependant aucune règle ne stipulait que quelqu'un ne pouvait pas le capturer d'abord.

Les Cousines sauraient s'en charger. Elles le neutraliseraient, le ramèneraient ici, où Miryo n'aurait plus qu'à… s'en débarrasser.

Cette façon de procéder était pour le moins injuste.

Mais la justice n'entre pas en compte. Il s'agit d'une nécessité. Et puis le double aura droit à son combat, quand les Cousines l'enlèveront. Une fois à leur merci, ce sera comme s'il était déjà mort, de toute façon, donc c'est presque la même chose que si je l'attaquais et le tuais sur place. Et puisque cette dernière option lui semblait quasiment suicidaire, elle n'avait pas le choix.

On frappa à la porte.

— Entre, dit-elle.

Kan se présenta devant elle.

— Il est là, lui dit Miryo. Je ne sais pas où exactement, pas encore. Je vais aller en ville. Toi et Sai, vous restez ici. Préparez une des chambres au grenier pour recevoir une prisonnière. Faites au mieux.

— Je m'en charge, répondit Kan. Sai vous accompagnera.

Miryo grimaça, mais elle n'était pas surprise de cette réaction. Tous ses efforts pour les convaincre qu'elle n'avait pas besoin d'un chien de garde avaient échoué lamentablement.

— D'accord. Je ne serai pas absente longtemps.

Elle descendit dans la rue, et Sai la suivit comme son ombre dans la foule du midi. *Il est là, quelque part entre les murs de cette ville. Je ne saurais définir dans quelle direction, toutefois : Je dois être trop proche de lui. C'est vraiment ma chance : mon instinct décide de me trahir maintenant !*

Et si je croise son chemin par hasard, ici, dans cette rue ?

Cette pensée la pétrifia. Elle n'était pas prête. Seule Sai l'accompagnait, quoiqu'une Cousine formée au combat ne fût pas un adversaire à négliger. Mais un affrontement en public entraînerait tout un éventail de commentaires. Et en supposant que, par chance, elle ne tombe pas nez à nez avec son sosie, comment réagirait celle-ci quand un marchand lui raconterait qu'il avait vu une femme en tous points semblable à elle-même un peu plus tôt dans la journée ?

Miryo fit demi-tour et quitta cette rue trop fréquentée à son goût aussi vite qu'elle le put. Ses pas la portèrent en avant sans qu'elle sache trop dans quelle direction, et elle n'osa pas demander son chemin à Sai. Mais ses errements la menèrent à un endroit où elle avait envie de se rendre.

Elle gravit les marches et pénétra dans la fraîcheur du temple sans réfléchir. C'était la première fois qu'elle mettait les pieds dans un tel endroit qui ne fût pas édifié pour l'usage exclusif des sorcières, et elle regarda autour d'elle avec curiosité. Celui-là affectait la forme d'un pentagone, avec une porte sur chaque face de cette figure. De ce qu'elle avait appris durant ses études, elle comprit que c'était une structure inhabituelle. La face interne de chaque mur était dédiée à un Aspect différent de la Déesse. Le centre était ouvert au ciel. Miryo fredonna et sentit le sort qui protégeait cette surface béante des feuilles mortes et autres débris. La pluie, cependant, pouvait s'y déverser librement, comme la neige, et les oiseaux s'y poser, de sorte que le monde naturel y avait toujours accès.

Sous le soleil, elle effectua un tour complet sur elle-même et observa les cinq statues de la Déesse. La Vierge, la Mariée, la Mère, l'Aïeule, la Guerrière. Elle hésitait dans son choix. La Guerrière gouvernait la violence et la mort, mais elle pouvait puiser quelque réconfort dans la sérénité que procurait l'Eau de la Mère, ou dans la solidité de la Terre de l'Aïeule. Finalement, elle jeta son dévolu sur l'autel dédié à la Vierge. C'était son propre stade dans l'existence, et pour l'instant elle avait besoin de passion et de détermination.

Sai se tint à l'écart pour laisser à Miryo l'intimité nécessaire lorsqu'on se prépare à prier. Puisque cet autel était celui de la Vierge, la purification idoine exigeait l'allumage d'une bougie et une courte méditation sur sa flamme dansante avant qu'elle ne la dépose sur l'autel proprement dit.

Elle plaça la bougie dans le support prévu à cet effet et s'assit jambes croisées. Puis elle leva les yeux vers la statue de la Vierge, avec son expression passionnée et insouciante.

Dame du Feu, vous qui êtes l'énergie de la détermination et du dynamisme, aidez-moi. J'ai besoin de vos attributs, je ne suis pas sûre de pouvoir réussir dans ma tâche.

J'ai peur. Et je l'avoue sans honte. J'ai peur de l'échec ; j'ai peur du succès, et de ce qu'il pourrait me coûter. Je n'ai jamais tué personne. Je n'ai jamais imaginé qu'un jour il me faudrait accomplir un tel acte. Je n'ai même jamais vu quelqu'un mourir. Mais si je veux avoir l'usage de mes dons, ceux qui sont miens de droit, par ma naissance, ceux pour lesquels j'ai lutté toute ma vie, alors je dois tuer.

Vierge, Déesse, pourquoi avoir fait les choses ainsi ?

C'est une chose que de tuer le double alors qu'il n'est encore qu'un nouveau-né, d'accomplir le rituel avant que votre regard, votre sainte clarté stellaire se soient posés sur le visage de l'enfant. Le bébé n'a pas d'âme quand il devient deux êtres, et c'est pourquoi le double peut être tué sans culpabilité, et l'enfant-sorcière emmenée au dehors, pour vous être présentée. Mais je ne puis douter que, pendant toutes ses années d'existence, mon double se soit trouvé sous la clarté des étoiles, et qu'il ait baigné dans votre lumière.

Cela signifie-t-il qu'il a une âme ?

S'il a une âme, ai-je raison de le tuer ?

La question tourmentait Miryo depuis des jours et lui donnait le vertige, quand bien même elle s'efforçait de la chasser de ses pensées. Son sosie avait-il une âme ? Si oui, pouvait-elle en toute bonne conscience lui ôter la vie et poursuivre le cours de la sienne tranquillement, comme si de rien n'était ?

La Vierge riante et insouciante baissait les yeux sur elle. Elle ne s'inquiétait nullement des conséquences.

Très bien. Si un homme m'attaquait avec une épée, je me défendrais. Et s'il n'y avait pas d'autre solution pour me protéger que de le tuer... je le ferais. S'il n'y avait pas d'autre choix possible. Les âmes n'ont pas d'importance, dans ces circonstances – ou plutôt, elles en ont une, et j'accorde plus de valeur à la mienne qu'à la sienne. Il n'y a rien de répréhensible à tuer quelqu'un si c'est pour préserver sa propre vie, quand il n'y a vraiment pas d'autre issue.

Ici, il n'y a pas d'autre solution. Je tue mon double, ou mes talents magiques m'échapperont et finiront par me tuer, et peut-être d'autres gens avec moi. Combien de fois me suis-je retenue d'accéder au pouvoir, alors que les mots du sort étaient sur mes lèvres et n'attendaient que d'être chantés ? Comme dans l'Haira. Un jour prochain, je ne pourrai pas me contenir. Donc je tue mon double, ou il me tue. Deux possibilités. Parce que j'ai la volonté de survivre, je sais laquelle je choisirai. Et je vivrai avec le poids de cet acte sur la conscience. Je l'accomplis, ou je meurs.

La Vierge la couvait de son sourire désinvolte.

Donnez-moi votre énergie, Dame de Feu. Donnez-moi votre passion et votre détermination. Ne me laissez pas perdre de vue ce pour quoi j'ai lutté toutes ces années.

— En votre nom, murmura Miryo, et elle se releva.

Elle sortit à reculons de la partie centrale du temple, non sans s'incliner devant chaque Aspect, puis elle quitta les lieux, et Sai la suivit sans un mot.

Les Chasseurs disaient souvent en plaisantant que toute personne présente à Angrim était un agent en mission. La boutade n'était pourtant pas aussi éloignée de la réalité qu'on aurait pu le penser de prime abord. La ville servait de zone tampon entre deux écoles de Chasseurs proches : l'Épine Sanglante au nord, et la Lame du Vent au sud. Les deux établissements étant rivaux, les ruelles grouillaient de leurs agents respectifs, quand ceux-ci ne s'espionnaient pas depuis les échoppes ou le dernier étage des maisons. Et d'autres écoles, qui avaient un intérêt direct ou indirect à surveiller ces deux-là, envoyaient également leurs représentants à Angrim. Résultat : une cité où la moitié des habitants espionnait l'autre. Et les individus qui n'étaient pas payés pour servir d'informateurs revendaient des renseignements pour garnir leur bourse.

En raison de cette ambiance délétère, contacter un agent ici n'était pas aussi simple que cela l'avait été à Chiero. C'est Mirage qui fit le premier pas, cet après-midi-là.

— Une bière et un gigot de mouton, commanda-t-elle en se laissant choir sur un tabouret, au comptoir d'un bar en plein air du quartier est, à distance égale des parties de la cité sous la coupe de l'Épine Sanglante et de la Lame du Vent.

Le tavernier fronça les sourcils.

— Nous ne vendons pas de mouton, par ici. Allez dans le Razi, si vous voulez en manger.

— Vous devriez en servir : c'est plus goûteux que l'agneau. Bon, je me contenterai de la bière, alors.

Il lui donna sa consommation et vaqua à ses affaires. Un peu plus tard, Mirage lui parla encore :

— Vous connaissez une herboriste, dans les parages ? J'ai quelques problèmes de digestion.

— Vous êtes descendue où ? s'enquit-il.

— *L'Hameçon du Pêcheur*, mentit Mirage.

Il se gratta l'occiput en réfléchissant.

— Il y a cette femme qui habite deux rues plus haut, dans la rue du Dé à Coudre. Elle pourra vous aider. Mais elle vous prescrira sans doute de l'urgonie. Inutile d'aller la voir si vous ne supportez pas. Dans ce cas, je vous suggérerais plutôt celle au coin de l'Allée des Seigneurs et de la rue de la Cognée.

— La rue de la Cognée ? Elle ne donne pas dans l'Allée des Seigneurs.

Il se frappa le front du plat de la main.

— Rue des Flèches, je veux dire.

— Merci, dit Mirage, et elle partit.

Elle s'éloigna en réprimant un rictus. Bien que nécessaires, ces étapes complexes pour rencontrer un contact lui avaient toujours semblé ridicules. Sa commande d'un gigot de mouton signifiait qu'elle était Chasseuse; les problèmes de digestion, sa demande d'un certain contact. Elle avait mentionné *l'Hameçon du Pêcheur*, et il savait maintenant qu'elle était descendue au *Chêne Fendu*. L'urgonie voulait dire que le contact viendrait dans la soirée. L'erreur dans les noms de rues expliquait de quelle manière.

Elle rendit visite à l'herboriste installée dans la ruelle du Dé à Coudre, pour sauver les apparences, mais prit soin de ne pas emporter ce qu'elle avait acheté. Puis, après un copieux dîner au *Chêne Fendu*, elle se retira dans sa chambre et patienta en réparant des pièces de sellerie.

Une heure plus tard environ, quelqu'un frappa à la porte. Un coup isolé, puis deux rapprochés.

Mirage alla ouvrir à son contact.

— Une «herboriste pour femmes»? fit-elle avec une mimique narquoise. Quel déguisement insipide…

Volute ne parut pas apprécier outre mesure, et comme elle avait un visage en lame de couteau et savait compenser sa taille menue par un air agressif, elle le lui fit savoir d'un simple regard.

— Je me fais vieille. L'escalade par les fenêtres est une distraction que je laisse aux jeunes écervelées du Feu d'Argent voulant démontrer qu'elles peuvent passer inaperçues. La ruse ne se limite pas à se cacher derrière des buissons, tu sais.

Mirage s'inclina poliment.

— Assieds-toi, alors, et repose tes vieux os, bien qu'ils ne soient pas plus usés que ta langue. Laquelle n'a rien perdu de sa vigueur.

Cette dernière réflexion arracha un rictus amusé à Volute. Son visage tanné la disait assez dure pour affronter un rocher et l'emporter. Un franc sourire l'aurait sans doute affaibli.

— Bon. Que te faut-il ?

— Pas grand-chose. Je veux envoyer un message au Feu d'Argent.

— Lequel ?

Mirage lui donna le papier. Le code employé était assez compliqué pour qu'elle-même ait du mal à le lire. Volute le parcourut d'un œil distrait.

— Hum... Tu veux nous apporter des problèmes supplémentaires, ma fille ?

— J'espère bien que non. Mais mieux vaut être renseignée que désolée.

— Une bonne devise de vie, même si ce n'en est pas une que beaucoup de Chasseuses respectent. Au nom de la Guerrière, pourquoi as-tu accepté ce contrat ?

— Tu aurais fait la même chose.

— Ce n'est pas parce que j'ai été jeune et stupide que tu dois marcher sur mes traces.

— Ah, mais aujourd'hui tu es vieille, et sage, railla Mirage qui leva aussitôt les mains pour simuler une défense contre le regard étincelant de Volute. J'avais simplement grand besoin d'un contrat. Et celui-là m'a paru intéressant.

— Tu détestes les sorcières. Alors pourquoi travailles-tu pour elles ?

Mal à l'aise, Mirage haussa les épaules. C'était un point qu'elle ne s'expliquait toujours pas. Volute dardait sur elle un regard intense. Après un moment, elle hocha lentement la tête.

— D'accord. Tu n'es pas la Chasseuse la plus réfléchie que le Feu d'Argent ait formée, mais tu n'es pas totalement idiote, et la nature t'a dotée d'un instinct assez sûr. Mais reste sur tes gardes. Cette ville grouille de ces foutus salopards.

Selon le lexique personnel de Volute, « les foutus salopards » étaient les Chasseurs de l'Épine Sanglante.

— En plus grand nombre qu'à l'accoutumée ?

— Une pleine équipe d'entre eux est arrivée ici depuis une semaine environ. Entre deux missions. Ils rongent leur frein. Fais attention à eux. Je sais que ce n'est pas le grand amour, entre vous.

— Je serai prudente.

— Comme si ce mot voulait dire quelque chose dans la bouche de gamines telle que toi ! Sortie de l'école depuis à peine cinq ans, et impatiente de prouver que tu es la prochaine légende. Ce n'est pas en transformant Angrim en champ de bataille pour nous que tu y parviendras.

Mirage sourit.

— Fais-moi confiance. Je pars après-demain. Et d'ici là, j'éviterai les ennuis autant que possible.

MIRYO FAISAIT LES cent pas dans sa chambre. Encore une heure avant de mettre en branle son plan, et chaque minute étaient une torture.

Il se pourrait bien que les Primes m'écorchent vive si elles découvrent ça.

Elle remercia la Déesse de lui avoir envoyé Kan et Sai. Elle doutait fort que deux autres Cousines aient accepté de s'embarquer dans cette aventure. Et plus d'une aurait couru la dénoncer. Il y avait à Angrim plusieurs sorcières à qui elle pouvait être livrée.

Elle s'obligea à cesser d'arpenter la pièce et se concentra sur sa respiration.

Tu as défini ton plan. Maintenant, tu l'exécutes.

Trente minutes avant l'heure dite, elle descendit au rez-de-chaussée. Un des intérêts principaux d'une maison construite par le Rayon du Feu était ses recoins multiples d'où l'on pouvait espionner. C'est dans un de ces lieux qu'elle se rendit, et là, dans l'obscurité oppressante, elle ferma les yeux et calma sa respiration.

À présent, il n'y avait plus qu'à attendre. Un bruit métallique : sans doute la cloche de la porte. Miryo retint son souffle.

Des pas. Sai qui allait ouvrir et accueillait le visiteur. Deux séries de pas, maintenant, dont une beaucoup plus légère. Miryo colla son œil au petit judas, se mordit un ongle, l'ôta de sa bouche et observa.

La Chasseuse pénétra dans la pièce.

Kan, vêtue d'une robe neuve, le triquetra de Miryo au cou, inclina doucement la tête. Elle commettait là un crime passible de pendaison. Le châtiment pour usurpation d'identité d'une sorcière était la peine capitale. Très peu de Cousines auraient accepté de courir un tel risque. Mais Miryo ne pouvait se résoudre à déclarer elle-même à la Chasseuse : « Trouve celle qui me ressemble trait pour trait. » Pas plus qu'elle ne pouvait lui montrer les esquisses de son visage : le résultat aurait été le même. Elle avait donc besoin de quelqu'un pour endosser son rôle, et comme Sai n'ouvrait presque jamais la bouche, ce ne pouvait être que Kan.

— Que voulez-vous que je fasse pour vous, Katsu ?

La Cousine déguisée lui tendit un des portraits au fusain exécutés par Ryll dans l'Haira.

— Cette femme se trouve à Angrim. Capture-la et amène-la-moi ici. Ne la tue pas. Tu disposes de deux jours. Paiement : dix maintenant, douze à la livraison.

La Chasseuse prit le dessin, et malgré le masque qui dissimulait son expression, Miryo sentit chez elle de la surprise, et quelque chose qui ressemblait peut-être à l'exultation.

— J'accepte. Vous l'aurez d'ici un jour.

14

Capture

Pour débuter son deuxième jour à Angrim, Mirage ne fit pas de grasse matinée. Elle était habituée à se lever tôt depuis toujours. Les apprenties Chasseuses ne traînaient jamais au lit, pas plus que les Danseuses du Temple, et elle n'avait plus été autorisée à fainéanter entre les draps depuis qu'elle avait quatre ans. Même quand elle se retrouvait étendue à l'infirmerie du Feu d'Argent, elle s'éveillait à l'aube. C'était devenu un réflexe.

Elle passa par la cour arrière du *Chêne Fendu* et trouva un fer à cheval tordu posé contre le bas du mur. Le message avait été envoyé sans problème, donc. On pouvait toujours compter sur Volute.

Les rues commerçantes de la ville commençaient déjà à s'éveiller. Les vendeurs installaient leurs étals et leurs marchandises, et quelques musiciens enthousiastes s'échauffaient dans un coin. Les quelques mesures qu'ils tirèrent de leurs instruments accompagnèrent Mirage quand elle acheta de l'huile pour harnais et une longueur de corde de boyau solide, ce qui lui rappela les sorcières à qui elle se frottait. Ce fut une note discordante dans une matinée autrement agréable et ensoleillée.

Il était encore tôt et elle avait fini les achats qui lui incombaient. Éclipse avait promis de s'occuper du reste. Elle pouvait donc retourner à l'auberge mais, avant cela, il y avait une dernière démarche qu'elle voulait accomplir.

Le temple d'Angrim avait toujours été un de ses préférés. Son pentagone ouvert procurait une sensation moins confinée que la plupart des autres. Sa troupe de Danseurs avait donné un spectacle spécialement conçu pour ce lieu un an avant qu'elle ne la quitte. Une apparition publique majeure pour celle qui à l'époque était encore Seniade, avant que Criel ne vienne lui offrir une opportunité de réaliser un rêve auquel elle avait cru devoir renoncer.

Elle chassa de ses pensées les fantômes du passé et revint au présent.

Il existait maintes façons de se purifier avant de se présenter à la Guerrière. Pour des dévotions classiques, les gens s'adonnaient souvent à des exercices de respiration contrôlée. Mais les écoles de Chasseurs étaient les descendantes des anciens cultes dédiés à la Guerrière, et Mirage procéda un peu différemment.

Les mouvements qu'elle effectua étaient simples, mais elle mit dans chacun toute sa concentration et toute sa puissance. Il s'agissait de plus que d'une simple purification. C'était le commencement de sa prière, et il exigeait le meilleur d'elle-même.

Il existait différents enchaînements parmi lesquels choisir selon la raison qui amenait l'adepte au temple. Mirage opta pour celui de la supplication. Il n'avait rien de doux – la Guerrière n'appréciait guère la douceur –, mais son contenu possédait la force de l'évidence. Ayant terminé, elle se campa devant la statue qui trônait au cœur du sanctuaire, et personne n'étant là pour l'observer, elle exécuta le salut complet de la Chasseuse. Ensuite, pour faire bonne mesure, elle se piqua à un doigt avec la pointe de sa dague et le pressa sur la rambarde en bois qui entourait le sanctuaire. Celle-ci était déjà tachée d'innombrables offrandes sanglantes laissées là par les précédentes adeptes.

Enfin Mirage s'agenouilla et pria.

Guerrière. Maîtresse des Lames. Chasseuse et Protectrice.

Je me suis mise seule dans la situation présente. Je le sais pertinemment. Et mon devoir est de m'en sortir par moi-même. Je ne demande pas votre aide pour y parvenir.

Mais vous êtes une guerrière, non une meurtrière. Vous accordez de la valeur à un combat à armes égales, c'est du moins ce que nous dit votre clergé. C'est pourquoi je suis venue vous demander de nous accorder au moins cela, à Kerestel – Éclipse – et à moi.

Combattre l'Étoile du Loup : voilà qui serait un combat juste. Combattre les Cousines : voilà qui serait un combat juste. Mais combattre les forces réunies de la Chute de l'Étoile ne serait pas un combat juste. Même si ce n'est pas contre elles toutes, même si c'est seulement contre une faction, ce ne peut être un combat juste : c'est un massacre. Je ne suis pas plus immunisée contre la magie que n'importe qui, quoi que les gens disent de moi. Éclipse non plus. Si nous devons affronter les sorcières, nous sommes morts.

De grâce, accordez-nous au moins cela. Accordez-nous une chance au combat.

Elle leva les yeux vers la statue. Au contraire de beaucoup d'autres, celle-là ne montrait pas la Guerrière dans une posture de combat. La Déesse se tenait droite, l'épée levée devant son visage, le regard fixé sur le lointain, calme et prêt. L'expression de ses traits donna de la force à Mirage.

Nous ferons de notre mieux. Si cela ne suffit pas, qu'il en soit ainsi. Mais de grâce, Guerrière, accordez-nous une juste chance.

Je promets d'en faire bon usage.

UNE PART DE la sérénité qu'elle avait acquise dans le temple demeura avec Mirage quand elle retourna au *Chêne Fendu*. Le brouhaha des rues ne la perturba pas, pas plus que ce chariot de fûts de bière renversé qui lui bloqua le passage un temps. Elle entra dans l'auberge plus calme qu'elle ne l'avait été depuis longtemps. Si le chaos la guettait, au moins s'était-elle mise en paix avec la Guerrière.

La salle commune était déserte. Les clients qui avaient droit au petit-déjeuner l'avaient déjà pris et étaient sortis. Une des servantes avait poussé plusieurs tables contre le mur afin de laver le plancher, mais elle avait interrompu sa tâche pour une raison quelconque en abandonnant un seau d'eau savonneuse au milieu de l'espace ainsi dégagé. Chargée de ses achats, Mirage passa devant et se dirigea vers l'escalier.

Elle l'atteignait presque quand elle fit volte-face et lança la flasque d'huile.

Le Chasseur derrière elle esquiva le projectile, mais Mirage avait ainsi gagné le temps nécessaire pour dégainer son épée. Elle se mit à reculer devant le déluge de coups que l'adversaire lui portait avec son bâton d'attaque.

Les lattes du plancher étaient encore humides, et c'est ce seul détail qui la sauva un moment plus tard. Un autre Chasseur bondit par-dessus une des tables retournées, mais ses pieds glissèrent, et Mirage put rouler sur le côté. Alors qu'elle se redressait dans le même mouvement, elle comprit qu'elle était en très mauvaise posture.

Des Chasseurs.

Quatre.

De l'Épine Sanglante, songea-t-elle froidement alors qu'elle battait en retraite et s'ingéniait à mettre les tables restantes entre elle et ses agresseurs. Deux étaient armés de bâtons, les deux autres mains nues. *Pas d'épées ? Pourquoi donc ?* Au tout dernier instant, elle fit un écart pour éviter un coup de bâton descendant, et l'homme emporté par son élan vacilla. *Ceux de l'Épine Sanglante utilisent presque toujours des lames.*

Épée contre bâton. Mirage essaya de trancher dans l'arme ennemie, mais le bois avait été bien durci, et pour un Chasseur de cette école son opposant réussit remarquablement bien à parer la plupart de ses coups avec les bandes de fer qui renforçaient son bâton. Cependant il n'était pas assez rapide. Mirage frappa sur sa droite, dévia avant qu'il bloque, recula le coude et enchaîna sur une attaque de pointe qui trouva le point faible dans son armure de cuir. Il s'écroula, et déjà la jeune femme bondissait par-dessus une table pour s'écarter des trois autres.

Elle manœuvrait de façon à empêcher les deux sans arme, un homme et une femme, de la contourner. Ainsi elle pouvait se concentrer sur le deuxième manieur de bâton. Il était plus fort que son ami. Mirage dut sauter par-dessus l'extrémité de son arme et bloquer aussitôt l'autre bout qu'il abattait sur elle. L'effort fit trembler ses bras, et elle ne lui infligea qu'une fine entaille sur le dos de la main. Elle doubla à l'autre main, mais c'étaient des blessures mineures, et les deux autres s'apprêtaient à entrer dans la danse.

Que le Néant les avale ! Il faut que je me sorte de là ! Du regard, elle chercha une issue, et n'en vit aucune. Dans cet instant de distraction, l'homme au bâton frappa par deux fois, très vite : au coude de son bras armé, puis sur la lame qu'il lui arracha de la main.

Les deux autres passèrent à l'attaque. Mirage fonça sur le manieur de bâton, qui ne s'attendait pas à ce mouvement, et le repoussa contre l'autre homme. Mais elle ne réussit pas à se dégager et se retrouva face à la femme non armée, tandis que les deux hommes se remettaient debout.

Elle feinta à droite, comme si elle allait se ruer vers la porte, et entendit un des adversaires se déplacer derrière elle. Alors elle changea de direction et bondit sur la gauche, vers l'escalier. Au passage elle donna un coup de pied dans le seau qui vola au visage du Chasseur au bâton. L'eau savonneuse l'aveugla une seconde. La femme chargea. Mirage l'attendait. Contre une seule opposante, elle pariait toujours sur elle-même. Mais le rapport de forces allait bientôt changer.

Elle brisa deux doigts à la femme avant que l'homme au bâton attaque. Elle esquiva le premier coup, le second la toucha au niveau du diaphragme. Elle pivota sur elle-même et décocha à l'homme un coup de pied retourné dans les reins, mais il grogna à peine sous le choc. Sa riposte ne fut pas très puissante mais suffisante pour la déséquilibrer et l'envoyer rouler au sol. Mirage se redressa souplement près d'une table sur laquelle elle sauta. Hélas l'homme désarmé avait anticipé ce mouvement, et son coup de pied latéral la précipita de nouveau à terre.

Encore un roulé-boulé, mais elle commençait à souffrir, et ses ennemis le savaient. Ils se déployèrent devant elle pour la coincer contre la table renversée, et refermèrent le piège sans hâte. Mirage cracha un peu de sang et inspira sèchement. Personne ne viendrait à son secours. Il fallait qu'elle en finisse maintenant, avant qu'ils ne la submergent.

La femme aux doigts brisés était le maillon faible de la chaîne. C'est donc elle que Mirage visa. Elle l'atteignit du pied, mais le coup manquait de puissance, et le bâton s'abattit au bas de son dos. La douleur explosa dans ses reins. Dans un mouvement tournant, elle frappa son agresseur à la nuque d'un revers du poing. La femme en profita pour l'atteindre derrière les genoux et l'envoyer au sol. Une botte percuta son menton et sa tête fut rejetée en arrière. Elle heurta rudement le plancher, et avant qu'elle puisse se remettre sur pieds quelqu'un lui tordit violemment le bras dans le dos. Mirage essaya de se débarrasser du poids de cet adversaire, mais elle se retrouva le visage contre le sol. Alors la femme s'agenouilla devant elle.

Refermant les doigts indemnes de sa main blessée dans les cheveux de Mirage, elle lui redressa la tête pour voir ses yeux. La Chasseuse lui cracha un peu de sang au visage, mais l'autre ne réagit pas. De sa main intacte, elle arracha son masque.

— Glace, grogna Mirage.

Son ennemie sourit, et ce n'était pas un sourire amical.

— J'attends ce moment depuis longtemps, ronronna-t-elle.

— Je vois qu'il ne t'a fallu que trois autres lourdauds pour trouver le courage de m'affronter, fit Mirage du ton le plus méprisant qu'elle put trouver.

Glace restait imperturbable.

— Oh, ce n'était pas une affaire uniquement personnelle. C'était une commande, précisa-t-elle, et son sourire devint plus venimeux encore. Il y a une sorcière qui veut absolument te voir.

On cogna violemment la tête de Mirage contre le plancher, et elle perdit connaissance.

* * *

Le miroir qui se trouvait dans la chambre de Miryo était enchanté. Elle découvrit cette particularité par le plus grand des hasards. Elle fredonnait pour calmer ses nerfs en attendant le retour de la Chasseuse, et ce son engendra une résonance. Le sort montrait diverses pièces de la maison dans le miroir.

Bien sûr. On ne peut pas attendre d'une sorcière du Feu qu'elle aille fouiner dans tous les recoins. Elle laisse ça aux Cousines et reste assise ici, à espionner confortablement.

L'enchantement ne nécessitait aucun pouvoir pour se déclencher, seulement quelques notes de l'air approprié. Partant des préférences mélodiques des sœurs du Feu, Miryo trouva facilement la tonalité et passa quelque temps à jouer avec le miroir. Cela lui rappelait tout ce qu'elle allait enfin conquérir.

Des bruits sourds dans la cour de la maison lui parvinrent à travers la fenêtre. Miryo fit jouer le miroir pour voir d'un point situé au-dessus de la porte d'entrée. Stupéfaite, elle découvrit non pas un mais trois Chasseurs en tenue, dont deux portaient des corps. Au nom de l'Aïeule, que s'était-il passé ?

Elle réorienta le miroir quand ils entrèrent et passèrent dans la pièce où Kan attendait. Pas de salutations polies, aujourd'hui. Les deux Chasseurs laissèrent tomber leurs fardeaux humains sur le plancher, tandis que la femme engagée par Miryo s'avançait. Elle avait visiblement été blessée à une main, et avait reçu plus d'un coup, mais l'arrogance était inscrite dans chacun de ses mouvements.

— Nous l'avons, déclara-t-elle sans préambule. Dans la journée, comme promis. Maintenant, soignez-nous, moi et mes amis.

Miryo se hérissa devant ce ton autoritaire. Qui était-elle pour commander à une sorcière ? Non que Kan en fût réellement une, mais la Chasseuse l'ignorait.

L'insolence est le dernier de tes problèmes. Kan ne peut pas plus les guérir que je ne saurais diriger une armée. Mais elle ne peut pas l'avouer, et de mon côté je ne peux rien faire pour l'aider. Pas tant que mon double n'est pas mort. Miryo observa les deux corps sur le sol, qui bougeaient à peine. L'un était celui d'un homme et portait la même tenue que les autres Chasseurs. L'autre était enveloppé dans une couverture et seules ses bottes étaient visibles, mais la sorcière n'avait pas besoin de découvrir son visage pour savoir qu'il était identique au sien.

Déesse, je ne suis pas encore prête. Je ne peux tout simplement pas entrer dans cette pièce, le poignarder et soigner ces Chasseurs.

— Je crains de ne pouvoir accéder à cette requête, répondait Kan avec un aplomb digne de louanges. Voici l'argent promis. Je vous donnerai un peu plus pour un guérisseur, mais j'ai d'autres affaires urgentes à traiter.

— Au nom de la Guerrière ! Soignez-le, *lui,* au moins ! s'exclama la Chasseuse en pointant l'index sur son compagnon étendu à ses pieds.

— Il n'a pas été engagé pour ce travail, répliqua Kan avec froideur, et son regard défiait la mercenaire de la contredire. Tu as été la seule engagée. Ses blessures ne me concernent en rien.

— Il va mourir, Katsu, gronda la Chasseuse entre ses dents. Cette garce lui a plongé son épée dans le corps. Aucun guérisseur ne pourra soigner ça. La plaie va s'infecter et il va mourir de gangrène.

— Nous paierons pour ce service, ajouta un des autres Chasseurs.

Miryo ressentit une douleur soudaine, et elle constata qu'elle s'était mordu un doigt jusqu'au sang. Elle ne pouvait détacher le regard de son sosie inerte sur le plancher. *Oh, ma Dame… Je ne peux pas le faire maintenant ! Pas même pour sauver cet homme ! Je veux me servir de la magie, mais c'est impossible, pas encore. De grâce, notre Mère à tous, je ne suis pas prête. Pardonnez-moi. Pardonnez-moi. Je ne peux pas encore tuer mon double.*

Kan fit preuve d'une grande présence d'esprit :

— Je ne peux pas, dit-elle avec douceur. D'autres tâches urgentes accaparent mes facultés. Mais une de mes sœurs du Rayon de l'Eau habite dans l'Allée aux Chariots, qui, même à pieds, n'est pas très loin d'ici. Emmenez-le chez elle, et elle le soignera. Dites-lui qu'il a été blessé alors qu'il travaillait pour Miryo.

La colère était toujours perceptible dans l'attitude de la Chasseuse, mais elle s'inclina avec raideur.

— Nous ferons donc ainsi, Katsu. Au revoir.

Ils ramassèrent leur compagnon inconscient et s'en allèrent.

Miryo attendit qu'ils soient sortis dans la cour avant de dévaler l'escalier et de rejoindre les Cousines.

— Emportez-le dans la pièce préparée au grenier, dit-elle sans poser les yeux sur le corps qui gisait à ses pieds. Je m'en occuperai d'ici peu.

MIRAGE S'ÉVEILLA DANS la souffrance. Elle la cantonna au plus vite dans un coin de sa conscience. La dernière image dont elle se souvenait était le visage vindicatif de Glace. L'heure n'était donc pas à la faiblesse. Il fallait qu'elle reste vigilante.

Au moins on ne lui avait pas bandé les yeux. Non qu'il y eût grand-chose à voir. Les lattes sous son nez étaient poussiéreuses mais marquées d'empreintes de pas. L'odeur de renfermé flottant dans l'air suggérait un grenier. Et la qualité de la lumière indiquait l'après-midi. Donc elle se trouvait toujours à Angrim, ou on l'avait gardée inconsciente pendant une journée entière et transportée ailleurs. La première hypothèse semblait la plus probable.

Elle ferma les yeux à nouveau, un peu pour calmer son mal de crâne, beaucoup pour se concentrer sur les sons. Elle n'entendait personne dans la même pièce qu'elle. Mais si elle se référait aux dires de Glace, il était toujours possible qu'une sorcière l'observe par magie. Tant pis. Il faudrait qu'elle coure ce risque.

Rouler sur elle-même redoubla la souffrance, bien évidemment, et elle n'en fut pas étonnée. La pièce était petite, avec un plafond, des murs nus, et une porte. Rien de plus. Rien qui aurait pu lui servir.

Elle remua les mains derrière elle, pour éprouver la solidité de ses liens.

Si c'est quelqu'un de l'Épine Sanglante qui a fait ces nœuds, ils sont encore plus minables comme Chasseurs que je le pensais. Les cordes n'étaient pas lâches, mais on pouvait s'en défaire sans gros problème. Avec une aisance héritée de longs et pénibles entraînements, Mirage se déboîta les deux pouces et entreprit de libérer ses mains.

Elle le fit en quelques secondes, mais alors qu'elle remettait ses pouces en place et examinait les nœuds à ses chevilles, des pas résonnèrent dans l'escalier, de l'autre côté de la porte. Avec un dernier regard autour d'elle, Mirage enroula faussement la corde autour de ses poignets et s'allongea sur le sol, à peu près dans la position où elle était quand elle avait repris connaissance.

La seule différence était que, maintenant, elle pouvait surveiller la porte entre ses cils.

Son visiteur n'était pas Glace ni personne d'autre de l'Épine Sanglante. Cheveux roux, vêtements de bonne qualité, mais simples : une Cousine, probablement.

Mirage réprima un frisson. *Est-ce bon signe, ou le contraire ? Qu'y aurait-il de pire pour moi : des Cousines, ou Glace ?*

Pas le temps d'étudier la question. La femme se penchait pour examiner la prisonnière. Elle verrait les liens défaits dans une seconde.

Mirage frappa le plancher du plat des deux mains, bascula tout son poids sur elles et détendit les jambes pour frapper en l'air des deux pieds. Elle eut de la chance. Elle avait bien visé et la Cousine ne se méfiait pas. Ses talons heurtèrent la tête de la femme qui fut rejetée en arrière et percuta le mur. Sa geôlière s'effondra au sol et Mirage fut sur elle en un éclair. Une frappe sèche derrière l'oreille l'assura que la Cousine ne se réveillerait pas avant un certain temps.

Une fouille rapide de sa victime la fit jurer à voix basse. *Pas d'arme. Quel genre de Cousine se déplace sans arme ? À moins que ce soit une sorcière, mais je n'y crois pas une seconde. Pas de pendentif, et elle n'avait pas l'attitude caractéristique d'une sœur. En revanche, elle est formée au combat, je serais prête à le parier. J'ai simplement eu la chance qu'elle m'ait crue toujours inconsciente.*

Elle détacha ses chevilles en hâte. Il y avait eu un choc quand la Cousine avait heurté le mur, et un autre quand elle s'était écroulée. Quelqu'un risquait de venir aux nouvelles.

Elle la ligota avec les cordes qui l'entravaient quelques minutes plus tôt et alla jusqu'à la porte. Celle-ci donnait sur un couloir très court, avec deux autres ouvertures. Il semblait bien qu'elle soit dans un grenier aménagé en plusieurs pièces. Elle avança vers l'escalier à l'autre bout du couloir.

L'étage inférieur était nettement plus confortable, et un autre escalier descendait vers le rez-de-chaussée, à l'autre extrémité du couloir. Mais avant que Mirage puisse décider si elle allait reconnaître les pièces à ce niveau, sortir par la première fenêtre accessible ou se risquer plus bas, une des portes s'ouvrit et une autre femme rousse apparut.

Le Néant l'emporte ! Mirage fonça sur elle. Mais celle-là était plus alerte que l'autre, et un poignard jaillit à sa main.

La femme n'était pas assez rapide pour la Chasseuse. Mirage esquiva la lame par l'intérieur, contrôla l'arme d'une main et frappa de l'autre à la clavicule.

Cette deuxième Cousine s'affaissa avec un cri de douleur. Mirage la réduisit au silence d'un coup de genou à la tempe, mais à présent, elle était sur des charbons ardents. Avec ce vacarme, d'autres ennemies allaient surgir dans un instant. Pas le temps de ligoter celle-là, et c'était de toute façon inutile. Mirage ramassa le couteau et s'élança.

La maison ne contenait pas de sanctuaire, mais elle disposait d'une pièce réservée au travail des sorts, ce qui revenait presque au même. Miryo s'y rendit immédiatement après avoir ordonné aux Cousines d'aller surveiller son double.

Elle s'agenouilla au centre de la pièce. Des triquetras aux couleurs des Éléments l'encerclaient. Elle ne leur accorda qu'un regard vague, puis en fit abstraction. Son esprit se concentra sur un sujet unique.

Vierge. Mariée. Mère. Aïeule. Guerrière. Soyez à mes côtés.

Elle prit un moment pour apaiser le rythme de son cœur et celui de sa respiration, car tous deux étaient affolés après la scène avec les Chasseurs. L'imminence de ce qu'elle allait affronter n'aidait pas non plus à recouvrer son calme.

Pardonnez-moi. J'aurais dû venir en aide à cet homme. Il était gravement blessé, et avait besoin de soins. Mais je ne m'étais pas préparée comme il convient à cette tâche, et je ne pouvais pas le secourir. J'étais trop faible.

De grâce, ma Dame aux Cinq Visages, aidez-moi à ne pas être faible. Mon double se trouve dans cette maison, au grenier. Je dois… non, je vais *le tuer. Mon double a blessé cet homme, il l'a presque tué. Et il a sans doute infligé un traitement semblable à d'autres. Quant à moi, je souhaite porter aide et assistance à ceux qui en ont besoin, où qu'ils soient. Je sais maintenant que je vous servirai au mieux en étant une sorcière de l'Air. Et ceci est la première étape sur ce chemin.*

Je vais maintenant exécuter mon double. Soyez à mes côtés, Déesse, quand je lèverai ma lame pour frapper.

À L'ANGLE DU couloir, Mirage lança un regard vif par la fenêtre en haut des marches. Comme elle l'avait supposé, elle se trouvait au premier étage. L'escalier, ensuite une course en ligne droite jusqu'à la porte d'entrée, cela semblait être sa meilleure option. Avec un peu de chance, les défenses restantes de la maisonnée n'auraient pas le temps de se mobiliser pour stopper sa fuite. Et avec un peu plus de chance encore elle ne croiserait rien de pire que des Cousines.

Mais la chance qui lui avait souri jusqu'alors l'abandonna subitement. Elle atteignit le bas des marches, tourna au coin de l'escalier et se retrouva nez à nez avec une autre femme rousse. Le triquetra à son cou aimanta le regard de la Chasseuse.

— Par la Guerrière, souffla-t-elle. Tu es la sorcière qui m'a fait enlever.

PÉTRIFIÉE, MIRYO SENTAIT à peine la dague dans sa main. Elle avait pensé s'être préparée au choc de voir son sosie. Elle s'était trompée.

La chevelure flamboyante de son double était coupée court, mais ses reflets étaient les mêmes que les siens. Son corps était plus musclé, mais les proportions étaient les mêmes. Et le visage qu'elle voyait était le sien. Non pas similaire : identique. Ce visage était tuméfié, mais c'était bien le sien. Clouée sur place, Miryo sentit la chair de poule l'envahir tandis qu'elle contemplait son reflet.

Ses yeux – gris, comme les siens – s'étaient agrandis sous l'effet de la surprise. Son sosie était encore moins préparé qu'elle à cette épreuve.

— Qui es-tu ? murmura-t-il, et son corps se tendit. Ma… sœur ?

Miryo remarqua seulement alors que son double tenait lui aussi un couteau dans une main.

— Non, répondit-elle par automatisme, mais sans pouvoir bouger. Nous ne sommes pas sœurs. Toi et moi… nous sommes une seule et même personne.

Un sourcil s'arqua dans une réaction qu'il lui était terriblement familière.

— Tu es mon sosie. Mon double. Créé quand j'étais âgée de cinq jours. Mais tu aurais dû être tuée, alors, parce qu'on tue toujours les doubles, et tu as survécu, je ne sais comment. Et maintenant je dois te tuer.

Elle serra brusquement les lèvres pour s'empêcher de parler encore.

Son sosie brandit le couteau, dans une attitude défensive. Miryo contempla la lame et sa gorge se serra. Son double paraissait savoir très bien s'en servir. Et il avait presque tué un Chasseur. Comment pourrait-elle avoir le dessus ?

— Ainsi donc vous assassinez des bébés, dit le sosie d'un ton glacial.

— Il ne s'agit pas d'assassinats ! protesta Miryo. C'est fait avant que l'enfant soit présenté à la Déesse. Il n'a donc pas d'âme quand son corps meurt.

— Depuis le temps, je me suis trouvée exposée à la lumière des étoiles, et plus d'une fois. Tu veux parier que je n'ai toujours pas d'âme ?

La remarque touchait beaucoup trop juste, même après que Miryo se fut résolue à ne pas considérer cette question.

— Peu importe. Je dois te tuer. Tant que tu vivras, je ne pourrai pas maîtriser mes dons magiques. Ou je te tue maintenant, ou je provoque un grand nombre de destructions, y compris la mort probable d'autres gens, avant de succomber moi aussi.

— Et je suis censée te croire ?

— Tu n'aimerais pas que je te prouve à quel point je dis vrai.

Miryo rassemblait toute sa volonté pour tenir tête à son sosie, et leurs regards étincelants s'affrontaient avec le même éclat.

— Alors pourquoi est-ce que je ne te tue pas, *moi* ? Voilà qui résoudrait le problème, non ?

Le cœur de la sorcière cognait douloureusement dans sa poitrine. Elle ne connaissait aucune prière qui lui permettrait d'égaler son sosie dans un combat, elle venait d'admettre que sa magie n'était pas fiable, et elle avait l'atroce certitude que ni Kan ni Sai n'allaient voler à son secours.

Seul le courage de ses convictions lui permit de ne pas céder.

— Ce n'est pas ainsi que sont les choses. Tu es un sosie. Une copie. Pas une personne véritable. Tu n'aurais jamais dû survivre.

Son double la dévisageait comme si elle délirait. Cette expression, sa familiarité mettaient les nerfs de Miryo à vif, mais elle refusait de le montrer. Cette créature risquait d'exploiter le moindre indice de sa faiblesse. La jeune sorcière garda les mâchoires crispées, et son regard ne cilla pas.

Son sosie se redressa soudain de toute sa taille.

— D'accord, dit-il, et il laissa tomber son couteau sur le sol, devant Miryo, pour ensuite écarter les bras. Vas-y.

La jeune sorcière le regarda sans comprendre.

— Quoi ?

— Tue-moi, dit son double d'un ton lugubre. Plante-moi ta lame en plein cœur. Si tu crois réellement ce que tu dis, alors ce ne sera pas plus difficile pour toi que de déchirer en deux une feuille de papier. Fais-le. En plein cœur.

Miryo avança d'un pas. Elle emplit ses poumons d'air, leva sa dague, vit sa pointe qui s'alignait avec la poitrine de son sosie. Son double aurait pu la désarmer d'un geste, sans aucun doute, mais n'en fit rien.

Elle lui adressa un sourire en biais.

— Pense à moi, chaque fois que tu jetteras un sort.

15
VOIE

PENDANT CE QUI sembla une éternité, aucune des deux ne bougea. Enfin la sorcière laissa échapper un juron qui surprit Mirage, et elle laissa tomber sa dague au sol.

— Je ne peux pas le faire, dit-elle.

La Chasseuse se remit à respirer, la première fois depuis un an, lui sembla-t-il. *Par la Guerrière, je déteste ce genre de bluff.*

La sorcière releva la tête, et ses yeux s'étrécirent. Mirage n'était pas encore remise du choc indescriptible qu'elle éprouvait à voir ses propres traits, ses propres expressions sur le visage d'une autre. Des pensées fugaces fusaient aux limites de sa conscience, et elle les repoussa sans merci. *D'abord la situation présente.*

— Tu savais que je ne le ferais pas, dit la sorcière d'un ton accusateur, et sa voix était une réplique parfaite de celle de Mirage.

Cette dernière haussa les épaules et s'efforça de présenter la chose le plus simplement possible :

— Je n'aurais pas pu, à ta place.

L'autre femme parut réfléchir à cette affirmation pendant quelques secondes, puis elle eut un sourire aigre que la Chasseuse connaissait très bien.

— Alors c'est vraiment ainsi que ça fonctionne ?

— On le dirait. Une chance pour moi, d'ailleurs, parce que j'ai quand même parié ma vie sur ta réaction. Mais je savais que je ne pouvais pas te tuer, et j'ai supposé que la réciproque serait vraie aussi.

— Je suis en train de me tuer, pourtant, dit la sorcière d'un ton misérable. En ne te tuant pas, justement. Un de ces jours, je vais lancer un sort, je le sais. Je ne pourrai pas m'en empêcher. Et si ça ne me détruit pas dans l'instant, d'autres sorcières interviendront. Elles ne peuvent pas courir le risque que je me déchaîne.

La gorge de la Chasseuse se serra. Sa jumelle n'avait pas menti, elle le lisait au désespoir bien réel qui ternissait ses yeux. Les mains de cette femme, qui pendaient mollement à ses côtés, étaient agitées d'un tremblement léger qu'elle contint en serrant les poings. Mirage sourit presque. Elle-même n'aurait pas voulu laisser paraître de signes de faiblesse.

Mais elle est faible, dit la partie raisonnable et froide de son esprit. *Elle ne peut pas utiliser sa magie. Toi, tu peux la tuer. Là. Maintenant.*

En théorie, oui. Dans la réalité, non. La sensation de reconnaissance était trop forte, l'impression qu'il y avait là ce qui lui avait manqué toute sa vie, ce qu'elle avait toujours cherché sans le savoir.

Une sorcière ! Après avoir clamé pendant des années à la face du monde qu'elle n'avait aucun lien avec elles…

Mais même si elle détestait l'idée de s'être trompée pendant aussi longtemps, elle était incapable de prendre la vie de cette femme. Tout comme elle se refusait à réellement accepter la mort des mains de la sorcière. Ce qui ne laissait plus qu'une seule solution.

Pas la meilleure, mais je n'en ai pas d'autre. Elle rompit donc le silence pesant qui s'était abattu entre elles :

— Écoute. Tu crois à ce que tu dis, je n'en doute pas. Et peut-être que le reste de la Chute de l'Étoile le croit aussi. Mais ça ne peut pas nous faire de mal de vérifier.

» Alors voilà ce que je te propose : nous nous promettons mutuellement de ne pas nous tuer, et pour nous sortir de cette situation nous recherchons d'autres réponses, d'autres façons de faire qui ont peut-être été négligées, ou ignorées.

Elle s'interrompit et se mordilla la lèvre inférieure en guettant la réaction de l'autre femme.

— Et s'il nous semble que le temps presse, nous reconsidérerons la chose.

Les yeux de Miryo s'agrandirent. Pendant un instant l'espoir y brilla, mais il s'éteignit aussitôt.

— Mais mes sœurs procèdent ainsi depuis des siècles. Il y a bien une raison à ça. Et des gens qui en savent beaucoup plus que moi sur ce sujet m'ont juré qu'il n'y avait pas d'autre solution.

— Ah, mais il leur manque quelque chose que nous avons toutes les deux, dit Mirage avec un sourire, d'un ton qu'elle voulait assuré. Chacune de nous a l'autre. Je n'ai pas raison ? Aucune de tes sœurs n'a bénéficié de l'aide de sa jumelle.

— Mais tu ne connais rien à la magie…

— Tu veux que nous ramassions les lames et que nous recommencions depuis le début ? Il se peut que nos chances de réussite soient très minces, mais elles existent. Et nous pourrions même nous en tirer vivantes toutes les deux.

La sorcière hésitait visiblement. Après un moment, elle redressa les épaules et Mirage décela une détermination farouche dans ses prunelles, même si elle n'était pas soutenue par une grande conviction.

— D'accord. Nous pouvons au moins essayer.

Avant toute autre chose, elles prirent soin des Cousines encore inconscientes. Miryo fut effarée de constater que son double les avait neutralisées sans difficulté apparente.

La Chasseuse examina les deux femmes en professionnelle. Elle remit en place la clavicule cassée comme si elle pratiquait ces gestes quotidiennement.

— Ça ira, sauf pour la fracture. Il se peut qu'elles souffrent toutes deux d'une légère commotion. Mais j'ai fait de mon mieux pour ne pas les tuer. Je voulais simplement les écarter de mon chemin.

Miryo eut un hochement de tête machinal. Elle se demandait comment elle leur expliquerait la situation nouvelle. *Mais le problème ne se pose pas dans l'immédiat.*

Quand elles eurent étendu les deux femmes plus confortablement, elles prirent une bouteille d'alcool de riz et passèrent dans le bureau, la pièce même où Kan avait engagé les Chasseurs au nom de Miryo. Celle-ci n'était pas insensible à l'ironie amère de ce retournement. Elles approchèrent deux fauteuils de la cheminée, dans laquelle une modeste flambée brûlait paisiblement, se servirent un verre chacune et s'installèrent enfin pour discuter.

— Bon, dit la sorcière. Commençons par le commencement. Comment t'appelles-tu ?

— Mirage.

Une seule catégorie de personnes au monde adoptait ce genre de surnoms.

— Tu es une Chasseuse.

— Tu l'ignorais ?

— Je n'en avais pas la moindre idée, répondit Miryo, avant de laisser échapper un rire bref et dénué de toute joie. Pas étonnant que tu aies donné autant de fil à retordre aux autres Chasseurs. Mais peut-être avais-tu de l'aide ?

Mirage secoua lentement la tête, et sur ses lèvres passa ce rictus bien connu de la sorcière.

— Tu as engagé des mercenaires de l'Épine Sanglante. Ils ne sont pas aussi bons qu'ils croient l'être.

— Je n'en ai engagé qu'une. Une chance pour moi qu'elle ait pensé à s'adjoindre le concours de ses amis, sinon tu ne serais peut-être jamais arrivée ici.

— La chance ? railla Mirage. Glace est une lâche. Elle savait qu'en combat singulier, j'aurais certainement le dessus. Je parierais sur moi face à n'importe quelle autre Chasseuse, et face à deux de l'Épine Sanglante. Si elle m'avait attaquée seule, je l'aurais tuée.

Miryo éprouva un sentiment de fierté très étrange, qu'elle décrypta pourtant sans difficulté. *Bien sûr : je ne veux pas que mon double soit quelqu'un de second ordre dans sa partie. Elle ne pouvait être qu'excellente.* Mais elle était aussi très troublée par la décontraction avec laquelle Mirage parlait de tuer autrui. Cette conception lui était totalement étrangère. Cela lui rappela que, si sur un plan théorique elles étaient la même personne, dans la réalité elles n'étaient pas identiques. *Ce qui est logique. Nous avons suivi des parcours très différents, après tout.*

Elle saisit avec un peu de retard ce qu'impliquaient les derniers propos de Mirage :

— Tu connaissais donc cette Chasseuse ?

— Nous sommes de vieilles ennemies. Nos écoles sont rivales, et c'est peu dire. Quant à elle, c'est une garce. Tu aurais pu t'épargner bien des problèmes en m'envoyant simplement un messager, tu sais. Je serais probablement venue, et nous aurions évité tout ça.

Et ce Chasseur ne serait pas en train d'agoniser à cause de sa blessure. Mais il est trop tard pour réparer les dégâts causés… Le rire mental qui résonna dans l'esprit de Miryo était amer. *Et avec un peu de chance, je n'aurais plus jamais besoin de recourir à ce genre d'expédients.*

— De mon côté, je sais juste que tu es une sorcière, dit Mirage. Ton nom ?

— Miryo.

C'est seulement en le prononçant qu'elle remarqua la similitude dans la consonance. Toutes deux ébauchèrent un sourire, puis s'esclaffèrent nerveusement en voyant l'expression hésitante de l'autre.

— Mais tu ne t'es pas toujours appelée Mirage. Tu as été une Danseuse du Temple, n'est-ce pas ?

— Comment le sais-tu ?

— Pendant que je te suivais, j'ai assisté à la représentation des Aspects par la troupe de l'Eriot. Après le spectacle, j'ai parlé à une des Danseuses, Sareen, si ma mémoire ne me fait pas défaut.

— Sareen… Voilà quelqu'un à qui je n'ai pas pensé depuis des années, fit Mirage, songeuse un instant. Mes parents m'ont prénommée Seniade.

L'expression fit tressaillir Miryo.

— Tes parents ?

— Les gens qui m'ont élevée pendant quelques années, avant de me vendre au Temple pour que je devienne Danseuse, lorsque leur ferme a périclité. Ils ne pouvaient plus se nourrir correctement, et encore moins nourrir une enfant.

Mirage racontait ces faits sans émotion particulière.

— Une des prêtresses m'a dit que je n'étais pas leur enfant. Il est vrai que je ne leur ressemblais pas du tout. Par la suite, je ne les ai revus qu'en quelques occasions. Le Temple et puis le Feu d'Argent sont devenus ma vraie famille.

Miryo l'observait d'un regard pensif. *C'est toujours tellement étrange. Comme si je voyais ma propre personne qui aurait connu une existence différente.*

Elles se lassèrent de cette atmosphère méditative au même instant.

— Alors, dit Mirage d'un ton brusque, sans doute pour dissiper la tension ambiante. Commence par le commencement, toi aussi. Qui était ma mère ? À part une sorcière, bien sûr. Et comment suis-je née ?

— Tout ça va demander de longues explications.

— Est-ce que je te donne l'impression de vouloir partir quelque part ?

La Chasseuse n'avait pas tort. À bien y réfléchir, elles étaient en train de discuter de leurs vies – et de leurs destins.

— Très bien, dit Miryo. Ma mère – *notre* mère – s'appelait Kasane. C'était une Main de l'Eau, et elle vivait dans l'Insebrar. Je ne sais rien de l'identité de notre père. Sans doute était-ce un des hommes du village. Quand elle a découvert qu'elle était enceinte, elle s'est rendue au Foyer de Tsurike, parce que toute sorcière doit accoucher dans l'une de nos maisons. Ainsi on peut garder le nouveau-né à l'abri de la lumière des étoiles pendant cinq jours. Il y a des chambres sans fenêtres prévues pour ça.

— Pour que le bébé n'ait pas encore d'âme.

— Exactement. La cinquième nuit, elles accomplissent un rituel qui crée le canal pour recevoir les pouvoirs magiques. Mais l'opération a un effet secondaire.

— Moi.

— Toi, oui, approuva Miryo. Enfin, d'une certaine façon. Je suppose qu'on pourrait dire que l'opération nous crée toutes les deux, à partir de l'enfant unique d'origine. Mais une seule des deux se voit ouvrir le canal des aptitudes magiques. La mère tue celle qui ne l'a pas – n'oublie pas, aucune n'a encore d'âme – puis elle emmène l'enfant-sorcière au dehors et elle la présente à la Déesse.

Mirage se laissa aller contre le dossier de son siège et fit tourner son verre entre ses doigts pendant quelques secondes.

— Que s'est-il passé ? Pourquoi suis-je encore là ?

— Je n'en ai aucune idée, répondit Miryo. Les Primes le savent peut-être. Elles ne m'ont rien dit.

— Peut-être que Kasane a oublié de me tuer, tout simplement. Ou alors, elle a raté mon assassinat, quoique je ne porte aucune cicatrice qui l'indiquerait. Comment font les mères, d'habitude ?

Toujours ce détachement prosaïque envers le meurtre et la mort. Miryo réprima un frisson.

— Je n'ai pas demandé.

— Magnifique. Et le cadavre ?

— On s'en débarrasse, je suppose. Je ne sais pas de quelle manière.

Miryo s'en voulait soudain de ne pas avoir posé ces questions à Narika quand elle en avait l'opportunité.

— Donc la méthode pour tuer le double et la façon d'effacer toute trace de lui sont deux choses qui nous échappent, commenta Mirage.

— J'ai le pressentiment que la liste va s'allonger, dit Miryo d'un ton sinistre.

— Quel dommage que mes « parents » soient décédés. Je n'ai jamais eu l'occasion de les interroger sur mes origines, et sur la manière dont ils ont hérité de moi. Et au Temple, personne ne s'en souciait beaucoup. Je n'étais pas la seule enfant abandonnée. Kasane est-elle morte, elle aussi ?

— Il y a quelques années.

— Tu ne sembles pas trop attristée par sa disparition.

— Les sorcières n'entretiennent pas de relations très étroites avec leurs filles, expliqua Miryo. Les bébés sont élevés par les Cœurs du Néant, dans les foyers du domaine. Plus tard ma mère a été transférée dans le Trine. Je suis restée dans l'Insebrar. Nous suivons dix années de formation dans un foyer local. Ensuite, nous revenons à la Chute de l'Étoile où nous passons les quinze années suivantes.

Mirage poussa un petit sifflement bas.

— Et moi qui trouvais interminable la formation de Chasseuse… Nous commençons à dix ans et terminons à vingt. Donc tu viens juste de passer sorcière, si je comprends bien ?

— Presque. C'est ce que je serais, sans toi.

Miryo remarqua que cette situation la rendait déjà moins amère qu'auparavant.

— Que s'est-il passé ?

Miryo lui décrivit les procédures d'examen sans s'attarder sur l'interrogatoire préliminaire et les épreuves liées aux Éléments.

— Et ensuite, elles ouvrent le canal qui a été créé lors du rituel de naissance. Il reste fermé jusqu'à ce que tu sois adulte et capable de le maîtriser. Et même alors certaines d'entre nous n'y parviennent pas. Alors le pouvoir les tue. J'ai survécu, mais j'ai été flétrie, et c'est ainsi qu'elles ont su que tu étais toujours vivante.

Mirage leva un doigt pour l'interrompre un instant.

— Que s'est-il passé juste avant ?

— Avant l'obtention du pouvoir ? L'épreuve des Éléments. Pour tester la personnalité. Tu dois montrer suffisamment de détermination, mais aussi de la souplesse, l'aptitude à demeurer sereine et celle à riposter si nécessaire.

— Je compte quatre Éléments. Quel était le dernier, le Néant, c'est ça ? Que se passe-t-il avec celui-là ?

— Elles m'ont montré un aperçu du Néant, dit simplement Miryo, et ce souvenir la fit frissonner.

— Et c'est en rapport avec quel trait de caractère ?

Miryo ouvrit la bouche pour répondre, et se figea. Elle mit un moment avant de dire :

— La plénitude de l'être.

— Intéressant, fit Mirage, les yeux plissés. C'était peu après le solstice d'été ?

— Oui.

— Je l'ai senti. J'allais à cheval sur la route, occupée à mes propres affaires, et soudain j'ai senti cette… présence étrange. Comme si un vieil ami était là, à mes côtés, et disparu la seconde suivante. J'ai à peine eu le temps d'enregistrer la sensation avant de tomber de selle inconsciente. Je n'ai repris connaissance que le lendemain.

— Alors le choc a été moins rude pour toi. Je suis restée inconsciente plus longtemps. Mais c'est à moi qu'a été insufflé le pouvoir… C'est bizarre. J'ignorais que tu serais affectée. Mais quand on y réfléchit, c'est compréhensible. C'est sans doute dû à cette chose qui dénature ma magie.

— Quelle chose ?

— D'après les explications qu'on m'a données, tu fais partie de moi. De mon esprit. Or il faut une concentration totale pour travailler avec la magie. Comme tu es une partie de moi que je ne peux pas concentrer, tu rends impossible ma maîtrise des pouvoirs.

— Ça veut dire que tu es incapable de te servir de la magie ?

Cette seule suggestion éveilla quelque chose au plus profond de Miryo. Elle tressaillit légèrement et vit que son double l'avait remarqué.

— Non. C'est… Je le sens en moi, tout le temps. Les Éléments forment le monde dans lequel nous *vivons*, tu comprends ? Ils sont tout autour de nous. Ils possèdent une énergie propre, une énergie que je peux sentir et que je ne cesse de vouloir atteindre. Et j'ai de plus en plus de mal à m'en empêcher.

— Je peux t'assommer, si nécessaire, proposa Mirage.

Le ton était léger, mais la jeune sorcière ne doutait pas du sérieux de l'offre. Soudain la Chasseuse sursauta dans son siège.

— Par le sourire de la Guerrière ! J'ai complètement oublié Éclipse !

— Un autre Chasseur ?

— Un compagnon d'études. Je travaille avec lui sur… Bah, ça prendrait trop longtemps à expliquer maintenant. Il faut que j'aille le voir, sinon il va découvrir que j'ai été enlevée par ces incapables de l'Épine Sanglante, et alors les vrais problèmes commenceront !

Elle ne le dit pas, mais la question était en suspens dans l'air : *Me fais-tu assez confiance pour me laisser partir ?*

Miryo considéra son double et réfléchit. Mirage tenait là un prétexte parfait pour lui fausser compagnie. Mais sa jumelle pouvait aussi l'assommer et partir tranquillement, si elle le désirait vraiment. Il n'y avait donc pas de raisons sérieuses de penser qu'elle ne reviendrait pas.

— Cette maison se trouve sur l'Allée des Lilas, dit-elle enfin. Prends sur la gauche en sortant, et tu retomberas sur l'Allée des Seigneurs.

Mirage hocha la tête.

— Je serai bientôt de retour.

MIRAGE PARCOURUT PLUSIEURS rues avant que les tremblements ne la submergent.

Il lui fallut s'adosser contre un pan de mur et fermer les yeux, en faisant confiance à son instinct pour l'avertir en cas de danger. Assez curieusement, sa première pensée fut qu'elle devrait retourner s'excuser auprès de ces hommes, à Enden.

Eux et à peu près tous les gens connus ces vingt-cinq dernières années. Enfin, douze, plutôt : j'étais obligée de me teindre les cheveux en noir, quand j'étais Danseuse.

C'était sans rapport, et elle le savait. Mais son esprit refusait toute cohérence. Le soupçon qu'elle avait nié toute sa vie durant s'était soudain imposé dans la réalité, et c'était suffisant pour plonger n'importe qui en état de choc.

Par le sourire de la Guerrière. Je suis une sorcière. Bon, pas tout à fait, mais j'en suis quand même très proche. Une partie de moi l'est.

Et il y a cet autre problème… Puis-je parler à Miryo du contrat ?

Comment vais-je le remplir et me sortir de ce joli pétrin où nous sommes à présent ?

Un frisson remonta le long de son dos, et elle ouvrit les yeux. *Tari-nakana me suivait à la trace. Je ne parierais pas que ça n'a rien à voir avec tout le reste…*

Elle aurait besoin de passer un peu de temps seule, au calme, pour réfléchir à tout cela, mais la chose devrait attendre. Le soleil se couchait. Sous peu Éclipse allait commencer à démolir Angrim pierre par pierre. Mirage mit de côté toutes les questions sans réponse et prit la direction du *Chêne Fendu*.

La salle commune avait été remise en ordre et il n'y avait plus la moindre trace du combat dont elle avait été le théâtre quelques heures plus tôt. Aucun des clients présents à cette heure n'accorda plus qu'un regard distrait à la Chasseuse quand elle la traversa pour rejoindre l'escalier.

Éclipse ne se trouvait pas dans la chambre, au contraire de l'épée que Mirage avait perdue pendant son affrontement contre Glace et ses acolytes. Quand elle le coinça dans les cuisines, l'aubergiste lui affirma n'avoir aucune idée de la destination du Chasseur.

Le Néant les avale tous ! Il s'est lancé à la poursuite des mercenaires de l'Épée Sanglante…

MIRYO MARCHAIT DE long en large dans le bureau, et le rythme de ses pas l'aidait à organiser ses pensées. C'était du moins ce qu'elle avait espéré. Mais elle n'arrivait à rien, en réalité.

Quelle explication vais-je donner aux Cousines ? Et aux Primes ? Il faut que je retrouve Ashin, pour qu'elle me dise ce qu'elle sait. Elle sait pourquoi Mirage a survécu. Mais il y a autre chose. Elle attendait quelque chose. Je l'ai senti. Mais j'ignore de quoi il s'agit.

Elle continua d'arpenter la pièce pour libérer un peu de la tension qui menaçait de déverser des tremblements incoercibles dans tous ses muscles. Après tous ces préparatifs, sa mise en condition pour tuer son double, ce tournant soudain de son destin était plus que légèrement perturbant. Elle ne remettait pas en cause sa décision. Au premier regard porté sur Mirage, elle avait su qu'elle avait devant elle une personne réelle, et non une simple « copie » de sa propre personne. Et elle ne pouvait pas la tuer sans avoir au moins essayé de trouver une solution alternative.

Il n'en restait pas moins que les conséquences seraient graves, et qu'elle devrait les affronter.

Miryo s'immobilisa et enfouit son visage dans ses mains. Elle prit deux inspirations lentes et profondes, pour se calmer. Il fallait mettre un terme à ces errements nerveux et déterminer un plan d'action.

Elle ne fit guère de progrès avant qu'une main surgie de derrière elle se plaque sur sa bouche.

— Pas un geste, gronda une voix de basse. Et n'essaie pas de chanter. Je t'arracherai la gorge avant que tu puisses prononcer deux mots de ton sort.

Miryo sentit la pointe d'une dague piquer son cou, et elle décida de croire sur parole son agresseur. Elle ne savait si elle devait hocher la tête pour montrer son accord, auquel cas « il » risquait de penser qu'elle préparait quelque chose, ou rester immobile. Elle opta pour la deuxième solution.

La main disparut. Un instant plus tard il lui ouvrait la bouche de force et y enfonçait un linge. Miryo en fut à demi étouffée, mais elle se garda de réagir. Quand il eut l'assurance qu'elle était convenablement bâillonnée, l'inconnu parla de nouveau :

— Ne fais pas de bruit, ordonna-t-il sur le même ton menaçant. Tu répondras par oui ou non d'un mouvement de tête, rien de plus. As-tu engagé des Chasseurs de l'Épine Sanglante aujourd'hui ?

Comment répondre ? C'était hier, pas aujourd'hui, et en réalité c'est Kan qui a engagé cette Chasseuse, pas moi, même si elle se faisait passer pour moi… Alors dois-je dire oui ou non ?

L'homme n'avait pas de patience pour son indécision. Il l'agrippa rudement par une épaule et la fit pivoter vers lui.

Les pires craintes de la jeune sorcière se virent confirmées. L'intrus était un Chasseur, dont il portait la tenue. Si elle ne pensait pas qu'il avait été un des trois hommes venus ici plus tôt dans la journée, elle ne doutait pas que tous les membres de l'Épine Sanglante étaient plus que mécontents du traitement reçu par leurs amis. L'éclat dans ses prunelles était aussi froid que l'acier, et tout aussi implacable.

Une seconde, du moins. Soudain il écarquilla les yeux, et la main qui tenait le couteau retomba le long de son corps.

À cet instant la porte s'ouvrit à la volée et percuta le mur. Le Chasseur se retourna vivement en dégainant son épée. Miryo voulut pousser un cri de mise en garde et s'étouffa sur son bâillon. Sans même la regarder l'autre fit passer son bras gauche en arrière et posa la lame de la dague à plat sur sa gorge. Elle se figea.

Mirage engloba la scène d'un simple regard. Puis elle s'adossa contre le chambranle de la porte et laissa libre cours à son hilarité.

Dois-je me sentir soulagée, ou offensée ?

— Éclipse, dit la Chasseuse quand elle fut capable de parler, retire-lui ce bâillon. Elle ne nous causera aucun ennui.

Éclipse ? Son partenaire. Mieux vaut ne pas lui dire que je l'ai cru de l'Épine Sanglante.

— Que se passe-t-il ? grommela-t-il sans retirer la dague. Et au nom de l'Aïeule, qui est-elle ? D'ailleurs, toi, es-tu vraiment qui tu sembles être ?

Il pointa son épée en direction de Mirage, comme s'il la soupçonnait de vouloir passer à l'attaque.

— Ôte-lui le bâillon, Kerestel, dit la jeune femme qui ne riait plus du tout. Je comprends que tout ça te paraisse étrange, mais il existe une explication, même si elle est étrange elle aussi. J'ai bien été enlevée par ces imbéciles de l'Épine Sanglante, mais tout est rentré dans l'ordre, et nous pourrons nous occuper d'eux plus tard. Je te promets que Miryo n'utilisera aucun sort.

La confiance qu'elle avait mise en Mirage n'était donc pas mal placée, se dit la sorcière. Éclipse marqua un temps d'hésitation, puis il rengaina ses lames, un peu à contrecœur. Sans grande douceur, il arracha le bâillon, et, bien sûr, il ne présenta aucune excuse.

— Assieds-toi, lui dit Mirage. Tu vas avoir un choc.

16

Kan

Éclipse écouta les explications longues et détaillées, et quand ce fut fini, il ne sortit pas de la pièce en hurlant. En fait, il semblait même en accepter la véracité, au moins temporairement. Ce qui soulagea Mirage. Elle avait certes quelques alliés, mais il était un de ses rares amis véritables et elle aurait besoin de son soutien pour triompher de cet imbroglio. D'autant qu'il avait accepté le contrat par un serment de sang.

Et il faut encore que je définisse ma position vis-à-vis de Miryo. Ou la sienne vis-à-vis de moi.

De ce qu'elle pouvait en dire, la sorcière s'était jusque-là montrée d'une totale franchise. Et son attitude s'était modifiée depuis leur rencontre au pied de l'escalier. À présent, elle voyait Mirage comme une personne, et non comme une sorte de créature inaboutie.

J'ai même le sentiment que son attitude première ne lui était pas naturelle. C'était quelque chose que les Primes avaient gravé en elle, pas ce qu'elle croyait elle-même.

Ce qui a été une chance pour moi, puisque ça m'a permis de tenter ce coup de bluff…

Ils étaient assis tous trois en arc de cercle dans le bureau, et contemplaient la pointe de leurs bottes, le plafond ou un point quelconque sur le mur. Aucun n'avait pris la parole depuis un moment. Le seul son perceptible était le bourdonnement d'un insecte qui venait cogner contre une des fenêtres dans ses tentatives frénétiques pour rejoindre le ciel de plus en plus sombre.

— Il y a encore une chose, dit enfin Miryo, et Mirage lui lança un regard pénétrant. Je ne l'avais pas mentionné, parce que je ne suis pas sûre de ce que ça signifie. Mais juste avant que je ne passe les épreuves, à la Chute de l'Étoile, j'ai remarqué un comportement étrange chez une des sorcières. Ashin-kasora, la Clé de la Main de l'Air. Mon examen la rendait très nerveuse, comme si elle n'arrivait pas à décider si j'étais destinée à me voir pousser une paire d'ailes ou à mourir sur place. Son attitude s'explique un peu mieux, maintenant : elle te savait en vie, Mirage. Et elle devait aussi savoir qu'on m'enverrait te tuer. Mais j'ai eu l'impression qu'elle attendait… autre chose. Je ne vois vraiment pas quoi. Peut-être se doutait-elle que nous finirions dans la situation où nous sommes actuellement…

— À coopérer… Où est-elle, tu le sais ?

— Aucune idée. Dans l'Askavya, de ce qu'on m'a dit, mais c'était il y a déjà quelque temps. Elle a disparu juste après mon examen, avant même que je me réveille.

Mirage se tourna vers Éclipse, lequel paraissait pensif et quelque peu agité.

— Nous pourrions essayer de découvrir où elle est.

Elle décrypta le regard qu'il lui adressa en retour. Elle devinait ce qu'il pensait. Mais pouvaient-ils faire confiance à Miryo à ce point ?

Les deux événements étaient presque certainement liés. Ce qui signifiait qu'elle n'avait pas vraiment le choix.

La Chasseuse s'éclaircit la voix et revint à Miryo.

— Tu connaissais bien Tari-nakana ?

— Pas personnellement, si c'est ce que tu veux dire. Mais je savais qui elle était. Est-ce que ça a un rapport avec sa mort ?

— Absolument. Elle a été assassinée.

— *Quoi ?*

— Par un Chasseur. De l'Étoile du Loup.

Mirage résuma leurs déplacements à la Chute de l'Étoile et à Vilardi, ainsi que le rôle d'Avalanche dans l'affaire.

— Où est le rapport ?

— Il existe deux détails révélateurs. Premièrement, Tari-nakana surveillait mes mouvements à l'époque où on l'a assassinée. J'ai trouvé dans son bureau une liste de lieux qui correspondent à mes déplacements récents.

Miryo se rembrunit.

— Ashin n'était donc pas la seule au courant de ton existence.

— Il semblerait, en effet. Deuxièmement… nous sommes à peu près certains de nos conclusions, mais nous ignorons s'il existe un lien avec notre situation. Nous pensons que ce sont des sorcières qui ont sollicité les services de l'Étoile du Loup.

Miryo se coula dans une immobilité de statue. Elle cessa même de cligner des yeux. Mirage attendait sa réponse, et après de longues secondes, elle se demanda si sa jumelle pensait à respirer.

— Une théorie intéressante, dit enfin la sorcière, d'une voix tellement maîtrisée que Mirage dut imaginer le tumulte d'émotions qu'elle dissimulait. Tu veux bien étayer un peu cette opinion ?

La Chasseuse expliqua ce qui les avait amenés à cette conclusion, aussi soigneusement qu'il lui était possible. L'hypothèse devait chavirer Miryo. Un peu comme si quelqu'un avait révélé à Mirage qu'un Chasseur du Feu d'Argent était l'assassin de son employeur. Pas impossible, mais choquant.

Miryo écouta, impassible. Quand Mirage se tut, elle ferma les yeux comme si elle souffrait, et quand elle les rouvrit son regard était empli d'une froide détermination.

— Je vois. Je ne peux pas dire que j'aime beaucoup l'idée, mais… eh bien, il y a un an seulement je n'en aurais pas cru un mot. Mais il y a la façon singulière dont Ashin a disparu… Oh, ce n'est pas inhabituel. Partir sans dire rien à personne de sa destination est un comportement répandu chez les Mains de l'Air, mais cette fois j'ai eu l'impression que c'était différent. Comme si elle n'était pas simplement partie, mais qu'elle s'était… enfuie.

— Tu penses qu'elle s'attendait à ce que Tari-nakana soit tuée ? demanda Mirage.

— Je ne sais pas. Mais elles savaient toutes les deux que tu es en vie… Il me faut un peu de temps pour réfléchir à tout ça. Et vous, qu'allez-vous faire, maintenant ?

— Nous n'avons encore rien dit à notre commanditaire, répondit Éclipse. Il reste quelques petites choses que nous aimerions régler avant de nous occuper de ça.

— Nous étions en route pour le Miest, précisa Mirage. Il faut que nous parlions avec Jaguar, qui dirige le Feu d'Argent. C'est lui qui nous a proposé ce contrat. Il en sait peut-être plus. Et puis, en toute honnêteté, nous voulions avoir nos défenses prêtes avant de commencer à lancer des accusations.

— Des défenses ?

— Notre école est plus que l'établissement où nous suivons une formation. Si l'un des nôtres a des ennuis à cause de ce qu'il a fait pour remplir une mission, il peut demander l'aide du Feu d'Argent. J'ignore si nous en aurons besoin, mais je préfère envisager toutes les éventualités.

Miryo acquiesça, et un sourire ironique joua sur ses lèvres.

— Vous croyez qu'ils accepteraient que je me joigne à vous, si je devais me cacher ?

— Nous ferons en sorte de ne pas en arriver là.

— J'espère aussi. Parce qu'il faudra du temps pour savoir à quelles sorcières je peux accorder ma confiance. Et aussi loyales que soient Kan et Sai, je ne suis pas certaine que les Cousines me soient d'une très grande aide. Mais il ne sert à rien de s'inquiéter de ça maintenant. De toute façon, je suis trop lasse pour avoir les idées claires.

— Un peu de repos me ferait le plus grand bien, à moi aussi, dit Mirage qui effleura les ecchymoses qui parsemaient son visage. Un après-midi dans les limbes n'a pas suffi. À quelle heure penses-tu être prête, demain ?

— Je viens avec vous dans le Miest, donc ? fit Miryo, qui semblait surprise.

— Pas jusqu'à notre destination. Je ne t'emmènerai pas dans l'école elle-même. Tu me ressembles beaucoup trop pour que ce soit une bonne idée.

— Et tu ne pourrais pas trouver un moyen de me déguiser ?

— N'oublie pas que nous parlons de gens entraînés à remarquer ce genre de choses. S'ils te démasquaient, nous aurions de bien plus gros ennuis. Ce n'est pas en amenant une sorcière au Feu d'Argent que j'accroîtrai une popularité déjà chancelante.

Miryo se frotta les yeux et bâilla à s'en décrocher la mâchoire.

— Je pense être prête pour midi. Ce pourrait être plus tôt, mais il va me falloir un bout de temps pour expliquer tout ça aux Cousines. Jusqu'à maintenant elles se sont montrées incroyablement coopératives, et pourtant j'ai parfois fait des choses sans doute bizarres pour elles, mais là, c'est pousser un peu loin. Je n'ai d'ailleurs aucune idée de ce que je vais leur raconter.

— Elles ont le droit d'élever des objections à tes décisions ? s'étonna Mirage.

Peut-être que ces Cousines ne sont pas les esclaves décervelées que j'imaginais.

— En principe, non. Certaines sorcières leur refusent même le droit d'exprimer leur opinion. Mais je ne leur ai encore jamais demandé de m'obéir aveuglément, et je ne veux pas en arriver là. Le problème est que, si elles estiment que je fais quelque chose de vraiment stupide, elles risquent de prévenir les Primes.

Mirage était heureuse d'entendre Miryo parler des Cousines comme de personnes à part entière. Peut-être même accepterait-elle de lui expliquer ce qu'elles étaient réellement. Mais cette question pouvait attendre.

— Quelle serait la réaction des Primes, si elles étaient mises au courant ?

Miryo recommença à se frotter les yeux.

— Je l'ignore. J'ai presque peur de l'imaginer. Cette petite traque n'était pas une suggestion, c'était un ordre. Si elles décrètent que je constitue un danger pour les gens autour de moi, elles peuvent très bien vouloir régler le problème elles-mêmes. Elles te tueraient probablement, et sans hésiter.

— Il y a quelque chose que je peux faire ?

— Pas vraiment. Je vais simplement discuter avec les Cousines. Je dois connaître leur position avant de planifier quoi que ce soit d'autre.

Elle n'est pas assez à l'aise avec cette situation pour souhaiter ma présence. Mais c'est égal : moi-même, j'aurais préféré parler à Éclipse en privé. Avec le temps, nous apprendrons à nous faire confiance. Enfin, espérons-le.

— Je vous retrouve où, demain ? interrogea Miryo. Ici, ou là où vous séjournez ?

La Chasseuse se tourna vers son partenaire.

— Ailleurs, dit-il avec fermeté.

— Oui, fit Mirage. En dehors de la ville. Inutile de nous montrer ici, si l'affaire peut rester discrète. Et nous devons aussi nous assurer que les mercenaires de l'Épine Sanglante ne savent pas ce qui se passe.

Elle eut un sourire dur.

— Pas encore, du moins. Mais j'ai bien l'intention de convier Glace à une petite séance d'explication, un de ces jours. À la pointe d'une épée.

Elle décela un léger raidissement de Miryo quand elle prononça ces mots. *Intéressant. Une autre chose qui la met mal à l'aise. La plupart des sorcières ne sont pas portées à la violence. Je me demande s'il y a chez elle des singularités qui me feront le même effet…*

En dehors de la magie, bien sûr.

— J'ai remarqué un alignement de six ou sept ormes sur le côté ouest de la route du nord, proposa Éclipse. Ça ira, comme point de ralliement ?

— Je trouverai, affirma Miryo.

— À midi, donc, ajouta Mirage. Nous nous retrouvons là-bas. Mais envoie-nous un message au *Chêne Fendu* en cas de problème. Ou viens nous y trouver, si la situation devient critique.

— Entendu.

***

Malgré la fatigue, Miryo n'alla pas se coucher après le départ des deux Chasseurs.

Je n'ai rien fait de réellement physique aujourd'hui, et pourtant j'ai les bras et les jambes aussi lourds que s'ils étaient en plomb.

C'est la première fois que je me sens aussi épuisée après être simplement restée assise. C'est vrai que l'épisode de notre rencontre a été assez intense… Mais ça ne peut pas avoir de rapport avec cette impression que j'ai d'être transformée en morte-vivante. Certainement pas.

Elle fit encore les cent pas dans le bureau, mais beaucoup plus lentement qu'auparavant, et d'une démarche plus indécise. Les mains dans le dos, elle fixait le sol du regard et s'évertuait à faire fonctionner son esprit harassé.

Assez curieusement, elle se sentait libérée. Le problème n'avait pourtant pas disparu. Au contraire, il était devenu d'une complexité terrifiante. Et si elles ne trouvaient pas une solution, elles risquaient fort de finir à la case départ. Mais elle n'avait plus l'impression qu'une épée était suspendue au-dessus de sa tête. Elle n'aurait peut-être pas à tuer Mirage. Cette seule pensée lui revenait sans cesse à l'esprit, et elle devait bien reconnaître qu'elle en avait le cœur beaucoup plus léger. Elle se rendit compte qu'elle fredonnait, et que la mélodie était celle d'un chant de louanges à la Déesse.

Aussitôt quelque chose changea. Miryo sentit qu'elle tendait tout son être vers le pouvoir, afin d'en faire un usage qu'elle ignorait encore. Elle était seulement avide d'entrer en contact avec lui. Elle se ressaisit brutalement et se retrouva en sueur, immobile au milieu de la pièce, luttant pour ne pas céder aux tremblements.

Non. Non. Tu as tenu bon jusqu'ici, et tu vas continuer ! Tu ne chercheras pas à manier le pouvoir. Ce serait aller au-devant de gros ennuis, et tu le sais.

Elle pouvait bien rationaliser, le vide en elle la taraudait. Elle pressa les paumes de ses mains contre ses yeux. Elle avait vécu vingt-cinq ans sans la magie, et elle n'y avait réellement goûté qu'une seule fois. Quelques semaines de plus à attendre ne la tueraient sûrement pas. Sûrement pas…

Mais je veux tellement connaître le pouvoir, Déesse…

L'amertume déferla en elle. *Pourquoi Mirage m'a-t-elle fait ça ? Pourquoi avoir joué avec moi, en me disant de la tuer ? Le Néant l'engloutisse pour ce coup de bluff ! Il aurait pourtant suffi d'un geste, tout aurait été facile, rapide. Et j'aurais pu ne jamais m'appesantir sur cet instant. Mais cela, je ne le saurai jamais. Elle m'a forcée à réfléchir à ce que j'allais faire. Elle m'a obligée à la voir comme une personne.*

Du plat de la main, Miryo frappa les pierres près de la cheminée. Le choc l'aida à s'éclaircir les idées. Elle se rassit dans un des fauteuils et s'obligea à respirer très lentement pour se calmer. Elle se connaissait. Si elle avait tué Mirage, le doute l'aurait rongée jusqu'à la fin de ses jours. Son double lui avait rendu service, même si le prix de ce service était énorme. Mais rien de tout cela ne l'empêchait de regretter momentanément la réponse si simple qu'aurait été la lame d'une dague enfoncée en plein cœur.

Je pourrais aussi me *tuer. Ce serait une autre solution au problème.*

Elle fut tirée de ces considérations morbides quand la porte s'ouvrit. Elle bondit sur ses pieds au moment où Kan s'immobilisait sur le seuil de la pièce.

Ou bien elle *pourrait me tuer…*

Mais la Cousine ne montrait aucun signe de colère. Pas encore. Bien sûr : elle ne savait toujours pas ce qui s'était passé. Elle restait là, docile, un bras en écharpe pour maintenir en place sa clavicule brisée, et elle regardait Miryo. Celle-ci décida que la franchise était sa meilleure option :

— Elle n'est pas morte.

Kan cligna des yeux.

— Entre. Assieds-toi. Tu veux que je t'apporte quelque chose ? Du thé ?

Miryo songea à se gifler, dans l'espoir de trouver des questions moins ridicules à poser.

— Non, bien sûr. Ce que tu veux, c'est une explication. S'il te plaît, assieds-toi, et je vais tenter de t'en donner une.

Elle a noté que j'ai dit « Elle » en parlant du double. J'en suis sûre. Je vais donc devoir tout lui révéler. Enfin, presque tout. Inutile de mentionner Tari-nakana, je pense. Pas tant que ce n'est pas absolument nécessaire.

Kan restait silencieuse.

— Écoute, je n'ignore pas que les Primes en savent beaucoup plus que moi. Et je devrais les croire quand elles affirment que c'est la seule réponse à mon problème. Mais au fond de moi, je ne peux pas accepter ça - en tout cas, pas sans au moins *essayer* de trouver une autre solution. Je n'arrive pas à croire que ce soit là ce que la Déesse veut. Mirage est un être humain, pas une chose. Ce n'est pas un simple double de moi. J'avais ce poignard dans la main, je l'ai regardée dans les yeux, et je n'ai pas pu frapper. Pas encore. Nous allons essayer de trouver une autre solution. Et si ça ne marche pas, eh bien, alors je pense que nous en reviendrons au point de départ. Je ne pourrai pas être plus désavantagée que je l'ai été à cet instant-là, au pied de l'escalier, donc je ne perds rien. Et je ne pourrais pas me supporter si je ne tentais pas de trouver une autre façon de régler mon problème.

Impassible, Kan s'assit. Miryo la dévisagea. Puis, quand le silence lui devint insupportable, elle demanda :

— Et toi, que vas-tu faire ?

La Cousine se leva et se dirigea vers une bibliothèque devant laquelle elle fit halte. Miryo aurait parié qu'elle ne regardait pas les livres. De longues secondes s'égrenèrent avant que Kan se retourne vers elle.

— Je comprends, dit-elle, et Miryo dut tendre l'oreille pour entendre sa voix, même dans le calme de la pièce. Je comprends, mais je n'approuve pas. Je ne peux pas approuver. Je pense que vous devriez écouter les Primes. Je pense que ne pas les écouter, c'est s'exposer à des risques très sérieux.

Miryo acquiesça au ralenti, pendant qu'une boule se formait dans son estomac.

— Tu vas leur rapporter la nouvelle de ma désobéissance, donc.

— Non, répondit Kan, et soudain le plancher redevint stable sous les pieds de Miryo. Je suis censée vous servir. Je suis également censée servir les Primes, qui m'ont ordonné de vous accompagner. Je comprends votre attitude, et les raisons qui la motivent, mais je ne l'approuve pas. Que dois-je faire, alors ?

Elle se tut et ferma les yeux un instant. Perdue dans sa réflexion, elle voulut renverser la tête en arrière mais un spasme de douleur crispa ses traits et elle se redressa pour regarder Miryo.

— Voilà tout ce que je peux vous proposer : je ne signalerai pas votre désobéissance, mais je ne vous accompagnerai pas plus loin. Je vais me retirer de cette situation.

Miryo déglutit avec difficulté. Elle posa les mains sur ses genoux et fut heureuse de voir qu'elles ne tremblaient pas.

— Je comprends.

— Sai va venir avec moi, dit Kan, répondant ainsi à la question informulée de la sorcière. Nous ne vous aiderons pas, et nous ne nous mettrons pas en travers de votre chemin.

— Merci, dit Miryo, et jamais elle n'avait prononcé ce mot avec autant de sincérité. Je ne l'oublierai pas. Et si la Déesse me sourit, et que je sors indemne de cette histoire, je ferai tout ce que je peux pour m'acquitter de cette dette envers vous, que j'aie pris la bonne décision ou non.

Kan acquiesça simplement.

Après un autre silence embarrassé, la jeune femme lui souhaita une bonne nuit et quitta la pièce.

Elle avait réintégré sa chambre depuis quelques minutes quand elle entendit les pas de Kan dans le couloir. Ils stoppèrent devant sa porte, et la jeune femme aurait parié que la Cousine avait collé l'oreille contre le battant de bois. Puis les pas s'éloignèrent, et après quelques secondes elle entendit une porte qu'on fermait.

Elle entreprit de ranger ses affaires dans les sacoches de selle.

ÉCLIPSE RESPECTA LE désir évident de silence de Mirage pendant qu'ils retournaient à l'auberge. Dans la chambre, ils eurent un bref accrochage verbal concernant les blessures de la jeune femme que le Chasseur voulait examiner. Elle affirma aller très bien, et cita comme preuve la façon dont elle s'était débarrassée des deux Cousines. Mais il savait qu'elle avait développé un don inégalé pour ignorer la douleur. En plusieurs occasions au long de leur formation commune, elle avait traité des orteils cassés et des côtes fêlées comme de simples désagréments passagers. C'est pourquoi il crut bon d'insister, jusqu'à ce qu'elle cède.

Il lui lava le visage et l'examina. Quelques jolies ecchymoses s'y épanouissaient déjà, mais son nez n'était pas fracturé, pas plus que sa mâchoire. Il prépara un thé pour faire passer la commotion, puis lui ordonna de se déshabiller et de le laisser regarder ses autres blessures.

Mirage était coutumière des côtes cassées, mais pour une fois elle n'en avait pas. Son bras également était intact. Il ne put cependant retenir un sifflement bas en découvrant l'état de son dos. S'il avait été assené avec juste un peu plus de force, le coup qu'elle avait reçu lui aurait sans doute endommagé durablement la colonne vertébrale, ou les reins. Dans son malheur elle avait eu une sacrée veine.

L'inspection terminée il l'autorisa à remettre sa chemise, et ils firent leurs bagages en silence. Derrière le masque des bleus, Mirage demeurait impassible. Il finit par craquer et posa la question qu'il avait en tête depuis leur départ de la maison des sorcières.

— Tu penses qu'elle viendra ici, demain ?

— Oui, répondit la jeune femme sans hésiter.

— Tu lui fais donc confiance à ce point…

— Je ne suis pas sûre qu'il me soit possible de ne pas lui faire confiance… Est-ce que tout ça a le moindre sens ?

— Oui, mais je ne suis toujours pas certain que tu doives croire à cette histoire.

Éclipse cala son nécessaire d'entretien pour les armes dans une sacoche, puis il s'assit sur le lit et dévisagea son amie.

— Vous n'êtes pas identiques, toutes les deux. C'est impossible. Vous avez connu des vies complètement différentes.

— Je le sais, oui. Mais je sens toujours au fond de moi que, par bien des côtés, nous sommes pareilles. Peut-être le caractère dépend-il plus de la naissance que je ne le pensais. Peut-être que chacune a été influencée par le développement de l'autre, d'une façon que je suis incapable d'expliquer. Quoi qu'il en soit, je peux déjà dire qu'en dépit de nos différences, nous avons plus de points communs que de points divergents. Et c'est pourquoi je sais qu'elle viendra.

— Parce que toi, à sa place, tu viendrais.

— Je suis prête à te parier ce que tu veux, elle a analysé la situation et elle est arrivée à la même conclusion que moi. Nous prenons un risque en agissant ainsi, c'est évident, mais ce que nous pouvons y gagner le justifie amplement. Et tant que rien ne viendra changer ça, nous resterons sur notre position.

Le raisonnement était tellement typique de Mirage qu'Éclipse ne put qu'ironiser :

— C'est ce genre d'attitude qui t'a créé tant de problèmes durant ton enfance. Tu aurais pu rester Danseuse du Temple.

Mirage le gratifia d'un sourire fugace.

— Mais je voulais devenir une Chasseuse. Et y parvenir valait largement ce que ça m'a coûté.

— Ton évaluation des coûts n'est pas celle d'une personne saine d'esprit.

— En fin de compte, ça valait le coup, s'entêta-t-elle. J'ai connu quelques problèmes au Feu d'Argent, c'est vrai, mais ils ont fini par cesser, et maintenant je suis à la place que je souhaitais. Plus ou moins. Si on met de côté le fait qu'un danger imminent menace ma vie.

— Sen, si ta vie n'était pas en danger, tu t'ennuierais… à mourir.

Un autre sourire. Il se réjouit de constater qu'elle était de meilleure humeur. Elle n'en avait encore rien dit, mais il le devinait, elle avait mal vécu la découverte que ces ragots la disant sorcière n'étaient pas totalement injustifiés, au moins indirectement. Cela s'était traduit par une fragilité diffuse dans son comportement, sans doute trop subtile pour être remarquée de Miryo – après tout, la sorcière venait tout juste de la rencontrer. Mais lui, qui la connaissait par cœur, avait noté cette altération, et il était soulagé de la voir s'estomper.

À moins qu'elle n'ait revêtu un masque plus abouti.

Il se promit de la garder à l'œil, par simple précaution.

Ils avaient fixé le rendez-vous à midi le lendemain, mais les deux Chasseurs quittèrent l'auberge avant l'aube. Ils le firent discrètement, et empruntèrent des chemins détournés pour sortir par une des portes les moins fréquentées de la ville. Ils ignoraient si les mercenaires de l'Épine Sanglante avaient eu vent de l'évasion de Mirage, mais dans le doute ils avaient préféré se montrer prudents. La jeune femme n'avait donc que très peu dormi pendant la nuit, mais Éclipse pourrait monter la garde pendant qu'elle piquerait un somme, en attendant l'arrivée de Miryo.

C'était le plan initial, en tout cas. Quand ils arrivèrent à l'alignement d'ormes peu avant l'aube, ils découvrirent que la sorcière s'y trouvait déjà.

Sur sa monture, Mirage ne manifesta son étonnement que par un simple haussement de sourcils, et elle s'amusa de voir que Miryo savait très bien interpréter cette réaction infime.

— J'ai parlé à Kan, expliqua-t-elle. La Cousine dont tu as brisé la clavicule. Sai évite de parler. Bref. Kan a dit qu'elle ne m'aiderait pas mais qu'elle ne me créerait pas non plus de problèmes. Désormais, elle veut rester en dehors de cette affaire. Du coup, elles ne viendront pas avec nous.

— Et tu as décidé de dormir à la belle étoile.

Miryo réprima une grimace.

— Je fais confiance à Kan. La plupart du temps. J'ai simplement décidé de venir ici tant que les conditions m'étaient favorables. Juste au cas où elle changerait d'avis, ou si Sai n'était pas d'accord avec elle.

— C'est sage de ta part, reconnut Mirage.

Elle étouffa un bâillement et considéra les possibilités qui se présentaient. Elle était fatiguée, mais ce n'était pas une raison suffisante pour perdre du temps alors que le jour naissant invitait à la chevauchée. D'ailleurs elle pourrait toujours somnoler en selle.

— Tu es venue à cheval ? Oui ? Alors, allons-y.

17

EXPÉRIMENTATION

La chaleur accabla Miryo toute la journée, et combinée à l'allure soutenue qu'imposaient les Chasseurs, elle la vida de toute énergie. Néanmoins elle refusa de se plaindre, et heureusement Mirage décida d'établir le campement assez tôt, dans un taillis abrité de la route. La sorcière se demandait pourquoi ils ne s'étaient pas arrêtés dans une ville. Ils auraient facilement pu en atteindre une avant la tombée de la nuit. Mais elle n'en fit pas la remarque pendant qu'ils s'installaient. Les deux Chasseurs conduisaient leurs montures avec une aisance qu'elle leur enviait. Toutefois, si ce qu'elle savait sur le Feu d'Argent était exact, son double avait été plus ou moins constamment en selle ces cinq dernières années. De son côté, Miryo montrait la même compétence pour les activités qu'elle pratiquait quotidiennement.

Ils prirent un dîner frugal autour du feu, sans beaucoup parler. Enfin Mirage révéla pourquoi elle avait décrété cette halte aussi tôt, et hors de toute agglomération :

— Il est temps pour nous de travailler à ton problème avec la magie.

Miryo la regarda sans comprendre.

— Travailler ? Qu'entends-tu exactement par là ?

Ses appréhensions étaient justifiées, comme la Chasseuse le lui confirma avec une certaine nonchalance :

— Tu as dit que tes pouvoirs magiques t'échappaient à cause de moi. La chose s'est déjà réellement produite ?

— Seulement pendant le rituel lui-même.

— Et tu n'y étais pas très attentive à ce moment-là, je m'en doute. Alors ça mérite un essai. Je ne dis pas que tu imagines ce problème, seulement que nous devrions nous faire une idée plus précise de ce qui se passe. Nous sommes dans un endroit isolé, et nous pouvons nous écarter d'Éclipse. Ainsi, au pire, nous n'endommagerons rien de plus que le pâturage d'un fermier.

— Et nous-mêmes, lui rappela Miryo d'un ton acide.

— Limitons-nous à quelque chose de peu d'envergure, pour que ça n'engendre pas de dégâts importants si ça nous échappe.

Miryo serra les lèvres en contemplant son sosie. Les paroles de Narika concernant le temps et la pratique nécessaires pour apprendre la maîtrise lui revinrent à l'esprit. Circonscrire les effets d'un sort serait moins facile que Mirage semblait le penser.

Mais tu dois tenter l'expérience, elle a raison sur ce point. Et elle n'a pas peur. Tu veux qu'elle pense que toi, tu as peur ?

— Allons-y, dit-elle enfin. Je veux que nous nous éloignions d'ici.

Elles laissèrent Éclipse et les chevaux derrière elles. Le Chasseur ne paraissait pas très heureux de se trouver ainsi exclu, mais il se tint coi. Elles s'enfoncèrent dans les bois sans échanger un mot, Miryo devant, jusqu'à ce qu'elles découvrent un étroit passage menant au cœur d'un bosquet dru de trembles, dans une clairière minuscule recouverte d'une herbe fournie. Elles vérifièrent que cet endroit était éloigné de tout, et elles s'assirent par terre.

— À toi de décider ce que nous allons faire, dit Mirage. Je n'ai aucune idée quant à la manière de procéder.

Miryo s'accorda le temps de la réflexion. *Un sort léger, pour que nous n'ayons pas besoin de trop nous concentrer. Et non destructeur. Le Feu est donc hors de question.* Elle songea à guérir le visage de la Chasseuse, mais elle imagina les conséquences d'un dérapage et abandonna l'idée.

— Un peu de lévitation, finit-elle par décider.

Elle choisit une petite motte argileuse et alla la déposer sur l'herbe, à plusieurs mètres d'elles.

— Que veux-tu que je fasse ?

— Je serais presque tentée de te répondre « rien », pour voir ce qui se passe. Par chance pour nous, je ne suis pas seulement stupide, j'ai aussi un peu de bon sens. Donc je vais te demander de te concentrer sur ce morceau de schiste. Et sur moi. Je ne sais pas si tu pourras sentir ce que je fais, mais si c'est le cas essaie de ne pas intervenir.

Mirage répondit d'un hochement de tête un peu sec. *Elle est aussi nerveuse que moi. Mais je suis sûre d'au moins une chose : elle est capable d'une bonne concentration. Personne ne pourrait devenir Chasseuse sans aptitude à la concentration.*

Paupières closes, Miryo prit quelques inspirations profondes pour faire le calme en elle, puis elle rouvrit les yeux et se concentra sur le caillou.

Le phénomène se produisit presque aussitôt et, en maugréant, Mirage commença à ôter les fragments de schiste qui avaient volé dans ses cheveux.

— Je présume que ce n'était pas le résultat escompté ?

— Pas du tout, fit Miryo, très mécontente.

Tout s'était passé si vite qu'elle avait eu du mal à suivre. Elle avait tendu sa volonté vers le pouvoir, chanté la phrase musicale, mais celle-ci lui avait paru se tordre comme un chat qui ne veut pas qu'on le prenne dans ses mains.

— Tu as senti quelque chose ?

Mirage fronça les sourcils.

— D'abord que tu te concentrais. Et puis ça a été comme si quelqu'un m'envoyait un coup de poing dans le ventre, et le caillou a explosé.

— Intéressant. On dirait que le pouvoir a brutalement bifurqué et est passé en toi, l'espace d'un instant. Je ne savais pas que c'était possible. Tu n'es pas capable de puiser en lui toute seule, parce que tu n'as pas le canal, mais on dirait qu'il peut te venir par mon intermédiaire.

— Peut-être que si les sorcières entraînaient les doubles à la magie ce problème n'existerait pas…

Miryo ne dissimula pas son scepticisme.

— J'ai du mal à croire que personne n'y ait pensé. Et ce n'est pas uniquement à cause de ce canal : tu n'es pas structurée pour utiliser la magie. Je ne pourrais pas t'expliquer comment je le sais, mais je peux le sentir, comme je sentais où tu étais.

— Ah, c'est ainsi que tu m'as trouvée, donc. Je me posais justement la question… fit Mirage en époussetant ses vêtements pour en chasser les débris d'argile. Ça vaut quand même le coup de tenter l'expérience. Si tu m'expliquais ce que tu fais, j'aurais plus de chances de ne pas interférer, ou bien je pourrais te renvoyer le pouvoir s'il vient vers moi.

Un rire incrédule échappa à la sorcière.

— Ce n'est pas aussi facile. Je m'entraîne depuis toute petite. Je ne peux pas t'enseigner ça en une nuit, pas plus que tu ne pourrais m'apprendre à me battre en aussi peu de temps.

— Oui et non, répliqua la Chasseuse avec un peu d'humeur. Je ne pourrais pas te transformer en combattante en une nuit, c'est vrai. Il faut du temps et de la sueur pour ça. Mais je pourrais *très bien* te montrer certaines postures, comment tenir tes mains, des parades et des attaques simples.

Une partie de Miryo se rebellait à cette idée. La magie n'était pas aussi simple. Mais c'était exact, on pouvait en expliquer rapidement les principes de base. Ce qui ne signifiait pas obligatoirement que ces principes soient compris. Les Primes l'écartèleraient si elles découvraient qu'elle avait dévoilé les secrets de leur art, mais elle risquait déjà ce châtiment...

— D'accord. Je peux au moins essayer. Mais tout commence par le fait de puiser dans le pouvoir, et je pense que je ne saurais pas t'expliquer comment je m'y prends. Je sais que c'est là, et je le prends, voilà tout.

— Ce n'est pas du tout là que ça commence. D'où tires-tu ce pouvoir ?

— Des Éléments.

— Et où sont-ils ?

Miryo ne se rendit compte qu'alors de tout ce qu'elle jugeait évident. Elle avait su ces choses avant d'avoir dix ans.

— Ils sont dans le monde qui nous entoure. Ils sont ce qui fait ce monde, en fait, même si chacun a une source primordiale spécifique. Le soleil est la source primordiale du Feu, la mer celle de l'Eau, le vent celle de l'Air, et le sol celle de la Terre.

— Et le Néant ?

— On ne peut pas s'en servir. C'est la chose *qui n'est pas* le monde : comment pourrais-tu la toucher ? Les Primes ont le chic pour te montrer le Néant – c'est ce qu'elles ont fait pendant mes épreuves – mais nous ne pouvons pas l'atteindre, nous en servir ou en faire quoi que ce soit.

Elle éprouvait des difficultés à réduire tout ce qu'elle avait appris à quelques phrases, et elle avait douloureusement conscience de simplifier à outrance la réalité des choses. Mais elle pouvait difficilement faire autrement, aussi poursuivit-elle :

— Bref. C'est la magie de base. Pour les opérations plus importantes, ou plus compliquées, nous recourons à un support. Des pierres, des plumes… Tu as probablement déjà vu faire ça.

— De près, oui, quand j'ai prêté le serment de sang pour le contrat.

— Ce sort-là était complexe. Il a utilisé les quatre Éléments, et un support pour chacun.

Mirage leva une main pour l'interrompre et ferma les yeux afin de mieux se remémorer la scène.

— Pour la Terre… le cristal ?

Elle entrouvrit un œil assez longtemps pour voir Miryo qui acquiesçait.

— Et le sang, c'était pour l'Eau ?

— Dans ce cas précis, pour le Feu. Le sang est un des rares supports qui peut servir à plusieurs Éléments.

— Donc pour l'Eau, c'était… la coupe ?

— C'est bien ça, dit la sorcière, emplie d'une soudaine fierté.

— Et l'Air ?

— Le souffle de la sorcière. Les sorts eux-mêmes sont chantés, mais les paroles constituent un support de l'Air.

— Quel est le rôle exact d'un support ?

La réponse à cette question avait empli un cours entier quand Miryo avait dix ans. Depuis, toutefois, elle avait trouvé une explication beaucoup plus simple que celle donnée par Kibitsu-ai. Ce n'était pas parfait, mais dans les circonstances actuelles cela suffirait, et personne n'avait à savoir qu'elle massacrait la complexité réelle du phénomène.

— Vois ça comme du jonglage. Tu ne peux pas tenir cinq balles dans tes mains, mais si je te les lançais une par une, tu pourrais garder le contrôle sur toutes, et t'en saisir quand le besoin s'en ferait sentir. C'est-à-dire, en admettant que tu saches jongler.

Mirage eut un fin sourire.

— Crois-le ou pas, ça faisait partie de notre entraînement. Jongler est excellent pour la coordination.

— Tu comprends donc ce que je veux dire.

— Oui. Enfin, je le pense, même si j'ai l'impression que tu schématises beaucoup.

— C'est vrai, mais l'explication technique dans son intégralité prendrait près de quatre heures, et tu en ressortirais complètement perdue.

— Sautons les phases intermédiaires, en ce cas.

— Tu as d'autres questions ? Je suis tellement habituée à tout ça que j'ai du mal à définir ce qui nécessite des précisions.

Mirage réfléchit un instant.

— Aucune question qui me semble assez pertinente pour être posée maintenant. Tu n'as pas dû dormir beaucoup la nuit dernière, il faut te rattraper cette nuit.

— Parce que ce n'est pas ton cas, peut-être ? répliqua Miryo, et toutes deux échangèrent un sourire. D'accord. Encore un seul essai… Si tu sens le pouvoir venir de nouveau, essaie de ne pas le combattre. Je ne pense pas qu'il te fasse de mal, et il se peut qu'il rebondisse tout seul vers moi. On peut toujours espérer.

Mirage hocha la tête en guise d'accord et ferma les yeux.

Concentre-toi. C'est facile. Tu devrais créer ce sort sans même y penser… Miryo se vida les poumons, les emplit lentement et chanta.

Cette fois, ce ne fut pas rapide. Elle sentit le problème se former avec une clarté horrible. Elle voulut abréger le sort, mais le pouvoir s'écoulait à travers elle comme un torrent impossible à arrêter. Le vent se leva et tourbillonna au-dessus de la clairière. Une pluie de feuilles s'abattit sur les deux femmes. Mirage rouvrit subitement les yeux, les plissa aussitôt. Elle allait dire quelque chose quand une violente bourrasque la percuta et l'envoya rouler dans les broussailles voisines.

Le vent mourut. Miryo lâcha quelques mots rageurs en se levant précipitamment, et elle rejoignit son double.

Mirage égrenait un chapelet de jurons tout en se débattant pour sortir de la végétation emmêlée.

— Des orties, cracha-t-elle quand elle eut enfin réussi à se remettre debout. Il ne manquait plus que ça.

Des cloques apparaissaient déjà sur ses mains et son visage.

Eh bien, au moins ma formation dispensera un peu de bien ce soir, songea Miryo. Elle regarda autour d'elle et trouva ce qu'elle cherchait : des patiences. Elle arracha quelques feuilles et les tendit à Mirage qui les accepta avec des remerciements grognons.

— Qu'est-ce que tu as dit, tout à l'heure ? demanda la Chasseuse en frottant les feuilles sur ses cloques.

— Quand ça ?

— Pendant que je me vautrais avec délice dans les orties. Misetsu et quelque chose d'autre.

— Oh : Misetsu et Menukyo. C'est la première des sorcières, et sa fille. Une formule propre aux sorcières. Nous descendons toutes de ces deux-là.

— Ah. Je suppose qu'on ne peut pas invoquer leurs esprits pour leur demander ce qui se passe ?

— Désolée, mais personne n'a encore trouvé le sort pour ressusciter les morts. Bon, je crois que ça suffit pour ce soir. J'essaierai de trouver un autre moyen de résoudre ce problème.

ÉCLIPSE NE REMIT pas en question l'explication qu'elles lui donnèrent, mais à le regarder Miryo le soupçonna de savoir très bien à quoi s'en tenir. Mirage ne remarqua rien, ou cela ne l'intéressait pas. Elle voulait absolument trouver un cours d'eau pour baigner ses cloques, et elle se fondit bientôt dans la nuit.

Miryo se retrouva ainsi seule avec Éclipse, pour la première fois depuis qu'ils s'étaient rencontrés – quand il avait plaqué la lame de son couteau sur la gorge de la jeune femme.

— Je connais bien Sen… Mirage, dit-il sans préambule alors qu'elle ôtait les feuilles accrochées à ses vêtements, et elle se tendit. Et je parierais qu'elle a passé une sorte de marché avec toi, sur ce que vous ferez toutes les deux quand le temps sera venu. Mais je peux te promettre une chose : Sen ne reconnaîtra jamais qu'il est trop tard.

Miryo se redressa lentement, en se demandant si c'était l'annonce de problèmes à venir. Les deux Chasseurs étaient amis, et Éclipse pouvait penser qu'il épargnerait des ennuis à sa partenaire s'il supprimait la sorcière.

Mais s'il avait ce projet en tête, il ne le lui aurait pas fait comprendre…

— Peut-être, dit-elle d'un ton neutre. Nous verrons.

Il poussa un soupir irrité.

— C'est une qualité en même temps qu'un défaut, chez elle : cette obstination à ne pas renoncer quand elle estime que c'est important. Cette attitude l'a mise dans le pétrin plus d'une fois, par le passé. Je lui ai toujours dit qu'un de ces jours, elle se fourrerait dans une situation impossible, et qu'elle perdrait la vie à essayer de trouver la solution. Et j'ai le pressentiment très désagréable que c'est ce qui est en train d'arriver.

Miryo résista à l'envie de lui répondre. *Laisse-le parler,* se dit-elle. *Pour découvrir comment il prend tout ça.*

Il posait sur elle un regard où se lisait plus l'irritation que la colère.

— Je gaspille ma salive, hein ? Vous vous ressemblez beaucoup trop, toutes les deux. Tu es probablement aussi sacrément têtue qu'elle, et tu dois penser que c'est un défi que tu ne peux pas refuser. Bah, j'aurai essayé. Je préférerais que vous ne mouriez pas toutes les deux.

C'était une opinion que Miryo n'avait aucune envie de contredire. Elle resta silencieuse, en attendant la suite.

— Je vais être franc, fit-il après un moment, d'une voix basse. Si je devais choisir entre vous, c'est Sen que je voudrais voir vivre. Évidemment : c'est mon amie depuis douze ans… Par le sourire de la Guerrière, oui, c'est elle que je voudrais voir survivre. Mais je préférerais encore que tu lui survives plutôt que vous mouriez toutes les deux.

C'était très aimable de sa part, mais pas réellement suffisant pour la sorcière. Elle devait savoir ce qu'il avait l'intention de faire.

— Il y a une solution à ce problème, déclara-t-elle. Tu y as réfléchi ?

Il leva les yeux vers elle.

— Bien sûr.

Quelques secondes de silence tendu.

— Et ? fit-elle.

Les mots franchirent les lèvres d'Éclipse au ralenti, à contrecœur, mais il les prononça :

— Non, je ne vais pas te tuer.

Il s'assit sur une sacoche de selle et entrecroisa les doigts de ses deux mains.

— Si une seule de vous doit vivre, je préfère que ce soit elle. Mais je ne te tuerai pas pour la sauver.

Elle sentit la tension s'évacuer de ses épaules.

— Heureuse de l'entendre, commenta-t-elle ironiquement.

Il réussit à sourire.

— Elle ne me le pardonnerait jamais, de toute façon. C'est juste que… Bon sang, pour une fois, reconnaissez quand vous êtes coincées. Et ne mourez pas toutes les deux simplement parce que vous refusez d'abandonner la partie.

— Ce n'est pas dans mes projets, dit Miryo. Mais je n'abandonnerai pas, non plus, en tout cas pas aussi facilement, tu as raison sur ce point. C'est trop important.

Elle eut un sourire bref, sans humour.

— Si nous combattions, Mirage l'emporterait. Mais je ne sais pas si ça arrivera. Ces derniers temps, j'ai du mal à prévoir ce que je vais faire. Alors, pour elle…

Elle se sentait enfin assez détendue pour s'asseoir, et elle s'installa sur le matériel de couchage qu'Éclipse avait déroulé pendant qu'elles s'amusaient à manier des sorts incontrôlables.

— Mais je ne veux pas perdre de temps à m'inquiéter pour ça maintenant, dit-elle en pensant aux sorts. Mieux vaut essayer de trouver une solution.

Le Chasseur soupira une nouvelle fois.

— Tu parles comme Sen.

— Eh bien, nous sommes la même personne. Enfin, d'une certaine façon, dit Miryo qui inclina la tête de côté et l'observa. C'est étrange, pourtant : comme si je la connaissais sans la connaître réellement. Tu accepterais de me parler ?

— D'elle ?

— Vous semblez très bons amis, et… je ne sais pas, j'ai du mal à lui poser des questions.

Elle tourna le regard dans la direction où Mirage était partie, en se demandant combien de temps elle resterait absente.

— Mais nous pouvons parler un autre jour…

Éclipse devina ses pensées sans aucune difficulté.

— Non, elle n'est pas d'humeur à chercher la compagnie d'autrui, ce soir. Elle ne reviendra pas avant une demi-heure, au moins. Nous avons le temps de bavarder. Que veux-tu savoir ?

MIRAGE PLONGEA LA tête dans le ruisseau et resta dans cette position aussi longtemps qu'elle put. L'eau froide lui calmait un peu les nerfs, même si elle ne soignait pas vraiment sa peau irritée.

Elle s'assit sur ses mains pour ne pas les gratter ou les porter à son visage, et elle s'adossa à un arbre. Les muscles de ses jambes étaient parcourus de spasmes : un autre effet secondaire du sort. Elle frissonna au souvenir de ce pouvoir qui avait glissé en elle et avait battu au rythme de son sang. *Toutes ces années à prétendre que tu n'étais pas une sorcière, et regarde-toi, maintenant !*

Miryo ne semblait pas gênée par le comportement étrange du pouvoir, mais elle était plus coutumière de ces choses. Mirage ne pouvait qu'admirer le courage de son double qui avait accepté de tenter les sorts, malgré les risques. Cela lui rappelait l'époque de sa propre formation, au Feu d'Argent, quand ils avaient appris comment sauter en arrière d'un cheval en mouvement. Ils s'étaient entraînés d'abord seuls et debout, puis sur une monture à l'arrêt, mais quand était venue l'heure de le faire depuis un cheval lancé au trot, elle avait senti l'appréhension crisper tous ses muscles. C'est seulement en pensant à la réaction de ses camarades si elle échouait qu'elle avait effectué le saut.

Ce qui avait motivé Miryo était peut-être comparable.

Maintenant qu'elle y réfléchissait, Mirage jugeait l'explication de plus en plus plausible. Si elle se mettait à la place de la sorcière, et imaginait l'attitude qu'elle aurait eue face à la magie, elle comprenait parfaitement les actes de son double.

Par la lame de la Guerrière, nous formons une belle paire d'idiotes. Heureusement qu'Éclipse est là, sinon nous nous tuerions, juste parce qu'aucune de nous deux ne veut admettre qu'elle est battue par l'autre.

— PARLE-MOI DE SON enfance, dit Miryo.

Éclipse ne s'étonna pas de la demande. À sa place, il aurait posé la même question. Malheureusement, il ne pouvait pas lui en apprendre beaucoup sur ce sujet particulier.

— Je ne l'ai connue que quand elle avait treize ans, à son arrivée au Feu d'Argent.

— Raconte-moi, dit la sorcière. Je sais qu'auparavant elle était Danseuse du Temple, mais comment a-t-elle fini par devenir Chasseuse ? Je pensais que les écoles n'acceptaient pas d'apprenties ayant plus de dix ans, onze au maximum.

— C'est bien le cas. Sen était… une exception, dit Éclipse, et il rit en secouant la tête. Je ne sais pas pourquoi je l'appelle toujours Sen. Sans doute parce qu'elle m'a fait une sacrée impression à l'époque, quand elle a débarqué au Feu d'Argent, avant qu'elle ne mérite son nom de Chasseuse. C'est alors que nous avons sympathisé.

— Vous étiez camarades d'apprentissage ?

— Oui. Mais elle et moi sommes devenus meilleurs amis que la plupart des autres dans la même situation. Beaucoup de gens n'ont pas apprécié qu'elle soit admise malgré son âge, et elle n'avait pas d'ami quand elle est arrivée. Mais moi, je… eh bien, je l'admirais. Tous ces gens qui s'échinaient à la faire échouer, à la pousser à partir, alors qu'à mon avis, elle ne les voyait même pas, la moitié du temps. Elle faisait simplement abstraction de tout ce qui ne participait pas à ce qu'elle avait besoin de faire…

Il sourit comme les souvenirs affluaient à son esprit, même si certains semblaient assez douloureux.

— Il y avait ce professeur, Griffe. Il a compris très vite que la manière la plus rapide d'obtenir quelque chose de Sen était de lui dire qu'elle était trop faible pour y parvenir…

Il se tut devant l'hilarité soudaine de Miryo.

— Quoi ?

D'un geste de la main, la sorcière l'incita à poursuivre.

— Excuse-moi, dit-elle, je voyais juste certaines similitudes, c'est tout.

— J'espère que tu n'as pas vécu ce qu'elle a dû traverser, fit-il avec une pointe de gravité, même après tout le temps écoulé. Griffe allait trop loin, il lui disait continuellement qu'elle n'était pas assez bonne. Il a réussi à la convaincre qu'elle n'avait pas encore prouvé son droit à rester au sein de l'école. Elle a bien failli y laisser sa peau tant elle a pris de risques pour lui démontrer sa valeur. Finalement, Jaguar a dû faire venir une sorcière pour la soigner. Elle s'était abîmé un genou en s'entraînant trop dur.

Toute trace d'amusement disparut des traits de Miryo quand elle entendit ces mots. C'était un spectacle étrange pour le Chasseur, qui ne s'était pas encore habitué à la ressemblance. C'était comme s'il avait devant lui une Sen aux cheveux longs.

Non, plutôt comme s'il voyait Sen telle qu'elle aurait pu devenir si elle n'était pas venue au Feu d'Argent. Les obstacles surmontés avaient instillé en elle une dureté, une volonté d'indépendance qui la rendaient difficile à approcher. Éclipse était la seule personne qui avait réussi à franchir cette barrière. Miryo était plus douce, plus ouverte. L'existence ne l'avait pas amenée à regarder le monde avec scepticisme et méfiance.

— Elle est douée, n'est-ce pas ? dit la sorcière. J'ai vu les mercenaires de l'Épine Sanglante, quand ils me l'ont amenée. Elle leur a fait payer cher son enlèvement. Et ils étaient quatre.

— Bah, il fallait bien quatre incapables de l'Épine Sanglante pour la mettre à terre. En partie parce qu'ils ne sont pas de très bons Chasseurs, mais aussi à cause de ce que tu dis : elle est très douée, oui. Je pense que c'est pour cette raison que Jaguar l'a acceptée au Feu d'Argent. Elle était déjà puissante et agile, à cause de sa formation de Danseuse, et elle a toujours possédé des réflexes incroyables.

Il s'interrompit, sous le coup d'une inspiration subite.

— Mais peut-être que toi aussi…

Il tendit les deux mains vers elle, paumes tournées vers le ciel.

— Place tes mains sur les miennes, qu'elles les effleurent à peine.

Intriguée, elle obéit.

— Je vais tenter de toucher le dos de tes mains avec les miennes, expliqua-t-il. Quand tu sens que je bouge, essaie de retirer tes mains encore plus vite, pour que je les rate. Tu as compris ? Bien, alors allons-y. Prête ?

Il ôta ses mains et les fit claquer sur celle de la sorcière en un éclair.

— Bon, tu as compris comment ça fonctionne. Je suppose que tu n'as jamais joué à ça dans ton enfance ? Cette fois, on le fait sérieusement.

Il replaça ses mains sous celles de Miryo.

Et une nouvelle fois, il les frappa avant qu'elle ait eu le temps de les retirer.

Ils recommencèrent deux fois avant que la jeune femme n'abandonne l'exercice avec un petit sourire ironique.

— Je n'ai pas ses réflexes, c'est ça ?

La différence était évidente.

— Je suppose que non. Elle a dû les acquérir avec sa formation de Danseuse, avant d'arriver au Feu d'Argent.

Mais alors même qu'il disait cela, il savait que c'était faux. Sen ne savait pas chanter, et Miryo n'avait pas ses réflexes. Cela devait faire partie intégrante de leur personne. Mais pourquoi ?

Miryo ne semblait pas croire à cette explication non plus, mais elle décida de ne pas s'appesantir sur le sujet.

— Si la vie était tellement dure pour elle au Feu d'Argent, pourquoi y être venue ? Elle devait le savoir avant même d'arriver.

— Oh oui, elle le savait. Je pense qu'elle était folle, tout simplement, fit-il avec une mimique d'incrédulité. Elle a dit qu'elle avait toujours voulu devenir une Chasseuse. Comme si c'était sa destinée. Ça ne la dérangeait pas d'être une Danseuse, mais ce n'était pas son choix. Et puis, un jour, sans prévenir et sans raison apparente, la femme qui dirigeait la troupe l'a fait venir et lui a offert une chance d'être une Chasseuse. Elle a saisi cette chance. Et elle n'a jamais regardé en arrière.

— Regarder en arrière, c'est alimenter le doute, dit Miryo à mi-voix, en scrutant les ombres. Et il arrive qu'on ne puisse pas se permettre un tel luxe.

Ce qu'elle voulait dire était transparent. Éclipse l'observait, non sans inquiétude. Elles n'allaient pas renoncer. Il espérait seulement qu'une d'elles serait toujours vivante quand tout cela serait fini.

18

Feu d'Argent

La poudre qui colorait ses cheveux d'un brun fade et le maquillage lui donnaient des pommettes qu'elle n'avait jamais eues, tout en rendant ses yeux plus quelconques. Malgré cela, Miryo ne put s'empêcher de trouver que le regard de l'aubergiste s'attardait un peu trop sur elle.

Le Néant l'avale ! Mon cheval n'est pas encore dessellé à l'écurie que déjà on a percé à jour mon déguisement.

Elle ne comprenait pas comment c'était possible. Certes la mare qui lui avait servi de miroir ce matin ne rendait pas un reflet très lumineux, néanmoins elle avait été impressionnée par le talent de Mirage pour changer son apparence. La poudre ne tiendrait pas longtemps, mais ce côté temporaire constituait justement son avantage, car la sorcière se refusait à teindre vraiment ses cheveux. Ils n'auraient pas à être bruns très longtemps, de toute façon. Elle devait simplement prendre une chambre et y rester.

Mais l'aubergiste continuait de l'observer.

La transpiration avait-elle commencé à faire couler son maquillage ? La journée n'était pas encore très avancée, mais il faisait déjà chaud. Elle avait quitté Mirage et Éclipse plus tôt dans la matinée et pris la direction d'Elensk tandis que les deux Chasseurs se rendaient au Feu d'Argent. Elle regrettait toujours de ne pas les avoir accompagnés. Son double avait passé bon nombre de ses années de formation dans cette école, et tout naturellement Miryo aurait aimé découvrir cet endroit. Mais les craintes de Mirage étaient fondées, et la sorcière avait accepté de rester à l'écart. Quand elle avait parlé de camper quelque part dans la région, Éclipse avait soulevé l'éventualité qu'une patrouille d'apprentis du Feu d'Argent la rencontre par hasard, et les problèmes qui risquaient d'en découler.

Elle était donc en ville, et déguisée. En principe. Peut-être pas aussi bien qu'elle l'avait pensé, tout compte fait.

Elle comprit soudain son erreur. *Ce n'est pas ton apparence, imbécile : c'est ton comportement. Tu as vu toi-même le nombre d'attitudes que vous avez en commun, avec Mirage. Combien de fois crois-tu qu'il l'a aperçue, avec Elensk aussi proche de l'école ? Voilà pourquoi il te reluque avec une telle insistance.*

Je le savais, c'était une mauvaise idée de venir passer la journée dans une ville où les agents du Feu d'Argent pullulent.

Quand l'aubergiste lui donna le prix de la chambre, elle afficha l'expression qu'elle imaginait le moins sur le visage de son double : celle d'une femme acariâtre par nature.

— Par nuit ? s'étrangla-t-elle avec les accents aigus et courroucés qu'elle avait déjà entendus chez les nobles hautains de l'Haira. Ah ! J'espère qu'à ce prix une baignoire digne de ce nom *et* un bain chaud sont compris ?

Elle fut étonnée de remarquer à quel point le fait qu'on n'use pas du terme honorifique « Katsu » à son encontre l'irritait. Elle venait à peine de passer son examen de sorcière, et déjà elle estimait normal qu'on la traite comme telle. Mais elle n'eut pas le temps de réfléchir à cette curieuse modification de son comportement : elle avait un rôle à tenir.

— Pas de bains ? Par la douceur de la Vierge, quel genre d'établissement est-ce là ? Et je vais devoir supporter cette torture cinq jours durant, avant d'arriver à Dravya ?

— Mes plus humbles excuses, ma bonne dame. Je crains que vous soyez dans une ville modeste, et une auberge qui l'est tout autant.

— Pas besoin de me le préciser ! dit-elle avec un soupir d'agacement suprême. Eh bien, je suppose que je ne trouverai pas mieux dans cette ville, de toute façon. Mais je serai bientôt libérée de cet enfer, grâce en soit rendue à la divine Mariée ! Indiquez-moi donc ma chambre, mon brave.

Elle abandonna ces grands airs dès que la servante referma la porte en sortant. Elle avait mal à la mâchoire à l'avoir trop avancée pour paraître hautaine, et elle la frotta d'une main absente. Maintenir cette expression avait été d'une difficulté surprenante. Et quelle manière ridicule de se comporter ! Avoir accusé ce pauvre homme de ne pas diriger un établissement de premier ordre, alors qu'il vivait dans une petite ville… Elle regrettait de ne pouvoir lui présenter ses excuses.

Il était à peine midi, ce qui lui laissait le restant de la journée et une partie du lendemain à occuper. D'une façon ou d'une autre.

Elle se fit d'abord monter le déjeuner dans sa chambre, puis elle commanda un bain chaud. Après avoir refusé les offres de service de la jeune domestique, elle prit la précaution de verrouiller la porte de son appartement. Elle ne fit pas trempette dans la baignoire, pas plus qu'elle ne permît à la vapeur de ruiner son déguisement. Elle pouvait le rafistoler, à la rigueur, mais certainement pas le reconstituer. Elle se dévêtit et se nettoya le corps avec une éponge, en frottant vigoureusement pour décoller de son épiderme les couches successives de poussière qui s'y étaient accumulées. Puis elle retoucha son déguisement, demanda à avoir un deuxième bain, dans lequel elle lava certaines de ses affaires, se rappelant un peu tard qu'une noble véritable aurait eu une servante à disposition pour assumer de ce genre de tâches. Quand elle en eut terminé il était presque l'heure du dîner, et elle appela la servante pour qu'on retire la baignoire et qu'on lui apporte le dîner. Elle mangea. On vint débarrasser.

Miryo n'eut alors plus rien à faire, et elle devint la proie de l'ennui.

Trois années s'étaient écoulées depuis la dernière visite de Mirage au Feu d'Argent, et cinq depuis son départ, mais elle gardait un souvenir vivace de chaque arbre, chaque pierre dans les terres entourant l'établissement.

Rien que de très normal. Nous avons passé suffisamment de temps au dehors, à nous entraîner.

Éclipse et elle forcèrent l'allure. Plus ils se rapprochaient du but et moins ils avaient la patience d'attendre. Ils galopaient sur la route en soulevant un nuage de poussière. Mirage avait la ferme intention de veiller à ce qu'Étinceleur et Brume soient bien traités pendant que leurs maîtres s'entretenaient avec Jaguar. Les chevaux méritaient un peu de repos, et ce serait là leur seule occasion d'en prendre avant longtemps.

La tour avec les cloches et le pigeonnier fut la première chose qu'ils aperçurent à l'horizon. Puis il y eut cette tache sombre et basse qui grossissait lentement, la petite forêt flanquant l'arrière de l'école, où les étudiants apprenaient comment ne pas faire autant de bruit que des vaches éclopées quand ils étaient en maraude. Mirage aurait même pu dire à quel moment précis elle distinguerait la petite tour de garde et la muraille qui coupaient la route. Ce dispositif lui avait toujours semblé offrir un paradoxe curieux : il ne défendait pas vraiment l'entrée au Feu d'Argent, et pourtant quiconque pensait pouvoir le franchir discrètement se trompait du tout au tout. La structure elle-même servait principalement aux exercices d'infiltration et d'exfiltration.

Un cri retentit dans la tour à leur approche. Mirage plissa les yeux et distingua la silhouette claudicante qui venait d'apparaître et leur faisait de grands signes énergiques.

— Par la lame de la Guerrière, Mirage, tu me coûtes dix pièces d'argent ! J'avais parié que tu arriverais il y a déjà un mois !

Vipère avança en se dandinant de quelques pas encore, puis il baissa le ton puisqu'ils s'étaient rejoints :

— Tous les deux en même temps ? Eh bien, quelle surprise !

Mirage observait la démarche de Vipère.

— Que t'est-il arrivé ?

— J'ai pris une lance dans la cuisse, répondit-il, l'air penaud. Croyez-le ou pas, une sorcière a soigné la blessure, mais il faudra encore un peu de temps avant qu'il n'y paraisse plus rien du tout. Du coup me voilà préposé à la garde des nouveau-nés.

Un sifflement aigu s'éleva alors, et il tourna vivement la tête.

— Quand on parle du loup… Il y a une classe de quatorze ans qui doit passer ici, et je suis supposé être

« de garde ». Mais revenez une fois midi passé. Ça fait une éternité que je n'ai pas bavardé un peu avec l'un de vous.

Sur ces mots, il repartit de sa démarche chaloupée vers la tour.

Mirage fit repartir Brume au pas. Elle était perplexe. *Il attendait ma venue ? Pourquoi ? Tout le monde sait-il que nous sommes sur ce contrat ?*

La réponse à cette question devrait attendre qu'ils aient rencontré Jaguar, et elle chassa le sujet de son esprit pour savourer la vue du Feu d'Argent qui se dévoilait à elle.

En tant que Chasseuse itinérante, elle n'avait pas de véritable foyer. Mais si elle avait dû citer un endroit cher à son cœur, ç'aurait été celui-là. Devant eux se dressaient les murs en argile de la caserne. Elle repéra la fenêtre de son ancienne chambre, dans le coin supérieur d'une façade, et eut un léger sourire. En face se trouvait le bâtiment bas où les étudiants suivaient leurs cours. Le Feu d'Argent accompagnait sa formation spécifique d'une éducation générale de bonne qualité, mais la carrière ultérieure des élèves les dirigeant rarement vers les hautes sphères de la société, les connaissances livresques n'étaient pas d'une importance primordiale. La plupart des leçons se déroulaient dans un autre endroit de l'école.

Par exemple dans le gymnase, derrière le bâtiment abritant les salles de classe. On s'entraînait là, mais quand le temps le permettait – et, souvent, quand il n'aurait pas dû le permettre – les étudiants allaient transpirer au dehors, sur le terrain en terre battue jouxtant le gymnase. Au-delà, elle apercevait le champ de tir à l'arc, l'arène réservée au combat monté, et la forêt.

Ils firent d'abord halte aux écuries pour visiteurs qui se trouvaient juste après l'entrée. Elles étaient tenues par des équipes successives d'élèves, sous la direction d'un vieux Chasseur.

— Ça fait plaisir de vous revoir, dit Épine, toujours laconique en prenant les rênes de leurs chevaux dans les trois doigts de sa main blessée. Vous venez voir Jaguar, hein ? Il vous attend.

— Il est avec quelqu'un, en ce moment ? s'enquit Mirage.

— Non. Personne de l'extérieur, en tout cas, et il mettra tout étudiant dehors pour vous recevoir.

Mirage sourit.

— Merci. Traitement de faveur pour nos bêtes, tu veux bien ? Nous ne les avons pas ménagées, ces derniers temps.

La réflexion lui valut un regard perçant puis un examen de Brume qui alla des naseaux à l'état des sabots arrière.

— Tu n'as pas intérêt à la maltraiter…

— Maltraiter Brume ? Je ne suis pas folle. Tu me ferais tâter de la cravache si je la faisais boiter.

— Sans hésiter !

Il entraîna les chevaux au fond des écuries.

Ils passèrent devant les baraquements de la caserne et l'infirmerie. Abritant ses yeux d'une main levée en visière, elle scruta le sommet de la tour dont ils approchaient. Effectivement, il y avait un jeune homme là-haut, collé à la paroi, l'air pétrifié. *En voilà un qui a dû se montrer insolent avec un de ses maîtres. L'imbécile. Je me demande combien d'ascensions il a déjà accomplies… et combien il lui en reste.*

Ils passèrent à l'intérieur et la pénombre les surprit. La jeune femme distinguait à peine une ombre mince derrière le bureau.

— Vous avez pris votre temps, fit l'autre d'un ton bref. Nous avons reçu votre message il y a déjà deux jours.

— Nous avons été retardés, Anguille, répondit Mirage.

Sa vue s'était accoutumée au peu de lumière de l'endroit et elle voyait maintenant plus nettement le petit homme mince assis très droit derrière une pile de papiers. Son visage en lame de couteau révélait qu'il était le jumeau de Volute, le contact du Feu d'Argent à Angrim.

— Tu le fais exprès, pas vrai ? ronchonna Éclipse.

— Quoi donc ? dit Anguille d'un ton mielleux.

— Laisser cet endroit dans la pénombre. Tu aimes que les visiteurs n'y voient goutte quand ils pénètrent dans ton antre.

— Tu savais à quoi t'attendre. Tu n'as pas encore appris à fermer les yeux un instant avant d'entrer ? Toujours aussi stupide.

Aussi doux que Volute, songea Mirage en réprimant un sourire amusé.

— Jaguar est disponible ?

Pour toute réponse, Anguille inclina la tête de côté et parut tendre l'oreille. Un moment plus tard, ils entendirent un *bong* léger à l'étage.

— Maintenant il l'est. Vous avez vu cet imbécile, dehors ? Cinquième année ici, et toujours aussi bête. C'est sa troisième séance de grimpette à la tour, ce mois-ci. Cette fois, Griffe lui a collé dix escalades. Et il dit qu'il passera à quinze la prochaine fois, et à vingt la suivante. La Guerrière nous sauve tous de la bêtise... Je continue d'espérer que cet abruti aura la bonne idée de tomber, pour nous faire plaisir. Je ne sais pas pourquoi Jaguar ne l'a pas encore viré. Mais il vient d'achever sa punition, c'était la dixième ascension. Vous pouvez monter.

— Aïe, murmura Éclipse à l'oreille de sa partenaire comme ils quittaient le domaine d'Anguille. Dix escalades de la tour à la suite... Il a dû souffrir.

— Et quinze qui l'attendent la prochaine fois, marmonna Mirage en retour.

Elle imaginait le crissement des pieds du garçon sur les briques du clocher tandis qu'il entamait la dernière descente.

— Pour son bien, j'espère qu'il apprendra à la fermer.

Ils arrivèrent au sommet de l'escalier et prirent le temps de rectifier leur tenue poussiéreuse. Puis Mirage frappa à la porte.

— Entrez, fit la voix de Jaguar.

Il ne semblait pas surpris de les voir. Non, bien sûr : le connaissant, il avait été averti de leur arrivée avant même qu'ils parlent à Vipère. Le grand-maître du Feu d'Argent n'avait pas accédé à cette fonction en se montrant stupide ou inattentif.

Les deux Chasseurs le saluèrent respectueusement. Il se leva et fit de même, du maître à l'élève, puis se rassit.

— Repos, dit-il.

Ils écartèrent un peu les pieds et joignirent les mains dans le dos. Personne ne se détendait vraiment en présence de Jaguar, même avec sa permission. C'était tout simplement impossible.

Il les contempla un moment sans rien dire, puis hocha la tête.

— Je vous écoute.

MIRYO AURAIT AIMÉ dormir. Le temps serait passé plus vite ainsi. Mais malgré la fatigue du voyage, elle semblait incapable de trouver le sommeil. Il était trop tôt, et elle avait trop de choses à l'esprit.

Elle n'osait pas descendre pour bavarder avec les gens dans la salle commune. Mis à part ses craintes concernant son déguisement, un tel comportement n'aurait pas très bien cadré avec le personnage qu'elle interprétait, celui d'une jeune femme un peu prétentieuse. De même, elle ne pouvait pas engager la conversation avec la servante, si d'ailleurs celle-ci avait accepté de lui répondre. Elle se mit à passer en revue des sorts, un réflexe qu'elle avait gardé des jours de tension précédant l'examen, mais elle tenta immédiatement d'atteindre le pouvoir, et elle battit en retraite à la hâte.

Ayez pitié de moi, Aïeule. J'ai de plus en plus de mal à résister.

La brève expérience nocturne dans les bois n'avait fait qu'aiguiser son appétit de magie. Elle aurait dû s'en douter. C'était pourtant logique.

Mais la logique ne changeait rien à l'affaire.

Miryo marcha de long en large dans la chambre pendant un certain temps, avant de s'immobiliser en jurant, et de s'agenouiller.

Déesse. De grâce, oh, de grâce, entendez mes prières.

Aidez-moi à tenir bon. Je ne peux pas céder maintenant, par alors que nous avons peut-être une chance d'arranger la situation.

Ou est-ce que je me trompe sur toute la ligne ? Peut-être désiriez-vous réellement que les choses soient ainsi. J'ai l'impression qu'il existe une autre réponse, mais chaque fois que je la cherche c'est comme si je me cognais la tête contre un mur.

Cette pensée fit naître une sensation de malaise en elle. Que se passerait-il si Mirage et elle ne réussissaient pas ? Que faudrait-il déduire de cet échec ? Aucune des possibilités n'était rassurante. Il pourrait signifier que la réponse avait bien été là, mais qu'elles avaient été trop stupides pour la voir à temps. Ou bien que la Déesse avait bien pour projet de faire évoluer la situation, mais sans leur intervention. Ou qu'elle préférait que tout reste ainsi.

La séparation et la mort, un déni de la personnalité – je ne peux croire à ça.

Miryo serra les dents. *Je me suis engagée dans cette voie, Déesse. Alors soit vous me donnez la force d'aller jusqu'au bout, soit vous me démontrez que je me suis fourvoyée.*

C'était plus une exigence qu'une prière, mais elle raffermit sa détermination, et peut-être que c'était suffisant.

— Nous pensons savoir qui est l'agent de l'Étoile du Loup, dit Jaguar quand ils eurent terminé leur rapport. Ils en ont un dans leurs rangs, âgé de vingt-neuf ans, nommé Spectre. Il n'a pas fait grand-chose pour mériter cette appellation, c'est du moins ce que nous pensions, jusqu'à récemment. Il semble qu'il ait pleinement hérité de l'habitude qu'ont les Chasseurs de son école d'effacer leurs traces. Mais seulement de façon temporaire. Après quelque temps, il se croit libre de se vanter de ses exploits.

— Se vanter de ses exploits ? fit Mirage sans chercher à dissimuler son mépris pour une telle attitude. Quand on est un *assassin* ? C'est stupide. Il n'y a pas de date de péremption pour la vengeance.

— Il en est conscient, fit Jaguar d'un ton pince-sans-rire. Nous avons appris cette année qu'il était derrière la mort de Dame Anade du Razi. Fouillis, un Chasseur du Faucon des Nuages, s'est lancé à sa poursuite. Il avait des liens personnels avec la défunte Dame. Spectre l'a tué il y a quelques mois.

Mirage laissa échapper un sifflement presque inaudible. Elle avait connu Fouillis, un des Chasseurs les plus doués du Faucon des Nuages. Et si Spectre avait maintenant vingt-neuf ans, il n'en avait eu que vingt et un quand il avait tué Anade. Ces précisions éclairaient d'un jour nouveau le combat qui avait opposé Mirage à cet assassin – même si cela n'excusait en rien qu'elle ait perdu sa trace à Vilardi.

— Il va chercher à t'atteindre, ajouta Jaguar. Toi, Mirage. Tu es trop singulière pour combattre non masquée et ne pas être identifiée. Maintenant qu'il sait que tu es après lui, il va vouloir se débarrasser de toi.

Le regard que le grand-maître posait sur elle était implacable.

— C'est ton problème. Nous ne ferons rien pour t'aider contre lui. Tu savais, en acceptant ce contrat, qu'il incluait la traque du Chasseur coupable de meurtre.

— Je comprends, dit-elle avec calme.

Il est peut-être doué, mais j'ai bien failli l'avoir à Vilardi. Il ne m'échappera pas une seconde fois.

— Nous ne venions pas chercher de l'aide ici, précisa-t-elle.

Jaguar acquiesça. Il ne s'attendait pas à une autre réponse. Les Chasseurs du Feu d'Argent apprenaient à régler seuls leurs problèmes personnels, tant que c'était humainement possible.

— Pour le reste du contrat, donc. Que comptez-vous faire ?

— Nous allons exposer nos soupçons à notre employeur, déclara Éclipse. De vive voix, si nous le pouvons. Je n'aime pas trop ce système de communication à distance. Je veux voir le visage de cette sorcière, quelle qu'elle soit, quand nous lui apprendrons la nouvelle.

— Et qu'espérez-vous ?

— Nous n'en sommes pas sûrs, dit Mirage. J'ai l'impression que nos employeurs ne forment qu'un petit groupe. Je ne pense pas qu'ils sembleraient aussi traqués s'ils avaient le nombre de leur côté. Qui sont leurs adversaires, combien sont-ils, quelle est leur puissance ? Nous ignorons encore ces paramètres dont dépendront nos problèmes à venir.

— Mais nous sommes issus du Feu d'Argent, intervint Éclipse, et c'est un facteur qui comptera dans l'équation. Même s'il existe des problèmes entre nos employeurs et ceux du Chasseur de l'Étoile du Loup, ils peuvent reconnaître la neutralité d'un Chasseur et nous laisser en dehors de leurs différends. Nous ne sommes liés à personne. Nous exécutons le travail pour lequel on nous a engagés, en toute impartialité.

Mirage n'aurait pu dire ce qui fit se dresser les poils de sa nuque. Le visage de Jaguar ne trahit rien. S'il eut une réaction, elle n'excéda pas un plissement infinitésimal des paupières. Mais quelque chose la hérissa, et elle regarda le grand-maître avec une intensité soudaine.

— Nous œuvrons en toute impartialité, n'est-ce pas ? lui demanda-t-elle. Sauf s'il y a une raison bien particulière pour que vous nous ayez choisis…

Jaguar baissa les yeux sur son bureau. C'était l'expression la plus proche de la culpabilité qu'elle l'ait jamais vu arborer. Après un silence insupportable, il déclara :

— C'est Tari-nakana qui t'a amenée ici.

Mirage décrispa lentement les poings, déplia et plia les doigts pour en évacuer la tension, et répondit enfin :

— Je pensais que la chose avait été arrangée par le chef de ma troupe.

— La chose a été arrangée *avec* ton chef. Tari-nakana – Tari-nai à l'époque – me l'a proposée la première, et c'est elle qui a négocié avec moi pour que tu entres ici.

Sa première pensée, assez irrationnelle, fut qu'il était bon que personne d'autre au Feu d'Argent n'ait été dans la confidence. *Ta rousseur seule t'a déjà valu ton lot de commentaires et de murmures derrière ton dos. Si les autres avaient été au courant, les murmures se seraient mués en cris. Tout le monde aurait voulu me voir expulsée de l'école. Ou morte.*

— J'ai cru, quand je t'ai choisie – et je le crois toujours aujourd'hui –, que ton impartialité n'était pas mise en danger, poursuivit Jaguar. Tu ne savais rien de l'implication de Tari-nakana. Sa surveillance de tes déplacements était très certainement la preuve qu'elle continuait de s'intéresser à ta carrière, et sans autre preuve il n'y a aucune raison de croire qu'il existe un quelconque rapport avec son assassinat.

Par un accord tacite et spontané, Mirage et Éclipse ne dirent rien. Ils avaient une preuve, une preuve qui les attendait non loin de là, à Elensk. Mais en dépit de la loyauté qu'elle devait à Jaguar, malgré la confiance qu'elle avait en lui, Mirage n'était pas prête – pas encore – à lui parler de Miryo.

— Savez-vous pourquoi Tari-nakana souhaitait que j'intègre cette école ? demanda-t-elle.

Jaguar la regarda au fond des yeux et eut un haussement d'épaules.

— Les raisons sont évidentes. Tu étais, tu es toujours idéalement faite pour le métier de Chasseuse. Tu étais déjà une bonne Danseuse, mais tes talents n'auraient pas donné toute leur mesure si tu étais restée dans une troupe. Elle l'a vu, et s'est personnellement investie pour que tu occupes la place qui te convenait le mieux.

Et si c'est là toute l'histoire, je suis une débutante de l'Épine Sanglante.

— Une chose encore, dit-elle. En chemin nous avons croisé Vipère. Il a dit qu'il nous attendait. Pourquoi ? Est-il au courant du contrat ?

Elle ne l'imagina pas : d'étonnement les yeux de Jaguar s'agrandirent bien pendant une fraction de seconde.

— Alors tu n'es pas au courant…

Mirage décrispa les poings une fois encore.

— Non.

De quoi devrais-je être au courant ?

Jaguar ne le lui expliqua pas. Il se leva et fit signe aux deux visiteurs de le suivre.

Ils sortirent du bureau par une autre porte, celle-ci ouvrant sur un escalier ascendant. Ils débouchèrent au sommet du pigeonnier, avec son balcon qui offrait une vue imprenable sur la cour attenante au gymnase, le terrain de tir à l'arc et celui pour le combat monté.

Il y avait du monde à l'entraînement. À une extrémité, un jeune homme répétait un enchaînement de mouvements avec sa lance, selon un rythme d'une lenteur méthodique. La longueur de l'arme lui avait dégagé un espace confortable, mais le reste du terrain était occupé. Un petit groupe d'apprentis, de quinze ans d'après les marques au dos de leurs vestes, s'exerçaient ensemble au maniement du couteau. Un solitaire de douze ans effectuait chute sur chute, manifestement pour apprendre à maîtriser la technique. Et du côté le plus proche des observateurs, les derniers arrivés s'entraînaient par paires.

Jaguar dirigea leur attention sur les deux qui se trouvaient au bord du terrain.

— Dites-moi ce que vous voyez.

Mirage les observa. Le rembourrage qu'ils portaient dissimulait leur silhouette. Elle pensa qu'il s'agissait de filles, mais leur jeune âge ne lui permettait pas d'en être sûre. Elles se mouvaient encore avec les hésitations d'apprenties qui n'ont pas assimilé le fait qu'elles sont supposées frapper l'adversaire, mais elle pouvait voir qu'elles le comprendraient bientôt.

— Elles ne sont pas trop mauvaises, dit-elle après un moment. Elles rechignent encore un peu à porter les coups, mais elles savent déjà maintenir leur garde haute, alors que d'autres n'en sont pas à ce stade. La plus grande sera bonne dans les techniques de pied, si elle travaille comme il faut.

Jaguar approuva d'un hochement de tête avant de lancer un regard interrogateur à Éclipse.

— Elles se déplacent comme Mirage, dit le Chasseur.

La jeune femme se retourna vers lui.

— Elles ont ses réflexes, son agilité. Elles ne sont peut-être pas encore habituées à appuyer leurs coups, mais elles comprennent déjà l'essence du combat d'une façon qui échappe toujours aux autres. Elles sont naturelles, comme Mirage.

Celle-ci sentit son attention irrésistiblement attirée vers les silhouettes androgynes en contrebas.

Comme moi. Par l'âme de la Déesse. Est-ce que ce sont des…

— La plus petite a les cheveux brun-roux, dit Jaguar. Ceux de la plus grande sont bruns, mais seulement parce qu'elle les teint. Il y en a une autre à la Lame du Vent, et une autre encore à l'Épine Sanglante.

Des doubles. Oh, Déesse…

Il jeta un coup d'œil à Mirage.

— Tu sais quelque chose à ce sujet.

C'était une constatation, non une question. Et elle mettait Mirage dans une position très inconfortable. Elle pouvait fort bien ne pas révéler à Jaguar ce dont il ignorait l'existence, mais elle ne se sentait pas le droit de lui mentir directement. Et pourtant elle était incapable de prévoir ce qui arriverait si elle lui disait ce qui se passait.

Aucun des deux ne bougea, pendant un long moment. Enfin Mirage s'arracha à la contemplation des doubles qui s'affrontaient sur le terrain d'exercices, et elle fit face au grand-maître.

— Oui, je sais quelque chose à ce sujet, reconnut-elle à mi-voix. Mais pour plusieurs raisons, je ne peux rien vous en dire pour l'instant. Pas tant que je n'aurai pas clarifié une autre chose.

— Tu me dois une certaine loyauté, énonça Jaguar.

Sa voix était neutre, et elle n'aurait pu définir s'il était en colère ou s'il lui rappelait simplement une évidence.

— Je sais, répondit-elle en s'efforçant d'adopter un ton ferme. Mais cette autre question prévaut. Je le jure sur l'âme de la Guerrière, je vous dois une explication, et vous l'aurez. Mais pas maintenant.

— Et si tu ne survis pas à ce contrat ?

Mirage ne put s'empêcher d'avoir un rictus sarcastique.

— Spectre n'aura pas le dessus. Mais au cas où les sorcières y parviendraient, je prendrai des dispositions pour que vous ayez ces explications, quoi qu'il arrive. Ça ira ?

Il sonda ses yeux une seconde, puis hocha la tête.

— Ça ira. Pour l'instant.

19

DOUBLE

La nuit avançait, et Miryo cherchait toujours le sommeil, quand elle entendit un bruit léger derrière elle.

Elle fit volte-face à temps pour voir la fenêtre qui s'ouvrait vers l'intérieur. Par réflexe, sans même réfléchir, quelque chose en elle en appela au pouvoir pour repousser l'intrus d'une décharge invisible…

Elle stoppa sa réaction au tout dernier instant, quand Mirage s'encadra dans la fenêtre ouverte et sauta dans la pièce. Miryo se leva et fit en sorte de masquer son trouble, tout en se demandant si son double qui approchait le décelait. Éclipse entra à son tour dans la chambre et referma la fenêtre derrière lui.

Un seul regard à l'expression de la Chasseuse lui suffit pour savoir qu'elle ne se calmerait pas. *Ils n'étaient pas censés revenir avant demain. Que s'est-il passé ?*

— Il y en a d'autres, déclara Mirage.

— D'autres quoi ? fit la sorcière, déroutée.

— D'autres doubles en vie. Quatre, au moins. Deux au Feu d'Argent, un à la Lame du Vent et un à l'Épine Sanglante. Personne n'a deviné leur véritable nature, du moins de ce que j'ai pu constater, mais Jaguar au moins sent qu'il y a quelque chose d'étrange chez eux. Il m'a posé la question. Je ne lui ai rien dit.

Les prunelles de Mirage étaient emplies d'une froideur que Miryo pouvait comprendre. Les siennes auraient sans doute le même aspect, une fois qu'elle aurait passé le stade du choc.

— Par le sourire édenté de l'Aïeule… D'où viennent ces doubles ? Tari-nakana n'a pas eu d'enfant.

Miryo eut un hoquet quand sa gorge se serra brusquement.

— Mais Ashin a une fille…

Mirage la regarda au fond des yeux.

— Tu reconnaîtrais la fille, si tu la voyais ?

— Je ne sais pas. Je ne me suis jamais trouvée face à elle. Mais si elle ressemble à Ashin, oui, probablement.

Son double se tourna vers Éclipse toujours immobile devant la fenêtre.

— Quel est l'emploi du temps en cette saison, pour les élèves de première année ?

— Chevauchée en forêt, chaque matin. Et ce n'est pas la période des évaluations.

— Parfait, dit Mirage qui revint à Miryo. Rassemble tes affaires et retrouve-nous à la sortie ouest de la ville. Nous allons nous rendre au Feu d'Argent cette nuit, et nous vérifierons pour ces deux-là demain.

L'aubergiste ne manquerait pas de s'interroger sur les raisons qui poussaient sa si noble cliente à partir en pleine nuit, mais soudain ça n'avait plus beaucoup d'importance.

— J'y serai dans moins d'une heure, répondit la sorcière.

***

Ce fut une folle chevauchée. Miryo se demanda si la vie d'une Chasseuse ressemblait toujours à ça : rôder dans les ombres, entrer dans les auberges par les fenêtres des chambres, et quitter une ville en plein cœur de la nuit. Et aussi si une sorcière de l'Air avait le même genre de comportement. En ce cas, sa vie future allait mettre ses nerfs à rude épreuve.

Ils contournèrent le Feu d'Argent à bonne distance et approchèrent la forêt par l'arrière. Quand ils l'eurent atteinte, les deux femmes laissèrent Éclipse avec les chevaux et continuèrent à pied. Mirage ouvrait le chemin et se glissait tel un fantôme entre les masses sombres des fûts. Miryo trébuchait régulièrement derrière elle et s'évertuait à faire le moins de bruit possible, ce qui n'était pas facile car en plus de l'obscurité le sol était inégal et abondait en traîtrises diverses. Elle s'était déjà promenée de nuit, mais, en général, c'était sur les terrains bien entretenus de la Chute de l'Étoile, ou sur ses toits. Ici, dans la forêt et sans chemin tracé, elle avait beaucoup plus de difficultés. Elle ne cessait de mal évaluer la hauteur du sol et vacillait souvent.

Quand, pour la vingtième ou trentième fois, elle faillit s'écrouler, Mirage stoppa net. Miryo frémit en songeant à ce que son double devait penser d'elle. Elle détestait se montrer incompétente.

— Pose d'abord la pointe du pied, ensuite seulement le talon, lui conseilla la Chasseuse avant de repartir.

Miryo suivit la recommandation et trouva la méthode particulière, mais efficace. Le mouvement fatiguait ses jambes qui n'y étaient pas accoutumées, mais elle ne trébuchait plus. Si elle faisait toujours craquer les brindilles et bruisser les feuilles mortes, elle ne produisait plus autant de vacarme qu'un âne ivre et cette nette amélioration lui mit un peu de baume au cœur. Avec de la pratique, elle espérait même apprendre à progresser en silence.

Un peu plus tard, Mirage fit halte.

— Attends-moi ici, murmura-t-elle.

L'obscurité l'engloutit. Miryo tendit l'oreille pour la repérer au son, mais elle ne perçut rien d'autre qu'un froissement occasionnel qui aurait pu signaler le passage d'un écureuil.

Mirage réapparut tout aussi soudainement.

— Suis-moi.

Elles parcoururent une dizaine de mètres avant de s'arrêter de nouveau.

— Tu sais grimper aux arbres ? demanda la Chasseuse.

Aux arbres entretenus de la Chute de l'Étoile, oui… Elle se rassura en se disant que l'exercice ici ne pouvait être plus difficile que certaines de ses escapades sur les toits du Foyer.

— J'y arriverai.

Elles se hissèrent dans les branches. Ce n'était pas aussi difficile que la sorcière l'avait craint. En fait l'arbre semblait avoir été discrètement élagué afin d'en faciliter l'ascension. Elle eut confirmation de cette impression quand Mirage la mena sur une petite plate-forme nichée au creux d'une large fourche.

— Poste d'observation, expliqua son double. Les maîtres viennent ici pour observer les apprenties, lors des évaluations.

Miryo resserra les pans de sa cape autour de son corps et se trémoussa pour trouver une position à peu près confortable.

— À quelle heure passeront-ils par ici ?

— Ils quittent le Feu d'Argent au carillon Premier. Selon l'itinéraire qu'ils choisissent, ils seront ici une demi-heure ou une heure plus tard.

Si la sorcière ne se trompait pas, on était entre les carillons Bas et Sombre. Elles avaient donc au moins quatre heures à tuer, coincées dans un arbre, le froid et l'humidité. Avec un soupir, elle remua encore un peu, puis posa la tête contre une branche et essaya de dormir.

Elle somnola peut-être, mais aurait eu du mal à le certifier. Chaque fois qu'elle ouvrait les yeux, elle voyait Mirage, ombre noire et immobile qui se détachait à peine sur le fond sombre de l'arbre. La sorcière se demandait s'il arrivait à son double de dormir.

— C'est toujours comme ça ? demanda-t-elle finalement.

Mirage ne répondit pas immédiatement, et un moment Miryo crut qu'elle s'était assoupie ou n'avait pas compris la question. Puis l'ombre haussa les épaules.

— Ça dépend de ce que tu fais. Certaines occupations sont plus… animées que d'autres.

— Tu trouves le temps de t'accorder un peu de repos ?

— C'est ce que j'étais supposée faire, avant le solstice. J'avais chevauché d'un bout à l'autre du pays, pour effectuer trois missions de suite. Et puis Éclipse est arrivé avec le contrat…

— Et tu es sur la route depuis ?

— Oui.

Un silence. Le vent lui-même s'était tu.

— Et ça te plaît ?

Mirage rit doucement. Miryo ne savait trop comment interpréter cette réaction : pas d'amertume, mais pas de joie non plus.

— Oui, ça me plaît. Probablement plus qu'il n'est bon pour moi. J'aimerais me reposer, parfois, mais je me nourris aussi des défis. Je me suis ennuyée horriblement pendant toute une période, plus tôt, cette année. L'obtention du contrat m'a insufflé plus d'énergie qu'un mois entier de détente.

— Je me suis posé la question, moi aussi. Il faut que je choisisse un Rayon, vois-tu, et je penchais plutôt pour celui de l'Air. Mais je ne savais pas si j'apprécierais de bouger tout le temps.

— Tout le monde n'est pas fait pour ce mode de vie. Au Feu d'Argent, les maîtres essaient de s'assurer que les élèves qui n'aiment pas ça épousent une autre profession ou soient transférés dans une des écoles avec lesquelles nous entretenons des liens d'amitié.

Mirage pencha la tête, et Miryo sentit le regard de son double se poser sur elle.

— Il se pourrait que tu aimes cette existence. C'est mon cas, après tout. Mais j'ignore si c'est un des points que nous avons en commun.

— Eh bien, en tout cas j'en ai un aperçu à courir partout avec toi.

— Et qu'en penses-tu ?

Miryo sourit, même si Mirage ne pouvait pas le voir.

— Je pense que ça me plaît plus qu'il n'est bon pour moi.

Ce fut leur dernier échange pendant un certain temps. L'aube arriva une heure environ avant le carillon Premier. Au moment où Miryo put voir Mirage clairement, son double reprit la parole :

— Il faut ne plus faire aucun bruit, à partir de maintenant. Si quelqu'un passe en bas et soupçonne notre présence, je descendrai lui parler. Toi, reste aussi immobile qu'il te sera possible.

Miryo acquiesça.

Mais c'était plus difficile qu'elle ne l'avait pensé. Ses jambes étaient devenues raides, et les crampes menaçaient. Elle les étira discrètement, et grimaça à chaque effleurement de ses bottes contre la plateforme. Mirage ne la regarda pas, et elle ne pipa mot.

Malgré cela, Miryo pouvait deviner ses pensées. Elle finit par se plonger dans la méditation pour oublier son inconfort croissant.

Elle fut subitement tirée de cet état par la main que la Chasseuse posa sur son poignet. Aussitôt sur le qui-vive, la sorcière se pencha en avant, dans une position où elle pourrait apercevoir les cavaliers.

Ils arrivaient sur la piste selon une disposition espacée, chacun séparé des autres de plusieurs minutes. Trois passèrent avant que Miryo ne sente de nouveau le contact de Mirage. La cavalière qui approchait était mince, avec des cheveux bruns coupés court.

Quand celle-ci se fut éloignée, Miryo secoua la tête à l'adresse de Mirage.

Deux autres suivirent. Alors Mirage lui tapota le poignet d'un doigt.

Miryo n'avait pas vraiment besoin de ce contact. Les cheveux ras de la fille étaient d'un roux plus sombre que ceux de sa mère, mais leur ressemblance était telle qu'elle aurait pu avoir le nom symbolique d'Ashin tatoué sur le front.

Elles durent rester dans l'arbre pendant que les autres étudiantes défilaient sous elles. Enfin elles purent redescendre et quitter les lieux sans plus attendre. Elles ne croisèrent personne. Mirage salua Éclipse d'un signe de tête quand elles le rejoignirent. Tous trois se remirent en selle et s'éloignèrent rapidement du Feu d'Argent.

Dans un premier temps, ils chevauchèrent sans trop se soucier de la direction. Mais cela ne dura pas. Bien vite, Miryo se redressa sur sa selle et choisit pour le trio.

— Aystad, décida-t-elle. Il y a une Main du Néant là-bas. Elle saura peut-être nous dire où se trouve Ashin.

— C'est soudain, remarqua Éclipse.

Miryo eut un fin sourire.

— C'est très pratique, vraiment. Après avoir décidé de ne pas tuer Mirage, je n'avais aucune idée de ce que j'allais faire ensuite. Nous avions beaucoup à accomplir, et aucun moyen de savoir par où commencer. Mais le problème se résout de lui-même. Les choses s'agencent de telle sorte que je n'ai pas réellement le choix dans l'étape suivante.

— Et ça ne t'ennuie pas un peu ?

— Je n'y peux pas grand-chose, n'est-ce pas ? Alors autant que je l'accepte.

Mirage ne les écoutait plus. Elle allait à l'aveuglette dans une sorte de brume mentale, les yeux toujours fixés sur la route devant eux, mais l'esprit obsédé par les deux filles. Les deux doubles. Qui se battaient. Qui se mouvaient comme elle, avait dit Éclipse.

La chose l'irritait de façon assez perverse. Elle avait grandi dans la honte de sa rousseur et sa singularité, et bien qu'elle l'ait détesté cela avait fini par constituer une partie très présente de son identité. Elle était simplement différente de n'importe quelle autre apprentie Chasseuse. Rapide, puissante, avec un don naturel pour le combat. C'était instinctif. Et c'était quelque chose qui la mettait définitivement à part. *Et maintenant tu t'irrites de découvrir que tu n'es pas unique. Reprends-toi.*

Toutes sortes de questions inédites lui venaient, à présent. Pourquoi les doubles possédaient-ils ces qualités ? Pourquoi étaient-ils vifs, forts, des combattants naturels ? Ces traits étaient-ils incompatibles avec toute aptitude magique ?

Quand nous aurons trouvé Ashin-kasora, peut-être réussirons-nous à la convaincre de nous amener sa fille – enfin, les deux. Il est possible qu'une solution existe, mais elle doit être mise en pratique avant ce second rituel. Si c'était bien le cas, il était trop tard pour Miryo et elle. Mais elles pourraient faire quelque chose pour aider ces autres filles.

Et à un moment ou un autre, il lui faudrait affronter Spectre.

Quelque chose la percuta en pleine poitrine.

QU'EST-CE QUE…

Le cheval de Miryo se cabra et faillit la jeter à terre. Elle s'accrocha aux rênes tandis que le hongre retombait sur ses quatre pattes et manquait piétiner Mirage.

Mirage. Au sol. Avec…

Avec une flèche fichée dans la poitrine.

Un autre trait siffla dans l'air et vint se planter dans le tronc le plus proche de la tête de son cheval. Sa monture fonça.

Saisi de panique, l'animal quitta la route, bondit par-dessus un rocher et évita de justesse un arbre. Miryo se cramponnait aux rênes et restait aussi bas que possible sur la selle pour ne pas être assommée par une branche. Il fallait absolument qu'elle maîtrise son cheval. Mirage était quelque part, derrière elle…

Morte.

Quelque chose se révolta en elle. *Non, je ne peux pas en être sûre. Il faut que je retourne là-bas.*

Le hongre ralentit un peu, et elle fut enfin en mesure de l'arrêter. Il avait parcouru une bonne distance lors de cette course folle. Elle se contorsionna sur sa selle pour repérer la route à travers les arbres. Mais le sol était trop accidenté, et elle était désorientée.

Le claquement de l'acier contre l'acier la guida. Durant la fraction de seconde avant que sa monture s'emballe, Miryo avait vu le Chasseur en uniforme et masqué qui venait de lui tirer dessus se courber en deux. Lui et Éclipse devaient s'affronter en ce moment même. Il lui suffisait donc de les retrouver, et elle retrouverait Mirage.

Elle éperonna son cheval.

Le terrain très inégal l'égarait, et elle ne cessait de s'écarter de son objectif. Elle se mit à grommeler une succession de jurons de plus en plus virulents. *Je n'ai pas de temps à perdre !*

Puis elle arriva au sommet d'une petite élévation, et elle les aperçut.

Éclipse avait lancé son cheval vers l'ennemi et l'avait coincé contre un groupe de rochers, et les deux Chasseurs s'affrontaient furieusement. Mais le combat les avait écartés de la route, et Mirage n'était visible nulle part.

Miryo lutta contre les larmes. Puis elle inspira profondément, et commença à chanter.

Elle avait pensé créer un sort de paralysie, pour immobiliser les deux hommes. Mais après trois mots, il n'était plus d'actualité. Sans même le vouloir elle tendit son esprit vers le soleil là-haut, la terre sous ses pieds et le vent alentour, et elle les maria dans un sort de force destructrice. Sa maîtrise du phénomène était très approximative, et l'énergie s'accumulant sauvagement menaça très vite de lui échapper.

Mais Miryo n'avait que faire de la prudence.

Son double avait reçu une flèche en plein cœur. Si elle n'était pas morte, elle était dans un état si grave que la sorcière ne pouvait rien pour la sauver. Et c'était pourquoi Miryo n'avait plus aucune crainte. Elle rassemblait le pouvoir pour anéantir le Chasseur devant elle.

Il était en train de repousser Éclipse d'un assaut furieux. Miryo éprouvait toutes les peines du monde à contenir le maelström d'énergie presque incontrôlable.

Il oscillait violemment, cherchait à lui échapper, mais elle concentrait chaque fibre de son être pour le déchaîner sur sa cible.

Soudain, elle se tordit sur elle-même et dirigea le pouvoir dans le sol, par un effort qui embrasa tout son corps. La terre explosa dans un déluge de feu et de poussière, mais, à travers celui-ci, elle aperçut la silhouette qui venait de bondir du sommet des rochers et faisait chuter le Chasseur de son cheval.

Je ne le crois pas.

Son double roula sur le sol et se releva aussitôt, tirant son épée dans le même mouvement coulé. *Je l'ai vue s'effondrer. Elle ne peut pas être là. Elle ne peut pas se battre…*

Mais il lui était impossible de nier la réalité de la scène qui se déroulait devant ses yeux. Mirage avait bondi du haut des rochers et avait fait chuter le Chasseur de son cheval. C'était un miracle qu'elle ne se soit pas empalée sur l'épée qu'il brandissait. Derrière eux la sorcière entrevit Éclipse qui restait bouche bée et bras ballants.

Et maintenant qu'ils se battaient, Miryo comprit ce que le Chasseur avait voulu dire quand il avait affirmé que sa partenaire était douée. Blessure ou pas, elle ne ménageait pas sa peine, et même la sorcière pouvait constater sa maîtrise. Elle enchaînait les mouvements à une vitesse impossible. En comparaison, son adversaire paraissait maladroit et lent. Il donna un coup de taille, mais elle n'était plus là depuis longtemps. Déjà elle bondissait de côté pour riposter, et il n'évita l'éventration que d'un souffle. C'était maintenant Mirage qui le faisait reculer, et elle profitait au mieux de cet avantage.

Elle frappa en hauteur, puis doubla en bas. L'autre avait dégainé sa dague et s'en servait pour bloquer certains coups, mais la vélocité de Mirage donnait l'impression qu'elle maniait trois lames. D'abord elle le toucha à la hanche, puis à l'épaule. La Chasseuse se fendit brusquement et il ne fut pas assez vif pour éviter le tranchant de l'épée qui lui entailla la joue et l'oreille. Une partie de son masque flottait librement dans l'air. Sous le sang qui inondait son visage, Miryo vit une expression dure et sinistre.

Mirage envoya de la poussière dans les yeux de son ennemi. Celui-ci dut les fermer et, pendant un instant, il parut combattre seulement en se fiant à son ouïe. Mais c'était loin de suffire. En une seconde il avait perdu sa dague, et un doigt avec.

Il hurla et chargea droit devant lui. La soudaineté de l'attaque et sa masse déséquilibrèrent Mirage, et tous deux roulèrent au sol. Les épées volèrent au loin. Mais il aurait été plus avisé de rester debout, et armé. Avant qu'il puisse se redresser Mirage était debout.

Elle repassa à l'attaque dans un déluge de coups de pied qui le touchèrent au visage, à la poitrine, à l'entrejambe. Malgré la distance, Miryo entendit les os craquer. Le Chasseur n'opposait plus qu'une résistance dérisoire, à présent. Mirage le repoussa rudement dos contre terre, s'agenouilla sur sa poitrine et sortit sa dague. Miryo ferma les yeux quand son double trancha la gorge de l'homme.

20
MISETSU

— C'EST LA DEUXIÈME fois !

— Tu as des visions.

Mirage refusait de croiser le regard d'Éclipse. Elle alla ramasser son épée dans la poussière.

— Non. La première fois, *peut-être*, l'explication pouvait tenir. Mais pas aujourd'hui. Il t'a abattue d'une flèche, Sen, et il y a un trou dans ta veste qui le prouve.

Miryo s'approcha et les dévisagea à tour de rôle.

— Que veux-tu dire par « la première fois » ?

Mirage lança un regard furieux au Chasseur, mais cela ne le fit pas taire. Et le frapper ne semblait pas être la meilleure solution. Puisqu'elle ne pouvait rien faire, elle resta là, en s'efforçant de ne pas trembler, tandis qu'il répondait à l'interrogation de la sorcière.

— Nous étions apprentis, à l'époque. Elle s'est retrouvée à se battre avec cet autre étudiant. Il l'a frappée, et il l'a tuée. Je me suis précipité pour alerter le maître, mais quand nous sommes revenus, Sen s'était relevée et elle affrontait à nouveau son adversaire.

— Il ne m'avait pas tuée. Seulement étourdie.

— Aucune chance, Sen. Même alors, je savais quel bruit fait une nuque qui se brise.

— Et la chose vient donc de se reproduire, fit Miryo d'une voix étrangement faible. Oui, Mirage, j'ai vu la flèche de ce Chasseur t'atteindre. Tu étais morte avant de toucher le sol.

— Je n'étais *pas* morte.

Éclipse eut un rire convulsif.

— Que vas-tu prétendre, aujourd'hui ? Que la flèche a rebondi ?

Miryo leva les mains pour les faire taire tous les deux.

— S'il vous plaît. Prenez le temps de réfléchir un peu. Ça expliquerait bien des choses…

Mirage ne cacha pas son incompréhension.

— Par exemple ?

— Par exemple, le fait que tu ne sois pas morte, il y a vingt-cinq ans. Peut-être que Kasane t'a effectivement tuée, et que tu es revenue à la vie.

L'hypothèse provoqua un silence momentané. Puis Mirage secoua la tête.

— Et comment serais-je devenue impossible à tuer ? Existe-t-il un sort qui rende invulnérable ? Non, ça n'a pas de sens. Et puis, si j'étais invulnérable, pourquoi les Primes t'auraient-elles chargée de me tuer ?

— Peut-être qu'elles n'en savaient rien, proposa Éclipse.

Mais c'était maintenant au tour de Miryo de faire non de la tête, dans un mouvement lent. L'horreur de ce qu'elle croyait avoir compris agrandissait ses yeux.

— Non, les Primes savaient. Et tu n'es pas totalement invulnérable. Quand elles m'ont envoyée te traquer, elles ont mis l'accent sur une chose : *je devais te tuer moi-même.*

Un autre silence, qu'Éclipse finit par rompre :

— Donc, si je t'attaquais…

— Toi, tu ne t'approches pas de moi, coupa Mirage d'un ton sec. Il n'est pas question que je te laisse vérifier ta théorie sur moi.

Cette seule pensée lui nouait le ventre. Elle avait tout fait pour oublier, mais elle se souvenait toujours du craquement écœurant dans sa nuque quand le pied de cette guerrière de l'Épine sanglante avait percuté sa mâchoire. Cette sensation, et maintenant celle de l'impact de la flèche, et la douleur brûlante qui l'avait envahie, suivie des ténèbres…

— Ça expliquerait quand même certaines choses, insista Éclipse.

— Sauf qu'aucun ne peut expliquer de façon convaincante comment je serais devenue ainsi.

— Bah, nous avons déjà dix mille questions sans réponse, railla Miryo. Quelle importance, une de plus ou de moins ?

Mirage nettoya la poussière sur la lame de son épée et le sang sur celle de sa dague, et rengaina les deux armes. Ces gestes familiers dissimulèrent le tremblement de ses mains.

— D'accord. Donc je suis difficile à tuer. Et maintenant ?

Elle réussit à les détourner de ce sujet, au moins pour le moment. Le regard que Miryo lança au cadavre qui gisait sur le sol paraissait involontaire, comme si le mort avait attiré son attention malgré elle.

— C'est l'assassin de l'Étoile du Loup ?

— Spectre. Oui. On le voit à sa tenue.

— Donc tu as rempli ton contrat.

— En partie seulement, répliqua Mirage, heureuse de parler d'autre chose que de ses décès ratés. Reste à définir qui était son commanditaire. Éclipse et moi allons écrire à nos contacts pendant que tu iras voir les tiens. Ensuite nous pourrons décider si nous partons à la recherche d'Ashin ou de nos employeurs… en admettant qu'Ashin ne soit pas notre employeur, bien sûr.

Miryo parut étonnée.

— Tu penses qu'elle l'est ?

— Ce n'est aucune de celles que nous avons rencontrées jusqu'à maintenant. D'après ta description, elle m'a l'air trop directe pour être notre première sorcière, et trop sûre d'elle pour être la deuxième. Elles sont donc au moins quatre impliquées dans cette affaire, si l'on compte Tari-nakana. Mais elles sont probablement plus nombreuses, puisqu'il y a quatre doubles dont nous connaissons l'existence.

— Oui. J'essaie de trouver qui d'autre a une fille du bon âge… fit Miryo qui réfléchit un moment avant de renoncer. Il faudra que je me penche sérieusement sur la question. Qu'allons-nous faire de… lui ?

Une nouvelle fois, elle eut un regard furtif en direction du cadavre.

— Nous le déshabillerons, dit Éclipse. L'uniforme est la preuve de son identité, et généralement la seule manière de s'en procurer un en intégralité consiste à tuer son propriétaire. Sa tenue sera donc la preuve de sa mort. Quant au corps, nous l'enterrons.

La réaction de Miryo ne lui échappa pas.

— Tu sembles étonnée.

— Je crois que je ne m'attendais pas à ce que vous lui montriez cette forme de respect.

— Il faisait son boulot. Tout comme nous. Personnellement, je n'aurais pas accepté un contrat incluant l'assassinat de Tari-nakana, mais ce n'est pas une raison suffisante pour maltraiter sa dépouille.

Mirage observait avec intérêt l'attitude de la sorcière. *Pensait-elle que nous allions abandonner le corps aux corbeaux ? Je n'avais pas de sympathie particulière pour cet homme, mais il n'a pas mérité un tel traitement.* Apparemment, son double s'était à moitié attendu à ce qu'ils se comportent de la sorte.

Miryo fournit un effort et regarda le cadavre délibérément.

— Très bien. Alors faisons ce qui doit être fait, et reprenons notre route.

Des bribes de conversation parvenaient aux oreilles d'Éclipse. Il s'évertuait à ne pas paraître écouter ce qui se disait, mais c'était chose difficile, car en réalité il était très curieux de savoir ce qu'elles se racontaient.

Il pouvait distinguer la voix de Miryo de celle de Mirage. Les deux se ressemblaient beaucoup, bien sûr, mais celle de la sorcière avait des accents mélodieux qui manquaient chez la Chasseuse. De même, celle-ci parlait avec une tension sous-jacente qui n'existait pas dans le phrasé de Miryo.

Mais plus elles bavardaient ensemble et plus elles sonnaient de façon semblable. Pas entièrement, mais par moments. Il avait déjà noté ce phénomène : les gens s'appropriaient souvent les intonations de ceux qu'ils fréquentaient. Mais c'était plus troublant quand les deux voix possédaient presque le même timbre.

Il se demandait s'il était possible que Mirage prenne toutes les inflexions de Miryo. Sa partenaire n'avait pas l'oreille musicale, sans doute un effet de cette même division qui faisait que Miryo avait des réflexes très ordinaires. Mais se pouvait-il qu'au contact de l'autre, chacune remédie à ses propres carences pour égaler son alter ego ? Ou existait-il une scission fondamentale entre elles, provoquée par le rituel qui en avait fait deux êtres distincts ?

C'était plus ou moins le sujet de leur conversation actuelle.

Plus tôt dans la soirée, ils avaient fait tous trois une nouvelle tentative avec la magie. Miryo avait décrit ce qui s'était produit avec le sort qu'elle avait créé pendant qu'Éclipse affrontait Spectre. Elle ne l'avait pas réellement maîtrisé, et avait tout juste réussi à en dévier l'énergie quand Mirage avait réapparu. Mais la sorcière pensait que si elle avait achevé le sort pendant que Mirage était morte – ou dans un état de non-vie, peu importait – il aurait peut-être fonctionné comme elle le désirait. Mirage avait bien entendu refusé net de vérifier cette théorie. Mais elles avaient fini par convenir d'un compromis : Éclipse avait assommé la Chasseuse, s'était éloigné par prudence, et Miryo avait essayé de créer le sort.

Il s'était partiellement retourné contre son initiatrice. Miryo n'en avait pas paru étonnée, même s'il était difficile de dire ce qu'elle éprouvait puisque le sort l'avait à moitié paralysée, et ses effets ne s'étaient dissipés que depuis peu.

Éclipse grogna à ce souvenir. Les rapports que les deux femmes développaient le laissaient parfois sur la touche, pourtant elles avaient besoin de lui. S'il n'avait pas été là, elles auraient risqué de tester une de leurs idées insensées. Comme celle qui consistait à enivrer Mirage, Miryo pensant que l'alcool pouvait empêcher le pouvoir de passer en elle. Mais le Chasseur avait réussi à la convaincre de repousser à plus tard cette expérience. Définitivement, espérait-il.

— Je ne sais pas comment nous y parviendrons, note bien.

Il revint au présent. Qu'est-ce que Mirage venait de suggérer ?

Sa partenaire haussait les épaules. Il la surveillait du coin de l'œil.

— C'est toi la sorcière, disait-elle. Tu ne peux pas trouver quelque chose ?

— Ce n'est pas aussi facile, répondit Miryo. On ne crée par un nouveau sort par ce genre d'expérimentations, tu sais.

— Oh oui, parce que j'en sais long sur la provenance des sorts. C'est un petit oiseau qui les livre ?

Le ton de Mirage était mordant, mais Miryo se contenta de rouler des yeux, sans s'irriter.

— Non. C'est surtout grâce à l'intuition qu'on les crée. Quoique ce ne soit pas ainsi que mes professeurs expliqueraient la chose. Je n'ai jamais vraiment compris comment ils fonctionnent, mais apparemment, de temps en temps, une sorcière se retrouve à suivre un schéma que personne n'avait encore expérimenté. Et ça marche. Elles prétendent que c'est une question de proximité avec la Déesse. C'est comme ça que Misetsu a commencé. Sa foi était si forte qu'elle a reçu le don de magie et l'aptitude de le transmettre à ses filles. Nous descendons toutes d'elle.

— Donc les nouveaux sorts ne peuvent pas être créés à la demande.

— J'ai bien peur que non. Mais l'idée mérite d'être creusée. Peut-être que quelqu'un d'autre trouvera le bon moyen. Tout ça va à l'encontre de la manière dont j'ai toujours pensé, mais nous n'avons pas eu de chance jusqu'alors en combinant nos efforts. Alors peut-être que nous séparer complètement est la véritable solution.

Une séparation ? Éclipse ne montra rien de son intérêt pour le sujet. Après tout, il n'était même pas censé écouter ce qu'elles disaient. Mais en tant que réponse potentielle à leur problème, l'hypothèse était séduisante. Pour autant qu'on puisse en juger, leurs difficultés découlaient du lien résiduel existant toujours entre elles. Si celui-ci était tranché – si c'était chose possible – alors tout rentrerait peut-être dans l'ordre.

Il aurait aimé savoir ce qu'elles éprouvaient. Ce qui existait entre elles n'était pas exactement de l'amitié, par tout à fait le rapport normal entre deux sœurs. Non, c'était autre chose, et de ce qu'il pouvait en constater aucune des deux n'avait semblé réfléchir à la nature de ce lien. Elles l'avaient accepté comme une évidence, après seulement un jour ensemble. Mais comment cette séparation l'affecterait-elle ?

Il était bien incapable de le deviner. Mais il savait que si une séparation permanente était la seule réponse à leurs problèmes, elles l'accepteraient sans hésiter. Elles étaient prêtes à payer ce prix.

Une fois de plus, ils empruntèrent des chemins différents. Miryo prit la route la plus directe pour Aystad, tandis que les Chasseurs choisissaient une voie détournée pour arriver à une autre porte. Cette précaution pouvait sembler superflue, Aystad n'étant pas une ville de Chasseurs comme Angrim et Elensk. Mais la prudence était inscrite dans les gènes des Chasseurs, et Miryo commençait à adopter cette attitude, elle aussi.

Elle trouva l'auberge des *Deux Âtres*, où il avait été entendu qu'elle descendrait, et fit monter son bagage dans sa chambre. Mais elle ne prit pas la peine de déballer ses affaires. C'était une autre habitude qu'elle prenait peu à peu. Ces derniers temps, elle avait quitté assez d'endroits en pleine nuit pour éviter de s'installer quelque part.

Vint l'heure de rencontrer son contact, Yaryoki. Les identités et les adresses de toutes les Mains du Néant faisaient partie de ces listes qu'elle avait apprises par cœur, mais connaître le nom d'une rue ne signifiait pas qu'on était capable de la trouver. Aystad était une ville au plan horriblement complexe. Miryo eut le bon sens de se renseigner auprès de l'aubergiste, qui se montra des plus serviable, mais la sorcière fut incapable de suivre correctement ses indications. Quand enfin elle arriva devant le domicile de Yaryoki, presque une heure plus tard, elle était d'assez méchante humeur.

Devant le muret entourant le jardin, elle prit le temps d'arranger sa coiffure et de se calmer un peu. Puis elle entra.

Le sort de protection se déclencha quand elle franchit le petit portail. Elle prit soin de marcher lentement, pour laisser le temps à la Cousine d'arriver à la porte. Celle-ci s'ouvrit alors qu'elle s'en approchait, et la femme courtaude à l'intérieur la salua sans un mot.

Était-ce la tension inexplicable qu'elle sentait chez la Cousine, ou le fait que la servante ne lui avait pas demandé son nom, comme si Yaryoki attendait sa visite ? Quoi que ce fût, son instinct poussa Miryo à se redresser de toute sa taille quand elle fut conduite dans le salon.

Là, elle s'inclina devant les Primes.

LA FRÉQUENTATION DE Mirage avait appris à Miryo comment mieux contrôler ses attitudes. Et elle éprouva une certaine fierté quand elle releva la tête, car cette maîtrise nouvelle, ajoutée aux soupçons soudains qu'elle avait eus en entrant dans cette maison, lui permirent de faire face aux Primes sans tressaillir ni montrer le moindre signe de surprise de les voir là, à Aystad, dans la demeure de Yaryoki. Qui l'attendaient.

Satomi, bien entendu occupait la place centrale. Elles étaient assises sur des chaises à haut dossier disposées en arc de cercle ; le reflet de la salle où elles l'avaient envoyée en mission n'avait rien de fortuit. Des lanternes magiques projetaient des éclats de lumière un peu partout, dans un déluge éblouissant qui ne lui laissait nulle part où se cacher.

— Nous sommes soucieuses, déclara Satomi.

Par le Néant…

— Les Cousines t'accompagnaient pour te protéger. Nous avons commencé à nous inquiéter quand une Main du Néant les a vues sans toi. Nous avons enquêté.

Ainsi donc Kan et Sai avaient été retrouvées. Un peu tard il est vrai, Miryo se demanda où elles étaient allées après l'avoir quittée.

Le regard que Satomi posait sur elle était dénué de toute expression.

— Tu as trouvé ton double.

— Oui.

Inutile de nier.

— Et ton double n'est pas mort.

Miryo se surprit à réagir à cette utilisation du pronom. Elle s'était habituée à considérer Mirage comme un être humain, et il était choquant de converser avec quelqu'un qui ne partageait manifestement pas cette conception. Mais Satomi attendait une réponse.

— Non, Aken.

Elle pensait que la Prime du Néant allait lui demander pourquoi, et de fait elle préparait déjà ses arguments. Sans grand espoir de convaincre, en fait, mais elle estimait qu'ils méritaient d'être exposés. Le manque de réaction de Satomi l'étonna. Et ce fut Rana qui poursuivit :

— Nous comprenons, dit la Prime de l'Eau, et Miryo craignit presque que sa mâchoire se décroche tant elle était abasourdie par cette affirmation. C'est difficile. Se trouver face à ce qui est identique à soi, devoir porter ce coup, c'est beaucoup exiger, oui.

— Pourtant tu dois le faire, intervint Koika. Cette tâche t'a été confiée. Il te revient de l'accomplir.

Miryo comprit alors ce qu'elles faisaient. Ensuite ce serait le tour de Shimi. Exactement comme elle le pensait, la Prime de l'Air prit la parole :

— Il n'y a pas d'autre possibilité. Aucune autre possibilité. Nous en avons cherché une, des siècles durant, et nous n'en avons trouvé aucune. Misetsu a fixé les règles pour nous, et nous devons les perpétuer si nous souhaitons assurer notre survie.

Et, bien sûr, ce fut alors le tour d'Arinei, qui prononça l'exhortation finale :

— C'est là tout ce qui te sépare du pouvoir qui, par la naissance, est tien. Il te suffit de faire le geste pour le prendre. Alors tu seras une sorcière – comme tu as voulu l'être, depuis toutes ces années ! Ce rêve t'appartiendra enfin !

Empathie, résolution, raisonnement, et une vision grandiose pour couronner le tout. Le tout en parfait accord avec leurs rôles envers les Éléments. Miryo espérait que la bouffée de cynisme qui montait en elle n'atteignait pas son regard. Elles n'en auraient pas été heureuses.

Pas plus que de ce qu'elle allait dire :

— Ainsi dites-vous. Mais j'aimerais toujours avoir la possibilité de me rendre compte par moi-même avant de tuer ce qui est une part de ma propre personne.

— Ton double n'est pas une part de ta personne. Il a été séparé de toi aux premiers jours de ta vie, pour une bonne raison.

— Quelle bonne raison, Shimi-kane ? C'est là une des questions que je me pose. Et je crains de ne pouvoir dire, comme vous, qu'elle ne fait pas partie de moi.

Aucune réaction visible quand elle parla de Mirage en disant « elle », mais la jeune femme savait qu'elles l'avaient relevé.

— Voyez-vous, je l'ai rencontrée. J'ai regardé au fond de ses yeux. Et c'est une chose qu'aucune de vous ne peut comprendre. Vous n'avez pas été dans cette situation, devant votre reflet fait chair.

— Faux, prononça Satomi.

Ce seul mot fit tourner la tête de Miryo pour regarder la Prime du Néant. Il brisa le cours de leurs déclarations. Satomi ne répétait pas un discours appris par cœur. Elle s'adressait directement à Miryo.

— Quoi ? fit la jeune sorcière.

— J'ai connu cette situation. J'ai regardé mon double au fond des yeux. Et j'ai hésité. Pendant une journée entière, j'ai parlé avec elle, et j'ai tout remis en question, exactement comme tu l'as fait. Mais à la fin, j'ai choisi d'accomplir mon devoir. Veux-tu entendre pourquoi ?

Le sol venait de se dérober sous Miryo. Le double de Satomi avait survécu ? Comment ? Comme Mirage, certainement... du moins pouvait-on l'imaginer, mais... Miryo tenta de se dépeindre la scène : la Prime du Néant, une idéaliste alors âgée de vingt-cinq ans, qui cherchait une échappatoire. Et qui finissait par reconnaître qu'il n'en existait aucune, et supprimait son double.

— Oui, réussit à articuler Miryo, pour ajouter, avec un temps de retard : Aken.

Satomi ferma les yeux quelques secondes, et quand elle les rouvrit ses prunelles avaient la froideur de la glace.

— Il y a des siècles, commença-t-elle, aux jours où les terres étaient encore constituées en trois grands royaumes, une femme habitait dans les montagnes, au sud. C'était une ermite, et une adepte de la Déesse sous tous ses Aspects. En dépit de son jeune âge, elle était connue pour sa piété et son amour de la Dame qui veille sur nous tous.

Misetsu, d'évidence. Miryo connaissait l'histoire, mais elle resta silencieuse. À cet instant, aucune somme d'argent n'aurait pu la convaincre d'interrompre Satomi.

— Un soir, alors qu'apparaissaient les étoiles, cette femme grimpa au sommet d'un rocher escarpé, et là elle chanta les louanges de la Déesse. Et si grandes étaient la joie et la dévotion dans son cœur que son chant se transforma et devint quelque chose de plus. Et elle vit qu'autour d'elle la clarté des étoiles s'intensifiait, qui emplissait l'air et formait des rayons, et ses rayons se mirent à danser autour d'elle.

La femme resta là toute la nuit, à chanter. Quand l'aube se leva, elle entonna une ultime louange, puis elle s'endormit, sur le rocher où elle s'était tenue debout. Le soir, elle s'éveilla. Le don de magie était puissant en elle, et la Déesse lui avait donné le nom de Misetsu. Pendant les semaines et les mois et les années qui suivirent, elle continua d'entendre la voix de la Déesse dans son cœur, et c'est ainsi qu'elle créa les premiers sorts et les premiers enchantements.

La voix de Satomi se modifia, et Miryo se rendit compte que l'histoire divergeait maintenant de celle qu'on lui avait toujours racontée :

— Elle eut des filles, au nombre de trois. Et la Déesse lui montra comment leur transmettre son don. Une à une, à la naissance de chacune de ses filles, elle chanta les sorts au-dessus d'elles. Et à sa grande surprise, elle découvrit, en agissant ainsi, que chaque enfant devenait double. Cela la dérouta, mais elle décida de les élever toutes comme ses enfants.

Déesse, j'aimerais que Mirage soit là pour entendre ça. Mais… non, surtout pas. Je ne suis pas sûre de ce que les Primes lui feraient.

— Vingt-cinq années plus tard, poursuivait Satomi, elle commença à comprendre son erreur. Car le temps était venu pour sa fille aînée Monisuko d'utiliser sa magie.

Monisuko ? Je croyais qu'elle s'appelait Menukyo.

— Pour la plus grande horreur de Misetsu, la magie de sa fille se déchaîna et échappa à tout contrôle. Et avant longtemps, elle massacra et la fille et son double. Misetsu pleura sa fille, mais elle attribua ce désastre à une foi imparfaite. Sa deuxième fille, Machayu, ferait mieux.

Machayu. Toujours pas de Menukyo. Mais je parierais que je vais apprendre comment elles ont fini par décider de tuer les doubles.

— Machayu mourut elle aussi, et son double avec elle, dit Satomi, ce qui ne surprit nullement Miryo. Mais Misetsu ne renonça pas. Elle priait sans relâche et cherchait un moyen pour les autres de manier la magie, afin que ce don ne s'éteigne pas avec elle. C'est après la mort de Maiyaki, sa troisième fille, ainsi que celle de son double, qu'elle trouva la solution. Avec la mort des doubles, la magie devenait stable. Misetsu, à présent âgée et lasse, vécut juste assez longtemps pour voir la fille aînée de Monisuko, nommée Menukyo, devenir une sorcière accomplie.

Elle s'interrompit et posa sur Miryo un regard perçant. La jeune femme demeurait immobile et s'évertuait à conserver une parfaite impassibilité. *Et voilà enfin Menukyo. Elle n'est donc pas la fille aînée, mais l'aînée des petites-filles de Misetsu.*

Comme Satomi ne reprenait pas la parole, Miryo se risqua à poser une question :

— Mais pourquoi les doubles doivent-ils être tués ? Qu'a appris Misetsu pour penser que c'était la seule solution ?

Satomi la gratifia d'un bref sourire dénué de toute chaleur. Le regard de la Prime du Néant était dur, fixe, comme s'il retenait toute émotion par la seule force de la volonté.

— Quand j'ai été envoyée à la recherche de mon double, la réponse m'a été donnée avant mon départ. En me fondant sur ma propre expérience, j'ai estimé préférable que celles qui viendraient après moi ne sachent pas. Cela semblait plus approprié. Mais je m'interroge sur cette décision, à présent. Mon souhait le plus cher est que jamais je ne doive à nouveau confier cette tâche à une des nôtres, mais je vais conseiller celles qui viennent après moi de parler à celles qu'elles mandateront pour cette mission. Il est impératif que nos jeunes sorcières comprennent pourquoi elles doivent tuer leurs doubles.

Miryo réprima le tremblement de ses mains et attendit, immobile, sa réponse.

— La réponse que nous donnons nous vient de Misetsu, de ses derniers écrits avant sa mort. « Le double est pour nous une abomination. Il est oubli et destruction, la perte de toute magie. Il est la ruine de notre œuvre, et le fléau de notre existence. Lui et notre magie ne pourront jamais coexister, et sa présence est une menace pour tout ce que nos pouvoirs peuvent accomplir. » C'est ce qu'a écrit Misetsu, cinq jours avant sa mort.

Le silence. La tension. Miryo se reprit soudain et s'obligea à emplir ses poumons d'air.

Mère miséricordieuse. Je pensais… je veux dire, il y avait manifestement un problème, mais…

— Les doubles constituent un danger pour nous *toutes*, déclara Satomi. C'est pourquoi nous devons les tuer. Si nous ne le faisons pas, tout ce que nous sommes sera détruit.

Son expression était grave, et c'est seulement alors que Miryo vit quelque chose d'humain dans ses yeux, quelque chose de trop profond pour qu'elle puisse l'identifier.

— Comprends-tu ? dit encore la Prime.

— Je comprends, réussit à répondre la jeune femme, d'une voix qui n'était guère plus qu'un murmure étranglé.

— Nous allons t'accorder une autre chance, dit la Prime du Néant. Tu vois maintenant pourquoi tu dois tuer ton double. Pour ton salut, pour notre salut à toutes, fais-le sans délai, et reviens auprès de nous. Si tu n'obéis pas, nous prendrons des mesures afin de nous protéger.

En esprit, Miryo vit Mirage, mais l'image avait subi une distorsion subtile. Mirage. Pas uniquement une partie d'elle-même, mais aussi un danger. Mirage qui portait en elle le germe de la destruction pour la Chute de l'Étoile. Cela faisait partie intégrante de ce qu'elle était. La chose pourrait-elle jamais être réparée ?

Déesse. Ce choix… Mirage, ou tout ce à quoi j'ai jamais tenu…

— Je comprends, Aken, murmura Miryo, et elle se sentait comme morte à l'intérieur. Puis-je me retirer ?

Satomi hocha la tête.

— Que la Déesse t'accompagne.

21

Foi

De façon assez perverse, Miryo trouva le chemin de son auberge sans aucune difficulté. Elle ne prêtait aucune attention à la direction qu'elle empruntait, pourtant il lui suffit de quelques minutes après avoir quitté les Primes pour lever les yeux et voir devant elle la façade des *Deux Âtres*.

Elle y entra d'un pas lourd. Elle avait loué une chambre au deuxième étage, avec un petit salon attenant, où se trouvait une cheminée. Elle doutait qu'une flambée puisse dissiper le froid glacé en elle, mais elle éprouvait un besoin pressant de chaleur. Elle s'obligea donc à gravir les marches, une à une, regard fixé sur ses pieds, et se concentra uniquement sur ce feu.

— Ça va ?

Elle leva les yeux. Elle venait de pénétrer dans le salon. Mirage était debout près de la cheminée, et la regardait avec une inquiétude manifeste. Miryo ferma la porte avec un soin exagéré avant de répondre :

— Oui. Les Primes étaient là.

— Les Primes ? répéta la Chasseuse en la menant à l'un des fauteuils. Ici ?

— Oui. Ou c'est ce que j'ai cru. Ce n'étaient probablement que des projections.

Elle n'avait pas pensé à vérifier la présence de sorts actifs. Mais cela aurait-il fait une différence ?

— Satomi, la Prime du Néant, a dû tuer son double quand elle avait mon âge. Et Menukyo n'était pas la fille aînée, mais l'aînée des petites-filles. Misetsu a vu ses trois filles mourir, à cause de leurs doubles, avant de comprendre ce qui n'allait pas.

Miryo se releva et fut étonnée de constater qu'elle ne chancelait pas. Elle fit quelques pas, s'arrêta au centre de la pièce. Elle n'avait pas la force de se retourner vers Mirage.

— Elles ont regardé. Vraiment, elles l'ont fait. Et elles ont fini par me dire pourquoi. Vous… (Elle leva les yeux vers le plafond et déglutit.) Les doubles sont l'antithèse de la magie. Votre existence même met en péril toute forme de magie. C'est pourquoi vous devez être tués.

Elle n'entendit pas Mirage se déplacer. Mais l'instant suivant elle se retrouva plaquée au sol, visage contre le tapis, bras tordus douloureusement dans son dos. Son esprit s'arracha à cet instant de fugue et céda à la peur.

— J'ai une théorie, souffla Mirage à son oreille, d'une voix basse et dure. Je pense que tout comme tu peux me tuer, moi je peux te tuer. Et je suis même la seule des deux capable de le faire. Et tu sais quoi ? Peut-être bien que je devrais. Tout mon entraînement de Chasseuse me pousse à le faire. Tu es une menace pour moi.

Et elle poursuivit, d'un ton tranchant qui transforma le sang de Miryo en glace dans ses veines :

— Ce ne serait même pas difficile. Tes Cousines ne sont pas là, et de toute façon elles ne pourraient pas m'arrêter. Tu n'as aucune magie à laquelle tu pourrais recourir. Tu es quasiment sans défense. Oui, te tuer serait *facile*. Et ça résoudrait un tas de problèmes.

Elle se tut. Miryo essayait désespérément de respirer, sans arriver à avaler plus que de ridicules goulées d'air. *Oh, Déesse, elle va le faire...*

Puis la pression sur ses bras s'allégea un peu.

— Mais avant d'être une Chasseuse, j'ai été une Danseuse du Temple, dit Mirage. Et ça signifie que je *crois*. Je crois que la Déesse n'a pas voulu que les choses soient ainsi. Je crois qu'elle ne donnerait pas à ses filles un « don » qui exige d'elles qu'elles tuent. Je crois que, si nous cherchons vraiment, nous trouverons une autre solution. Et que même si nous n'y parvenons pas, ça reste une cause qui mérite qu'on meure pour elle.

Une autre pause. Miryo s'attendait à ce que Mirage la relâche, et quand la Chasseuse n'en fit rien elle sentit sa peur redoubler. Jamais encore elle n'avait été autant consciente de la fragilité de son corps.

— J'ai donc foi en la Déesse, reprit Mirage. Mais ça ne suffit pas vraiment, hein ? Mais que tout est entre les mains de trois personnes : La Déesse, moi, et toi. Je fais confiance aux deux premières. Mais est-ce que je peux te faire confiance, à toi ? Est-ce que je peux te faire confiance pour écouter au-delà des paroles de persuasion, au-delà de cette solution si simple ? Ces paroles sonnent tellement juste, elles sont tellement pétries de leur propre vérité. Penser au-delà ne sera pas facile. Et je ne suis pas sûre que tu en sois capable.

Miryo passa la langue sur ses lèvres desséchées et essaya de répondre. Elle dut s'y reprendre à plusieurs fois avant de pouvoir articuler :

— Je peux le faire. Je le ferai.

La pression s'accrut d'un coup, lui arrachant un sifflement de douleur.

— Pourquoi devrais-je te croire ?

— Je le jure. Sur mon âme. Satomi regrette toujours ce qu'elle a fait. Je l'ai vu dans ses yeux, à la fin. Elle n'est jamais arrivée à l'accepter. Je ne veux pas vivre de cette façon. Honnêtement, je préférerais mourir. Il vaudrait mieux mourir en combattant pour une solution plus juste, que de vivre en sachant que je me suis trahie moi-même, en même temps que la Déesse.

Elle attendit, sans presque respirer. Ses paroles n'étaient pas préparées, mais elles étaient sincères. Seulement alors elle comprit ce qu'elle avait vu en Satomi, si profondément enfoui. Et elle ne voulait pas finir ainsi.

Lentement, Mirage relâcha ses bras, avant de s'agenouiller à côté d'elle.

Miryo se mit en position assise, en clignant des yeux sous la brûlure de la sueur qui y avait coulé. Elle fit face à son double. Mirage paraissait épuisée, mais elle hocha la tête avec vigueur.

— Bien. Je savais que c'était ce que tu ressentais – enfin, j'en étais à peu près sûre –, mais il fallait que je l'entende de ta bouche.

Eh bien, au moins cet après-midi n'a pas été une partie de plaisir pour elle non plus. Miryo repoussa quelques mèches humides de son visage et réussit à ébaucher un sourire.

— Si nous n'arrivons pas à mieux, nous continuerons à vivre dans l'infamie.

Mirage salua la déclaration d'un rire sonore.

— C'est mieux que rien, je suppose.

La sorcière tenta de lutter contre sa propre fatigue mais renonça bien vite et se laissa rouler sur le dos.

— Par le sourire édenté de l'Aïeule, je n'ai pas pu me renseigner sur Ashin. Tu penses qu'elles m'auraient révélé des choses ?

— C'est à moi que tu poses la question ? Je n'ai jamais rencontré ces femmes.

— Non, elles ne m'auraient sans doute rien dit. Comment allons-nous la trouver, à présent ?

— Je n'en sais rien. Notre contact nous a proposé de nous rencontrer à Talbech. Nous pouvons essayer de la faire parler.

— Si elle sait quelque chose.

— Je pense que oui. Enfin, c'est assez probable.

Mirage s'adossa contre un fauteuil et essuya la transpiration à son front.

— Tu ne vois pas d'inconvénient à ce que je réfléchisse à voix haute ?

— Pas du tout, répondit Miryo.

Elle envisagea de s'asseoir, elle aussi, mais ce tapis était beaucoup trop confortable, et elle ne bougea pas.

— Bien. Mon cerveau est trop fatigué pour pouvoir travailler sans aide, dit Mirage, et son rire ressembla à un croassement. Récapitulons. Kasane a une fille. Elle accomplit le rituel, elle me tue - ça, nous l'imaginons -, et d'une façon ou d'une autre j'échoue avec mes parents adoptifs dans l'Eriot. Jusque-là tout va bien, sauf que nous ignorons comment je suis arrivée là. J'ai cinq ans. Mes parents m'envoient dans une troupe pour que je devienne Danseuse du Temple. Je reste là jusqu'à mes treize ans. Tari-nakana me voit, reconnaît ce que je suis, et fait en sorte que je devienne une Chasseuse. Pourquoi ?

— Parce que tu es douée pour ça.

— Exact. Ensuite, peu après, plusieurs *autres* doubles ne meurent pas.

— Je peux croire que ta survie ait été accidentelle, mais celle de tous les autres… Peu crédible.

— Mais nous représentons un danger pour les sorcières, en tout cas d'après la tradition. Donc nous laisser vivre n'est pas recommandé pour elles.

— C'est même un euphémisme, ironisa Miryo. Les Primes ne vont pas du tout apprécier ce que nous manigançons toutes les deux. Si je te laisse vivre, ça équivaut pour elles à une déclaration de guerre.

Mirage leva une main pour réclamer le silence, puis elle baissa la tête et réfléchit un bon moment. Quand elle la redressa, il y avait dans ses yeux une lueur qui déplut à Miryo.

— Une déclaration de guerre…

— Plus ou moins, oui.

— Et elles vont tenter de nous arrêter.

— Je ne parierais pas sur le contraire.

— Donc il est probable qu'elles essaient de nous assassiner, fit la Chasseuse avec un sourire dur. Comme Tari-nakana.

C'était maintenant évident, et Miryo aurait dû y penser depuis longtemps, mais elle ne pouvait se faire à l'idée que les Primes commettent un tel acte.

— *Elles ont engagé Spectre ?*

— Bien sûr. Tari-nakana était au courant de mon existence, et elle n'a rien fait. Et peu après qu'elle ait découvert ma véritable nature, d'autres doubles commencent à survivre. Elles ont dû découvrir au moins en partie ce qu'elle faisait, et elles ont pris les mesures pour l'arrêter.

— Ce qui expliquerait pourquoi Ashin a disparu de façon aussi appropriée. Si elle travaillait avec Tari-nakana, sa vie est également en danger. En supposant que les Primes soient au courant, pour elle.

— La vraie question, alors, c'est : *pourquoi ?* Ces gens ne sont donc pas conscients des risques ?

Miryo fit la moue.

— J'ai du mal à le croire. Mais nous sommes conscientes des risques, et ça ne change pas ce que nous faisons.

— Elles n'ont pas notre motivation.

— Tu t'attends à ce que je sache ce qu'il y a dans la tête d'Ashin ? Ou dans celle de Tari ? Pour le savoir, il nous faudra parler à Ashin. Elles devaient avoir une bonne raison pour faire ça, sinon elles ne mettraient pas toutes les sorcières en danger.

— Donc nous retrouvons notre employeur et nous la faisons parler. Oui, il faut que nous rencontrions Ashin au plus tôt, et je pense très possible que ces femmes sachent où elle est.

Mirage se leva subitement, dans un élan d'énergie que Miryo lui envia.

— Les Primes peuvent-elles nous suivre à la trace ?

Miryo eut un grognement involontaire quand elle roula sur elle-même pour se mettre à genoux.

— Non. Normalement, oui, mais pas avec nous. Si elles lancent un sort de recherche, il s'égarera parce que pour lui nous sommes une seule cible, mais en deux endroits différents au même moment. Un sort ne peut pas fonctionner dans ces conditions.

— Même si nous sommes ensemble ?

— Peu importe. Nous sommes toujours le même être dans deux corps, donc deux endroits.

— Donc nous n'avons rien à craindre de ce côté. C'est déjà ça. Mais il faudra nous méfier d'espions plus classiques.

Mirage tendit la main pour aider Miryo à se mettre debout.

— Il faut que nous quittions Aystad tout de suite. Tu te sens assez en forme pour chevaucher cette nuit ?

— Avec ce que nous affrontons ?

Mirage sourit.

— D'accord. Nous allons faire vite, alors, et nous serons à Talbech demain soir.

— J'AI UN PLAN.

— Vraiment ?

Miryo était étendue sur le dos en travers de son lit, les pieds surélevés par une sacoche de selle, et elle ne souhaitait rien plus qu'une sieste. L'énergie de Mirage ne cessait de l'étonner.

L'énergie ou ce satané entêtement dont Éclipse s'est plaint ? Peut-être qu'elle refuse simplement d'être fatiguée.

— Comment fonctionne ces sorts de protection que vous autres sorcières installez ? Est-ce qu'ils ont une définition physique normale, et qu'ils se déclenchent quand on franchit une ligne, comme des fils de traction, ou est-ce qu'ils réagissent de façon plus générale, plus « sensitive » ? Et est-ce qu'ils donnent juste l'alarme, ou aussi des renseignements sur la personne qui est là ?

Cette avalanche de questions procura une migraine légère mais instantanée à Miryo. Mais peut-être se remémorait-elle l'interrogatoire devant les Clés.

— Plutôt comme des fils de traction qui se remettraient aussitôt en position. Ils se déclenchent quand tu franchis une limite définie. Mais je serai en mesure de te dire où ils sont. Je peux sentir la magie, même si je ne peux pas m'en servir. Et en général, ils indiquent seulement le nombre de personnes qui les ont franchis. Pour avoir plus, il faut créer un sort beaucoup plus complexe. La plupart des sorcières ne prennent pas cette peine.

— Mais ces sorts indiquent le nombre de personnes. Par le Néant… J'espérais qu'ils ne le feraient pas. Bon, alors Éclipse restera en dehors de cette affaire. Elle attend deux personnes, ce sera toi et moi.

Miryo lui lança un regard aigu.

— Qu'est-ce que tu vas faire, me déguiser avec une tenue de Chasseuse ?

— Pas question. Le temps n'est plus à finasser. Elles savent, pour nous. J'en ai la conviction. Alors pourquoi prendre la peine de simuler ? Nous entrons et nous la faisons parler.

— Elle aura toujours la magie, ne l'oublie pas. Mieux vaudrait ne pas trop la bousculer.

— Elle aura du mal à chanter si je la frappe à la gorge.

La sorcière tressaillit. Déesse. Je pense que je me suis habituée à elle, et elle débite ce genre de choses…

Mirage ne parut pas remarquer sa réaction. Elle s'assit et appuya les coudes sur ses genoux.

— Donc, ce que nous voulons savoir : où est Ashin. Pourquoi elles font ça. Ont-elles la moindre idée d'un moyen de nous libérer de cette malédiction ? Tu vois autre chose ?

— Oui : y a-t-il d'autres doubles.

— Bonne question. J'imagine qu'elles les ont toutes soumises à une formation de Chasseuse, mais il se peut que ce ne soit pas le cas.

— Je n'ai pas l'impression qu'elles accepteront de nous révéler qui est impliqué dans cette affaire.

— Si elles le faisaient, elles seraient stupides. Les Primes veulent déjà mettre la main sur nous. Nous donner des noms nous rendrait encore plus gênants. J'ai été entraînée à supporter la torture, mais pas toi, et de toute façon personne n'est impossible à briser, pas même moi.

Entraînée à… Par les larmes de la Mariée. Je suis heureuse de ne pas avoir connu la même enfance qu'elle.

Mais je ne lui dirai pas qu'elles ont d'autres moyens pour nous faire parler.

Mirage fit craquer son dos et se leva brusquement.

— Préparons-nous. J'en ai plus qu'assez de perdre du temps.

La nuit était tombée et les rues étaient enténébrées. Mirage aimait qu'il en soit ainsi. Elle avait endossé sa tenue intégrale de Chasseuse, et elle préférait que les gens ne la voient pas. Sinon ils se mettaient toujours à poser des questions.

Miryo avait élevé quelques objections quant à ce choix vestimentaire, mais Mirage y tenait, pour diverses raisons. Cela lui donnait une apparence plus intimidante, tout d'abord. Les gens étaient souvent déstabilisés face à une femme sans visage, et leur démarche pourrait bénéficier de cet atout. Par ailleurs elle aimait être en uniforme pour ce genre d'occasions, parce que cela la mettait en condition et lui donnait un surplus d'assurance. Ce qui ne serait pas négligeable non plus.

— Où es-tu ? murmura Miryo en scrutant les ténèbres autour d'elle.

Mirage se glissa derrière elle.

— Ici.

La sorcière sursauta.

— Par la Déesse ! Je ne peux pas te voir, dans le noir. Tu étais là tout le temps ?

— Oui.

Miryo étouffa un soupir et continua de marcher.

Derrière elle, Mirage souriait. Ce n'était pas très gentil de jouer ainsi avec son double, mais elle n'avait pas pu résister.

Un dernier coin de rue à tourner, et elles arrivèrent à destination. La Chasseuse attendit tandis que Miryo inclinait la tête de côté en fredonnant bas.

— Un sort de protection basique, annonça-t-elle. Une sonnette d'alarme, rien de plus. Elle ne saura pas qui nous sommes.

— Allons-y, alors, dit Mirage.

Elles franchirent prestement la limite du sort et accélérèrent pour rejoindre la porte. La Chasseuse se figea et tendit l'oreille. Le bruit de pas finit par lui parvenir, et tous les muscles de son corps se tendirent. Miryo resta en retrait, le visage dissimulé sous le capuchon de sa cape.

La Cousine qui ouvrit n'avait pas la moindre chance. Elle n'avait pas reçu de formation au combat comme les deux qui avaient escorté Miryo à Angrim. Ce n'était qu'une simple servante. Mirage lui plaqua une main sur la bouche avant qu'elle ait fini d'ouvrir la porte.

— Va chercher ta maîtresse, ordonna la Chasseuse d'une voix basse. Dis-lui qu'elle a de la visite. Rien de plus que ça. Si tu lui dis autre chose, tu le regretteras amèrement. Tu me comprends bien ?

La Cousine acquiesça nerveusement.

— Nous attendrons dans le salon. Va, maintenant.

Mirage la lâcha, et la femme fila. La Chasseuse entra la première dans la maison, Miryo sur ses talons. Elles trouvèrent facilement le salon, car la demeure était de dimensions modestes, mais pour Mirage elle avait tout du domicile d'une sorcière. Que ce soit ou non celui de la femme qu'elles allaient rencontrer ce soir restait à définir.

Assez de spéculations. La Chasseuse laissa Miryo s'asseoir dans le fauteuil le plus impressionnant de la pièce. D'après sa disposition, leur contact avait eu l'intention de l'occuper quand ils arriveraient à l'heure dite, c'est-à-dire plus tard. Mirage se plaça légèrement en retrait, et elles attendirent.

Bien vite, elle perçut le son de pas hâtifs dans l'escalier. Deux personnes, dont une – la Cousine – s'éloignèrent rapidement dans le couloir. L'autre fit halte un moment, puis repartit d'une démarche plus mesurée. La porte s'ouvrit.

— Qu'est-ce que… commença-t-elle, mais elle n'alla pas plus loin.

Miryo se leva, et il fut clair à l'expression de l'arrivante qu'elle la reconnaissait mais qu'elle ne s'attendait pas du tout à la voir ici. Elle avait pris le temps de se dissimuler derrière un sort d'illusion, constata Mirage, en dépit du fait qu'il avait été compromis à Ravelle. Elle ne devait pas souhaiter qu'on connaisse sa véritable apparence, et la Chasseuse ne lui en voulait pas pour une telle précaution.

— Que faites-vous ici ? se reprit la sorcière, qui avait récupéré de sa surprise à une vitesse admirable.

— Nous avons des questions à vous poser, répondit Miryo.

Mirage s'avança d'un pas.

Les yeux de la sorcière passèrent rapidement de l'une à l'autre, et s'agrandirent notablement.

— Par la Déesse, vous…

Alors, au grand étonnement de Mirage, elle se mit à rire, et son rire n'avait rien d'hystérique : il était ironique. Elle prit appui contre le chambranle de la porte et gifla le mur d'une main.

— Quelle chance magnifique. Nous engageons des Chasseurs, et nous ne nous rendons même pas compte qui est l'une d'elles. J'aimerais que vous cessiez de porter ces masques.

Puis elle se redressa et regarda Mirage.

— Et si nous passions un marché ? Vous ôtez ce masque et j'abandonne le sort de déguisement. Alors, qu'en dites-vous ?

Miryo se tourna vers la Chasseuse, qui eut un haussement d'épaules à peine perceptible. Elle ne voyait aucun mal à accepter.

— Parfait, dit la sorcière quand la Chasseuse porta une main à son masque, et l'illusion disparut de ses traits.

— Ashin ! s'exclama Miryo.

Elle ajouta « kasora » dans un murmure, comme si elle ne pouvait décider s'il fallait ou non le préciser.

Voilà donc Ashin. Ce n'était là aucune des deux sorcières précédentes, et elle doutait qu'elles fussent très nombreuses dans leur groupe. *Les choses se précisent.*

— Eh bien, fit Ashin en repoussant sa chevelure de son visage aux pommettes hautes, très différent de celui de l'illusion. Il semblerait que nous ayons toutes deux eu droit à une petite surprise…

Elle les considéra un moment, l'air songeur.

— Je n'en reviens pas. Vous êtes vraiment identiques. C'est normal, bien sûr, mais le savoir et vous voir côte à côte sont deux choses totalement différentes. Allons, Miryo, asseyons-nous. J'ai dit que nous parlerions après l'examen. Je pense que l'heure est venue.

— DONC VOUS IGNORIEZ qui vous aviez engagé ? dit Mirage à la Clé de la Main de l'Air.

— En effet reconnut Ashin avec une moue désabusée. C'était stupide de notre part, mais Tari a été la seule à savoir qui vous étiez. La chose semblait plus sûre ainsi – nous ne pouvions pas vous trahir – mais ensuite elle est morte, et nous vous avons complètement perdues. Nous avons donc engagé des mercenaires du Feu d'Argent, mais vous et votre partenaire portant toujours ce masque, nous n'avions aucune idée de votre identité. C'est le pur hasard que nous soyons tombées sur vous…

Elle se tut un instant, puis ajouta :

— Ou peut-être pas. Vous êtes une excellente Chasseuse, c'est du moins ce qu'on m'a affirmé, il est donc assez logique que votre grand-maître vous ait désignée.

En réalité, il avait transmis le contrat à Éclipse, mais cela ne voulait pas dire que Jaguar ne pensait pas à elle.

— M'auriez-vous engagée, si vous aviez su ?

— Je n'ai pas réfléchi à la question. Peut-être, puisque vous êtes intéressées dans cette histoire, de toute façon. Mais ça n'a plus grande importance : je ne peux pas revenir en arrière et changer ce qui a été fait.

Elle va droit au but, comme l'avait dit Miryo. J'espère que ce n'est pas elle le cerveau de cette opération, car si elle donne l'impression d'être quelqu'un de bien, elle n'a visiblement pas l'esprit assez tortueux pour mener une campagne de subversion.

— Saviez-vous que les Primes étaient derrière cet assassinat, quand vous nous avez engagés ?

Ashin tressaillit.

— Vous en êtes certains, alors ?

Mirage acquiesça.

— Nous le soupçonnions, dit la Clé, mais nous n'étions pas sûres. C'est pourquoi nous avons engagé des Chasseurs. *Il fallait que nous sachions*. Par le Néant… (Elle soupira.) Eh bien, je pense que personne ne sera étonné d'apprendre que c'est vrai.

— C'est pourquoi elles ont tué Tari-nakana, donc, dit Miryo.

— Bien sûr. Enfin, d'une certaine façon. Elles ont découvert que Tari connaissait l'existence d'un double ayant survécu. Ce sont des choses qui arrivent parfois, un enfant passe au travers. Mais une sorcière qui s'en aperçoit est supposée le révéler. Tari ne l'a pas fait, ce qui signifiait qu'elle nourrissait des idées hérétiques. Elles l'ont fait assassiner pour éviter qu'elle ne crée plus de problèmes.

Un éclair électrique jaillit de l'avant-bras droit de Mirage et provoqua la crispation réflexe de son poing.

Qu'était-ce ?

Une tension dont elle n'avait pas conscience s'évanouit de ses os, et avec le sentiment de détente vint la compréhension. Le serment de sang, ce sort qui les liait, Éclipse et elle, à l'enquête sur le meurtre, était enfin arrivé à sa conclusion. Quel dommage, parler de cet accomplissement aurait pour seul effet d'attirer l'attention des Primes sur elle.

Vois donc le bon côté de la situation. C'est toujours une menace de moins sur ta tête.

Elle revint au dernier commentaire d'Ashin.

— Mais elle avait déjà causé des problèmes, n'est-ce pas ?

— Oui. C'était elle qui avait pris les mesures pour que d'autres doubles survivent. Toutefois nous ne pensons pas qu'elles en aient été conscientes à l'époque. Dans le cas contraire, elles auraient sans doute essayé de la faire parler, pour qu'elle dévoile l'identité de ses complices. Mais aujourd'hui, elles savent. Sinon elles n'auraient pas fouillé son domicile.

Elles cherchaient des preuves… songea Mirage.

— Et combien êtes-vous, dans cette petite conspiration ?

Ashin considéra la Chasseuse d'un regard prudent.

— Je ne pense pas que je vais vous le révéler.

Mirage se permit un sourire de satisfaction. Il était agréable de voir que la Clé n'était pas aussi stupide.

— Très bien. Une autre question, peut-être ? Les autres doubles survivants sont-ils les enfants des conspiratrices, ou avez-vous trouvé un moyen pour que *tous* les doubles survivent au rituel ?

— Nous savons que vous avez laissé survivre celui de votre propre fille, ajouta Miryo.

L'ombre d'un sourire attristé passa sur le visage d'Ashin.

— Bien sûr, j'ai fait en sorte que son double ne périsse pas. Si je crois en tout ça, il est normal que ma propre fille en bénéficie. Mais je reconnais que certains des doubles ne sont pas ceux de nos enfants.

— Et comment vous y prenez-vous ?

— De la même façon qui vous a permis de survivre, répondit Ashin en regardant Mirage. De ce que nous savons, en tout cas. Quand un double survit, c'est parce que l'enfant a été touché par la lumière des étoiles *avant* le rituel.

Ce qu'impliquait cette révélation était évident.

— Donc l'enfant a déjà une âme quand elle est « divisée » ?

— En effet. Et c'est un point très important, parce qu'il modifie radicalement vos existences. Vous deux partagez une seule et même âme, voyez-vous. Et chacune de vous est la seule personne capable de tuer l'autre. Si quelqu'un d'autre tente de le faire, vous revenez à la vie, tout simplement, parce que votre autre moitié est toujours là.

— Nous l'avons découvert d'une façon assez désagréable, dit Miryo d'un ton un peu sec.

Ashin paraissait déçue que cette révélation ne provoque pas plus de stupéfaction, mais elle poursuivit :

— L'effet immédiat est que, lorsqu'une mère tue le double, celui-ci revient à la vie un peu plus tard.

— Et ensuite ? voulut savoir Mirage. Comment ai-je fini auprès de parents adoptifs ? Pourquoi n'ai-je pas été enterrée ?

— C'est une très bonne question, et nous ne connaîtrons sans doute jamais la réponse exacte. Voyez-vous, on confie les doubles aux Cousines, qui veillent à les mettre en sécurité. Malheureusement, nous ne savons pas laquelle s'occupait de Kasane. Mais vous pouvez être sûres que des Cousines ont joué un rôle dans votre destin, et un rôle décisif. Chaque fois qu'un double survit jusqu'à l'âge adulte, c'est parce qu'une Cousine l'a emmené ailleurs et n'a rien dit aux Primes.

La chose amusait beaucoup Mirage. *Autant pour les Cousines vues comme des servantes sans cervelle et toujours obéissantes. Je me demande combien de sorcières se rendent compte de tous les tours que leurs fidèles servantes ont en réserve…*

— Je regrette que les Cousines refusent d'aborder le sujet, ajouta Ashin avec un soupir de frustration. Quelques-unes sont de notre côté, mais elles affirment ne rien savoir. Les Cousines en savent pourtant plus sur ce qui se passe à la Chute de l'Étoile qu'on ne l'imagine, mais elles n'en parlent jamais. Certaines d'entre elles nous aident, cependant.

— Vous avez donc fait la même chose pour les enfants d'autres sorcières ? demanda Miryo.

— Oui, avoua Ashin sans hésiter.

— Et ça ne vous gêne pas du tout.

— Sommes-nous censées les laisser continuer à faire ce qu'elles ont fait des siècles durant ? Non. Nous rendons service aux Primes. Ainsi les choses évolueront dans le bon sens.

— Seulement si nous trouvons une solution, intervint Mirage avec une certaine acidité dans la voix. Et je suppose que vous ne l'avez pas ?

— Je crains que non.

— Mais vous aussi pensez qu'il en existe une.

— Bien sûr. Pourquoi ferions-nous ce que nous faisons, dans le cas contraire ?

Miryo semblait trouver l'attitude d'Ashin aussi irritante que la Chasseuse.

— Et si Mirage et moi mourons ? Que se passe-t-il ?

La Clé de la Main de l'Air eut une moue fataliste.

— Alors quelqu'un d'autre après vous trouvera la réponse. Une des paires que nous avons sauvegardées. La Déesse ne permettra pas que les choses continuent ainsi éternellement. Elle finira par nous montrer comment les choses devaient être.

Par le sourire de la Guerrière… elle ferait un bon général pour un siège. Elle enverrait ses soldats pour résoudre le problème, jusqu'à ce qu'un jour certains d'entre eux effectuent une percée. L'essentiel étant de ne pas se soucier des pertes.

Comme si Miryo et moi n'avions pas assez de pression sur les épaules. À présent ce n'est plus simplement « trouver une réponse ou mourir », c'est aussi « trouver une réponse ou des enfants mourront également ».

— Qu'est-ce qui vous autorise à penser qu'une solution existe ? demanda Miryo.

— Les primes vous ont-elles lu la citation de Misetsu ? répliqua Ashin et, à la réponse affirmative de Miryo, elle grommela : Par le bâton de l'Aïeule. Il faudrait que vous lisiez le reste de ce que cette femme a écrit. Elle a peut-être été une personne pieuse à une époque, mais la magie a fini par lui monter à la tête. Et ses derniers écrits suintent l'arrogance et l'orgueil. Vous pouvez en être sûres, quand le rituel de Monisuko est arrivé, Misetsu n'aurait pas entendu la Déesse même si celle-ci avait envoyé ses cinq Aspects lui hurler aux oreilles.

Mirage le croyait aisément. Elle avait vu des Danseurs du Temple ayant voué leur vie à honorer la Déesse qui s'égaraient dans la séduction des louanges. Le même phénomène se produisait également au sein du clergé. Il n'y avait aucune raison pour qu'il ne touche pas une sorcière.

— Vous pensez qu'elle s'est trompée au sujet des doubles, si je comprends bien, dit Miryo.

— Bien sûr. Elle n'a pas pu trouver de réponse - parce qu'elle n'écoutait pas –, et elle s'est donc rabattue sur une échappatoire commode. Ensuite elle a enrobé le tout d'un contexte assez effrayant pour justifier la chose.

Mirage doutait que l'histoire fût aussi simple. Mais elle ne tenait pas à en discuter. Il lui suffirait d'*espérer* que Misetsu s'était trompée.

— Nous avons tenté de penser à une solution, dit Miryo. Nous avons pensé nous séparer complètement, trouver un moyen de couper le lien qui demeure entre nous.

Ashin semblait dubitative.

— Vous ne pensez pas que ça fonctionnera ?

— C'est une solution envisageable, dit la Clé. Tout comme celle consistant à tuer Mirage, si votre seul but est de maîtriser la magie.

— C'est mieux que dans le système ancien : nous en réchappons toutes les deux.

— Mais elle ne vous apporte aucun bénéfice réel.

— Et quel bénéfice pensez-vous qu'on puisse gagner ? s'étonna Mirage.

Ashin se leva et fit quelques pas dans la pièce, mains derrière le dos.

— Je ne sais pas. Pas précisément. Mais réfléchissez à la chose. Les prêtres et les prêtresses nous regardent de haut et nous qualifient de déséquilibrées. Pourquoi ? De quel manque souffrons-nous ? Je suis prête à parier que c'est en rapport direct avec les doubles. Nous perdons ce qu'il y a en vous. Peut-être des qualités physiques. Vous avez la rapidité, la force, vous êtes des combattantes-nées.

— Alors je serais les bras, et Miryo la tête ?

— Vous n'êtes pas stupide, ne vous conduisez pas comme si vous l'étiez. Vous le savez aussi bien que moi, les imbéciles ne font pas de bonnes Chasseuses. Vous combattez, elle recourt à la magie, mais vous êtes toutes les deux intelligentes.

Mirage lui concéda ce point d'un hochement de tête. Sa réflexion avait été délibérée, pour provoquer Ashin.

— Et pourquoi ne pas nous remettre ensemble, comme nous étions à l'origine ? demanda Miryo. Rien ne serait perdu.

— On a essayé. Sans succès. La Voie de la Tête est d'avis que ça ne peut pas fonctionner : la magie ne s'écoulera pas dans ce sens, si vous me comprenez. C'est comme annuler un sort purement et simplement, au lieu de le neutraliser. C'est impossible.

Les espoirs de Mirage s'envolèrent avec la réponse de la sorcière. Pendant un instant, elle avait espéré que Miryo avait trouvé la solution. Son double semblait tout aussi déprimé. Le silence se fit dans le salon pendant un moment, puis Miryo repassa à l'offensive :

— Une autre question. Quelqu'un a-t-il trouvé une explication au fait que nous n'avons que des filles ?

— Pas que je sache, répondit Ashin, mais c'est une bonne question, et je ne serais pas étonnée qu'elle participe du même problème. L'absence d'enfants mâles peut être qualifiée de déséquilibre, du moins d'après moi.

— Mais comment allons-nous le résoudre ? Êtes-vous toutes assez folles pour risquer votre vie dans une hérésie que vous ne comprenez pas complètement ?

— Nous n'avons pas pensé à tout, c'est vrai, admit la Clé. Mais nous nous y efforçons. Et si nous n'avons pas encore une réponse, nous avons toujours foi en la Déesse.

Mirage réprima un rictus d'amertume.

— Quoi qu'il en soit, vous ne pensez pas que la séparation soit la réponse.

— Je ne vois pas comment elle restaurerait l'équilibre. Il semble que la séparation ait pour seul résultat de vous perdre l'une à l'autre, tout comme la mort.

Mirage se leva à son tour et arpenta le salon.

— Mais c'est la seule réponse que nous avons *trouvée*.

Ashin la regarda, et dans ses yeux la Chasseuse vit la conviction, la détermination et une foi aveugle qui l'effraya par son intensité.

— Mais ce n'est pas la seule réponse qui existe, dit la Clé. Je suis sûre que ce n'est pas la seule. Il vous faudra simplement trouver la bonne.

Ah ah ! Et ça va être très facile, je n'en doute pas.

— Que projetez-vous de faire ? lui demanda Mirage.

— Ce « vous » signifiant « vous et vos amies », je suppose ? dit Ashin. Nous hésitons encore. Nous aimerions continuer notre tâche et sauver d'autres doubles, mais c'est devenu beaucoup plus dangereux qu'auparavant.

Rien de très étonnant à ça. Mirage lança un regard interrogateur à Miryo.

— Notre meilleure option est de nous faire discrètes, à mon avis, répondit son double. Disparaître du paysage et travailler vraiment à la question. Il faudrait que nous trouvions une cachette où nous ne risquons pas d'être découvertes. Le Feu d'Argent ne pourrait pas nous proposer quelque chose ?

— Si, mais je ne pense pas que ce serait une bonne idée, répondit Mirage qui se rassit et tourna le masque entre ses doigts. La sécurité chez les Chasseurs est bonne, mais elle peut être contournée, en particulier par la magie. Et elles s'attendront à ce que nous fassions ce genre de choix.

Elle se rendit compte qu'elle avait entortillé le masque autour de son poing gauche. Elle le retira et le lissa avec soin.

— La meilleure solution serait d'aller ailleurs, dans un endroit reculé.

— Les montagnes ?

— Pourquoi pas. Je voterais plutôt pour celles de l'Abern. J'y connais quelques personnes qui pourraient nous installer.

L'itinéraire ramassé dans le bureau de Tari était au fond de ses sacoches de selle, il était donc peu probable que quelqu'un puisse établir un lien avec ses précédentes missions. Mirage envisagea un instant de demander à Ashin sa protection, en règlement d'un des trois souhaits dont Éclipse et elle pouvaient maintenant exiger la réalisation. *Non, ça ne rimerait à rien. Elles nous veulent vivantes, de toute façon. Gardons les souhaits pour plus tard. En espérant qu'il y ait un plus tard.*

— C'est une bonne idée de disparaître, approuva la Clé. Nous pourrons rester en contact grâce au papier que vous détenez.

— Et si nous pensons à quelque chose qui nécessite votre aide, nous vous le ferons savoir.

Ashin acquiesça.

— Que la Déesse vous accompagne. Je suis sûre qu'elle vous donnera une réponse.

22
FUITE

— Ashin t'effraie-t-elle autant qu'elle m'effraie ? Miryo ne put que rire, malgré la tension qu'elle ressentait.

— Oui. Elle est possédée d'une telle résolution que c'en est incroyable. Il y a le problème, qu'elle connaît ; il y a la solution, qu'elle recherche ; et il y a la Déesse, qui arrangera tout.

— Si tu la présentes de cette manière, elle n'a pas l'air très différente de nous. Et pourtant... Je ne sais pas. Je pense que ce qui me gêne, c'est la facilité avec laquelle elle accepte de mettre autant de vies en jeu, y compris celle de sa fille.

Miryo entortilla l'extrémité de sa tresse autour d'un doigt.

— C'est vrai. Mais peut-être que c'est la seule façon de faire. Il y a réellement un problème. Le clergé le répète depuis toujours, et nous avons toujours ignoré ce qu'il disait. Je pense que cette histoire de déséquilibre a un rapport direct avec tout le reste. Ce qui est encourageant, d'une certaine manière, puisque ça prouve que nous avons raison, au moins quand nous estimons que la situation actuelle est anormale.

— Quant à savoir si une de nos hypothétiques solutions est juste, c'est une autre histoire.

— Je crois que nous finirons par le découvrir.

Elle leva vivement les yeux en entendant le grondement du tonnerre.

Mirage l'imita, et son visage se ferma. Elles s'étaient installées dans un grand champ probablement utilisé comme pâturage, bien qu'à cet instant il n'y eût pas une tête de bétail en vue. Il n'y avait pas d'abri à proximité à part le muret en pierre à côté d'elles. Avec cet orage qui approchait, Miryo regretta qu'elles n'aient pas poussé jusqu'à la prochaine ville, mais la Chasseuse avait conseillé de se faire aussi peu remarquer qu'il était possible.

Éclipse rejoignit leur campement alors que le deuxième roulement du tonnerre faisait vibrer l'air. Il s'était quelque peu éloigné pour se baigner dans un ruisseau. Passant une main dans ses cheveux encore humides, il lança un regard maussade en direction du ciel.

— J'aurais pu m'épargner l'effort de marcher jusqu'au ruisseau, et attendre ici que la pluie me lave.

— Deux bains ne te tueront pas, railla Mirage.

Mais le mauvais temps pouvait tous les rendre malades. Miryo observa le muret, puis leurs vêtements, et leurs maigres bagages.

— Et si nous tendions nos capes là-dessus, en guise de tente ? Ça nous mettrait un peu à l'abri.

Elle aurait été étonnée de trouver un endroit plus exposé où camper à cent lieues à la ronde.

— Nous pouvons toujours essayer, dit Mirage.

Comme la sorcière l'avait espéré, les Chasseurs bricolèrent un abri de fortune. Ils coincèrent un bord de leurs capes sur le muret à l'aide de pierres et placèrent leurs selles en soutien à l'autre bout, formant ainsi un toit incliné en toile. Lequel tiendrait bien quelque temps, si toutefois le vent ne forcissait pas trop.

— Je refuse de recommencer ça, déclara Miryo quand ils eurent terminé leur installation. Je veux bien me teindre les cheveux, et par le Néant j'accepterais sans me plaindre qu'on me coupe le nez, si c'est indispensable. Mais qu'on me laisse dormir sous un vrai toit, entre quatre murs, au sec.

— Après cette nuit, ça devrait aller mieux, dit Mirage. Nous serons bientôt dans les forêts, et alors il nous sera facile d'établir un campement beaucoup plus confortable. Et puis, ce mauvais temps ne va sans doute pas durer. Les derniers étés ont été plutôt secs.

— Raison de plus pour que celui-là soit particulièrement humide, grogna Miryo qui fit la moue en entendant ses accents geignards. Désolée.

— Ce n'est pas moi qui te jetterai la pierre parce que tu es de mauvaise humeur. C'est mon cas aussi.

Éclipse leur lança un regard perplexe, mais il ne dit rien. Il avait assez peu réagi au résumé de leur entrevue avec Ashin. Ces derniers temps, il semblait avoir décidé d'assumer la responsabilité de leur sécurité jusqu'à ce qu'elles aient trouvé leur réponse, ou qu'elles se soient tuées en la cherchant. Au-delà de ce rôle, il restait la plupart du temps silencieux. Il y avait encore peu de temps, un tel comportement aurait intimidé Miryo, mais elle commençait à s'habituer à lui. Il s'était mis à la traiter comme il traitait Mirage, ce qui rendait parfois les choses un peu problématiques pour la sorcière, car elle ne le comprenait pas aussi bien que son double. Elle avait donc décidé de prendre exemple sur Mirage : si celle-ci n'était pas troublée par le silence du Chasseur, Miryo non plus.

La Chasseuse lui tapota le bras. Réprimant un soupir, la sorcière se glissa hors de l'abri des capes et se mit debout pour suivre son double.

Elles avaient convenu de prier ensemble chaque nuit, dans l'espoir de trouver quelque inspiration dans cette activité. Miryo n'était pas très sûre que cette activité ait une quelconque efficacité, mais une prière ne pouvait pas faire de mal. Et au moins elle pourrait justifier de sa piété quand la Déesse la prendrait dans ses bras.

Elle bannit ces pensées négatives de son esprit avec une grimace irritée. *Penser de cette façon ne te mènera nulle part.*

Les premières gouttes tombèrent. Miryo s'agenouilla sur le sol, à côté de Mirage, leva les yeux vers le ciel et se recueillit.

Je n'ai vraiment pas le sentiment que ça serve à quelque chose.

Mirage ravala un soupir d'agacement. Inutile de faire savoir à Miryo qu'elle n'avait pas réellement le cœur à prier. Non qu'elle prît la situation à la légère. Sa vie était en jeu, après tout. Mais elle n'avait pas l'impression que s'agenouiller dans la boue les aiderait à progresser.

Une fois de plus, elle réfléchit aux tenants et aboutissants de leur problème, dans l'espoir qu'une soudaine illumination rendrait tout évident. Elle n'eut bien sûr pas cette chance. La séparation lui paraissait toujours être la meilleure solution, mais Ashin n'était pas d'accord et Miryo semblait abonder dans le sens de la Clé.

Elle ne pouvait toujours pas s'empêcher de frissonner quand elle se remémorait la proposition avancée par Éclipse. Il ne l'avait pas formulée très sérieusement, mais ses conséquences potentielles ne méritaient même pas qu'on y réfléchisse. Il avait suggéré qu'elles tentent d'ouvrir chez Mirage le canal la reliant au pouvoir. Rien de moins.

Je me vois très bien engendrant une autre moi – une autre nous. *Trois personnes différentes pour une seule âme. Comme si deux ne suffisaient pas ! Et nous aurions toujours un double anti-magique dans les parages, ce qui ne résoudrait rien.*

Miryo avait essayé de lui apprendre comment chanter un sort, et cette tentative s'était soldée par un échec lamentable. Non seulement Mirage éprouvait des difficultés pour distinguer une note d'une autre, elle était aussi incapable de mémoriser l'ordre des syllabes. Le langage utilisé dans les formules magiques était difficile à apprendre, et les moindres erreurs avaient des conséquences. Accidentellement, elle avait dit « kosuda » au lieu de « koshuda », et Miryo s'était écroulée de rire. Selon la sorcière, elle aurait invoqué un poisson au lieu d'un coup de vent.

Autre chose ? Ah, oui : elles avaient déjà essayé d'entrer en contact physique, cette même nuit où Éclipse l'avait assommée. Sans résultat.

Mirage se rendit compte que le rythme de sa respiration s'était accéléré. Elle dut fournir un effort conséquent pour l'apaiser. *Même si moi je n'arrive pas à me concentrer, je ne devrais pas être une source de distraction pour Miryo.*

Elle savait qu'Éclipse la pensait résignée à se sacrifier dans le courant de leurs tentatives. Il se trompait, même si elle ne pouvait dire en quoi. Elle avait dit à un moment que « mourir d'essayer » n'était même pas envisageable, parce qu'elle allait réussir. Ce n'était pas réellement ça, en fait. Il ne s'agissait pas non plus de cette conviction absolue qui faisait croire à Ashin que la Déesse arrangerait tout.

Peut-être que je suis simplement incapable de croire qu'un jour je pourrais réellement mourir.

Oh, voilà des pensées réjouissantes…

Elle dut se faire violence pour s'arracher à ces réflexions attristantes. Les gouttes intermittentes s'étaient transformées en une averse drue. Mirage soupira en pensée, mais ne dit rien. Miryo était en pleine prière, et la Chasseuse savait qu'elle resterait là aussi longtemps que son double ne bougerait pas.

Mais la sorcière n'était pas plongée dans la prière. Elle observait la Chasseuse avec la plus grande attention.

Quand elle le comprit, Mirage cligna plusieurs fois des yeux, et le regard de la sorcière se détourna aussitôt. La Chasseuse sourit.

— Tu priais ? demanda-t-elle.

— Je… Je n'arrive pas à me concentrer, répondit Miryo sur un ton d'excuse. Désolée si je t'ai distraite.

Mirage ne put contenir plus longtemps son hilarité.

— Et moi qui reste agenouillée dans la boue parce que je ne veux surtout pas interrompre ta méditation ! Ah, nous formons une belle paire d'idiotes, toutes les deux !

— Tu veux que nous retournions nous mettre à l'abri ?

— Non, je préfère continuer à patauger dans la boue, bien évidemment ! lâcha la Chasseuse tout en se mettant debout. Bon, assez de tout ça. Certaines sectes peuvent bien affirmer que la souffrance est bénéfique pour l'âme, je pense que la Déesse me pardonnera si je renonce à ce délice dans le seul but de ne pas attraper froid.

La pluie qui avait semblé vouloir se dissiper rapidement changea d'avis et continua de noyer leur route. Cela n'améliora pas l'humeur de Miryo. Un temps, elle avait espéré qu'il lui serait possible d'enseigner à Mirage les paroles et le phrasé d'un sort, et qu'elles tiendraient peut-être la solution à leur problème – ou au moins la bonne piste –, mais elle dut finalement reconnaître sa défaite. Son double ne manquait pas de bonne volonté et elle se donnait du mal pour bien faire, mais elle était totalement dépourvue d'oreille et ne parvenait pas à moduler sa voix.

Eh bien, mes vingt-cinq années d'études auront au moins servi à quelque chose. Même si je ne peux pas m'en servir.

Elle se rendit compte qu'elle mordait l'ongle de son pouce et cessa immédiatement. *Magnifique. Donc cette idée est bonne, mais impossible à mettre en pratique. Trouves-en une autre. Tu n'as pas exploré toutes les directions, et peut-être que quelque chose qui te paraît complètement excentrique se révélera être la réponse. Tu ne peux pas le savoir si tu n'essaies pas.*

D'un autre côté, ces essais risquaient de la tuer.

Mais si je n'essaie pas, je finirai quand même par me servir de la magie par accident. Je le sais. Je m'en suis presque mordu la langue, la nuit dernière, pour m'empêcher d'agir sur la pluie. Et pendant le combat contre Spectre, c'était si bon de puiser dans le pouvoir… Même si je ne le contrôlais pas réellement.

Je vais finir par nous faire tuer.

Pendant quelque temps, elle chevaucha en entretenant l'idée séduisante que les Primes connaissaient la solution à leur problème et la leur dissimulaient par simple désir malveillant de saper le don fait par la Déesse. Elle s'imaginait avec ravissement en train de frapper Shimi sur la tête avec quelque chose de gros et de pesant. La Prime était une des quelques raisons pour lesquelles elle n'était pas certaine de vouloir rejoindre le Rayon de l'Air.

Pourtant Shimi n'était pas fondamentalement mauvaise, et d'autres Primes étaient sans doute bien pires qu'elle. Miryo se souvenait encore d'Ikkenachashi, la Prime de la Terre qui avait précédé Koika durant les deux premières années de Miryo à la Chute de l'Étoile. Cette femme avait un cœur de pierre, si d'ailleurs elle avait un cœur. Et Ashin ferait une bien piètre Prime. Elle cédait trop facilement à l'irritation. À Shimi succéderait certainement Naji, toutefois, et l'actuelle Clé du Cœur serait une très bonne Prime quand le temps serait venu.

Et il ne te sert à rien de penser à tout ça. Cesse donc de perdre ton temps.

Une grosse goutte tomba sur le visage de Miryo à cet instant précis, et elle ravala un juron. Avec un soupir, elle se remit à réfléchir à un moyen de rester en vie.

LES BRANCHES DES arbres nous protègent un peu, c'est toujours ça. Les choses s'améliorent. Disons-le comme ça.

Continue donc de te le répéter…

Mirage regardait fixement un point situé entre les oreilles de Brume et faisait de son mieux pour ignorer la pluie. Son humeur n'en était pas plus légère pour autant.

Leurs conditions de voyage se dégradaient à mesure qu'ils avançaient dans les contreforts de l'ouest de l'Abern. La route ressemblait souvent à une fine couche de boue nappant l'ardoise. Mirage lança un regard vigilant sur sa droite. Le sol s'effondrait en un éboulis qui chutait jusqu'au lit d'une rivière. Avec la période récente de sécheresse, une crue subite était très possible. Et c'était la dernière chose dont ils avaient besoin aujourd'hui.

Ils négocièrent un tournant de la route, et Mirage changea d'opinion. *Non, ce n'est pas la dernière chose dont nous avions besoin aujourd'hui.*

Trois Cousines à cheval leur bloquaient le passage.

Un éclair zébra le ciel au-dessus de leurs têtes tandis que les deux groupes se faisaient face.

— Nous avons un message, dit la Cousine placée au centre du trio, en forçant sa voix pour être entendue malgré la pluie qui redoublait d'intensité. L'écouterez-vous ?

Après un moment, Miryo fit avancer sa monture devant celles des deux Chasseurs.

— J'écoute, déclara-t-elle.

— Les Primes disent : « Nous t'avons donné une dernière chance dans l'espoir que tu comprendrais et que tu reviendrais parmi nous. Grande est notre peine de voir que tu as choisi d'ignorer nos paroles de clémence. Nous sommes maintenant contraintes de prendre les mesures qui s'imposent. »

Mirage n'attendit pas d'entendre un mot de plus. Elle se pencha sur l'encolure de Brume, saisit la bride du cheval de Miryo et dirigea le sien hors de la piste.

La manœuvre prit de court les Cousines. Mirage risqua un seul regard vers elles toute en basculant le torse en arrière : elles étaient toujours sur la route, et en plein désarroi. Puis Brume dérapa et la Chasseuse dut concentrer toute son attention sur la descente de la pente détrempée qui s'éboulait un peu plus sous les sabots de son cheval.

Elles parvinrent en bas sans verser. D'un coup de reins, Brume franchit la moitié de la rivière. À la droite de Mirage, Éclipse s'était penché sur l'encolure d'Étinceleur, qui imita la jument. La monture de Miryo pataugeait dans l'eau derrière eux. Des cris retentirent sur la route. Mirage tourna la tête et aperçut un groupe compact de Cousines qui faisait dévaler la pente à leurs chevaux.

Par le Néant… Elles ont des renforts.

Éclipse vira sur la droite, et Mirage le suivit. Devant eux le terrain remontait brusquement, et même si leurs montures réussissaient cette ascension elle leur ferait perdre trop de temps.

Mirage avait de bonnes raisons d'être soucieuse. Leurs chevaux avalaient les lieues depuis déjà longtemps, sans avoir pu profiter d'un repos suffisant. Comment se comporteraient-ils si la poursuite s'éternisait ? Déjà le hongre de Miryo était à la peine pour ne pas se laisser distancer.

Puis un rugissement sourd attira son attention en avant.

Là-bas, les versants s'évasaient, et le ravin s'en trouvait nettement moins encaissé. Mais une eau bouillonnante emplissait rapidement la déclivité presque jusqu'à son sommet. Une crue provoquée par les pluies. Grinçant des dents, Mirage poussa Brume à coups de talons. La seule solution était de passer l'obstacle au plus vite.

Son cheval y parvint. Un instant plus tard, Étinceleur faisait de même.

Derrière eux retentirent un craquement, un hennissement affolé et un clapotement géant.

Mirage tira sur les rênes si brusquement que sa jument fit un faux pas. Regardant par-dessus son épaule, la jeune femme vit ses pires craintes confirmées.

Renversé dans l'eau, le hongre de Miryo battait l'air des jambes en hennissant de douleur. Une des pattes avant était visiblement cassée. À côté de lui, visage immergé et immobile, se trouvait la sorcière.

Et juste derrière elle, de l'autre côté de la rivière, se tenaient une dizaine de Cousines.

Mirage savait ce qu'elle devait faire. Pourtant elle resta là, sans bouger, à regarder la forme inerte de son double.

— Allez ! s'écria Éclipse.

Les Cousines allaient traverser d'une seconde à l'autre.

— Bouge-toi !

Mirage ferma les yeux. *Guerrière, soyez miséricordieuse. Je fais ce que je dois faire.*

Elle frappa les flancs de Brume des deux talons, et la jument bondit en avant, laissant derrière elle la rivière. Et Miryo.

Aux mains des Cousines.

TOUTES NE RESTÈRENT pas à la rivière. Mirage perçut des clapotements furieux et supposa qu'au moins deux n'avaient pas réussi à sauter le cours d'eau. Parmi celles qui avaient réussi, plusieurs s'arrêtèrent autour du corps étendu de Miryo, tandis que les autres se lançaient à la poursuite des Chasseurs.

Éclipse ouvrait la voie. Il gravit une pente douce et entra dans les ombres des arbres au-delà. Mirage arrivait juste derrière lui. Ils ralentirent pour louvoyer entre les premiers fûts. Un faux pas ici et leurs montures chuteraient. Le positif dans cette situation était qu'elle gênerait tout autant les Cousines. Et les Chasseurs étaient habitués à chevaucher dans les pires conditions, bien plus que les servantes des sorcières. En terrain boisé comme ici, c'était un avantage certain.

La chasse continua, et les poursuivantes se déployèrent pour couvrir la zone plus efficacement, au cas où les fuyards changeraient de direction. Mirage était comme engourdie intérieurement. Elle laissait son partenaire décider de leur course sans même prêter attention à ce qu'il faisait.

Elle avait abandonné Miryo.

Les Cousines étaient plus d'une douzaine, et les chances n'étaient pas en faveur des Chasseurs. Si elle était revenue à la rivière, même avec Éclipse, elle aurait succombé sous le nombre.

Mais cela ne changeait rien : elle avait abandonné Miryo.

Le sentiment de trahison était pareil à un coup de poignard dont la lame lui fouaillait les entrailles. Elle pouvait rebrousser chemin. C'était ce qu'elle ferait, plus tard, pour tenter de secourir son double. Mais sur le moment, quand la sorcière avait chuté, Mirage avait poursuivi sa fuite. En l'abandonnant.

La lumière agressa ses yeux. Le manteau nuageux qui avait écrasé la région toute la journée se disloquait. La pluie tombait toujours, mais à l'ouest le ciel s'éclaircissait suffisamment pour laisser passer les rayons du soleil. Il était plus tard que Mirage ne l'avait pensé. Ils quittèrent les bois et devant elle Éclipse se retourna sur sa selle pour la regarder.

— Nous les avons semées ? demanda-t-il.

Ils ralentirent tous deux pour écouter, et perçurent le bruit que produisaient leurs poursuivantes.

— Non, fit Mirage, la voix mauvaise. Mais la plupart ont laissé tomber.

Les deux Chasseurs éperonnèrent de nouveau leurs montures en direction d'un autre bois visible au loin. Ils avaient parcouru à peine la moitié de cette distance à découvert quand, derrière eux, trois Cousines émergèrent des arbres et poussèrent un cri de victoire en les apercevant.

Elles disposaient de chevaux plus frais que Brume ou Étinceleur. Mirage comprit qu'ils n'atteindraient pas leur objectif à temps.

Un rictus déplaisant déforma ses traits, sans qu'elle en ait conscience.

Elle fit ralentir très légèrement sa jument, de façon que la Cousine de tête la rattrape plus tôt. Devant elle,

Éclipse n'avait rien remarqué. Mirage dégagea son pied gauche de l'étrier un instant, le crocha à l'envers avec la pointe de sa botte, afin qu'il soit tordu.

La première Cousine arrivait presque à son niveau.

Mirage arrêta brutalement sa monture. Dans le même temps, elle fit passer sa jambe droite par-dessus la selle. Son pied gauche prenant appui dans l'étrier inversé et ses mains agrippées au pommeau lui servant de pivot, elle exécuta un coup de pied retourné qui atteignit son adversaire à l'épaule. Poussée en arrière, la Cousine s'écroula d'une pièce sur le sol. Mirage termina sa rotation et sa jambe droite vola par-dessus la tête de Brume. Avant de retomber en selle, elle vit la femme qui roulait devant la monture de la deuxième poursuivante.

Éclipse s'était enfin rendu compte de ce qui se passait, et il faisait virer Étinceleur en un demi-cercle, mais Mirage lança sa jument en avant pour le rejoindre. Derrière eux un bruit sourd de chute leur indiqua que la Cousine désarçonnée avait fait tomber le cheval de l'autre.

Ce qui n'en laissait plus qu'une.

Ils atteignirent le bois. Mirage leva les bras et agrippa des deux mains une branche basse. Le mouvement l'arracha de sa selle et elle se servit de l'élan pour se hisser plus vite dans l'orme. Cette fois Éclipse avait anticipé la manœuvre. Il saisit la bride de la jument et l'entraîna avec lui plus loin entre les arbres.

La Cousine se rapprochait.

C'est idiot. Une Cousine contre deux Chasseurs ?

La femme n'avait pas une chance. Alors qu'elle passait sous son arbre, Mirage se laissa tomber de son perchoir. Le cheval se cabra sous le poids inattendu qui venait de s'abattre sur son arrière-train. Alors qu'elle chutait avec la Cousine, la Chasseuse s'arrangea pour que son adversaire se trouve sous elle. La tête de la servante heurta une pierre. Mirage n'eut même pas à l'assommer.

Elle prit le temps de scruter la prairie boueuse qu'ils venaient de traverser. Là-bas, elle distingua une Cousine qui se relevait en vacillant, en serrant contre elle son bras cassé.

Personne d'autre en vue.

Mirage s'élança au pas de course entre les arbres, pour retrouver Éclipse.

— Je viens avec toi.

— Pas question.

Son ami lui saisit le bras au moment où elle lui reprenait les rênes de Brume.

— Toi, seule, contre combien de Cousines ? Tu es forte, Sen, mais pas à ce point.

Elle le gratifia d'un sourire bref, même si c'était la dernière expression qu'elle avait envie d'arborer.

— Je serai prudente.

— Tu seras *morte*. Et c'est précisément ce qu'elles veulent.

Elle secoua la tête.

— Non. Miryo est la seule qui puisse m'ôter la vie, tu te souviens ? Ashin l'a confirmé. Et selon Miryo, elles ne peuvent l'obliger par la magie à me tuer si elle ne le veut pas.

— Alors elles vont t'enfermer dans une cellule en attendant que sa magie vous tue toutes les deux. Tu parles d'une alternative !

Mirage libéra son bras d'une saccade.

— Et que devrais-je faire, d'après toi ? La laisser pourrir entre leurs mains ? M'enfuir ? Que la Guerrière maudisse mon âme pour l'éternité si j'accepte. Je l'ai abandonnée sur le terrain parce qu'alors je n'avais pas d'autre choix, mais ce n'est plus le cas. Je peux les approcher sans me faire repérer, et tenter de la libérer.

— Laisse-moi t'accompagner, alors.

— Non, dit-elle d'un ton catégorique. Deux personnes se font plus remarquer qu'une seule.

— Et deux personnes peuvent tuer plus d'ennemis qu'une seule.

— J'espère faire le moins de victimes possible. Et puis, Kerestel, ajouta-t-elle d'une voix radoucie, j'ai besoin que tu fasses autre chose.

— Ah. Et voilà l'excuse minable pour me tenir à l'écart…

— Ce n'est pas une excuse. Il faut absolument que tu retournes au Feu d'Argent.

Il la regarda fixement.

— Hein ? Pourquoi ?

— Les autres doubles. Jaguar doit être mis au courant pour eux, et pour moi. Les Primes finiront par apprendre leur existence, si elles ne savent pas déjà, et elles les retrouveront. On ne peut pas laisser ça se produire. Si Miryo et moi n'en réchappons pas, ces filles doivent survivre pour continuer à chercher une solution.

À l'expression de son ami, elle voyait bien qu'il n'aimait *pas du tout* qu'elle évoque sa propre mort.

— Ça peut attendre, non ?

— Non. Je t'en prie, Kerestel, fais-le pour moi. J'ai besoin de savoir qu'elles seront protégées.

Il baissa la tête.

— Je n'aime pas ça. Te laisser partir seule, c'est une *très* mauvaise idée.

Mirage tendit la main et lui releva le menton pour le regarder au fond des yeux. Elle y vit l'inquiétude, peut-être même la peur. Un bref instant cette découverte réchauffa le vide glacé en elle. Il était son ami, et il aurait foncé avec joie au cœur d'une nuée de Cousines et de Primes, si seulement elle l'avait accepté à ses côtés.

— Il le faut, Kerestel, dit-elle dans un murmure. J'ai abandonné Miryo là-bas. J'ai une dette envers elle. Envers elle, et envers la Déesse.

Subitement il la serra dans ses bras, et ses doigts puissants pressèrent les muscles de son dos.

— Ne te laisse pas tuer simplement parce que tu t'attends à mourir. Tu vaux mieux qu'elles, Sen. Trouve un moyen de t'en sortir et de revenir en vie.

Mirage cligna des yeux pour stopper un afflux inattendu de larmes, et elle acquiesça.

— Je ferai de mon mieux.

23
Pouvoir

La personne physique de Satomi se trouvait à plusieurs jours de cheval de là, mais son reflet dans le miroir était presque aussi intimidant que si la Prime du Néant avait été présente en chair et en os.

— Nous regrettons que tu nous aies poussées à de telles extrémités, déclara-t-elle.

Miryo haussa les épaules et affronta sans peur le regard vert pâle. Elle était lasse du rôle de subalterne obéissante. Satomi savait qu'elle s'était mise du côté de Mirage et Ashin, et ce qu'elle pouvait avancer maintenant pour sa défense importait peu.

— Si vous le dites. J'ai suivi la seule voie qui à mes yeux me permettait de ne pas déshonorer mon engagement envers la Déesse.

Ces paroles ne modifièrent en rien l'expression dure et froide de Satomi.

— Si tu lui étais réellement dévouée, tu aurais tenu compte des propos de l'élue, Misetsu. Au lieu de quoi, tu as pris un autre chemin, tu nous as tourné le dos et tu as mis en péril tout ce que la Déesse nous a confié.

— La Déesse vous a confié des doubles, et vous les tuez.

— Elle les sépare afin que nous puissions nous parfaire pour son don. Elle divise ce qui pourrait nous gêner.

— C'est ce que vous estimez, fit Miryo avec nonchalance. Moi, je pense que vous êtes dans l'erreur. Mais c'est assez évident.

La Prime du Néant ne goûtait pas du tout sa décontraction. La jeune femme se demanda si Satomi voyait que cette attitude n'était qu'une façade. En réalité, son cœur battait trois fois trop vite, et ses mains auraient tremblé si elle ne les avait pas crispées sur ses genoux. Il lui fallait rassembler toute sa volonté et sa maîtrise pour empêcher sa voix de chevroter et pour affronter le regard de la projection sans flancher.

— Au nom de ce que tu as été, dit Satomi, et en souvenir de la promesse que tu as faite, je t'affirme que nous ne nous réjouissons pas de ce que nous devons faire.

Mon œil, songea Miryo cyniquement.

Comme si elle avait perçu cette pensée, la Prime du Néant durcit encore son regard.

— Tu vas nous dire tout ce que tu sais sur les hérétiques que Tari a subverties avant sa mort. Ce sera moins pénible pour toi si tu parles volontairement, mais que tu le fasses ou non nous obtiendrons ces informations.

— Et ensuite ? Vous tuerez Mirage ? Vous ne le pouvez pas. Je suis la seule qui puisse la tuer, et je refuse de le faire.

— Non. Nous ne pouvons permettre que tu vives, car tu répandrais le poison que Tari a créé. C'est pourquoi nous vous tuerons toutes les deux. Les hérétiques ne te l'ont pas dit ? Tu es la seule capable de tuer ton double, et seul ton double peut te tuer, mais cela présuppose que tu souhaites laisser la vie sauve à l'autre. Il nous suffit de vous tuer toutes deux en même temps, et notre problème est résolu.

Le peu d'assurance que Miryo avait encore s'évanouit d'un coup. Pour la millième fois peut-être depuis qu'elle avait rouvert les yeux, elle se remémora sa chute de cheval : comment elle avait plongé en avant, tendu les bras pour se recevoir, sa main qui avait glissé dans la boue et l'horrible craquement dans son cou. Puis les ténèbres. Et le réveil, pour se retrouver encerclée par des Cousines.

Ce qui avait appartenu à la théorie la plus abstraite jusqu'à cet instant était devenu très réel. Elle ne pouvait mourir, à part de la main de Mirage. C'était du moins ce qu'elle avait cru.

— Nous tuer toutes les deux ? répéta-t-elle d'une voix curieusement enrouée.

Inflexible, Satomi acquiesça.

— Vous êtes une abomination : une âme dans deux corps. Si vous refusez de coopérer avec nous, nous détruirons ces deux corps. Ce sera avec regret que je perdrai une sorcière ayant ton potentiel, mais tu t'es tournée vers les ténèbres.

La Prime du Néant ne pouvait que mentir. Non ? Miryo réprima le malaise en elle et affronta crânement le regard pâle de Satomi. Qu'elle soit maudite si elle laissait voir sa peur à cette femme.

— Ce que vous voyez comme les ténèbres, je le vois comme la lumière. Je ne l'échangerai pas pour votre façon de faire. Je ne retournerai pas de votre côté, même si vous me le permettez.

— Comme tu voudras, dit la voix glaciale de Satomi. Nous agirons en conséquence.

* * *

— Nous avons poursuivi les recherches, mais nous n'avons trouvé aucune trace au-delà du deuxième bois, dit la Cousine.

Elle se tenait au garde-à-vous, bras bien droits le long du corps. La honte qu'elle éprouvait de son échec se lisait dans la raideur de sa posture.

— Quelles sont vos pertes ? s'enquit Satomi.

— Deux, Aken. Une à la rivière, quand son cheval a chuté, et une autre qui est tombée de sa monture et a été piétinée.

Douze contre trois, et deux Cousines étaient mortes. Et une seule prisonnière pour ce prix. La Prime du Néant ne pouvait pourtant pas se résoudre à réprimander la femme. Deux des trois adversaires avaient été des Chasseurs, dont l'un avait tous les avantages conférés par son état de double. Sans excuser l'échec des Cousines, cela l'expliquait en bonne partie.

Pour la centième fois elle regretta de ne pas être sur les lieux afin de s'occuper directement de cette affaire. Mais elle ne pouvait pas prendre le risque d'approcher un double. Aucune d'elle ne le pouvait.

— Continuez de droguer Miryo, ordonna-t-elle. Sa magie n'est pas stable, mais elle pourrait tenter de l'utiliser quand même. Emmenez-la dans le sud aussi rapidement qu'il vous sera possible.

— Et l'autre ?

— Shimi-kane le traque. Nous vous recontacterons quand il sera localisé.

La Cousine hocha docilement la tête. D'une seule note, Satomi mit fin au sort, et l'image de la femme disparut du miroir posé devant elle.

Elle resta assise un moment encore, à contempler son propre reflet dans la glace. Une main s'éleva pour repousser quelques mèches de ses cheveux d'un roux pâle. Aucune trace de blanc en eux, pour l'instant, mais après ces six derniers mois elle n'aurait pas été étonnée qu'il en soit autrement. La découverte de l'hérésie de Tari l'avait profondément peinée et avait fait ressurgir les souvenirs enfouis depuis longtemps de son propre double. Et cela n'avait été que le commencement de ses ennuis.

Satomi aurait sincèrement aimé que Miryo puisse être ramenée à la raison. Elle le souhaitait pour toutes les hérétiques, mais pour Miryo en priorité. La jeune femme était tellement prometteuse. Elle était vive, dévouée, et elle s'adaptait facilement aux circonstances. Mais elle avait aussi des défauts. Elle en était venue à croire aveuglément aux mensonges qu'avait répandus Tari, et elle s'entêtait dans son erreur. Satomi était très attristée de devoir la supprimer, mais il n'y avait pas d'autre choix. Elle ne pouvait pas placer la survie d'une seule jeune femme talentueuse au-dessus de celle de toute la Chute de l'Étoile.

Le sort d'alerte protégeant ses appartements privés se déclencha. Satomi vérifia qu'elle arborait une expression calme et déterminée, puis elle se leva et fit entrer Shimi.

— Ça a marché, annonça la Prime de l'Air. L'homme se dirige vers le nord, très rapidement.

Satomi scruta le visage de sa collègue. Il y avait dans les prunelles claires de Shimi un éclat qu'elle n'aimait guère. Arinei avait été très irritée de la trahison de Tari, mais ce n'était rien en comparaison de la fureur de Shimi quand elle avait appris qu'Ashin participait elle aussi au complot. La Prime de l'Air voulait à tout prix l'anéantissement de toutes les hérétiques. Son but n'était certes pas erroné, mais Satomi devrait la surveiller et s'assurer qu'elle n'aille pas trop loin. Il fallait que ce soit une éradication contrôlée, pas un bain de sang.

— Et avez-vous réussi à le repérer ?

La Prime de l'Air baissa les yeux.

— Non. Pas encore.

Non, bien sûr. Aucune d'entre elles ne l'avait vu de ses yeux, et les descriptions de seconde main ne servaient à rien pour diriger un sort. Une fois de plus, Satomi maudit les circonstances qui les tenaient loin des événements.

Shimi ne semblait pas inquiète.

— J'ai la conviction que le double l'accompagne. D'après nos informations, ils sont très amis, et ils voyagent ensemble depuis déjà un certain temps. Je doute que le double l'abandonne maintenant, alors qu'il a grand besoin d'un allié.

Satomi espérait que l'autre Prime ne se trompait pas. Si le double s'était séparé de l'autre Chasseur, il serait difficile de le localiser.

— Très bien. Contactez Tsue et informez-la de ces éléments. Qu'elle envoie un détachement à sa poursuite. Non, des forces plus importantes qu'un simple détachement. Il faudra qu'elle rassemble plus de Cousines dans la zone si elles veulent capturer le double. Les autres escorteront Miryo au sud.

DANS L'OMBRE, MIRAGE observa les silhouettes à cheval qui franchissaient les portes. Elle ne les distinguait pas très bien, mais c'était très certainement des Cousines. Le jour tombait déjà, et elle s'interrogea sur ce départ tardif. Quelle était leur raison d'agir maintenant, au lieu d'attendre le matin ?

Quand elles furent hors de vue, elle les chassa de ses pensées. Elles pouvaient certes revenir, et elle devrait rester sur ses gardes, mais pour l'instant, c'étaient les personnes restées à l'intérieur qui l'intéressaient.

Dans la lumière déclinante, la maison devant elle se réduisait à une masse impressionnante. Cette demeure était la propriété de Linea, la Dame de l'Abern, qui y séjournait à l'occasion, pour chasser le renard ou donner des soirées. Actuellement elle était inoccupée, et les Cousines l'avaient réquisitionnée.

Une attraction presque imperceptible avait amené Mirage ici, la guidant quand les traces qu'elle suivait devenaient trop légères pour être sûres. Elle voyait dans cette sensation l'équivalent de celle qui avait mené Miryo à elle. Et c'était grâce à ce phénomène qu'elle se trouvait maintenant à l'orée de la forêt qui bordait la demeure. Pourtant elle n'éprouvait plus rien, à présent.

Non, ce n'était pas tout à fait vrai : elle savait que Miryo était quelque part dans la maison. Mais rien de plus. Aucune intuition quant à la position exacte de son double.

Mirage grinça des dents. *Ça n'est pas suffisant.*

Elle ferma les yeux et se concentra. La sensation était ténue, difficile à isoler. Dès que la jeune femme dirigeait son attention sur elle, elle s'estompait, comme une lumière si faible qu'elle ne brille que dans la vision périphérique. Mais Mirage n'allait pas renoncer pour autant. Elle focalisa ses pensées sur Miryo, son apparence physique, le timbre de sa voix, sa gestuelle. Les détails qui la différenciaient de la Chasseuse. Cette étrange réaction qui envahissait Mirage quand elle s'apprêtait à faire quelque chose et s'apercevait que Miryo l'avait précédée.

Allez ! Où est-elle ?

Là.

Mirage ouvrit subitement les yeux. À l'angle ouest de la maison, étage supérieur, juste sous les combles. Pas tout à fait au coin.

Ne restait plus qu'à trouver le moyen d'entrer.

Elle fredonna comme elle avait entendu Miryo faire, mais sans résultat. Rien de très étonnant : c'était demander un peu trop qu'elle soit capable de sentir la présence d'un sort de protection. Il faudrait donc qu'elle entre sans savoir, en espérant semer ensuite d'éventuels poursuivants.

Une minute. Réfléchis. Il n'y avait aucune sorcière quand on t'a tendu cette embuscade. Et c'était une chance pour toi : un sort et tu te serais retrouvée désarçonnée, sur le sol auprès de Miryo. Donc, s'il n'y avait pas de sorcière là-bas, y en aura-t-il une ici ?

La chose lui paraissait relever d'une stupidité absolue. Pourquoi ne pas envoyer une sorcière pour faciliter leur capture ? Miryo était incapable de lancer des sorts viables, mais elle pouvait toujours créer des ravages en essayant de le faire. Pourquoi n'envoyaient-elles personne pour parer à ce problème ?

D'après les dires de Miryo, qui citait Misetsu, le double était une abomination pour les sorcières. Il représentait la destruction et l'oubli, la perte de toute magie, la ruine de leur œuvre et le fléau de leur existence. Il ne pouvait coexister avec leur magie, et sa présence menaçait tous les accomplissements de leurs pouvoirs.

Elle entendait encore la voix de Miryo citant les propos de Misetsu, comme si son double se tenait juste à côté d'elle. Mirage faillit sursauter tant l'impression était vivace.

Serait-ce possible ? Si je représente un danger pour elles, et leur magie… elles redoutent peut-être qu'une sorcière m'approche.

Et si tel est le cas, il est très possible qu'aucune sorcière ne se trouve dans cette maison…

Mais elle ne pouvait avoir l'assurance que ce raisonnement était juste.

Est-ce que ça a de l'importance ?

Non, pas vraiment.

Mirage allait entrer là pour rechercher son double, qu'il y ait ou non un sort de protection. Elle réfléchit un instant à ses chances de réussite, les estima acceptables. C'était sans doute très risqué, mais faisable.

Elle resta dans l'ombre un long moment encore. Physiquement, elle était épuisée. Elle ne s'était pas ménagée pour arriver ici. Brume n'était pas vaillante. Mirage encore moins.

Mais elle avait été plus harassée encore par le passé, et elle savait comment s'en accommoder.

Il y avait cette chose en elle, qu'elle avait découverte des années plus tôt, quand elle s'était engagée à être plus qu'une simple Danseuse du Temple. Cette chose lui avait été très utile pendant le surplus d'entraînement auquel elle s'était astreinte. Lorsqu'elle s'était rendue au Feu d'Argent, c'était ce qui lui avait permis de ne pas craquer alors que les autres élèves la harcelaient et que les maîtres exigeaient d'elle des progrès toujours plus grands et plus rapides, uniquement pour qu'elle ait le droit de rester dans l'école. Il y avait en elle cette chose qui était un refuge, là où elle ne sentait plus douleur ni fatigue, où elle pouvait les oublier et se concentrer sur la tâche à accomplir. C'était un vide intérieur, un espace vierge où tout se dissolvait. Mirage ferma les yeux et se rendit en ce lieu. Elle prit trois inspirations très lentes et sentit la fatigue refluer de son corps. Ses muscles étaient à présent détendus, mais prêts à l'action. Elle aurait toujours le temps d'être fatiguée, plus tard. Pour l'instant, elle avait quelque chose à faire.

Elle ouvrit les yeux et contempla la maison. Miryo se trouvait à l'intérieur.

Elle s'élança.

L'ÉCURIE SE TROUVAIT au coin sud-est de la bâtisse, et l'ombre de son mur constituait une cachette idéale.

Mirage maudit le ciel qui s'éclaircissait. La lune brillait maintenant de tous ses feux, et rendait une approche discrète plus malaisée. Mais elle était arrivée jusque-là sans déclencher aucune alarme, et elle remercia la Guerrière pour cela.

À l'intérieur de l'écurie, elle dénombra cinq chevaux portant tous la marque de la Chute de l'Étoile. Cela signifiait-il cinq Cousines ? Elles pouvaient avoir perdu quelques montures en chemin, à la rivière ou dans des chutes. *Bon, disons : au moins cinq. Et espérons : pas plus de dix.*

Elle ressortit de l'écurie et longea sa façade pour s'arrêter à l'ombre d'un grand arbre. Peu de lumières brillaient dans la maison, et la plupart étaient rassemblées au sommet du coin nord. Et Mirage n'aimait pas trop l'idée de parcourir toute la demeure à la recherche d'un escalier qui la mènerait là-haut.

La réponse se trouvait juste en face d'elle. Ou plutôt, au-dessus de sa tête : les branches de l'arbre s'étendaient sur l'aile sud. Elles lui offriraient un accès facile. Ensuite elle trouverait bien un moyen d'escalader le mur du corps principal du bâtiment, et de gagner le toit. Et elle pouvait toujours briser la vitre d'une fenêtre. Au moins se serait-elle rapprochée de sa destination.

Elle entreprit de se hisser dans l'arbre.

Avec la souplesse d'un chat, elle sauta sur le premier toit et longea son bord jusqu'à l'ombre projetée par la section supérieure. Toujours pas d'alarme. Elle avisa un tuyau de descente juste devant elle qui semblait assez solide pour lui permettre de grimper.

Une chance que Linea ne soit pas une fanatique de la sécurité.

Elle atteignit l'autre toit sans difficulté, et traversa son faîte rapidement, pliée en deux. Il aurait suffi qu'une

Cousine dehors lève les yeux pour la repérer. Mais elle arriva à l'angle ouest de la maison sans encombre, s'allongea et pencha en douceur le torse dans le vide, pour regarder par les fenêtres du dernier étage.

Elle entendait la voix de Miryo assourdie par l'obstacle de la fenêtre, et elle eut une grimace de déplaisir. Quelqu'un avait cloué la fenêtre pour la condamner. Elle ne songea même pas à ce que Linea pourrait dire de cette modification. Le fait était qu'elle aurait plus de mal à s'introduire dans la pièce où Miryo se trouvait. Et elle ne pouvait s'offrir le luxe d'être ralentie.

Après un moment, elle glissa à plat ventre vers la fenêtre suivante. Cette pièce également était éclairée, mais aucune voix ne s'y élevait.

Elle baissa la tête jusqu'à être en mesure de voir à l'intérieur.

Une femme se trouvait là, assise sur le plancher. Elle tournait le dos à la fenêtre, ce qui était encourageant. Et elle aiguisait le fil d'une épée, ce qui l'était beaucoup moins. Mais elle avait laissé la fenêtre très légèrement entrouverte. Mirage évalua ses chances de faire irruption dans la pièce assez rapidement pour se débarrasser de la Cousine sans combat prolongé.

Tu entres par la fenêtre et tu la neutralises. Ensuite : la porte de la chambre suivante, en espérant qu'il n'y aura pas plus d'une Cousine à l'intérieur. Si tu as de la chance, tout se passera assez discrètement pour ne pas alerter les autres.

Si tu n'as pas de chance… tu te débrouilleras.

Mirage inspira à fond, bloqua l'air deux secondes, le souffla lentement. Elle saisit la gouttière, en éprouva la résistance pour vérifier qu'elle supporterait son poids, puis fit basculer ses jambes dans le vide et posa sans bruit la pointe de ses pieds sur le rebord de la fenêtre. La Cousine ne s'était pas retournée. La Chasseuse abaissa une main et saisit le bord de la fenêtre.

Elle l'ouvrit d'une saccade et se lança à l'intérieur.

La Cousine fut debout presque instantanément, mais elle regardait trop haut, car Mirage roula sur le sol et se redressa d'une détente, pour aussitôt agripper la main qui tenait l'épée. Elle balaya le pied de son adversaire et tordit le bras saisi dans le même temps. L'autre tomba à genoux sans faire trop de bruit, et la Chasseuse l'assomma d'un coup sur le crâne porté avec le pommeau de sa propre arme. La femme s'affaissa mollement.

Une de moins, mais il en reste encore beaucoup.

Elle déposa le corps sur le plancher, et glissa l'épée sous le lit, pour qu'elle ne soit pas trouvée immédiatement, si quelqu'un voulait s'en servir.

Derrière la porte suivante, quelqu'un se mit à chanter.

On la nourrit enfin. Quand la nuit était tombée et qu'on ne lui avait rien apporté à manger, Miryo s'était demandée si elles le feraient. Mais une Cousine finit par apparaître avec dans les mains un plateau. Du pain et un bol de soupe. Pas de fourchette, de couteau ou de cuiller.

Comme si je pouvais menacer quelqu'un avec un couvert…

La Cousine la tint à l'œil pendant qu'elle mangeait. Elle n'avait pas tiré son épée à lame courte, toutefois sa main restait posée sur la garde de l'arme. Miryo fit de son mieux pour ignorer sa geôlière, mais cette surveillance ne l'aidait pas à savourer sa maigre pitance.

Elle finit par briser le silence :

— Quel est ton nom ?

L'autre l'observa d'un regard soupçonneux, sans répondre.

Miryo leva les deux mains.

— Je me posais simplement la question.

Après une hésitation beaucoup trop longue, la Cousine desserra les lèvres et laissa échapper un seul mot :

— Tsue.

— Tsue. Merci, prononça la sorcière qui trempa un morceau de pain dans la soupe et le dévora. Tsue, combien de Cousines ont péri dans l'embuscade ?

Le visage de l'autre se ferma un peu plus.

— J'avais espéré qu'il n'y avait eu aucune victime, expliqua Miryo avec calme. Je n'ai rien contre vous. Vous accomplissez simplement votre travail, et moi je fais ce que j'estime être juste. Mais si j'ai bien compris, quelqu'un est mort.

— Deux, fit l'autre à contrecœur.

— Leurs noms ?

— Yun et Gau, lâcha Tsue, mâchoire crispée. Une à la rivière. L'autre pendant la poursuite.

Ce qui signifiait que Mirage l'avait tuée.

— Je suis désolée. Je peux te promettre que Mirage - mon double - ne la visait pas délibérément. Elle ne tue jamais sans y être contrainte.

Pas de réponse. Miryo termina son repas en silence et attendit que Tsue reprenne le bol et le plateau.

Mais la Cousine ne bougeait pas. Après un temps qui parut très long à la captive, elle sortit de la bourse accrochée à sa ceinture une petite fiole.

— Vous devez boire ça. Ordre des Primes. J'ai failli le verser dans votre nourriture, et puis…

Elle laissa la phrase inachevée, mais Miryo devina la suite et lui fut reconnaissante de ce geste.

— C'est quoi ?

— Un somnifère.

Pas un poison, donc, même si elle n'imaginait pas qu'on lui en aurait donné.

— Ce n'est pas nécessaire.

— Les Primes ont ordonné que vous le preniez.

— Tsue, que vais-je faire ? Vous maîtriser toutes, sans l'aide de personne ? Comme si j'en étais capable ! Tu pourrais m'assommer dans ton sommeil. Quant à ma magie… Pff, je pourrais aussi bien me tuer tout de suite, ça irait plus vite.

Tsue ne semblait pas portée à l'indulgence.

— D'accord. Et si je te donne ma parole d'honneur que je ne tenterai aucun sort ?

La Cousine secoua la tête.

— Les Primes ont ordonné que vous le preniez.

Tu es vraiment un bon petit soldat. Avec un soupir, Miryo ferma les yeux. Elle voyait la suite très clairement : elle serait droguée et emmenée à la Chute de l'Étoile attachée à sa selle. On la ranimerait juste assez pour la faire manger, mais elle aurait droit à une autre dose de drogue avant de recouvrer la moindre parcelle de lucidité. Une fois qu'elle aurait absorbé un peu de cette potion, ses chances d'évasion seraient anéanties.

À moins que Mirage vienne à la rescousse, bien sûr. Depuis sa confrontation avec Satomi, elle espérait presque que son double resterait à l'écart. C'était toutefois peu probable. Et cela signifiait que Mirage serait très certainement capturée, elle aussi.

Donc il faut que tu agisses pour éviter ça. Maintenant.

Elle avait *proposé* de donner sa parole d'honneur, mais elle ne l'avait pas fait.

Elle rouvrit les yeux et posa sur Tsue un regard qu'elle espérait des plus candides.

— Pourrais-je disposer d'un moment, avant de boire ? J'aimerais prier.

La Cousine la dévisagea longuement avant d'accepter. Elle recula d'un pas – un seul – et attendit.

Par le Néant… Et moi qui avais pensé qu'elle sortirait peut-être de la pièce…

Privée de l'intimité qu'elle escomptait, la sorcière se retourna et s'approcha de la fenêtre. Au dehors, elle vit le sol éclairé par le clair de lune, mais pas l'astre de la nuit lui-même, car il se trouvait de l'autre côté de la maison. À travers la vitre, elle contempla le ciel, visualisa les étoiles et ferma les yeux.

Elle se mit à chanter.

Rien ne va.

Elle le fit aussi doucement que possible. Elle tenait ses mains devant sa bouche pour aider à étouffer sa voix. Elle était bien avancée dans le sort quand Tsue se rendit compte qu'il se passait quelque chose.

— Qu'est-ce que vous faites ? lança la Cousine qui s'avança vers la prisonnière.

Inutile de ruser plus longtemps. Miryo fit volte-face en chantant à pleine voix. La Cousine se jeta sur elle et elle l'esquiva. C'était une poursuite ridicule, elle qui essayait d'échapper à Tsue tout en luttant pour contrôler le pouvoir. Non, pas le contrôler : elle n'en était pas capable. Il fallait seulement qu'elle le dirige, qu'elle fasse en sorte que quelqu'un d'autre, Tsue en l'occurrence, prenne son effet de plein fouet.

Le pouvoir allait crescendo, et Miryo se rendit compte qu'elle ne savait absolument pas comment il allait se manifester.

Dans le rugissement qui emplissait son crâne, elle vit la porte s'ouvrir à la volée et Mirage apparaître, de manière si soudaine et imprévue qu'elle eut du mal à en croire ses yeux.

L'instant suivant, son double se jetait au sol. Dans le même temps l'énergie du sort de Miryo se déchaînait en un cercle de feu croissant qui balaya la pièce.

Tsue avait à peine commencé à hurler quand il l'atteignit.

Le monde explosa autour de Miryo. Les ténèbres s'accumulèrent aux limites de son champ de vision. Elle tendit la main à l'aveuglette pour se retenir à quelque chose, et soudain Mirage la ceinturait d'un bras et la relevait.

— Par le sourire de la Guerrière ! s'exclama son double en regardant autour d'elle.

La vue de Miryo revenait à la normale. Partout à hauteur de poitrine, c'était la destruction. Son sort avait jailli et déchiré les murs.

Elle se força à porter son attention sur sa gauche.

Tsue avait subi le même traitement que les murs et son corps avait été sectionné au niveau de la poitrine.

— Cet endroit sera en feu et grouillant de Cousines dans une demi-seconde, dit Mirage.

Miryo se laissa entraîner vers la porte. Elles sortirent dans le couloir, et s'immobilisèrent aussitôt.

Alertées par le bruit, deux Cousines qui se trouvaient dans la pièce voisine avaient voulu en sortir. Le sort les avait tuées net sur le seuil de la pièce. Aussi loin que portait le regard de Miryo et dans toutes les directions, l'onde d'énergie avait traversé portes et murs. La sorcière se demandait jusqu'où la destruction s'était propagée.

— Pas par là, grogna Mirage en voyant l'incendie qui prenait. Elle pivota et poussa Miryo dans la pièce la plus proche.

Un instant la sorcière crut que le corps gisant sur le plancher était celui d'une autre victime de son sort. Mais cette Cousine était indemne.

— Tu te sens en forme pour une petite grimpette ? demanda la Chasseuse.

Miryo refoula une hilarité instantanée et hystérique.

— Oui.

— Par la fenêtre, et sur le toit. À l'angle est, il y a un tuyau d'écoulement qui te permettra de rejoindre l'aile sud. Descends au sol par l'arbre.

— Et toi ?

D'un mouvement de tête, Mirage désigna la Cousine inconsciente.

— Il faut que je m'occupe d'elle.

Tout en se rapprochant de la fenêtre, Miryo vit ce que son double entendait par cette réponse. La Chasseuse avait tiré d'une poche de sa tenue une longueur de cordelette et confectionnait un harnais. Elle lança un regard impérieux à la sorcière qui s'était arrêtée. C'est seulement alors que celle-ci remarqua l'uniforme porté par Mirage, mais sans le masque. De ce fait sa peau paraissait encore plus pâle. Presque aussi pâle que Miryo pensait être.

— Bouge !

Elle bougea. En se penchant par la fenêtre, elle put constater qu'il lui serait facile d'atteindre le toit. Du moins, la chose aurait été facile dans des circonstances normales, car ses mains tremblaient et sa vision était curieusement floue. De plus elle ne pouvait effacer de son esprit l'image des Cousines au sol.

Au sol ? Allons, dis-le : elles sont mortes.

Miryo prit une profonde inspiration puis elle grimpa en passant par la fenêtre. Un regard vers le bas lui indiqua que Mirage faisait descendre le corps amolli de la Cousine au bout du harnais par la fenêtre. Miryo espérait que la corde était assez longue pour que la servante soit déposée au sol sans dommage.

Elle se détourna de cette scène et reprit son ascension.

Le manoir de Linea était d'une conception très simple, comparé à la Chute de l'Étoile. La toiture était trop pentue pour que la jeune femme puisse la parcourir debout, aussi grimpa-t-elle jusqu'à son faîte qu'elle traversa d'un pas très prudent.

Il y a encore au moins trois Cousines en vie dans cette maison. Et elles sont sans doute à ta recherche.

Elle se mit à courir.

Elle ne se laissa pas le temps de réfléchir. Elle se concentra sur l'extrémité du toit et s'élança. Plus tard, ce souvenir la terrifierait, mais sur le moment elle ne pensa pas au risque et courut. Quand son pied dérapa, elle se trouvait déjà au-dessus de l'aile sud. Elle transforma le dérapage en une glissade à peu près contrôlée qui l'amena au niveau du pignon d'une fenêtre du grenier, et elle se laissa aller plus doucement jusqu'au bord du toit.

Le tuyau d'écoulement était bien là, comme Mirage l'avait promis. Elle jeta un regard en arrière et fut soulagée de constater que son double la suivait. Elle fit passer ses jambes dans le vide pour entamer la descente.

La maison était la proie des flammes quand elles atteignirent le sol. Mirage tendit un doigt et la sorcière aperçut plusieurs silhouettes qui jaillissaient de la porte principale.

— Elles trouveront l'autre Cousine, dit la Chasseuse. Prenons des chevaux, et filons.

Elles volèrent deux montures dans l'écurie. Brume était en sécurité dans la forêt, expliqua Mirage, mais la jument était trop fatiguée. Elles la récupéreraient au passage et l'emmèneraient sans cavalier.

— Et les autres chevaux ? voulut savoir la sorcière.

— J'ai cisaillé leur sous-ventrière. Bouge, j'ai dit !

Rassemblant ses dernières réserves d'énergie, elle monta en selle et laissa Mirage l'entraîner hors de la propriété en flammes.

24

NÉANT

— DE QUOI AVEZ-VOUS besoin ?

Mirage déglutit sans bruit avant de répondre, pour tenter de s'éclaircir la voix. La chevauchée l'avait épuisée, mais elle ne voulait pas que Volute s'en rende compte. Même s'il était quasiment impossible de dissimuler ce genre de chose à la vieille Chasseuse.

— Un refuge, dit-elle, et elle fut à peu près satisfaite de sa diction. Au moins quelques jours. Pour moi et une autre personne. Et on ne pose pas de questions.

— Pas de questions ? Je vois. Et je suis supposée vous cacher. De qui ?

— Ça, c'est une question.

— Absolument. Et j'attends une réponse. Avant tout, je dois savoir de qui je te cache, si je veux le faire efficacement.

— Cache-nous aux yeux de tous, ce sera un bon début.

Ce petit jeu n'amusait pas Volute.

— Tu réponds à ma question, ou nous n'allons pas nous entendre. Tu me tombes dessus sans respecter les procédures que pourtant tu connais, et maintenant j'ai l'impression que tu me réserves un joli lot d'ennuis. C'est en rapport avec ton contrat, hein ?

— Jaguar a donné son accord pour qu'Éclipse et moi soyons cachés si nécessaire. Tu veux lui désobéir ?

— L'« autre personne », ce n'est pas Éclipse. Et oui, il se peut très bien que je désobéisse à Jaguar si j'estime que c'est nécessaire. Il pourrait exister une meilleure solution qu'un simple refuge à ce problème. Tout ça *est* en rapport avec ton contrat. *Raconte.*

Mirage envisagea de s'obstiner dans ses dénégations, mais elle renonça bien vite. Dans un bon jour elle aurait pu accepter d'affronter Volute sur ce terrain, mais pas maintenant. Elle devait réserver son énergie à vaincre ses véritables ennemis.

— D'accord. Les commanditaires de cet assassinat en ont après moi.

— Pourquoi ?

— J'ai tué leur Chasseur. Spectre.

Un très léger haussement de sourcils fut le seul signe de l'étonnement de Volute en entendant ce nom.

— Et ?

— Et un petit millier d'autres détails que je n'ai pas envie d'énumérer en cet instant précis. Je n'en ai pas le temps et, franchement, c'est assez personnel pour que ça ne te regarde pas du tout.

Mirage rassembla toute son énergie pour renvoyer à Volute son regard sévère. Il était hors de question qu'elle lui explique toute cette histoire de doubles.

— Admettons, fit la vieille Chasseuse après un temps de réflexion. Réponds juste à une question, et je t'accorderai l'aide que tu sollicites. Qui est après toi ?

Mirage hésita, mais elle finit par opter pour l'honnêteté. Dans les circonstances présentes, mentir n'était pas gage de sécurité.

— Les Primes.

Elle n'avait encore jamais vu Volute trahir une telle surprise.

— *Toutes* les Primes ?

— Les cinq, oui.

— Par le Néant... souffla lentement la vieille Chasseuse. Tu ne fais pas dans la demi-mesure, hein ?

Mirage ne prit pas la peine de répondre, et Volute ne parut pas s'en formaliser.

— D'accord. Toi et cette autre personne. Mais au nom de la Guerrière, pourquoi avoir choisi Angrim pour te cacher ? Ces maudits mercenaires y grouillent, et si on en croit la rumeur c'est l'un d'entre eux qui t'a vendue. Personne ne sait à qui, mais j'imagine que c'est aux Primes.

Quelqu'un m'a vendue ? Glace. J'arracherai les viscères de cette garce à mains nues et je la pendrai avec. Mirage grinça des dents mais s'efforça de se concentrer sur ce qui était le plus urgent pour elle.

— C'est probable. Elles me sont tombées dessus horriblement vite.

— Alors pourquoi restes-tu bras croisés ? Elles ont des sorts dont elles se servent pour localiser les gens. Tu fais preuve de stupidité en demeurant trop longtemps au même endroit. La seule solution pour leur échapper, c'est de bouger continuellement, et aussi vite que tu le peux.

— Elles ne peuvent pas me localiser.

Pour la deuxième fois, Volute manifesta de l'étonnement.

— Tout ça fait partie de ce que je ne peux pas t'expliquer pour l'instant. Mais crois-moi sur parole.

Éclipse est en route pour le Feu d'Argent, alors interroge Jaguar, si tu veux connaître toute l'histoire. Il sera au courant bien assez vite.

— Ne crois pas que je ne vais pas le faire, dit Volute en se tapotant le menton de l'index. Et si tu devenais prêtresse, pendant quelque temps ?

— Quoi ?

— Je peux te cacher au temple. Il y a des cellules pour celles qui ont fait vœu de silence, je peux t'en trouver deux. Tu portes constamment une robe de bure avec capuchon et tu n'adresses la parole à personne, jamais. D'ailleurs tu n'es pas obligée de quitter ta cellule si tu ne le veux pas. Ton ami, c'est un homme ou une femme ?

— Une femme.

— Parfait. Vous pourrez être voisines. Si c'était un homme il serait relégué dans la partie opposée du temple, et ça compliquerait un peu les choses.

Comme Miryo se comportait actuellement, une séparation aurait été plus que difficile. Mirage ne tenait pas à laisser son double seul pendant très longtemps.

— Ça fera l'affaire. Où nous retrouvons-nous ?

— Au temple. Minuit. Viens avec ton amie.

Quand Mirage lui eut expliqué son plan, Miryo accepta sans hésiter. Elle faisait confiance à son double pour tout arranger. Elle-même n'aurait pas pu trouver de solution pour les cacher toutes deux. Ou même elle seule. De fait, elle se sentait totalement démunie face à la situation. Et il était beaucoup plus simple de suivre Mirage.

L'ironie inhérente au lieu de leur cachette ne lui échappa pas. Miryo éprouva un besoin presque irrésistible de s'excuser auprès de ces silhouettes encapuchonnées qui logeaient dans les cellules voisines des leurs. Ces femmes étaient venues ici pour mener une existence de paix et de méditation, en l'honneur de la Déesse, et elle se retrouvait là, parmi elles, avec ses mains souillées du sang de victimes qui avaient péri alors qu'elles accomplissaient simplement leur devoir.

Déesse, je le jure sur mon âme, je n'ai jamais voulu les tuer.

Mais c'était si bon de faire quelque chose, enfin, et de toucher ce pouvoir que je sens tout autour de moi…

Les cris étranglés de Tsue résonnèrent dans son esprit, et elle tressaillit.

La vieille Chasseuse au visage en lame de couteau lui avait lancé un regard étrange avant de partir. Miryo était dissimulée par le capuchon, et elle doutait que Volute ait aperçu ses traits. Pourtant, elle ne pouvait se défaire de l'idée que leur guide avait deviné le secret qui lui pesait si lourdement sur le cœur. Ce qui était ridicule. Mais la sensation refusait de la quitter.

Mirage poussa un juron à mi-voix, et Miryo sursauta.

— Je devrais être renvoyée au Feu d'Argent pour recommencer ma formation, maugréa son double. J'ai oublié de garder la feuille de papier magique quand je suis partie à ton secours.

Le cœur de la sorcière se serra.

— Donc nous n'avons aucun moyen de contacter Ashin.

Le désir de tenter le sort jaillit en elle, et elle eut un hoquet. Mirage ne parut pas le remarquer.

— J'irai trouver Volute cet après-midi, et je lui demanderai d'envoyer un message au Feu d'Argent, par pigeon voyageur, pour Éclipse quand il arrivera là-bas. De cette façon, il pourra avertir Ashin, s'il n'y a déjà pensé. Ce n'est pas parfait, mais c'est le mieux que nous puissions faire.

Miryo ne put s'empêcher de hausser les épaules. Mais si elle avait espéré dissimuler son indifférence à

Mirage, elle fut déçue. Son double lui lança un regard perçant.

— Qu'est-ce qui te tracasse ainsi ?

À ton avis ? Miryo était incapable de le lui dire.

Mais Mirage devina :

— Les Cousines ?

La sorcière se leva et alla se camper devant le mur de sa cellule. Elles n'étaient pas supposées se trouver ensemble ici, à parler, mais c'était une heure réservée aux méditations individuelles, et il était très improbable qu'on vienne les déranger, pour peu qu'elles gardent le ton assez bas.

— Je n'arrive pas à être aussi calme que toi à ce sujet.

Elle s'attendait plus ou moins à ce que son double ne la comprenne pas. Combien de vies la Chasseuse avait-elle déjà abrégées ? Pour elle, la mort de quelques Cousines ne pesait certainement pas lourd, surtout dans leur situation. Mais Mirage la surprit par sa réaction.

— Non, je comprends. Crois-le ou pas, je rêve toujours du premier homme que j'ai tué… Les autres, c'est différent, ils ne m'obsèdent pas autant - Spectre, par exemple -, mais le premier, oui, ce souvenir me hante. Et je ne connaissais même pas son nom.

Elle baissa les yeux sur la pointe de ses bottes, soupira doucement.

— Tu peux te dire que tu as agi en état de légitime défense, ça t'aidera. Un peu. Si tu n'avais pas lancé ce sort, j'aurais eu beaucoup plus de mal à te sortir de là. Et c'est plus que probable, j'aurais dû tuer ces Cousines, de toute façon.

Au moins, ç'aurait été toi, pas moi…

Elle n'oubliait pas qu'elle s'était mentalement préparée à supprimer son double. Les questions de légitime défense lui avaient posé problème, mais elle avait pensé qu'elle s'en arrangerait avec le temps. Tout était plus simple alors. Elle voyait Mirage non comme une personne mais comme un obstacle à éliminer.

Et c'était bien là le problème. Tsue était un être humain. De même pour les autres Cousines, même si elle ignorait jusqu'à leur nom.

Mirage s'approcha et posa une main sur son épaule.

— Je sais que c'est dur. Et rien de ce que je pourrais dire ne rendra la chose plus facile pour toi. Mais je t'en prie, avant de te flageller, souviens-toi que tu étais vraiment dans une situation de légitime défense. Et tu as agi aussi pour d'autres doubles et leurs sorcières, dont les vies sont aussi en jeu.

Elle se glissa au dehors et laissa Miryo à ses pensées.

VOLUTE ALLAIT FINIR par éviscérer Mirage si celle-ci continuait d'enfreindre le protocole de sécurité régissant les contacts, aussi la Chasseuse dut-elle se plier au rituel, même si celui-ci était différent de ce qu'elle avait fait la dernière fois, à Angrim.

Au pire, elle avait ainsi quelque chose à faire. Sortir du temple et y rentrer sans être identifiée ou seulement repérée par les mercenaires de l'Épine Sanglante lui donnait l'impression qu'elle accomplissait une tâche utile, au lieu de rester assise dans sa cellule, à attendre…

Attendre quoi ? Un miracle ?

Elles n'étaient pas plus sur le point de découvrir une réponse que quand elles s'étaient retrouvées face à face ici, chacune avec une lame. Avec la menace omniprésente que représentaient les Primes, elles n'avaient plus le loisir de réfléchir, de faire des expériences. Elles devaient constamment fuir, juste pour rester en vie.

Mirage se sermonna. *Tu n'es pas en train de fuir. Tu es assise dans un temple. Tu te plains de devoir rester assise sans bouger, ou tu te plains de ne pas avoir le temps de t'asseoir pour réfléchir, mais pour l'amour de la Guerrière, ne fais pas les deux en même temps ! Tu deviens ridicule.*

Et une tâche était encore plus importante que trouver la réponse au problème des doubles. Pas à long terme, mais immédiatement, parce que, si elle ne l'accomplissait pas, elles ne feraient rien du tout, qu'elles se cachent dans un temple, galopent sur les routes ou restent assises dans une bibliothèque avec tout le savoir écrit du monde à leur disposition.

Il fallait absolument qu'elle remette Miryo sur pied.

CETTE NUIT-LÀ, LE sommeil de Miryo ne mérita pas le nom de repos. Ce fut plutôt un assoupissement trop léger, hanté par d'horribles souvenirs : le moment où elle s'était rompu le cou, à la rivière, Satomi qui la condamnait, quand elle avait tué Tsue et les autres Cousines.

Étendue sur le dos dans son lit, elle regardait fixement le plafond et souhaitait avoir l'audace de grimper sur le toit du temple. Son instinct l'avait toujours poussée à agir ainsi quand elle voulait réfléchir à un problème. Était-ce une séquelle de l'entraînement de Chasseuse que Mirage avait suivi ? Non, cette habitude remontait à beaucoup plus loin : elle allait déjà se réfugier sur les toits à l'époque où son double n'était encore qu'une Danseuse du Temple.

Elle se rendait là parce qu'ainsi elle était plus proche des étoiles, les yeux de la Déesse.

Mais avait-elle réellement le désir de s'exposer au regard de la Déesse maintenant, avec le sang des Cousines sur ses mains ?

Elle pressa les paumes contre ses yeux et roula sur sa couche étroite. Non. Pas le toit. Pas avec ses souvenirs de sa dernière escapade sur un toit.

Elle enfila sa robe et sortit dans le couloir.

Elle n'était pas la seule personne encore éveillée. Il arrivait aux ermites ayant fait vœu de silence de parcourir les couloirs ou les jardins pour pratiquer une forme de méditation ambulatoire. Elle en croisa deux autres, hommes ou femmes, elle n'aurait pu le dire à cause du vêtement ample et du capuchon, et elle fit comme s'ils n'existaient pas. Ils agirent de même et continuèrent leur chemin, l'esprit sans doute tourné vers la Déesse.

Miryo les enviait.

Le carillon Bas arriva, s'écoula, et elle déambulait toujours. Pour autant qu'elle pouvait l'évaluer, cela faisait au moins une heure qu'elle n'avait pas croisé une autre prêtresse. Elle était seule dans les couloirs du temple.

Puis elle tourna un coin et vit quelqu'un qui avançait vers elle.

La silhouette encapuchonnée marchait d'un pas calme et régulier, mais à la différence des précédentes elle s'arrêta en arrivant à son niveau.

— Je vois que tu ne parviens pas à trouver le sommeil.

Miryo fit de son mieux pour calmer les battements affolés de son cœur.

— Pas vraiment.

Mirage redressa la tête juste assez pour que la sorcière voie son visage sous le capuchon.

— C'est bien ce que je me disais. Des cauchemars ?

Miryo détourna le regard pour ne pas croiser celui de son double.

— Oui, des cauchemars, bien sûr, dit encore Mirage qui lui tendit la main. Viens avec moi.

Elle contempla ces doigts pâles à peine visibles dans la lumière trop faible. Elle se demandait où la

Chasseuse voulait la mener, et elle faillit même poser la question.

Mais elle finit par accepter la main offerte et suivit en silence Mirage dans les profondeurs du temple.

MIRAGE SENTIT MIRYO se crisper dès qu'elles franchirent l'arche et débouchèrent dans le sanctuaire pentagonal au cœur du temple. Le clair de lune se déversait par l'ouverture au centre du toit, créant un îlot argenté au milieu du sol. Le long des murs, les cinq silhouettes de la Déesse se dressaient dans la pénombre.

— Je sais que tu n'as pas envie de te trouver ici, dit Mirage avec calme avant que la sorcière puisse parler. Tu n'es pas une adepte de la Guerrière. Tu as le sentiment qu'avoir eu du sang sur les mains signifie que tu n'es pas faite pour ce genre d'endroit. C'est pourtant précisément ici que tu devais venir

Elle regarda son double bien en face, vit l'accablement sur ses traits.

— Nous n'avons pas prié depuis l'embuscade. Je n'irai pas jusqu'à dire que nous avons besoin de le faire. Il ne s'agit pas d'une obligation. Mais j'en ai envie, et je pense que toi aussi. Même si tu n'oses pas te l'avouer.

Miryo demeura immobile pendant de longues secondes, au point de presque ressembler elle-même à une statue. Puis elle hocha la tête lentement, avec raideur.

— Oui, dit-elle d'une voix hésitante. Merci.

Elles firent le tour du sanctuaire. Mirage s'inclina devant chacun des cinq Aspects, tandis que Miryo effleurait son cœur d'une main. Le clair de lune qui se réfléchissait sur le sol du temple portait une lueur très douce sur chaque statue dont le visage devenait tout juste visible dans la nuit.

Mirage reprit la parole :

— Veux-tu prier un des Aspects en particulier, ou les cinq ensemble ?

Elle vit que Miryo pesait sa réponse.

— Les cinq.

Avec la Guerrière, donc. Elles se rendirent au centre du sanctuaire et s'agenouillèrent, ôtèrent leur capuchon et commencèrent à prier en silence.

Le temps passa – au moins un quart d'heure, d'après le glissement de la lumière lunaire sur le dallage – avant que Mirage ne sente le regard fixé sur elle. Relevant la tête, elle découvrit que Miryo l'observait.

— Qu'y a-t-il ?

— Quand tu étais une Danseuse du Temple, était-ce ainsi que tu priais ?

Elle avait parlé d'un ton hésitant, et pourtant on sentait derrière ces mots une conviction inconsciente. Comme si elle connaissait la réponse avant de l'entendre.

— Non, répondit la Chasseuse. Parfois, oui, et alors nous nous comportions comme tous les autres adeptes. Mais d'autres fois – pour moi, c'était la plupart du temps – nous faisions nos prières en Danseuses.

— Que veux-tu dire par là ?

— Nous prions avec notre corps. Pas avec notre voix, ou notre esprit. Nous Dansions. Ensemble ou séparément, selon la musique dans notre cœur.

Les mots peinaient à décrire la réalité de la chose. Généralement seuls les Avannans et les autres Danseurs comprenaient. Mais Miryo hochait la tête, et la conviction inconsciente s'était visiblement renforcée.

— Les sorcières font quelque chose de comparable. Seules, presque toujours. Nous chantons, simplement. Pas des mots, ordinaires ou magiques, seulement les notes et les sons qui nous semblent appropriés. Ce n'est pas un sort. C'est une prière.

Mirage regarda autour d'elles. Les Aspects de la Déesse les contemplaient dans la clarté diffuse de la lune. Le vent était tombé. Aucun son ne leur provenait de la ville au dehors.

Elle ôta la robe pour ne garder que sa tenue de Chasseuse.

— Tu veux que nous le fassions l'une après l'autre, ou ensemble ?

IMMOBILE AU CENTRE de l'espace dégagé, avec le clair de lune qui projetait son ombre sur le dallage, Miryo ferma les yeux.

Mirage se tenait à côté d'elle, paupières closes elle aussi.

Pendant de longues secondes, elles restèrent toutes deux silencieuses, sans bouger, pour se mettre en condition.

Enfin, elles commencèrent.

Miryo fut d'abord hésitante, sa voix à peine plus audible qu'un murmure. Elle n'était pas habituée à avoir un public. Mais Mirage ne l'écoutait pas, du moins pas consciemment. Chacune était isolée dans sa propre sphère et s'adressait à la Déesse de la façon la plus sincère qu'elle connaissait.

Miryo chantait sans plan particulier, et sa voix prenait insensiblement de l'ampleur. Mirage, qui se déplaçait en décrivant un cercle autour d'elle, commença également d'un pas un peu incertain qui se raffermit rapidement.

Déesse, priait la sorcière à travers son chant sans paroles, *pardonnez-moi pour ce que j'ai fait. Je ne voulais aucun mal à Tsue. Je voulais seulement faire en sorte qu'elle ne soit plus un obstacle pour moi. J'ai réussi, mais le prix à payer a été bien plus élevé que ce que je désirais. Pardonnez-moi pour ça. Et pardonnez-moi pour la joie que j'ai ressentie quand je maniais ce pouvoir. J'ai pris du plaisir à agir, pas dans l'acte. De grâce, pardonnez-moi. Je vous en supplie.*

Mirage elle aussi adressait une prière à la Déesse, mais elle l'écrivait dans l'air avec ses mains et ses bras, l'inclinaison de sa tête. *Aidez-nous, je vous en prie. Ne nous laissez pas perdre notre élan. Pour notre propre salut, pour celles qui nous suivront, nous ne pouvons pas nous permettre d'abandonner. Trop de choses dépendent de nous. Je vous en supplie, aidez-nous à continuer.*

Et derrière cela, venant d'elles deux: *Donnez-nous une réponse. De grâce. Il existe une autre solution. Montrez-nous le chemin qui y mène.*

Le chant de Miryo se fit plus structuré. Il suivait maintenant la progression qu'elle avait vue dans l'Haira : celle des Aspects de la Déesse, du plus jeune au plus âgé. Elle en chanta quatre, de la Vierge à l'Aïeule, tandis que Mirage évoluait autour d'elle. Son double n'émettait aucun son, mais sa danse était un contrepoint visuel à la mélodie. Dans leur précision féroce, ses sauts et ses enchaînements étaient dédiés à l'esprit de la Guerrière.

Leurs prières séparées se déversèrent l'une dans l'autre, créant une seule supplication, son et mouvement, voix et corps. Les styles étaient différents puisque Miryo chantait les quatre tandis que Mirage dansait la Guerrière, mais le rythme qu'elles suivaient était le même.

Alors elles sentirent le changement.

Pour Mirage, l'air parut s'emplir d'énergie. Son corps épuisé connut un sursaut subit qui le souleva à de plus grandes hauteurs, comme c'était parfois le cas dans la bataille, dans la Danse, quand paroles et pensées s'effaçaient pour ne plus laisser que le mouvement. Pour Miryo, c'était tout autre chose.

Sans le vouloir, elle abaissa les barrières qu'elle s'était si soigneusement imposées, et elle tendit son être vers le pouvoir.

La panique chercha à refermer ses griffes sur sa gorge, mais s'évanouit avant de pouvoir la paralyser. Miryo sut vaguement qu'elle aurait dû avoir peur. Elle ne maîtrisait pas le pouvoir, et elle ignorait comment il allait se manifester. Mais la pureté d'esprit singulière qui l'avait submergée ne permettait aucune crainte. Elle développa son chant et en observa les effets immédiats avec un détachement serein, tandis que le pouvoir se densifiait autour d'elles.

Mirage bondit en un saut tournoyant, et elle ne redescendit pas. Le pouvoir qui emplissait l'air la soulevait. Elle continua de danser, sans que ses pieds touchent le sol, et elle découvrit elle aussi qu'elle ne redoutait plus rien.

L'énergie se manifestait. Miryo qui chantait à pleine voix pour les quatre Aspects qu'elle avait invoqués fut à son tour emportée du sol. Tout autour d'elle apparaissaient maintenant les faisceaux brillants du pouvoir. La Terre, l'Eau, l'Air et le Feu tissaient une toile étourdissante sur laquelle planaient les deux femmes, et ensemble elles pleurèrent devant une telle beauté.

Ensuite, à travers ces faisceaux, il y eut *autre chose.*

Le Néant, murmura Mirage en esprit, et Miryo le reconnut au même instant.

Les quatre Éléments concrets et celui qui ne l'était pas vibrèrent en harmonie les uns avec l'autre, sur le rythme qu'ils avaient créé. Et Miryo chantait toujours, et Mirage dansait toujours. La tornade d'énergie autour d'elles échappait totalement à leur contrôle, et pourtant elles l'avaient créée et le phénomène continuait de puiser en elles tout en alimentant un pouvoir croissant. Les faisceaux des Éléments enveloppèrent chaque femme dans un tourbillon étourdissant, et l'air prit un éclat d'un blanc incandescent.

Déesse…

Montre-nous…

Montre-MOI…

Le brasier blanc les transperça en une décharge aveuglante d'énergie pure, et toute pensée disparut dans les flammes.

25

MIREI

LE FRACAS SOUDAIN fit bondir Éclipse sur ses pieds, l'épée en main.

Il baissa l'arme la seconde suivante, éberlué de voir que Mirage venait d'apparaître soudain dans sa chambre, en plein milieu de la nuit.

— Sen ? bredouilla-t-il.

D'où elle était agenouillée, dans la pâle clarté lunaire, elle releva lentement la tête, et dans le mouvement quelque chose autour de son cou tomba pour y pendre librement, attirant l'attention du Chasseur.

Un triquetra.

— Miryo ? fit-il encore, dérouté.

Le pendentif était tout ce qu'elle portait. Elle était agenouillée là, dans le clair de lune qui filtrait par la fenêtre, et, plus il la regardait, moins il comprenait. Il était impossible que Miryo ait acquis cette musculature, mais la femme avait les cheveux longs. Et pourquoi Mirage aurait-elle porté ce pendentif ?

Et quelle était cette expression sur ses traits, qui le déconcertait à ce point ?

Éclipse prononça alors une question qu'il n'aurait jamais pensé poser :

— Qui… Laquelle es-tu ?

Elle se leva sans hâte, baissa les yeux sur ses mains et ses bras avec une expression totalement indéchiffrable.

— Les deux, dit-elle, et sa voix avait les inflexions maîtrisées d'une sorcière. Ou aucune.

Elle eut un rire doux, teinté d'une note d'incrédulité.

— Quelle importance ?

— Quoi ? murmura le Chasseur.

Elle le regarda au fond des yeux.

— Elle m'a donné la réponse, Kerestel. J'ai prié pour obtenir une réponse, et la Déesse me l'a montrée.

Puis elle s'évanouit.

— Je ne comprends pas, déclara Éclipse.

Elle leva vers lui un regard amusé.

— Mais si, tu comprends. C'est simplement que tu as du mal à l'admettre.

— Tu es…

— Une personne. Comme je l'étais. J'étais en train de prier – nous étions toutes les deux en train de prier – enfin bref… fit-elle, et un sourire involontaire s'épanouit sur son visage. Je ne pense pas que la grammaire puisse s'accorder à la situation. Donc je priais la Déesse, et il m'est apparu – à la partie de moi qui était Miryo – que je ne m'y prenais pas de la façon que je voulais réellement adopter. Que je devais adopter. Donc, comme Miryo j'ai chanté, et comme Mirage j'ai dansé, et j'ai ouvert mon cœur à la Déesse, et elle m'a redonné mon unité.

Le ravissement n'avait pas encore quitté son esprit. Elle glissa un bras au-dessus de la couverture qu'Éclipse lui avait donnée et le contempla à la lumière de la chandelle. Une partie d'elle-même l'identifia posément comme étant un de ses membres, et dans le même temps l'autre partie s'émerveillait du tracé dur et net de ses muscles.

— Et tu te souviens des deux ? dit Éclipse.

— Bien sûr.

Se mordillant la lèvre inférieure sous l'effet de la perplexité, il la dévisagea un moment.

— Euh... Comment vais-je t'appeler, à présent ?

La réponse lui vint naturellement, comme le nom s'était imposé à elle durant le rituel, sans qu'elle le cherche.

— Mirei, dit-elle avec un sourire paisible. C'est la Déesse qui m'a donné ce nom. Tout comme elle a renommé Misetsu, quand tout a commencé.

Il avala sa salive avec quelque difficulté.

— Ça... ça a l'air de fonctionner, enfin je crois. Il y a les deux, en toi.

— De bien plus de manières que tu n'en perçois, dit-elle avant de lui présenter ses mains, paumes ouvertes tournées vers le sol. Faisons un essai.

Il plaça ses propres mains sous celles de la jeune femme, puis tenta de les toucher sur la face externe. Il rata, mais de peu.

— Je vais devoir surveiller ça, dit-elle. Il est possible que je m'améliore de nouveau, quand la partie Miryo en moi cessera d'interférer avec les réflexes que Mirage avait, mais je n'en sais encore rien. Il se pourrait que je me sois attendrie définitivement.

Il réussit à sourire.

— Au moins ce sera moins injuste pour nous, fit-il. Et maintenant, que va-t-il se passer ?

Elle n'y avait pas encore réfléchi.

— Je pense... J'ai toujours besoin que tu te rendes au Feu d'Argent. Je pourrais envoyer le message à Jaguar magiquement, mais je ne crois pas que ça passerait très bien.

— Tu pourrais le porter toi-même.

Mirei secoua la tête.

— Impossible. Il y a… trop d'autres choses que je dois faire.

L'hésitation l'avait trahie, mais peut-être qu'il aurait deviné tout seul.

— Par la Guerrière, tu ne vas pas tenter quelque chose de stupide, n'est-ce pas ?

— Pas stupide. Nécessaire. Je détiens la réponse, mais elle ne résout que la moitié du problème. Je dois convaincre les autres, ou ce sera inutile.

— « Les autres » ?

— Les Primes. Je pourrais agir par le biais d'une rébellion secrète, mais ce serait long, douloureux, et probablement très sanglant. Si je réussis à convaincre les femmes au sommet, dès le début, ce sera mieux pour tout le monde.

— Et elles seront *ravies* de te voir, je n'en doute pas.

— J'ai la magie, à présent. Je peux me défendre.

— Contre cinq Primes d'un coup ? fit-il sans dissimuler ses doutes. Tu n'avais encore jamais fait preuve de stupidité. Pourquoi commencer maintenant ?

Puis-je seulement lui faire comprendre ? Je suppose que je dois essayer. Mirei inspira lentement, et expira sur le même mode.

— Kerestel – Éclipse –, c'est ce que je dois faire. De ma vie entière jamais je n'ai senti aussi nettement, vu aussi clairement ce que je dois faire. Le chemin est là, devant moi. Je ne peux affirmer que je sais où il mène. Mais si je ne l'emprunte pas…

Elle haussa les épaules, et ses mains s'agitèrent pour montrer que les mots lui manquaient. Puis un sourire passa sur son visage.

— Je dois le faire. Eh, c'est un défi. Et tu sais à quel point j'adore relever les défis.

Il la considéra en silence un long moment. Mirei soutint son examen, mais ce n'était pas un affrontement muet. Elle le laissa lire tout ce qu'il pouvait voir dans son expression.

Finalement, il baissa les yeux et acquiesça, à contrecœur néanmoins.

— D'accord. J'imagine que je suis trop malin pour essayer de te dissuader.

Le soulagement envahit la jeune femme. Elle disposait d'une panoplie de moyens pour l'arrêter, s'il avait tenté de s'opposer à sa décision, mais elle ne voulait surtout pas y recourir. Il était de loin préférable qu'il accepte.

— J'ai quelques petites choses à faire. Tu as toujours mes sacoches de selle ?

Elle lui avait confié presque tous ses bagages quand ils s'étaient séparés, après l'embuscade.

— Oui, répondit-il.

— Parfait. Prends soin des vêtements.

Elle se demanda si ceux qu'elle portait à Angrim gisaient sur le sol du temple ou s'ils s'étaient consumés dans le feu qui l'avait métamorphosée.

— Et je vais avoir besoin d'emprunter tes armes.

La demande le prit au dépourvu.

— Tu peux manier la magie, maintenant, non ?

— Oui, mais ce n'est pas toujours la meilleure manière de régler les choses, et il me faut démontrer aux Primes que je suis à la fois Miryo *et* Mirage.

— Prends-les, dit-il sans hésitation.

Une fois encore, sa réaction la rassura. Elle avait craint de formuler cette requête pour deux raisons : d'abord parce qu'en elle Miryo rechignait à demander un service à quelqu'un qu'elle ne connaissait que très peu, ensuite parce que Mirage en elle savait fort bien que les Chasseurs détestaient prêter leurs lames.

— Merci, dit-elle avec sincérité. As-tu toujours le papier magique qu'on nous a donné à Corberth ?

— Dans mon sac.

— J'en aurai besoin avant de partir. Je dois écrire à Ashin et aux autres pour les mettre au courant de ce que j'ai compris. Je t'en confierai également une copie. Je ne veux pas courir le risque que l'information se perdre.

Elle n'ajouta pas « au cas où je mourrais » mais Éclipse était capable de remplir lui-même ce blanc. Il se renfrogna, mais ne fit aucun commentaire.

— Comment te rendre là-bas ? dit-il, puis, aussitôt : Tu as besoin d'un cheval ?

— Non, ça prendrait trop longtemps. J'irai de la même manière que je suis venue ici.

En disant cela le choc qui avait guetté au fond de son esprit s'imposa dans une explosion. Elle en vit un reflet heureusement atténué sur le visage du Chasseur.

— Est-ce que ce n'est pas… Je croyais que déplacer des créatures vivantes de cette façon était impossible ?

Moi aussi. C'était seulement maintenant, en songeant à ce qu'elle avait fait, que la révélation la frappa dans toute sa force. Même lorsque les Primes étaient apparues si subitement, pendant son examen à la Chute de l'Étoile, elles étaient arrivées en marchant. Un sort l'avait simplement empêchée de remarquer leur présence.

— C'est supposé l'être. Je…

Sa voix s'éteignit quand elle ferma les yeux pour se souvenir.

— Je sais comment j'ai fait. Et je peux le refaire, pour me rendre à la Chute de l'Étoile.

Une seconde, elle envisagea d'expliquer à son ami le fonctionnement du processus, et ce qui avait changé, mais elle finit par décider du contraire. *Je lui dirai, un jour. Mais si je commence à lui en parler maintenant... non. Quand j'en aurai fini à la Chute de l'Étoile. Sinon je ne partirai jamais d'ici.*

Et les sorcières ont le droit de savoir les premières.

— Si tu en es sûre, dit-il, lui-même sur un ton dubitatif. Tu peux te fier à un nouveau sort, juste comme ça ?

— Oui, affirma-t-elle. Je me souviens de ce que j'ai fait, presque aussi bien que je me souviens comment j'ai retrouvé mon unité. Tout se passera bien.

Il avait assez confiance en elle pour le croire.

— Très bien. Tu veux écrire à Ashin maintenant, ou plus tard ?

Toujours enveloppée dans la couverture, Mirei s'assit à la table et contempla le papier de riz qui transmettrait son message à Ashin.

Par le bâton de l'Aïeule. Par où commencer ?

Tout ce qu'elle voulait dire se pressait dans son esprit, rendant toute réflexion momentanément impossible. Mirei grinça des dents et s'obligea à la concentration. *Une chose à la fois. Procède par ordre.*

Elle pencha la tête et se mit à écrire.

Ashin,

Les Primes ont envoyé des Cousines pour nous tendre une embuscade et nous faire prisonnières. Elles voulaient nous soutirer des informations sur vous et nous tuer ensuite toutes les deux. C'est apparemment possible, si on tue les deux doubles en même temps. Il se peut qu'elles aient appris l'existence des autres doubles. Éclipse va aller alerter le grand-maître du feu d'Argent, qui en a deux en formation. Il faut que vous vous occupiez des autres, et de leurs sorcières.

Mais j'ai trouvé la solution.

Misetsu avait presque raison. Elle n'a pas perdu la voix de la Déesse aussi totalement qu'elle le pensait. Elle a simple-

ment mal interprété ce qu'elle a senti. « Destruction, oubli, perte » – c'est le Néant. *C'est ce que nous perdons lorsque nos doubles sont tués. C'est pourquoi, jusqu'à aujourd'hui, nous n'avons été capables de toucher que quatre des Éléments.*

Les doubles ne sont pas censés rester séparés. Oui, ils sont divisés, mais seulement pour un temps : une fois la sorcière ouverte à la magie, elle est prête à rejoindre son autre moitié et à redevenir une personne unique.

C'est ce que j'ai fait.

Depuis ma réunification, j'ai commencé à développer une magie qui incorpore le Néant. Je pense, sans en avoir la certitude, que lorsque j'aurai des enfants ce seront aussi bien des filles que des garçons. Comment tout cela est interdépendant, il appartiendra à la Voie de la Tête de le résoudre. J'avoue seulement sentir les choses, par instinct.

Je joins à ce message des notes concernant le sort qui a permis de me réunifier. Il est complexe, et requiert la participation du double – non pas dans le chant, mais dans le mouvement. Et c'est pourquoi les tentatives précédentes ont échoué. Je suis prête à parier que les sorcières ont traité le problème par le chant uniquement, en laissant de côté la partie physique. Mais le double représente la Guerrière, et la Guerrière est mouvement tout autant que Néant.

Recopiez les notes qui suivent, et distribuez-les aussi largement que vous le pourrez, afin qu'elles ne soient pas perdues. Je me rends dans le sud, pour voir les Primes. Je ne sais comment elles accueilleront ces nouvelles, mais je vais bientôt être fixée. Souhaitez-moi bonne chance.

Mirei

Elle entreprit de coucher sur le papier les syllabes et les inflexions qui avaient guidé le pouvoir pour qu'il réunisse ses deux moitiés. Bien qu'elle n'ait chanté ce sort qu'une fois, il était gravé dans sa mémoire et elle n'était pas près de l'oublier.

Une partie d'elle-même observait le processus de retranscription avec une curiosité détachée. Elle ne s'était pas encore habituée à cette manière qu'avaient les choses d'être à la fois familières et étranges. Elle était toujours peinée d'avoir dû tuer des Cousines, mais le pragmatisme de Mirage envers la mort et les actions la provoquant tempérait sa culpabilité et évitait qu'elle en soit paralysée. De même la partie d'elle formée à la sorcellerie écrivait le sort sans la moindre hésitation, alors que la Chasseuse trouvait tout cela très curieux. Ensuite, elle décrivit les enchaînements de mouvements en puisant dans les souvenirs de sa formation de Danseuse. Il faudrait qu'Ashin trouve quelqu'un capable d'interpréter ce langage pour elle.

Quand elle eut terminé, elle chanta pour transmettre le message à l'autre support de papier. Elle n'avait aucune idée de la conspiratrice qui détenait la feuille de riz, mais l'information atteindrait Ashin bientôt.

Éclipse était en bas et rassemblait des vivres pour elle. Il était très tard, peut-être même très tôt puisque les cloches avaient sonné le carillon Sombre peu de temps auparavant. Bientôt le personnel de l'auberge se lèverait et entamerait les tâches de la journée, mais pour le moment tout n'était encore que silence et immobilité.

Mirei se leva et trouva ses sacoches de selle sur le sol. Elle s'inquiéta un instant pour Brume, avant de se calmer : Volute prendrait le plus grand soin de sa jument, elle n'en doutait pas. Par ailleurs son cheval avait besoin de repos. Elle déboucla le rabat d'une sacoche et trouva sa tenue à l'intérieur.

Mirei caressa la soie entre ses doigts, l'air songeur. Elle avait eu pour projet de se rendre armée à la Chute de l'Étoile, mais vêtue normalement. À présent, elle reconsidérait ce choix.

Eh bien, je suis une Chasseuse tout autant qu'une sorcière. Peut-être que si je la portais sans le masque…

Cela lui parut être la meilleure solution. Si elle se présentait masquée, son arrivée inquiéterait, car les sorcières n'aimaient pas que des Chasseuses viennent rôder sur leur domaine, pas plus que les Chasseuses n'appréciaient l'intrusion de sorcières dans leurs écoles. L'uniforme mettrait les sorcières mal à l'aise, c'était certain, mais il y avait assez de gens capables de reconnaître son visage pour qu'elle puisse accéder aux Primes. Elle l'espérait, en tout cas.

Et puis, tu as envie de le mettre, non ?

Avec un sourire, elle s'habilla.

Éclipse soumit Mirei à un examen long et très sérieux. L'aube était proche, et la jeune femme se tenait au centre de la chambre, dans son uniforme de Chasseuse, ses armes accrochées à ses hanches, le triquetra pendant à son cou. Elle restait bras ballants, détendue, dans l'attitude prudente d'un félin.

— Tu es bien sûre de savoir ce que tu fais ? ne put-il s'empêcher de demander une dernière fois.

— Absolument sûre, affirma-t-elle, et il n'y avait pas trace de doute dans ses yeux.

Il fournit un effort visible pour accepter sa réponse. Il était inquiet pour elle, mais fier, aussi. Il avait rarement vu quelqu'un ayant sa détermination. Cela lui conférait une aura de calme, l'impression qu'elle était prête à toute éventualité.

— Que la Déesse t'accompagne, dit-il enfin. Comme elle l'a fait jusqu'à maintenant.

— Merci, murmura Mirei.

Ils s'étreignirent brièvement, puis Éclipse recula jusqu'au mur. Elle avait dit que le sort fonctionnerait, mais, après tous les ratés du passé, il éprouvait quand même le besoin de se mettre un tant soit peu à l'abri. Mirei parut deviner ses pensées, et elle eut un sourire malicieux. Après avoir pris une profonde inspiration, elle entama le chant.

Et elle ne se contenta pas de chanter. Son corps s'exprima également par des mouvements qu'aucune sorcière n'avait jamais exécutés avant elle.

Ce fut rapide, le temps de quelques battements de cœur, et soudain elle disparut. L'air autour d'Éclipse s'agita pour combler le vide que son absence venait de créer.

Le Chasseur soupira doucement et adressa une dernière prière à la Déesse.

MIREI APPARUT EN pleine forêt, et il lui fallut un moment pour s'orienter.

Elle se trouvait sur le flanc nord des montagnes, entourée d'arbres qui devenaient tout juste visibles dans la clarté pâle précédant l'aube. Elle inspira à fond pour goûter la senteur à la fois familière et étrangère des forêts de la Chute de l'Étoile. Une partie d'elle-même avait le sentiment d'être de retour chez elle.

Un peu partout alentour, les sorts sentinelles se déclenchèrent.

Par le Néant… Ils détectent en moi une créature indéfinie. Pas une étudiante, ni une Cousine. Une sorcière, mais très singulière. Et j'ai laissé mon jeton à Éclipse.

Elle fredonna pour apaiser les sorts. Presque tous réagirent comme elle le souhaitait. Sa magie était donc efficace, quoique légèrement différente de celle à laquelle les sorts étaient accordés. Sans doute l'influence du Néant, se dit-elle avec une petite grimace. Il faudrait qu'elle surveille cela.

En attendant, elle devait décider de ce qu'elle allait faire.

L'aube n'était pas encore là. Mirei envisagea de prendre la direction du sud et du foyer principal des sorcières, mais elle se ravisa vite : la plupart des sorcières préféraient travailler les sorts complexes durant la nuit, à la lumière des étoiles, et par conséquent dormaient souvent jusque tard dans la matinée. Elle risquait d'arriver à la Chute de l'Étoile alors que tout le monde était encore au lit. La scène aurait pu être assez cocasse, mais ce n'était pas exactement l'effet qu'elle désirait. De plus, elle était harassée.

Par la miséricorde de la Mère… La nuit dernière encore, je me trouvais à Angrim. Je ne suis une seule personne que depuis moins d'une demi-journée.

Sa réunification lui semblait assez naturelle pour qu'elle l'accepte sans se poser de question. Mais si le rituel l'avait emplie d'énergie, le phénomène du retour dans un seul corps s'était révélé incroyablement épuisant. Elle serait bien avisée de prendre un peu de repos avant d'affronter les Primes.

Quelques minutes de marche dans les bois qui s'éclaircissaient lui permirent de mieux situer sa position. Cette zone lui était connue. Il y avait une source non loin de là, qui offrait une eau pure et fraîche. L'endroit était assez abrité pour qu'elle y dorme en toute tranquillité, et elle pourrait se mettre en marche pendant l'après-midi, ou en début de soirée. Elle cueillit quelques poignées de mûres qu'elle mangerait au réveil.

Elle trouva la source, dressa un sort de protection léger pour la prévenir de toute approche, et se roula en boule sur le sol pour dormir.

Elle s'éveilla en sursaut, vers midi.

Ses instincts de Chasseuse l'avaient tirée du sommeil en un éclair, et elle fut immédiatement sur le qui-vive, et en mouvement. L'oreille tendue, elle guetta les sons qu'auraient produits des pas se rapprochant, tout en choisissant un arbre dans les branches duquel elle grimpa se cacher.

Elle n'entendit rien de suspect.

Un instant plus tard, néanmoins, une tête rousse apparut en contrebas et légèrement décalée par rapport à son perchoir. Mirei l'identifia : Ganchise, une Cœur de la Terre. Des sorts étouffaient tous les bruits qu'elle pouvait faire. La Chasseuse en Mirei s'amusa de cette précaution qui rendait la sorcière négligente, paradoxalement. Sans la magie elle aurait été aussi repérable qu'un âne ivre, avec cette manière de progresser.

Ganchise fureta pendant un moment, mais Mirei avait pris soin de ne laisser au sol aucun indice de sa présence. Elle avait même dissimulé sa réserve de mûres sous un buisson. L'autre finit par marmonner quelques mots que le sort rendit incompréhensibles, et elle s'éloigna.

Dans son arbre, Mirei put souffler. *Je vais devoir me montrer plus prudente. J'ai dû alerter des sorcières. Il est clair que celle-là était à ma recherche.*

Elle était parfaitement éveillée à présent, et savait qu'elle ne se rendormirait pas avant longtemps. Avec un soupir, Mirei se cala dans une position plus confortable sur sa branche, et patienta.

Elle pria. Puisqu'elle avait du temps à occuper, c'était là une activité qui ne pouvait pas lui nuire.

Je suis ici, Déesse. À la Chute de l'Étoile. Je vais bientôt m'adresser aux Primes. De grâce, faites qu'elles écoutent ce que j'ai à leur dire. Aidez-les à se montrer rationnelles. Elles ont peur des doubles, et il se peut qu'elles aient peur de moi.

Mais je ne leur veux aucun mal. De grâce, faites qu'elles le comprennent.

Je ne veux pas que la situation dégénère.

Quand le ciel commença à s'obscurcir, Mirei descendit de l'arbre et entama l'ascension de la montagne.

26

Chute de l'Étoile

Les connaissances de Miryo lui indiquaient quel itinéraire emprunter, tandis que Mirage veillait à ce que sa progression demeure silencieuse et inaperçue. Elle croisa un groupe de Cousines non armées qui accomplissaient une quelconque mission. Elle se cacha et attendit qu'elles soient à bonne distance pour reprendre son chemin. Mieux valait rester prudente.

Cette même idée prévalut quand elle arriva au sommet de la montagne. Inutile de révéler sa présence aux gardes.

Les deux femmes en poste au bord de la route étaient moins là pour la surveiller que pour guider les rares visiteurs jusqu'à la Chute de l'Étoile, et certainement pas pour interdire le passage à quiconque. Aucun mur, aucune palissade ne fortifiait la ville, et Mirei ne décela qu'un sort de protection mineur sur les lieux. Ayant appris de ses erreurs passées, la jeune femme l'apaisa sans déclencher aucune vague de suspicion.

Le sort laissait souvent passer des sorcières en transit, et il la reconnut comme l'une d'elles.

Que je suis d'ailleurs, en théorie. Satomi m'a donné le pendentif, même si j'imagine qu'elle aimerait me le reprendre.

La nuit était noire quand elle atteignit l'ensemble de bâtiments qui constituait le cœur de la Chute de l'Étoile. Mirei en fut heureuse, car l'obscurité faciliterait grandement l'exécution de son plan. Elle observa les alentours depuis l'ombre profonde d'un arbre et arrêta une stratégie en se fondant sur le savoir de Miryo et les talents de Mirage.

Maintenant, la question est : où les Primes se trouvent-elles, à cette heure ? Elles ne seront sans doute pas réunies en un seul endroit. Satomi ? Dans son bureau, peut-être. C'est par là que je devrais commencer. Si j'arrive à la convaincre de m'écouter, elle pourra convoquer les autres pour une réunion plus formelle.

Mais comment l'atteindre sans rencontrer personne d'autre ?

Mirei étudia les bâtiments. La réponse lui apparut assez évidente, et elle présentait l'avantage de ne pas nécessiter un sort. *Au moins, ces années passées à escalader les toits me seront profitables. Si je parviens à la maison du puits, là-bas, l'étai placé entre elle et le mur du Foyer des étudiantes pour le renforcer me permettra d'atteindre cette série de sculptures. De là, grimper sur le toit sera un jeu d'enfant.*

Bien. Alors allons-y.

Elle se glissa dans l'ombre jusqu'au mur de la maison du puits. Là, elle fit halte. Deux Cousines bavardaient à l'intérieur, et elle ne voulait pas risquer qu'elles l'aperçoivent. Bien vite, elles partirent et Mirei put se hisser au sommet de la construction.

Un côté servait d'appui à la partie basse d'un contrefort qui enjambait le vide jusqu'au foyer des étudiantes. Mirei l'escalada aisément, grâce aux sculptures qui offraient d'excellentes prises. Il ne lui fallut que quelques secondes pour atteindre le domaine familier des toits.

Elle se rendit de l'autre côté du bâtiment et étudia les choix qui s'offraient maintenant à elle. Une série d'arches reliaient le foyer des étudiantes au bâtiment principal où s'effectuaient presque toutes les tâches administratives de la Chute de l'Étoile. Satomi devait se trouver là. Mirei longea le bord du toit en s'efforçant de se remémorer la disposition intérieure des lieux. Elle arriva à une arche qui l'amènerait certainement plus près du bureau de la Prime. Après s'être assurée que personne ne pouvait la voir, elle s'élança pour traverser ce pont improvisé.

Elle était à mi-chemin quand elle fit une nouvelle fois l'expérience de cette étrange dichotomie. Mirage ne s'émut nullement de cette acrobatie. Miryo s'étonna du naturel avec lequel elle l'exécutait.

Au moment où elle avait cette double pensée, son pied glissa.

Mirei rétablit son équilibre, souffla doucement puis parcourut plus prudemment le reste de l'arche. *Il faut absolument que j'arrête de faire ce genre de choses. Et si je me laisse distraire en plein milieu d'un sort ? Ce ne serait pas bon du tout pour moi. Je dois cesser de penser à ce que je fais, et simplement le faire.*

Elle s'accorda quelques secondes de pause, puis chercha une fenêtre ouverte. Quand elle en eut repéré une et qu'elle se fut glissée par cet accès, elle se retrouva dans le couloir qu'elle espérait atteindre.

Dès lors elle se déplaça avec la plus grande prudence et surveilla voix et bruits de pas. Les couloirs du bâtiment administratif étaient généralement sillonnés par les sorcières du Cœur et de la Tête qui vaquaient à leurs tâches diverses.

À cet instant, pourtant, celui-ci était désert.

En fait, Mirei n'aperçut pas non plus âme qui vive dans les couloirs suivants.

Sa perplexité crût encore quand elle regarda à un coin, vit la porte du bureau de Satomi, sans personne devant. Elle s'était attendue à ce que la Prime du Néant soit en train de travailler, ce qui était presque toujours le cas à cette heure de la nuit. Or il n'y avait pas trace des deux Cousines qui montaient alors la garde devant son bureau.

Où est-elle ?

La réponse lui vint d'un coup, et Mirei se maudit pour sa stupidité. Ce soir, si elle comptait bien les jours, était un de ceux qui voyaient les Primes tenir réunion dans la Salle de la Loi. C'était là qu'elles faisaient les annonces importantes, réglaient les contentieux internes et s'occupaient des affaires diverses de la Chute de l'Étoile. Toutes les étudiantes avaient obligation d'assister à ces séances, et la plupart des sorcières faisaient de même.

Tu aurais dû t'en souvenir, imbécile. Il faudrait que tu commences à penser plus juste, sinon tu n'auras pas la moindre chance de convaincre les Primes de quoi que ce soit.

Mais cela lui épargnait aussi certains désagréments. Toutes les Primes seraient réunies en un seul lieu, et elle aurait droit à une audience formelle.

Elle mit un moment à étouffer le rire absurde qui montait en elle. Les nerfs, rien de plus. Il fallait qu'elle se contrôle.

Quand elle se sentit calmée, elle repartit, cette fois en direction du bâtiment voisin, là où se tenait la séance.

DEUX COUSINES MONTAIENT la garde devant les portes de la salle.

En les voyant, Mirei se demanda comment procéder. Devait-elle se présenter à elles et exiger d'être annoncée ? Les pétrifier avec un sort ? *Non, les Primes le sentiraient. Par le Néant, toutes les sorcières présentes le sentiraient !*

La question était donc de savoir si elle voulait ou non être annoncée.

Je ne pense pas, non.

Les applaudissements qui crépitèrent à l'intérieur de la salle lui offrirent la couverture dont elle avait besoin. Mirei mit à contribution sa vélocité, et avant que le bruit retombe les deux Cousines gisaient sur le sol, inconscientes. Sans qu'aucune magie ne soit intervenue. La jeune femme prit le temps de les traîner toutes les deux d'un seul côté, puis elle alla se camper face aux portes.

Une grande inspiration. Défroisse ta tenue. Il faut faire bonne impression.

Elle n'avait encore jamais osé rien d'approchant, dans l'une ou l'autre de ses vies. L'adrénaline incendiait son corps et faisait frémir ses muscles. Elle dut ordonner à ses mains de cesser de trembler et les tenir éloignées de la garde de l'épée empruntée à Éclipse.

Allons-y.

Elle chanta, et les portes décorées des symboles gravés des Éléments s'ouvrirent toutes grandes.

À l'intérieur de la salle, les voix se turent alors qu'elle commençait à parcourir l'interminable allée centrale. De chaque côté, sorcières et étudiantes se massaient sur les bancs. Les têtes se retournaient à mesure que celles assises vers l'avant se rendaient compte que quelque chose se passait. Avant que Mirei ait dépassé la deuxième rangée de plaques funéraires encastrées dans le sol, le silence s'était fait. Elle avançait d'un pas souple et assuré, ses talons tirant des échos sonores aux dalles de pierre.

Des murmures s'élevaient et baissaient dans son sillage quand on la reconnaissait.

À l'autre bout de la salle, les Primes se levèrent de leurs sièges. Mirei gardait le regard fixé sur Satomi, placée au centre, dont la silhouette se découpait sur la noirceur intégrale de la bannière du Néant. Au grand soulagement de l'intruse, elles attendirent qu'elle soit devant elles pour parler.

Mirei fit halte au pied de l'estrade et s'inclina.

— Que fais-tu, Miryo ? demanda Satomi d'une voix glaciale.

Mirei lui sourit tout en s'efforçant de maîtriser le tourbillon d'excitation et d'exultation en elle.

— Faux.

La Prime du Néant plissa légèrement les yeux, et dans ses prunelles passa une lueur d'inquiétude.

— Le double, alors. Tu n'as aucun droit à porter ce pendentif.

Mirei sourit de plus belle.

— Non plus. Vous ne devinez pas ?

Des murmures derrière elle. Elle écarta largement les bras.

— Miryo. *Et* Mirage. Et la preuve que nous sommes dans l'erreur depuis tous ces siècles.

Le murmure enfla. Satomi eut un geste sec, et sorcières comme étudiantes se turent.

— Qu'as-tu fait ? dit la Prime du Néant à voix basse, presque en crachant ces mots. Tu as fusionné avec quelqu'un de l'extérieur… une *Chasseuse* ? C'est une abomination !

— Pas pire que ce que vous avez fait, rétorqua Mirei.

Elle avait voulu se contenir, mais sans succès. Sa voix prit de l'ampleur quand elle ajouta :

— Aimeriez-vous que je dresse la liste des actes

que *vous* avez commis ? Aimeriez-vous que je parle de Spectre à cette assemblée ?

— Nous n'avons pas à supporter tes mensonges ! lança Arinei.

— Des mensonges ? Je suis Mirage *et* Miryo. Je sais ce que vous avez fait.

Elle était prête à le dire devant toutes ces sorcières, à leur révéler l'assassinat de Tari-nakana par les Primes, et tant pis pour les conséquences. Mais avant qu'elle en ait le temps, Satomi s'avança. Ses yeux verts étincelaient.

— Nous avons fait ce qui devait être fait, pour la sécurité de toutes. Il n'y avait pas d'autre solution. « Le double est pour nous une abomination. Il est oubli et destruction, la perte de toute magie. Il est la ruine de notre œuvre, et le fléau de notre existence. Lui et notre magie ne pourront jamais coexister, et sa présence est une menace pour tout ce que nos pouvoirs peuvent accomplir. » C'est ce qu'a écrit Misetsu…

— Cinq jours avant sa mort. Oui, vous me l'avez déjà dit. Et je l'ai cru, à l'époque. Mais aujourd'hui, je sais que c'est faux. Misetsu aurait dû écouter plus attentivement quand la Déesse lui a parlé.

Mirei éleva la voix pour être clairement entendue dans toute la salle :

— Destruction. Oubli. Perte. *Néant*. C'est ce dernier qui nous manque. C'est pourquoi le clergé nous traite de déséquilibrées. C'est pourquoi nous n'avons pas de fils. Nous sommes infirmes par ignorance, et pourtant nous croyons que cette ignorance est un pouvoir. Depuis des siècles maintenant, nous nous détournons du reste du pouvoir qui devrait être nôtre.

— Le Néant est intouchable, dit Koika. C'est le vide. On ne peut pas travailler avec rien !

— *Vous* ne le pouvez pas, corrigea Mirei avec un sourire téméraire. *Moi* je le peux.

Elle regarda autour d'elle, leva les yeux, contemplant la Salle de la Loi avec une répugnance calculée. Puisqu'elle avait décidé de rendre la chose publique, autant exploiter l'atout théâtral.

— Je n'ai jamais aimé cet endroit. Pourquoi n'irions-nous pas ailleurs ? Suspendons la séance et retrouvons-nous au Foyer de l'Étoile, je vous y montrerai de quoi je suis capable.

Elle dirigea son sourire vers Satomi, l'accentua encore un peu.

— Suivez-moi comme vous le pourrez.

Puis elle chanta, et disparut.

Mirei vacilla un peu quand elle apparut sur l'estrade centrale. Elle avait du mal à respirer.

Par la Déesse, j'espère que les Primes ne sentent pas combien ça m'est difficile. Je ne peux pas les laisser remarquer que je suis épuisée.

Pendant que son souffle revenait à la normale, elle attendit l'arrivée des autres. Cela prendrait quelques minutes, car il leur faudrait parcourir la distance à pied. L'adrénaline coulait toujours en un flot tumultueux dans ses veines, et elle en était heureuse. Sans cet apport, elle se serait peut-être écroulée.

Des bruits au dehors la prévinrent. Mirei lança un dernier regard vers les hauteurs et l'obscurité impénétrable qui les noyait, en imaginant les étoiles dans le ciel. *Je suis si près du but. De grâce, Déesse, ne m'abandonnez pas maintenant.*

Les Primes arrivèrent d'abord. Satomi, Mirei le remarqua, choisit d'entrer par l'embranchement dédié au Feu, et la jeune femme se demanda une seconde si cela revêtait une quelconque signification. Au moins, elle n'entrait pas avec Shimi. Le regard de la Prime de l'Air était meurtrier.

Pendant que les quatre autres s'élevaient sur des colonnes de lumière, comme lors de l'examen de Miryo, la Prime du Néant s'avança et monta sur l'estrade. Elle ouvrit la bouche pour parler.

Mirei chanta deux notes rapides et tourna la main dans l'air. Toutes les lumières magiques du Foyer s'éteignirent.

Elle entendit les exclamations des Primes que seules leurs colonnes éclairaient maintenant. Puis la voix de Koika retentit, et les lumières réapparurent, dévoilant l'état de choc dans lequel étaient les cinq sorcières.

— C'est exactement ce que je voulais dire, déclara Mirei.

Elle espérait que son propre étonnement n'était pas visible. Elle n'avait pas su qu'elle allait accomplir cela. En réalité, elle ne savait même pas qu'elle était capable de le faire. À croire que la Déesse était toujours avec elle.

— La magie du Néant est la perte de la magie.

Shimi se mit à chanter, et Mirei eut juste le temps d'identifier le sort d'immobilisation, puis les mots s'écoulèrent de sa bouche et son corps enchaîna les mouvements, légèrement différents cette fois, pour annuler le sort de la prime de l'Air.

C'était une phrase différente. Donc elles n'annulent pas toutes la même chose.

Les yeux de Shimi semblaient sur le point de jaillir de leurs orbites. C'était une loi fondamentale de la magie, on pouvait toujours la contrer, mais jamais l'annuler. Et Mirei venait de tout bouleverser.

— C'est ce que Misetsu n'a pas compris, dit-elle.

Les branches de la salle se remplissaient peu à peu. Elle ne pouvait se disperser pour s'en assurer, mais il semblait que toutes les sorcières présentes dans la Salle de la Loi venaient occuper la branche correspondant à leur Rayon. Les sorcières du Néant constituèrent un cercle autour des Primes tandis que les étudiantes se massaient au fond de chaque branche, les yeux écarquillés. Il y avait même des Cousines qui se glissaient dans les espaces entre les colonnades.

— Les doubles sont l'annulation de la magie. Comme vous venez de le constater.

La réaction ne fut pas celle qu'elle avait espérée.

Elle fut même pire que ce qu'elle redoutait.

Miryo n'avait jamais participé à une vraie bataille, de quelque sorte que ce soit, physique ou magique. Ce fut uniquement l'instinct de la Chasseuse qui guida Mirei quand la terreur envahit le visage des Primes et que les sorts commencèrent à se faire entendre.

Elle se mit en mouvement tout en chantant frénétiquement, et son corps se tordit pour taillader les sorts à droite et à gauche. Ceux-ci venaient seulement des Primes, et c'était la grande chance de Mirei. Si d'autres sorcières s'étaient jointes aux cinq, elle aurait succombé. Seul le pouvoir du Néant et la peur qu'en avaient les autres femmes la sauvèrent des sorts des Primes. En temps ordinaire, elle n'aurait eu aucune chance face à elles cinq, ensemble ou individuellement, mais elle possédait la magie d'annulation. Une magie qu'elles n'avaient jamais vue en action et qui les laissait démunies. Un sort qu'elles mettaient vingt notes à créer, Mirei le détruisait en quatre.

Son pouvoir supplantait n'importe lequel des leurs, mais seulement de justesse, et elles s'en rendirent compte très vite, tout comme leur unique adversaire.

Elles commencèrent à chanter en chœur.

Mirei n'identifia même pas le sort qu'elles élaboraient, ce qui aggravait d'autant sa situation : si elle ne savait pas ce que c'était, elle ne pouvait pas l'anéantir efficacement. Et les probabilités qu'elle parvienne à vaincre l'unisson des cinq Primes étaient plus qu'insignifiantes.

Elle vit l'éclat dans les prunelles de Shimi, et elle comprit qu'elle ne survivrait certainement pas à ce qu'elles créaient.

Je ne peux pas les arrêter.

Mais je peux essayer de les retourner.

Elle ne prit pas le temps de réfléchir à ce qu'elle allait faire. Elle inspira, adressa une prière à la Déesse et lança sa voix dans leur sort.

Elle ne chercha pas à l'annuler, elle n'en aurait pas eu la force. Elle fit quelque chose de beaucoup plus risqué : elle se glissa, elle et son pouvoir, dans le sort qu'elles construisaient. Satomi était à sa tête, et c'est pourquoi elle se retrouva en compétition directe avec la Prime du Néant pour le contrôle de l'énergie.

Elle et Satomi se faisaient face de chaque côté de l'estrade centrale. L'électricité monta dans la colonne vertébrale de Mirei. Ses mouvements s'étaient réduits à presque rien, mais l'énergie qu'elle canalisait vivait en eux tout autant, inondant son corps jusqu'au point où elle risquait d'en mourir. Les deux sorcières se tenaient au cœur d'un vortex de pouvoir qui tourbillonnait follement, hors de tout contrôle. Mirei ne pouvait l'arracher à la Prime du Néant, mais ses efforts menaçaient l'emprise que Satomi avait sur le phénomène.

Si ça dure trop longtemps, nous allons toutes mourir, comprit Mirei.

N'importe laquelle des sorcières dans le Foyer aurait pu l'arrêter. Mirei ne pouvait les apercevoir à travers le maelström éblouissant d'énergie qui l'entourait, mais elle n'entendait aucune voix hormis celles des cinq des Primes et la sienne, et elle ne sentait aucune interférence externe. Personne n'allait se risquer à un contact avec ce tourbillon terrifiant.

Elle ne pouvait se l'approprier, et Satomi ne pouvait le tenir.

Mirei regarda la Prime du Néant au fond des yeux. Le tourment qu'elle y découvrit la frappa comme un coup physique.

Elle veut croire. Elle veut reconnaître que j'ai raison, et qu'elle avait raison de douter. Mais elle veut aussi que je me trompe parce que, s'il en est vraiment comme je l'ai dit, alors elle a manqué à son engagement envers la Déesse en tuant son double.

Impossible de se distraire un seul instant pour parler. Sa voix, son énergie, tout son être était focalisé sur le sort qui faisait craquer l'air autour d'elles. Elle ne pouvait communiquer que par le regard.

Donnez-le-moi, Satomi. Donnez-moi le pouvoir, et laissez le passé où il est.

Je vous en prie.

JE VOUS EN PRIE.

Le pouvoir passa sous son contrôle.

Mirei agit avec la détermination instantanée d'une guerrière au combat, doublée de l'instinct affiné d'une sorcière. Au moment où le pouvoir se précipitait en elle, elle le projeta dans la seule direction qui ne présentât pas de danger.

Vers les hauteurs.

Et la voûte du Foyer de l'Étoile explosa.

Avec un cri de pure magie, Mirei rassembla toute l'énergie qui restait en elle et déploya une barrière au-dessus de l'estrade.

ÉPILOGUE

SA BARRIÈRE NE tint pas, mais c'était sans importance. Plus d'une sorcière dans la foule rassemblée avait conservé assez de bon sens pour en créer une en chantant. Les débris de pierre et de verre qui avaient constitué la voûte tombèrent en pluie et rebondirent sur les couches successives d'énergie qui protégeaient l'estrade.

Mirei se releva, tremblante, et contempla ce spectacle étrange.

Quand les derniers fragments se furent immobilisés sur le sol, elle osa enfin respirer à nouveau. Puis ses jambes se dérobèrent sous elle et elle s'assit lourdement sur l'estrade.

En face, Satomi sanglotait.

Les autres Primes n'étaient pas en meilleure condition. Rana et Arinei s'étaient assises, elles aussi. Seules Shimi et Koika demeuraient debout, mais aucune ne se trouvait plus sur sa colonne de lumière. Celles-ci avaient disparu à un moment ou un autre, Mirei n'aurait pu dire quand. Sans doute quand elle avait lancé le pouvoir vers les hauteurs.

Une main se posa sur son épaule.

Elle tourna la tête et découvrit Eikyo. Et à peine la reconnaissait-elle que son amie s'agenouillait et l'enveloppait dans une étreinte étouffante.

— Par la Déesse, dit la jeune femme dans le creux de l'épaule de Mirei. Tu... Je n'arrive pas à le croire.

Elle éclata de rire et releva la tête pour dévisager la sorcière.

— Enfin si, je le crois. Tu n'as jamais accepté facilement les règles et les lois... Mais je ne peux pas croire qu'elles t'aient *attaquée* de la sorte.

Mirei se remit debout en vacillant et regarda les débris qui jonchaient le sol.

— J'aurais dû m'y attendre. Je ne me suis pas rendu compte à quel point elles seraient effrayées, à quel point...

Elle laissa la phrase inachevée et dut tousser avant de pouvoir ajouter :

— Par la Déesse. Quel gâchis.

Elle mobilisa ce qui lui restait de forces pour ne pas s'écrouler. Elle ignora Rana, Arinei et Koika. S'il devait y avoir encore des problèmes, ils viendraient de Shimi. Les yeux agrandis par le choc, la Prime de l'Air la regarda fixement qui s'avançait vers elle.

Mirei serra les dents et réussit à s'incliner sans perdre l'équilibre.

— Shimi-kane. Je suis navrée de ce qui est arrivé. Je comprends bien que vous faisiez seulement ce que vous pensiez être le mieux.

La Prime ne répondit pas. Mirei n'était même pas certaine que la femme l'ait reconnue.

Après un moment et une autre inclinaison du buste, Mirei tourna les talons. Eikyo se recula quand elle s'approcha de Satomi et s'agenouilla à côté d'elle.

— Je ne comprends pas, murmura la Prime du Néant.

Pour la première fois depuis que Mirei la connaissait, elle paraissait vieille. L'épuisement et la douleur avaient effacé toute couleur de son visage, le laissant exsangue et dévasté.

— Tu as raison. Je sais que tu as raison. Mais pourquoi la Déesse ne nous a-t-elle rien dit avant ? Pourquoi nous laisser continuer, et pendant si longtemps ?

Mirei n'avait pas de réponse à cette question. Elle avait trouvé la solution, pas la raison.

— Aken… je ne suis pas une prêtresse. Je ne sais pas.

Elle ferma les yeux et s'efforça d'écouter. Aucune révélation divine ne lui vint, mais une idée se fit jour dans son esprit. Elle n'était pas du tout sûre que cela réconforterait Satomi.

— Les prêtresses nous disent que la Déesse, bien qu'étant la Mère, n'est pas *notre* mère. Elle ne nous prendra jamais par la main, elle ne nous aidera jamais à avancer dans la vie. Nous devons accepter de nous élever et de chuter par nos propres succès et nos propres erreurs. J'ai la certitude qu'elle sera peinée si elle voit que nous nous égarons, mais elle ne fera rien pour y remédier. Pas tant que nous ne serons pas prêtes à écouter.

Satomi frissonna longuement.

— C'est cruel.

Oui, c'était cruel. Et Mirei n'avait rien à proposer pour adoucir cette désillusion.

La poussière était retombée. Elle remarqua les sorcières qui tout autour d'elles les observaient. Rana se tenait auprès de Shimi et tentait de la faire bouger.

— Aken ? dit Mirei doucement. Pouvez-vous vous lever ?

Satomi regarda à droite, puis à gauche. Elle tressaillit encore en découvrant le spectacle de désolation qu'offrait maintenant le Foyer, toute cette destruction que Mirei avait déchaînée, mais d'un geste elle coupa court aux excuses de la jeune sorcière.

— Non, tu as bien fait. Ce pouvoir devait aller quelque part. C'était toi, moi, ou la voûte.

Elle refusa la main qu'on lui tendait et se remit debout seule.

— Nous pourrons toujours reconstruire le toit.

Puis elle posa les yeux sur Mirei, et la ligne de sa mâchoire retrouva sa fermeté habituelle.

— Tari et ses… amies. Elles ont fait en sorte que d'autres doubles survivent, n'est-ce pas ?

— Oui, Aken.

— Bien.

Son regard était las, voilé par la douleur, mais il recélait aussi une détermination que Mirei ne pouvait qu'admirer.

— C'est un commencement.

Elle pivota sur elle-même pour décrire un tour complet et faire face à toutes les sorcières, étudiantes et Cousines rassemblées là. De la voir debout et alerte, elles semblaient rassérénées.

— Viens avec moi, dit-elle à Mirei. Il y a encore beaucoup de choses dont nous devons discuter.

La Prime du Néant descendit de l'estrade, et la foule de femmes s'écarta pour lui ouvrir un passage.

Toujours immobile sur l'estrade, Mirei leva les yeux. Là-haut, les murs s'incurvaient et se terminaient subitement sur un trou aux bords dentelés. Loin au-dessus, elle apercevait l'éclat des étoiles : les yeux de la Déesse, qui les observaient toutes.

Avec un léger sourire, elle suivit Satomi et sortit du Foyer de l'Étoile.

Fin

LE DIPTYQUE *LES DEUX SŒURS*
S'ACHÈVE DANS *SORCIÈRE*.

Glossaire

Ai : terme honorifique désignant une sorcière de rang inférieur au sein du Rayon du Néant.

Aïeule : le plus âgé parmi les Aspects de la Déesse, associé à la sagesse et à l'Élément Terre.

Air : un des cinq Éléments. L'Air est associé à la Mariée. Parmi les sorcières, le Rayon de l'Air est itinérant et se met au service de quiconque a besoin de lui.

Akara : terme honorifique désignant une Clé du Rayon du Néant.

Aken : terme honorifique désignant la Prime du Rayon du Néant.

Anade : Ancienne Dame de Razi. Tuée par Spectre. Remplacée par Cano.

Anguille : Chasseur du Feu d'Argent à la retraite. Frère jumeau de Volute. Secrétaire de Jaguar.

Arinei : Prime du Rayon du Feu.

Ashin : Clé de la Main de l'Air.

Aspect : un des cinq visages de la Déesse. Les Aspects sont la Vierge, la Mariée, la Mère, l'Aïeule et la Guerrière.

Atami : Clé de la Main de l'Eau.

Avalanche : Un Chasseur du Feu d'Argent. Anciennement au service de Tari.

Avannans : membres d'une secte religieuse qui honorent la Déesse par la Danse, activité en laquelle ils voient la plus haute forme d'adoration.

Bas : premier carillon de la journée, correspondant à la période allant de minuit à 3 heures du matin.

Cano : Seigneur de Razi. Successeur d'Anade. Avait à son service un Faucon des Nuages, Fouillis, à présent décédé.

Carillon : mesure de temps en usage dans l'Insebrar, équivalente à une durée de trois heures. Dans l'ordre, elles sont nommées carillons Bas, Sombre, Premier, Moyen, Haut, Léger, Tardif, Dernier (ou Bas, Sombre, Premier, etc.).

Chaha : Dame de Kalistyi.

Chai : terme honorifique pour une sorcière de rang inférieur du Rayon de la Terre.

Chakoa : terme honorifique désignant une Clé du Rayon de la Terre.

Chashi : terme honorifique pour la Prime du Rayon de la Terre.

Chasseur/Chasseuse : individu formé dans une des écoles de Chasseurs. Les Chasseurs peuvent avoir une spécialité comme l'espionnage, l'assassinat, la protection rapprochée ou le mercenariat guerrier, mais ils peuvent aussi avoir des aptitudes générales. Certains sont liés, d'autres travaillent en indépendance. Tous sont redoutables dans le combat individuel. Leur formation s'étale sur dix ans et prend fin quand ils atteignent l'âge de vingt ans.

Clé : sorcière dirigeant une Voie. Une Prime est choisie dans les rangs des Clés du Rayon concerné.

Cœur : une des trois Voies. Les sorcières du Cœur constituent la structure organisationnelle et administrative de leur Rayon, et résident souvent à la Chute de l'Étoile.

Cousines : terme générique pour les servantes des sorcières.

Criel : ancienne dirigeante de la troupe des Danseurs du Temple du Soleil Levant, dans l'Eriot. Maintenant au service d'une prêtresse de Verdosa.

Dame : dirigeante d'un domaine, si c'est une femme. Rang politique le plus élevé.

Danse : art pratiqué dans certains temples, particulièrement les temples avannans, pour célébrer la Déesse.

Dernier : le huitième carillon de la journée, correspondant à la période allant de 21 heures à minuit.

Domaine : unité politique primordiale. Anciennement, les quinze domaines étaient des subdivisions de trois grands royaumes, mais ceux-ci se sont scindés en différentes parties voici des siècles.

Eau : un des cinq Éléments, associé à la Mère. Parmi les sorcières, celles du Rayon de l'Eau sont au service des gens du commun. Souvent présentes dans les villes et les villages de quelque importance pour guérir des maladies et régler d'autres problèmes.

Éclipse : Chasseur du Feu d'Argent. Compagnon d'études de Mirage. Anciennement appelé Kerestel.

Édame : Main du Feu. Conseillère du Domaine auprès du Seigneur Iseman et de la Dame Terica d'Haira.

Épine : un Chasseur du Feu d'Argent. Maître d'écurie de l'école.

Épine Sanglante (l') : école de Chasseurs entraînant les indépendants à un éventail de missions. L'école se trouve au nord d'Angrim, dans l'Abern. Une rivalité de longue date l'oppose à celle du Feu d'Argent.

Eikyo : Apprentie sorcière âgée de vingt ans. Amie de Miryo. Projette de rejoindre le Cœur de la Terre.

Éléments : les substances qui forment le monde. Chaque Élément est lié à un éventail d'associations symboliques. Les cinq Éléments sont le Feu, l'Air, l'Eau, la Terre et le Néant.

Étoile du Loup (l') : école de Chasseurs réputée pour former des assassins indépendants.

Faucon des Nuages (le) : une des écoles de Chasseurs, qui forme des espions liés servant souvent les Seigneurs et autres puissants.

Feu : un des cinq Éléments. Associé à la Vierge. Parmi les sorcières, celles du Rayon du Feu servent de conseillères auprès des dirigeants.

Feu d'Argent (le) : une des écoles de Chasseurs, où les indépendants sont formés à un large éventail de missions. Leur école est située non loin d'Elensk, dans le Miest. Une rivalité de longue date existe entre le Feu d'Argent et l'Épine Sanglante.

Fouillis : Chasseur du Faucon des Nuages. Au service du Seigneur Cano du Razi. Tué par Spectre.

Glace : Chasseuse de l'Épine Sanglante. Compagne de formation de Lion. Ennemie de longue date de Mirage.

Gouverneur : individu dirigeant une région ou un domaine et répondant de ses actes à un Seigneur ou une Dame.

Griffe : Chasseur du Feu d'Argent, retraité du service actif. Enseigne le combat à mains nues dans cette école.

Guerrière : cinquième Aspect de la Déesse associé à la mort, la guerre et l'Élément Néant. Seul Aspect à ne pas représenter une étape dans le cycle de la vie, mais plutôt l'aboutissement de cette vie.

Haut : cinquième carillon de la journée, correspondant à la période allant de midi à 15 heures.

Hinusoka : apprentie sorcière. Décédée durant la dernière épreuve, lors de son examen de passage.

Indépendance : terme en usage chez les Chasseurs, désignant un engagement à court terme.

Iseman : Seigneur de l'Haira et époux de Terica. Avannan fervent.

Itsumen : Clé de la Main du Néant.

Jaguar : Grand-maître du Feu d'Argent.

Kai : terme honorifique pour une sorcière de rang inférieur du Rayon d'Air.

Kan : Cousine ayant reçu pour mission d'assister Miryo dans sa quête.

Kane : terme honorifique pour la Prime du Rayon de l'Air.

Kasane : Cœur de l'Air. Mère de Miryo.

Kasora : terme honorifique pour une Clé du Rayon de l'Air.

Katsu : terme honorifique pour une sorcière d'affiliation inconnue.

Kekkai : Clé du Cœur de Feu ; succède à Tari.

Kerestel : ancien nom d'Éclipse.

Kimeko : Clé du Cœur du Néant.

Kobach : noble maintenant décédé. Tenta de ravir la seigneurie de Liak à Narevoi. Tué par Mirage dans l'Haira.

Koika : Prime du Rayon de la Terre.

Lame de Vent (la) : école de Chasseurs formant des gardes du corps indépendants. Située au sud d'Angrim, dans l'Abern.

Léger : sixième carillon de la journée, correspondant à la période allant de 15 à 18 heures.

Lié/e/s : qualificatif des Chasseurs attachés de façon permanente au service d'une personne unique.

Linea : Dame de l'Abern.

Lion : Chasseur de l'Épine Sanglante. Compagnon d'études de Glace.

Lionra : sénéchale de la Forteresse de l'Haira.

Mai : terme honorifique pour une sorcière de rang inférieur du Rayon de l'Eau.

Main : une des trois Voies. Les sorcières de la Main accomplissent les tâches spécifiques attachées à leur Rayon, en général dans d'autres domaines.

Makiza : terme honorifique pour une Clé du Rayon de l'Eau.

Marell : agent du Feu d'Argent. Opère à Cherio.

Mari : terme honorifique pour la Prime du Rayon d'Eau.

Mariée (la) : deuxième Aspect de la Déesse, associé au mariage et à l'Élément Air.

Menukyo : sorcière. D'après la légende, fille aînée de Misetsu.

Mère : un des cinq Aspects de la Déesse, associé à la famille et à l'Élément Eau.

Mimre : Seigneur du Seach.

Mirage : Chasseuse du Feu d'Argent. Compagne d'études d'Éclipse. Anciennement appelée Seniade.

Miryo : apprentie sorcière de vingt-cinq ans. Fille de Kasane.

Misetsu : la première sorcière. Sainte femme dans la région aujourd'hui appelée Chute de l'Étoile, qui aurait reçu le don de magie pour sa piété.

Morisuke : Tête du Néant. Opère à Samalan où elle fournit des informations aux sorcières se rendant dans la région de la Chute de l'Étoile ou en revenant.

Moyen : quatrième carillon de la journée, correspondant à la période allant de 9 heures du matin à midi.

Nai : terme honorifique pour une sorcière de rang inférieur du Rayon du Feu.

Nakana : terme honorifique pour une Clé du Rayon du Feu.

Nalochkans : membres d'une secte religieuse qui ne reconnaissent pas l'Aspect de la Guerrière pour la Déesse.

Narevoi : Seigneur du Liak.

Narika : Tête de l'Air. Œuvre souvent au recrutement de nouvelles sorcières pour le Rayon de l'Air.

Nasha : agent du Feu d'Argent. Opère à Handom.

Nayo : terme honorifique pour la Prime du Rayon du Feu.

Néant : un des cinq Éléments, associé à la Guerrière. Parmi les sorcières, le Rayon du Néant est au service des sorcières elles-mêmes et gère les affaires internes de la Chute de l'Étoile et de son peuple. Seul Élément à ne pas faire partie du monde physique, il représente plutôt tout ce qui n'appartient pas au monde.

Nenikune : Cœur du Néant. Dirige l'hôpital de la Chute de l'Étoile.

Ombre de Pierre (l') : école de Chasseurs formant des assassins liés, qui sont souvent employés par les Seigneurs ou d'autres personnages puissants.

Onomita : Clé de la Tête du Feu.

Perachi : Main de l'Eau. Au service des habitants de Samalan.

Premier : troisième carillon de la journée, correspondant à la période allant de 6 à 9 heures du matin.

Prime : sorcière qui dirige un Rayon. Ensemble, les cinq Primes règnent sur le domaine de la Chute de l'Étoile et sur les sorcières qui servent dans d'autres domaines.

Ralni : Seigneur de l'Insebrar.

Rana : Prime du Rayon de l'Eau.

Rayon : une des cinq divisions en usage chez les sorcières, correspondant aux Éléments. Chaque Rayon est au service d'un sous-ensemble différent du monde. Un Rayon est dirigé par une Prime.

Ruriko : Cœur du Néant. Secrétaire de Satomi.

Ryll : un des deux artistes de cour employés à la Forteresse de l'Haira. Spécialiste des portraits.

Sai : Cousine. Assiste Miryo dans sa quête.

Sareen : ancienne deuxième Danseuse de la troupe du Temple du Soleil Couchant, dans l'Eriot.

Satomi : Prime du Rayon du Néant.

Saule : Chasseur du Feu d'Argent. Compagnon d'études de Mirage et Éclipse.

Seigneur : dirigeant d'un domaine, quand c'est un homme. Le rang politique le plus élevé.

Seniade : ancien nom de Mirage.

Shimi : Prime du Rayon de l'Air.

Sombre : deuxième carillon de la journée, correspondant à la période allant de 3 à 6 heures du matin.

Spectre : Chasseur de l'Étoile du Loup. Assassin de Dame Anade du Razi.

Tardif : septième carillon de la journée, correspondant à la période allant de 18 à 21 heures.

Tari : Clé de la Voie du Cœur de Feu, maintenant décédée.

Terica : Dame de l'Haira et femme d'Iseman. Avannane fervente.

Terre : un des cinq Éléments. Elle est associée à l'Aïeule. Parmi les sorcières, celles du Rayon de la Terre se mettent au service de la terre elle-même et agissent pour empêcher les sécheresses, disettes et autres catastrophes naturelles.

Tête : une des trois Voies. Les sorcières de la Tête conduisent les recherches et tiennent les archives spécifiques à leur Rayon, souvent à la Chute de l'Étoile ou dans un autre château de domaine.

Tomichu : Tête du Néant. Dirige la bibliothèque de la Chute de l'Étoile.

Tothe : un des deux artistes de cour employés à la Forteresse de l'Haira. Spécialisé dans les paysages.

Tsue : Cousine.

Ueda : Clé du Cœur de la Terre.

Vierge : le plus jeune Aspect de la Déesse, associé à la jeunesse et à l'Élément Feu.

Vipère : Chasseur du Feu d'Argent.

Voie : une des trois divisions d'un Rayon, chacune dédiée à une fonction différente. Les trois Voies sont celles de la Main, de la Tête et du Cœur. Une voie est dirigée par une Clé.

Volute : Chasseuse du Feu d'Argent, retraitée du service actif. Sœur jumelle d'Anguille. Agent en poste à Angrim.

Yaryoki : Main du Néant. En poste à Aystad.

Remerciements

Je voudrais remercier tous ceux qui m'ont fait des remarques sur ce roman et qui m'ont encouragé au fil des années, en particulier Jason Pratt.

Je tiens également à remercier Alasdair Brooks, pour m'avoir involontairement prêté la tente à mobilier archéologique de Castell Henllys, où j'ai écrit une portion conséquente des derniers chapitres. C'était le seul endroit de tout le campement où je pouvais brancher mon ordinateur portable, et aussi le seul où il y avait des chaises. Pour tout cela, je lui suis très reconnaissant.

Mes derniers remerciements vont bien sûr à Devi Pillai et Rachel Vater, pour avoir été ceux qui m'ont finalement permis de franchir cet obstacle.

À propos de l'auteur

MARIE BRENNAN est un auteur américain. Guerrière et Sorcière forment sa première œuvre littéraire majeure, mais elle est aussi connue aux États-Unis pour ses nouvelles de fantasy.

Diplômée en anthropologie de la prestigieuse université Harvard, Marie est aussi la coprésidente de l'Association de Science-fiction de Harvard-Radcliffe. Elle poursuit ses études, cette fois en folklore & mythologie et continue toujours d'écrire.

PANINI BOOKS

CRIMSON

MIXTE
Papier issu de sources responsables
FSC® C005461
FSC
www.fsc.org

Achevé d'imprimer sur les presses
de l'imprimerie Rotolito Lombarda (Italie)
Dépôt légal : juillet 2014